# DIE BEFREIUNG VON EVERLY

## Die Mountain Mercenaries, Buch 5

## SUSAN STOKER

Englischer Originaltitel: »Defending Everly (Mountain Mercenaries
Book 5)«
Deutsche Übersetzung: Birga Weisert für Daniela Mansfield Translations
2021
Die englische Version dieses Titels wurde zuvor von Amazon Publishing
veröffentlicht.

Titelbild entworfen von: Chris Mackey, AURA Design Group
eBook: ISBN: 978-1-64499-212-8
Taschenbuch: ISBN: 978-1-64499-215-9

Besuchen Sie Susan im Netz!
www.stokeraces.com
facebook.com/authorsusanstoker
twitter.com/Susan_Stoker
bookbub.com/authors/susan-stoker
instagram.com/authorsusanstoker
Email: Susan@StokerAces.com

# EBENFALLS VON SUSAN STOKER

### Mountain Mercenaries:
*Die Befreiung von Allye*
*Die Befreiung von Chloe*
*Die Befreiung von Morgan*
*Die Befreiung von Harlow*
*Die Befreiung von Everly*
*Die Befreiung von Zara*
*Die Befreiung von Raven*

### Ace Security Reihe:
*Anspruch auf Grace*
*Anspruch auf Alexis*
*Anspruch auf Bailey*
*Anspruch auf Felicity*
*Anspruch auf Sarah*

### Die Delta Force Heroes:
*Die Rettung von Rayne*
*Die Rettung von Emily*
*Die Rettung von Harley*

*Die Hochzeit von Emily*
*Die Rettung von Kassie*
*Die Rettung von Bryn*
*Die Rettung von Casey*
*Die Rettung von Wendy*
*Die Rettung von Sadie*
*Die Rettung von Mary*
*Die Rettung von Macie*
*Die Rettung von Annie (Feb 2022)*

## Delta Team Zwei
*Ein Held für Gillian (1 Dec 2021)*
*Ein Held für Kinley (1 Jan 2022)*
*Ein Held für Aspen*
*Ein Held für Jayme*
*Ein Held für Riley*
*Ein Held für Devyn*
*Ein Held für Ember*
*Ein Held für Sierra*

## SEALs of Protection:
*Schutz für Caroline*
*Schutz für Alabama*
*Schutz für Fiona*
*Die Hochzeit von Caroline*
*Schutz für Summer*
*Schutz für Cheyenne*
*Schutz für Jessyka*
*Schutz für Julie*
*Schutz für Melody*
*Schutz für die Zukunft*
*Schutz für Kiera*
*Schutz für Alabamas Kinder*

*Schutz für Dakota*

## Die SEALs von Hawaii:

# KAPITEL EINS

Kannon »Ball« Black klopfte an die Tür der Wohnung, vor der er stand, und wartete ungeduldig darauf, dass sie geöffnet wurde.

Er war nicht glücklich.

Das Einzige, was ihn im Moment besänftigte, war das Wissen, dass die Frau auf der anderen Seite der Tür ebenfalls nicht glücklich war.

Er hatte sich bei ihrer ersten Begegnung wie ein Idiot verhalten und Everly Adams hatte jedes Recht, sauer auf ihn zu sein. Zu seiner Verteidigung: Während der fragliche Abend für seine Freunde großartig gewesen war, hatte er damit zu kämpfen, dass alle mit wahnsinnig tollen Frauen liiert waren, während er selbst niemanden hatte. Und so wie es aussah, würde er wahrscheinlich auch nie jemanden bekommen. Es war nicht so, dass er keine Frauen mochte; ganz im Gegenteil. Er liebte die Frauen seiner Kameraden und würde alles für sie tun.

Aber er war ein gebranntes Kind, denn er war schon häufiger verletzt worden. Zuerst von seiner Ex-Kollegin und Partnerin. Und danach, während einer der schlimmsten

Zeiten in seinem Leben, als seine Freundin für ihn hätte da sein sollen und Holly ihn stattdessen verarscht hatte – und zwar gewaltig. Er war sich nicht sicher, ob er jemals darüber hinwegkommen würde.

An dem Abend, an dem seine Freunde die Verlobungen von Gray und Arrow feierten, war er nicht ganz so glücklich. Es war einfach Pech, dass sie an diesem Abend auch noch von ihrer neuen Mission erfuhren und von der Tatsache, dass ein Zivilist daran teilnehmen würde.

Und dass dieser Zivilist noch dazu eine Frau war.

Er hatte sich in Rage geredet, dass sie sicher alles vermasseln würde und dass sie auf sie aufpassen müssten. Dann stellte sich heraus, dass sie die ganze Zeit hinter ihm gestanden und alles gehört hatte, was er sagte. Das war ja wieder klar gewesen.

Die vergangenen Tage waren hart gewesen, denn sie hatte viel Zeit mit den Mountain Mercenaries verbracht, um die Informationen durchzugehen, die sie hatten – und das war nicht viel –, um herauszufinden, wohin Everlys vermisste Schwester verschwunden war.

Gestern Abend hatten sie beschlossen, dass jemand nach Los Angeles reisen musste, um weitere Informationen einzuholen. Everly wollte auf jeden Fall fahren. Als Polizeibeamtin und SWAT-Angehörige aus Colorado Springs hatte sie tatsächlich ein paar vage Verbindungen zu Beamten der Polizei von Los Angeles. Da es sich um eine Ermittlungsmission handelte, wurde nicht das ganze Team benötigt, und irgendwie kam es dazu, dass Ball dazu auserkoren wurde, mit Everly nach L.A. zu reisen.

Er wollte das nicht.

Aber es war nicht fair, Gray, Ro, Arrow und Black von ihren Frauen zu trennen, nur weil Ball seine Bedenken hatte, so eng mit Everly zusammenzuarbeiten. Meat hätte mitkommen können, aber er half Rex, ihrem Kontaktmann, bei einem anderen Fall.

Also blieb nur er übrig.

Ball hatte wenig Zweifel, dass Everly eine gute Polizistin war. Aber auch seine Ex-Partnerin Riley hatte das Potenzial gehabt, eine gute Polizistin der Küstenwache zu werden, aber der Schuss war nach hinten losgegangen ...

Die Tür vor Ball öffnete sich, aber er sah nur Everlys Hinterteil, da sie sich sofort umdrehte und ohne irgendeinen Gruß von ihm wegging.

Mehr verwirrt als verärgert stieß Ball die Tür auf und trat in ihre Wohnung. Das Gebäude an sich war schön. Die Fahrzeuge draußen waren alle in der mittleren bis gehobenen Preisklasse und die Lichter auf dem Parkplatz und im Gebäude selbst waren alle funktionsfähig. Die Flure rochen nach Eukalyptus und in der Eingangshalle standen frische Blumen. Es überraschte ihn nicht, dass eine Polizistin in einem sicheren und sauberen Apartmentgebäude lebte – aber ihre Wohnung überraschte ihn doch.

Ball wusste, dass er Everly von dem Moment an, in dem er von ihrer Existenz erfahren hatte, scharf kritisiert hatte, aber als er ihre Wohnung sah, musste er selbst die wenigen Dinge, die er über sie zu wissen glaubte, noch einmal überdenken. Er war sich nicht sicher, was er von ihrer Wohnung erwartet hatte, aber es war nicht das schlichte, gemütliche Heim, das sie sich geschaffen hatte.

Er hatte in genügend Wohnungen gelebt, um zu wissen, wie schwer es war, ihnen Persönlichkeit zu verleihen. Die Wände waren immer weiß und sie wirkten immer steril. Aber nicht so in Everlys Wohnung. Es war ihr gelungen, ihr Zuhause einladend und wohnlich wirken zu lassen, ohne es bis zum Anschlag mit überflüssigem Krempel vollzustopfen.

Die Tür führte in einen großen Wohnbereich. Es gab ein hellbraunes Wildledersofa, auf dem Kissen wahllos verstreut waren, und darauf lag eine graue, flauschige Decke in einer Ecke. Statt eines Sofatisches hatte sie eine große, quadratische Bank mit ein paar Fernbedienungen und ein paar anderen Kleinigkeiten darauf. In der Ecke stand ein Regal, das mit Büchern vollgestopft war. Ihr Fernseher war riesig und nahm fast eine ganze Wand ein. An den Wänden hingen auch Bilder von Everly und einem jungen Mädchen, von dem er wusste, dass es ihre vermisste Schwester war.

Ihre Küche war klein, aber funktionell. Sie hatte eine Kaffeemaschine auf einer größtenteils unaufgeräumten Theke und er konnte eine Schüssel und einen Löffel in der Spüle von ihrem Frühstück sehen. Ein kleiner Tisch mit genügend Platz für zwei Personen stand zwischen der Küche und dem Wohnbereich. Und aus irgendeinem Grund machte dieser Tisch Ball traurig. Er stellte sich Everly vor, wie sie dort allein saß und ihre Mahlzeiten einnahm. Auch wenn er allein lebte, hatte er einen Tisch, an dem mindestens sechs Personen Platz hatten. Er hatte dort schon viele Abende mit seinen Freunden gesessen, gelacht und geredet.

Insgesamt war ihre Wohnung aufgeräumt, aber nicht zwanghaft ordentlich. Genau wie sein eigenes Zuhause.

»Willst du den ganzen Tag da herumstehen und mich dafür kritisieren, wie ich lebe, oder wollen wir loslegen?«, fragte Everly mit einer Hand in die Hüfte gestemmt.

Ball hatte kein schlechtes Gewissen, weil er sich ihre Wohnung angesehen hatte. Je mehr Zeit er mit ihr verbrachte, desto neugieriger wurde er. Allerdings nicht auf eine »Ich will wissen, wie sie lebt, weil ich mit ihr ausgehen will«-Art. Nein, er würde auf keinen Fall mit Everly Adams ausgehen. Sie war ganz und gar nicht sein Typ. Er wollte definitiv nicht mit einer Frau ausgehen, die in einem ähnlichen Bereich wie er arbeitete.

Er wollte nicht einmal mit einer Frau *zusammenarbeiten*. Und wenn er jemals heiraten oder eine ernsthafte Beziehung eingehen würde, dann mit jemandem, den er mochte und respektierte, in den er aber nicht bis über beide Ohren verliebt war. Sein Herz wäre auf diese Weise weniger in Gefahr.

Als er Everly ansah, die ihn ungeduldig anstarrte, konnte er allerdings nicht leugnen, dass sie wunderschön war. Ihr rotes Haar fiel ihr zerzaust über die Schultern, sodass er es am liebsten glatt gestrichen hätte. Aus ihren grünen Augen schossen ihm Funken entgegen, weil sie so verärgert war. Sie war groß – er schätzte sie auf etwas unter einem Meter achtzig –, aber immer noch einen halben Kopf kleiner als er. Everly war ebenfalls muskulös, schaffte es aber, ihre Kurven in Szene zu setzen. Er hatte das Gefühl, dass sie in ihrer Uniform der Polizei von Colorado Springs eine ziemlich atemberaubende Figur machte.

»Ball?«, fragte sie. »Hörst du mir überhaupt zu?«

Das sorgte dafür, dass er sich in Bewegung setzte. Seine frühere Partnerin bei der Küstenwache, Riley Foster, hatte ihn ständig das Gleiche gefragt. Vor dem Unfall hatte er es amüsant gefunden, jetzt nervte es ihn nur noch.

»Habe ich denn eine Wahl?«, fragte er schroffer, als er es eigentlich vorgehabt hatte.

Er tat so, als hätte er ihren verärgerten Gesichtsausdruck nicht gesehen, als sie sich abwandte. Er war schließlich nicht hier, um neue Freundschaften zu schließen. Er war dazu gezwungen, für die Dauer dieses Einsatzes mit Everly zusammenzuarbeiten, aber er hoffte, dass sie einander nie wieder über den Weg liefen, sobald sie erst einmal ihre Schwester gefunden hatten.

»Okay«, sagte Everly und nahm ihre Reisetasche, die in der Küche auf dem Boden gestanden hatte. Ohne ein weiteres Wort ging sie auf die Haustür zu, und ohne sich umzusehen, um sich davon zu überzeugen, dass Ball ihr folgte.

Da wusste Ball, dass er es sich jetzt schon mit ihr verscherzt hatte, und seufzte. Es war nicht so, dass er sie nicht dafür respektierte, dass sie Polizistin war und dass sie ihre Schwester finden wollte. Er wünschte sich nur, er wäre nicht derjenige, der nach Los Angeles fahren musste, um ihr zu helfen.

Sie wartete, bis er ihre Wohnung verlassen hatte, dann schloss sie die Tür hinter ihm ab. Sie gingen ohne ein Wort zu seinem schwarzen Ford Mustang. Ball liebte seinen Wagen. Er fuhr sich wie ein Traum und sah dazu noch verdammt cool aus. Everly schien nicht beunruhigt oder übermäßig beeindruckt zu sein. Ball drückte den Knopf an seinem Schlüsselanhänger, um den Kofferraum zu öffnen, und überlegte, ob er nach ihrer Tasche greifen sollte, entschied sich dann aber, dass sie seine Hilfe wahrscheinlich nicht sonderlich schätzen würde.

Sie schlug den Kofferraum zu, nachdem sie ihre Tasche hineingestellt hatte, und ging auf die Beifahrerseite. Beide stiegen ein und Ball fuhr vom Parkplatz und steuerte den kleinen Flughafen von Colorado Springs an. Sie flogen von dort nach Denver und dann weiter nach Los Angeles.

»Hast du dich heute schon mit euren Großeltern unterhalten?«, fragte er während der Fahrt.

»Ja, aber sie haben immer noch nichts von Elise gehört.«

Elise war Everlys fünfzehnjährige Halbschwester, die verschwunden war. Und der Grund dafür, warum sie jetzt in seinem Wagen saßen und zum Flughafen fuhren. »Haben deine Freunde bei der Polizei von Los Angeles irgendwelche neuen Informationen?«

Everly seufzte und rieb sich die Stirn. »Nein. Sie tun, was sie können, aber ich nehme an, dass sie einfach davon ausgehen, dass sie von zu Hause abgehauen ist, wie so viele andere Jugendliche auch, und dass sie irgendwann schon wieder auftauchen wird. Außerdem haben sie natürlich zu viel zu tun, und obwohl sie ihr Bestes geben, um zu helfen, passiert nicht wirklich viel. Wir stehen alle unter Druck, aber für Me-Maw und Pop ist es besonders schlimm, da Elise bei ihnen gelebt hat.«

Ball fand es süß, dass sie ihre Großeltern bei ihren Kosenamen nannte, hätte ihr das aber niemals gesagt. »Haben sie ihren Computer schon zum Überprüfen gebracht?«

»Nicht dass ich wüsste. Der Kriminalbeamte, dem der Fall zugewiesen wurde, hat ihre Telefonaufzeichnungen angefordert, aber es dauert eine Weile, bis sie von der Telefongesellschaft kommen. Me-Maw sagte, dass der Beamte gestern bei ihnen zu Hause war, aber er hat sich nur ein bisschen umgesehen. Er hatte bereits versucht, ihr Handy zu orten, allerdings ohne Erfolg, wahrscheinlich weil es kein Signal bei den Telefonmasten auslöst, wenn es ausgeschaltet ist.«

»Was glaubst du, ist passiert?«, wollte Ball wissen. Bei ihren Treffen mit den anderen Mountain Mercenaries waren sie die Fakten des Falles immer wieder durchgegangen, aber es gab kein einziges Szenario, das hervorstach, wenn es darum ging, eine Theorie darüber aufzustellen, was mit dem jungen Mädchen passiert war.

Sie war wie üblich zur Schule gegangen, aber nicht mehr nach Hause zurückgekommen. Nachdem sie ihre Freundinnen befragt und mit ihren Lehrern gesprochen hatten, erfuhren sie, dass sie in der Schule gewesen war und dass mit ihr an diesem Tag alles in Ordnung gewesen zu sein schien. Aber nachdem sie das Gebäude verlassen hatte, um nach Hause zu gehen, wie sie es jeden Tag tat, hatte sie niemand mehr gesehen.

»Ich glaube, sie ist einfach an die falsche Person geraten und entführt worden. Elise ist so ganz anders als ich«, erklärte Everly. »Dadurch, dass sie taub ist, hat sie sich schon immer alles sehr viel mehr zu Herzen genommen, als ich das tue. Sie ist sensibel und es fällt ihr schwer, Freunde zu finden, was einer der Gründe dafür ist, warum sie noch immer in Los Angeles lebt. Ich wollte sie nicht von den paar Freundinnen trennen, die sie hat, und um ehrlich zu sein, wollte Elise dort sowieso nicht weg. Selbst Kleinigkeiten können sie extrem unter Druck setzen und dann ist sie manchmal wochenlang schlechter Stimmung.«

»Aber du bist nicht so?«, fragte Ball.

»Nein, eigentlich nicht. Ich habe bei meiner Arbeit viel zu viel mitbekommen, um mir über Kleinigkeiten Gedanken zu machen. Und ich bin keinesfalls wochenlang schlechter Stimmung. Das liegt zum Teil an ihrem Alter. Sie ist eben eine typische Jugendliche. Das kann ich ja sogar verstehen. Aber manchmal macht es mich verrückt. Ich kann auch kein Drama ertragen, und wenn mich jemand nicht so nehmen kann, wie ich bin – total unverblümt und direkt –, dann halte ich mich nicht weiter mit der Person auf.«

Ball spürte, dass hinter diesen Worten noch mehr steckte, hakte aber nicht nach. »Und ist in letzter Zeit etwas passiert, das Elise unter Druck gesetzt haben könnte?«

»Da bin ich mir ehrlich gesagt nicht sicher. Früher hat Elise mir alles erzählt, doch seit letztem Jahr haben wir nur noch selten Kontakt, und wenn wir miteinander reden, behauptet sie einfach immer nur, dass alles in Ordnung sei.«

»Und was ist mit eurer Mutter?«

»Was soll mit ihr sein?«, fragte Everly.

»Könnte sie dahinterstecken?«

»Das glaube ich nicht. Meine Mutter ist eine dumme Kuh und nachdem ich zu Me-Maw und Pop gezogen war, hatte ich nicht mehr viel mit ihr zu tun. Und Elise glaube ich auch nicht. Doch für sie war es ein wenig anders. Sie hat immer alles, was unsere Mom getan hat, persönlich genommen.«

»Tut sie das immer noch?«

»Ja. Sie glaubt, sie sei dafür verantwortlich, dass die Beziehung unserer Mutter zu ihrem Vater gescheitert ist ... was natürlich großer Blödsinn ist. Wenn Mom die Drogen sein lassen würde, wäre sie vielleicht zur Abwechslung in der Lage, eine normale Beziehung zu führen. Mit ihren Töchtern, ihren Eltern ... *allen*.«

»Und deswegen ist Elise zu ihren Großeltern gezogen, richtig?«

»Richtig. Meine Mutter war eine Woche lang verschwunden und dann nahm Elise schließlich irgendwann den Bus zu Me-Maw. Pop war stinksauer und fuhr natürlich sofort zur Wohnung unserer Mutter, um das mit ihr zu klären, aber da sie nicht da war, begnügte er sich damit, Elises Sachen zu holen, und seitdem lebt sie bei ihnen.«

»Und wie lange ist das her?«

»Etwa vier Jahre.«

»Und seitdem hat sie ihre Mutter nicht mehr wiedergesehen?«, fragte Ball. Er konnte sich nicht vorstellen, wie jemand ein Kind einfach tagelang alleine zu Hause lassen konnte, wie Ella Adams es getan hatte.

»Nicht dass ich wüsste, aber ich bin natürlich nicht dort. Wie ich meine Mutter kenne, hat sie Elise wahrscheinlich

Nachrichten und E-Mails geschrieben, versucht, ihr Schuldgefühle oder so was einzureden.«

»Vielleicht ist Elise zu deiner Mutter zurückgezogen«, gab Ball zu bedenken.

Everly schüttelte den Kopf, sah aber gleichzeitig besorgt aus. »Nein.«

»Aber du kannst dir nicht sicher sein.«

Everly drehte sich auf ihrem Sitz um, sodass sie Ball direkt in die Augen sehen konnte. »Ella Adams denkt an niemanden außer sich selbst. Das weiß Elise auch. Wir haben uns lange darüber unterhalten. Sie weiß, dass sie bei Me-Maw und Pop besser aufgehoben ist.«

»Aber möglich wäre es«, hakte Ball nach, frustriert von der Tatsache, dass Everly die Möglichkeit nicht einmal in Betracht ziehen wollte.

Sie seufzte genervt. »Na gut. Du hast recht. Es wäre möglich gewesen.«

»Es *wäre* möglich *gewesen*?«, fragte Ball und zog eine Augenbraue hoch.

»Ja, *wäre*. Ich habe mich mit Detective Ramirez darüber unterhalten. Er hat mit Mom gesprochen. Er fand sie in einem beschissenen Stundenhotel mit einem Kerl. Er befragte sie und er sagte, sie schien sehr überrascht zu sein, zu hören, dass Elise vermisst wird. Sie hat anscheinend sogar ein paar Tränen rausgepresst. Sie stand unter Drogen, und wie ich schon sagte, interessiert sie sich für niemanden, außer sich selbst. Er hat mir versprochen, sie im Auge zu behalten, um zu sehen, ob Elise sich vielleicht in ihrer Wohnung aufhielt, aber nach anderthalb Tagen Überwachung hatte sie das Motel, in dem er sie ursprünglich aufgefunden hatte, noch nicht verlassen. Ich weiß, du hältst mich für Abschaum und eine Gossenratte, Ball, aber nur weil meine Mutter eine Drogenabhängige ist, bedeutet das nicht, dass meine Schwester oder ich ihre Dummheit geerbt haben.«

»Ich halte dich überhaupt nicht für Abschaum«, erklärte Ball und war schockiert, dass sie so etwas überhaupt denken konnte.

Everly seufzte und vermied es, ihm in die Augen zu sehen.

»Das tue ich wirklich nicht«, beharrte Ball. »Ich weiß, dass wir vielleicht ein wenig auf dem falschen Fuß gestartet sind, aber ...«

Sie schnaubte verächtlich.

»... das heißt noch längst nicht, dass ich nicht respektiere, was du tust.«

Everly sah ihn an. »Aber du willst nicht mit mir arbeiten.«

Ball zuckte mit den Achseln. »Es ist nichts Persönliches. Ich arbeite einfach nicht gern mit Frauen.«

»Warum nicht?«

»Das spielt keine Rolle.«

Sie lachte barsch auf. »Ich finde allerdings schon, dass es eine Rolle spielt, da wir für eine Woche oder sogar länger zusammenarbeiten werden.«

»Wenn Elise also nicht zu deiner Mutter zurückgekehrt ist, gibt es dann sonst irgendwen, bei dem sie sein könnte?«, fragte Ball.

Einen Moment lang war er überzeugt davon, dass sie auf ihrer Frage beharren würde, warum er nicht gern mit Frauen zusammenarbeitete, aber schließlich seufzte sie.

»Ich weiß es nicht. Ich wollte, dass Elise bei mir wohnt, aber die Schule, auf der sie jetzt ist, ist großartig, und alle ihre Freundinnen sind dort. Also schicke ich jeden Monat Geld, um meine Großeltern zu unterstützen, und Elise weiß, dass sie, sobald sie die Highschool beendet hat, jederzeit hier bei mir in Colorado Springs willkommen ist und bei mir einziehen kann.«

»Würde es dir etwas ausmachen, wenn Meat sich in ihren Computer einloggt, wenn wir in Los Angeles ankommen?«, wollte Ball wissen. Sie hatten bereits darüber gesprochen, doch er wollte sich sicher sein.

»Ich habe absolut nichts dagegen.«

Ball nickte. Er dachte darüber nach, worüber sie sonst noch reden sollten, doch ihm fiel nichts mehr ein.

Er war noch nie so ... unbeholfen ... mit einer Frau gewesen. Er wusste, es lag daran, dass er nicht genau wusste, was er für Everly empfand. Er bewunderte sie dafür, dass sie sich in einem typisch männlich dominierten Beruf durchsetzte, auch wenn es ihn ärgerte, so eng mit ihr zusammenarbeiten zu müssen. Sie tat ihm leid, weil ihre Schwester vermisst wurde und sie so besorgt war ... aber er hatte auch das Gefühl, dass die Polizei von L.A. vielleicht recht hatte und das Mädchen sich nur die Hörner abstieß.

Seine Gefühle sowohl für seine Ex-Partnerin als auch für seine Ex-Freundin waren durch diesen Einsatz an die Oberfläche gebracht worden und er hatte sich in letzter Zeit damit auseinandergesetzt, auch wenn er halbherzig versucht hatte, den Mist wiedergutzumachen, den er über Everly gesagt hatte, als er erfahren hatte, dass sie bei dem Einsatz dabei sein würde.

Glücklicherweise kamen sie schnell am Flughafen an, sodass er keinen Small Talk machen musste. Sie parkten und machten sich auf den Weg zum Flugschalter. Innerhalb einer Stunde saßen sie im Flugzeug auf dem Weg nach Denver. Natürlich hatte Rex sie im Flugzeug auf benachbarte Plätze gesetzt. Ball hätte es vorgezogen, eine Pause von ihr zu haben, aber stattdessen mussten sie sich eine Armlehne teilen.

Um die unangenehme Stille zwischen ihnen zu vertreiben, während sie zur Startbahn rollten, schaute Ball zu
Everly auf dem Fensterplatz hinüber. Sie hatte die Augen
geschlossen und den Kopf an die Rückenlehne gelehnt. Ihre
Hände waren in ihrem Schoß verschränkt und es war mehr
als offensichtlich, dass sie im Flugzeug nervös war.

Sie trug auch einen Ring an ihrem rechten Zeigefinger,
den er vorher nicht bemerkt hatte. Es war ein schmaler,
goldener Ring, der möglicherweise als Ehering hätte durchgehen können, wenn sie ihn an der anderen Hand gehabt
hätte.

Der Gedanke an ihren Ring wurde schnell wieder von
der Erinnerung an seine Ex verdrängt.

Holly war auch keine gute Fliegerin gewesen. Sie hasste
das Gefühl, wenn das Flugzeug abhob, und dachte immer,
sie würden abstürzen. Sie waren nicht sehr oft zusammen
geflogen, aber Ball hatte immer seinen Arm um ihre Schultern gelegt und ihr gesagt, sie solle sich an ihm festhalten
und dass er sie beschützen würde.

Ball verdrängte die Gedanken an seine Ex und schaute
aus dem gegenüberliegenden Fenster auf der anderen Seite
des Ganges, damit er nicht sehen musste, wie Everly mit
ihren Ängsten kämpfte. Seine Finger zuckten mit dem
Wunsch, seine Hände auf ihre zu legen, um sie zu beruhigen. Es war ein törichter Gedanke. Seine Gesellschaft war
für sie genauso unangenehm wie ihre für ihn.

Zum Glück verlief der Start reibungslos und bald hatten
sie die Reiseflughöhe erreicht und flogen in Richtung
Denver. Everly holte ein Paar Ohrstöpsel heraus, steckte sie
in ihr Telefon, setzte sie sich in die Ohren und drehte sich
dann leicht zum Fenster, um ihn auszublenden.

Ball seufzte. Es würde eine lange Woche werden.

# KAPITEL ZWEI

Everly steckte sich die Ohrstöpsel in die Ohren, schaltete aber keine Musik ein. Sie musste in der Lage sein, im Falle eines Notfalls etwas zu hören. Sie hasste das Fliegen. *Hasste* es. Normalerweise fuhr sie nach Los Angeles, wenn sie ihre Schwester oder ihre Großeltern besuchen wollte, aber im Moment drängte die Zeit. Sie musste nach L.A. und Elise finden.

Immer, wenn sie daran dachte, wo ihre Schwester sein könnte, drohte das Entsetzen sie zu überwältigen, aber sie zwang sich dazu, das Gefühl zurückzuhalten. Sie würde sie finden. Sie musste es tun. Die Alternative war undenkbar.

Sie und ihre Schwester hatten schon früh im Leben das Nachsehen gehabt. Seit sie Kleinkinder waren, mussten sie kämpfen und sich durchschlagen. Ihre Mutter war die schlechteste Mutter aller Zeiten, aber wenigstens hatten sie Me-Maw und Pop.

Everly war nicht überrascht gewesen, als ihre Mutter mit Elise schwanger geworden war. Ehrlich gesagt war sie schockiert, dass es nicht schon früher passiert war. Ella Adams war eine Drogenabhängige, die seit ihrer Jugend mehrmals in der Reha gewesen war, aber im Grunde wollte sie einfach nicht mit den Drogen aufhören. Sie mochte den Rausch, den die Drogen ihr gaben, und sie mochte es zu feiern. Sie war auch hübsch, selbst nach all den Jahren des Selbstmissbrauchs. Everly und ihre Schwester hatten ihr kastanienbraunes Haar geerbt, aber Ella schien das gewisse Etwas zu haben, zu dem sich Männer immer hingezogen fühlten.

Der Kern des Problems war, dass Ella sich nur um sich selbst kümmerte. Weder die Väter ihrer Kinder noch ihre Kinder selbst bedeuteten ihr etwas. Es war ihr egal, dass sie ihren Eltern unzählige Stunden der Sorge bereitet oder dass sie manchmal vergessen hatte, ihren Kindern etwas zu essen zu geben. Ella wollte einfach nur den nächsten Schuss ... wollte im Mittelpunkt stehen. Sie war egoistisch und selbstsüchtig.

Ball hatte gefragt, woher Everly wusste, dass ihre Schwester nicht zu ihrer Mutter gegangen war. Weil Elise die Frau genauso hasste, wie Everly es tat. Niemals hätte sie zurückgehen und bei ihr leben können. Aber das bedeutete nicht, dass Elise keine pubertären Qualen durchmachte. Sie fand, dass ihre Großeltern zu streng waren, und sehnte sich nach mehr Unabhängigkeit.

Und Everly verstand, warum Elise nicht nach Colorado Springs kommen wollte, um bei ihr zu leben, auch wenn das nicht bedeutete, dass Everly mit dieser Entscheidung völlig einverstanden war.

Sie wusste, dass Elise nicht bereit war, ihre Schule und ihre Freundinnen aufzugeben, selbst wenn es bedeutete, aus Los Angeles wegzukommen, und Everly wollte nur das Beste für ihre kleine Schwester. Sie war einer der klügsten Menschen, die sie kannte. Das war das Einzige, was Everly im Moment beruhigte. Zu wissen, dass Elise in der Lage sein würde, Ruhe zu bewahren, bis Everly sie gefunden hatte, falls ihr *tatsächlich* etwas zugestoßen war.

Und dann war da noch der Mann neben ihr ...

Ball hatte sie gehasst, bevor er sie überhaupt kennengelernt hatte, und das schmerzte. Sie war zwar nicht gerade die sympathischste Frau auf der Welt, aber sie hatte noch nie erlebt, dass jemand sofort eine Abneigung gegen sie hegte, nur weil sie eine Frau war. Everly war sich durchaus bewusst, dass sie in einem von Männern dominierten Bereich arbeitete, aber die meisten Männer, denen sie begegnete, ließen zumindest nicht durchblicken, dass sie ihr den Job nicht zutrauten, und redeten nur hinter ihrem Rücken über sie.

Einerseits respektierte sie Ball widerwillig dafür, dass er seine Meinung sagte, aber andererseits machte es sie wütend. Wie konnte er es wagen, über sie zu urteilen, ohne sie überhaupt zu kennen? Wie konnte er es wagen zu entscheiden, dass sie, nur weil sie Brüste hatte, ihren Job nicht machen konnte?

Nachdem sie ein paar Tage in seiner Nähe verbracht hatte, verstand sie nun, dass seine Probleme aus seiner eigenen Vergangenheit stammten und nicht wirklich etwas mit ihr speziell zu tun hatten. Aber sie konnte immer noch nicht den Schmerz abschütteln, den seine Worte an jenem Tag, an dem sie sich zum ersten Mal getroffen hatten, verursacht hatten.

Sie war gestresst und besorgt und musste zwei Flüge in Kauf nehmen, bevor sie ihre Me-Maw und ihren Pop in die Arme schließen konnte. Das Fliegen verminderte ihren Stresspegel nicht. Starts und Landungen waren ihrer Meinung nach das Schlimmste. Die Statistiken belegten eindeutig, dass die meisten Flugzeugabstürze in den wenigen Minuten nach dem Start oder kurz vor der

Landung passierten. Also musste sie sich zusammenreißen, um jedes Mal, wenn sie flog, diese etwa zehn Minuten zu Beginn und am Ende eines jeden Fluges zu ertragen.

Zu allem Überfluss hatte sie in den letzten Tagen insgesamt etwa sechs Stunden geschlafen. Jedes Mal wenn sie die Augen schloss, verfolgten sie Bilder von Elises Leiche, die gefunden wurde. Sie war Polizistin. Sie wusste, dass die ersten achtundvierzig Stunden die wichtigsten waren, um eine vermisste Person zu finden. Und diese zwei Tage waren längst verstrichen. Die örtliche Polizei hielt sie für eine Ausreißerin, aber Everly wusste, dass die Beamten sich irrten.

Ja, Elise hatte sich in letzter Zeit schlecht gefühlt, aber sie würde niemals einfach so ohne ein Wort abhauen. Jemand hatte sie entführt. Everly spürte das bis in ihre Knochen. Sie mussten nur herausfinden, wer das getan hatte und wohin sie entführt worden war.

Everly betete, dass hinter der Entführung nicht das steckte, was einer der Ermittler in L.A. vermutete – Menschenhandel. Die meisten seiner Kollegen gingen immer noch davon aus, dass Elise eine Ausreißerin war, aber er hatte trotzdem diese Möglichkeit des Menschenhandels in Betracht gezogen und es Everly gegenüber erwähnt, und jetzt konnte sie den Gedanken nicht mehr loswerden.

Menschenhandel kam viel häufiger vor, als man dachte. Offenbar waren Entführungen und Vermisstenfälle in Los Angeles auf dem Vormarsch. Und wegen Elises Alter und der Anzahl anderer Mädchen und Frauen wie sie, die in letzter Zeit spurlos verschwunden waren, vermutete der Kriminalbeamte in L.A., dass dies ein weiterer Fall von Menschenhandel sein könnte.

Everly wollte es nicht glauben, aber sie hatte selbst schon Ermittlungen geführt, bei denen jemand verschwunden war, und der Verdacht hatte sich darauf konzentriert, dass die Opfer in ein Untergrundnetzwerk von Sexsklavinnen verschleppt worden waren. Aber wie bei jeder einzelnen Person, die sie im Laufe der Jahre befragt hatte, hätte sie nie gedacht, dass es jemandem passieren würde, den sie kannte und liebte. Niemals.

Aber vielleicht war es so.

Auf jeden Fall war Elise einfach verschwunden.

Everly hatte schon vorher von den Mountain Mercenaries gehört und es war ihr gelungen, mit ihrem schwer fassbaren Anführer Rex in Kontakt zu treten. Nachdem sie ihren Fall geschildert und er einige Nachforschungen angestellt hatte, hatte er zugestimmt, die Sache zu übernehmen. Rex hasste den Sexhandel. Er hatte es scheinbar zu seiner Lebensaufgabe gemacht, ihn zu beenden, ein Opfer nach dem anderen. Als er von dem Ermittler in L.A. erfuhr, dass es sich um einen mutmaßlichen Fall von Entführung zum Zweck des Sexhandels handelte, war Rex viel eher bereit zu helfen. Er hatte sogar zugelassen, dass Everly beteiligt wurde ... aber sie vermutete, dass das eher damit zu tun hatte, dass Rex eng mit der Polizei von Colorado Springs zusammenarbeitete und er wollte, dass diese Beziehung weiter florierte.

Elise war nicht gerade hilflos – Everly hatte sich die Zeit genommen, ihr Grundkenntnisse in Selbstverteidigung beizubringen –, aber sie war auch erst fünfzehn. Und taub. Und sie kam nach ihrem Vater, was die Größe anging. Mit einer Körpergröße von etwa einem Meter sechzig war sie nicht stark genug, um es mit einem erwachsenen Mann aufzunehmen.

Wie viele Mädchen in ihrem Alter liebte Elise die sozialen Medien. Sie unterhielt sich ständig mit ihren Freundinnen, verschickte alberne Bilder und postete Selfies.

Wenn Everly raten müsste, würde sie vermuten, dass ihre Schwester die Aufmerksamkeit von jemandem erregt hatte, dem ihr Aussehen gefiel – ihre roten Haare und grünen Augen. Vielleicht hatte sie sich online mit dem Falschen unterhalten und sich mit ihm verabredet.

Falls das der Fall war, so glaubte Everly nicht, dass Elise vorgehabt hatte, so lange wegzubleiben. Sie hatte nichts von ihren Schlafsachen mitgenommen und weder Me-Maw noch Pop gesagt, wohin sie ging. Ihre Schwester war verantwortungsbewusst ... aber sie war noch eine Jugendliche. Sie dachte nicht wirklich über die Konsequenzen ihres Handelns nach.

Everly hatte ihr Bestes getan, ein guter Einfluss zu sein, aber es war schwer, da sie so viel weg war. Erst war es das College, dann bekam sie einen Job bei der Polizei in Phoenix. Sie hatte sich abgerackert und konnte nicht so oft nach Hause fahren, wie sie es gern getan hätte. Dann bekam sie das Jobangebot von der Polizei in Colorado Springs und zog dorthin.

Sie fuhr so oft wie möglich nach L.A., um sie zu besuchen, aber letztendlich war die Aufgabe, Elise aufzuziehen, auf Me-Maw und Pop übergegangen.

In diesem Moment ertönte aus den Lautsprechern das Geräusch der Flugbegleiterin, die etwas sagte. Everly hob die Hand und nahm einen Ohrstöpsel heraus, aber sie hatte die Ansage bereits verpasst. »Was hat sie gesagt?«, fragte sie mit einem Anflug von Nervosität in der Stimme.

»Nur, dass wir bald mit dem Landeanflug beginnen«, entgegnete Ball.

*Verdammt.* Sie hasste die Landung genauso sehr wie den Abflug.

Ohne zu zögern, griff Ball zu ihr hinüber und nahm ihre Hand. Er verschränkte seine Finger mit ihren und legte ihre miteinander verschränkten Hände auf die Armlehne zwischen ihnen.

Er sah sie nicht an und er hatte immer noch die Falten in der Stirn, die bedeuteten, dass er gestresst oder verärgert war, aber das war ihr in diesem Moment egal. Allein die Tatsache, eine Verbindung zu jemandem zu haben, half ihr, ihre Angst besser in den Griff zu bekommen.

Sie redete sich ein, dass sie seine Hand nur hielt, weil sie so verängstigt war und in letzter Zeit nicht genügend Schlaf bekommen hatte, dann schloss Everly die Augen und lehnte den Kopf wieder gegen den Sitz. Sie war sich sicher, dass Ball sofort nach der Landung wieder sein übliches nerviges Verhalten an den Tag legen würde, aber im Moment, in diesem Moment, wollte sie den Trost annehmen, den er ihr bot.

Stunden später, als sie endlich auf dem Flughafen von Los Angeles gelandet waren, war Everly mehr als dankbar.

Ball hatte auf dem Flug nach Los Angeles nicht ihre Hand gehalten, weil Everly freiwillig den Platz mit einer Frau getauscht hatte, die beim Einchecken von ihrem Mann getrennt worden war. So saß Everly sechs Reihen hinter Ball und versuchte zu vergessen, wie beruhigend das Gefühl seiner Hand gewesen war und wie er mit dieser einfachen Geste ihre Panik in Schach gehalten hatte.

Jetzt wollte sie nur noch Me-Maw und Pop sehen. Es war zu lange her seit ihrem letzten Besuch. Sie waren jetzt Mitte siebzig, sahen aber eher aus wie fünfzig. Allison Adams hatte das gleiche rote Haar wie ihre Tochter und ihre Enkelinnen. Auch wenn das Alter das Rotbraun gemildert hatte, war es immer noch offensichtlich, dass sie von Natur aus rothaarig war, und sie war zierlich wie Elise. Landen Adams war groß, etwas über einen Meter achtzig, und es gefiel Everly immer, wie er seine Frau nachsichtig anlächelte, wenn sie sich verrückt aufführte ... was oft vorkam. Ihre Eskapaden schienen ihm nie peinlich zu sein und er berührte sie ständig. Er streichelte ihr über den Rücken. Hielt ihre Hand. Legte sein Bein an ihres, wenn sie saßen. Er fuhr ihr mit den Fingern durch das Haar.

Ihre Beziehung war einer der Gründe, warum Everly immer noch Single war. Sie hatte noch nie einen Mann getroffen, der sie so ansah, wie Pop Me-Maw ansah.

Es war herzzerreißend, dass zwei so wunderbare Menschen eine Tochter hatten, die sich so entwickelt hatte wie Ella.

In dem Moment, in dem sie und Ball den Sicherheitsbereich des Flughafens verließen, sah Everly Me-Maw und Pop. Ohne sich darum zu kümmern, ob Ball ihr folgte, ging sie direkt auf sie zu. Sie hatten versprochen, sie am Flughafen zu treffen, aber Everly hatte ihnen gesagt, dass sie sich keine Umstände machen müssten, dass sie und Ball einen Wagen mieten und die beiden zu Hause treffen würden.

Natürlich hatten sie sie einfach ignoriert und waren trotzdem gekommen.

Everly wollte nichts anderes, als die Arme ihrer Großmutter um sich zu spüren, und ließ ihre Reisetasche fallen, während sie sich praktisch in die Umarmung stürzte, die auf sie wartete.

Zum ersten Mal, seit sie von Elises Verschwinden gehört hatte, brach sie zusammen.

Als sie den vertrauten Duft von Me-Maw roch und sah, wie zerbrechlich sie wirkte, konnte Everly einfach nicht mehr. Es dauerte einige Minuten, aber schließlich hatte sie sich wieder unter Kontrolle und sah zu Pop auf. Er stand wie immer hinter seiner Frau und hatte eine Hand auf ihrem Rücken, während sie Everly im Arm hielt.

Sie wollte ihn umarmen und spürte, dass jemand sie

berührte. Für einen Moment hatte sie Ball ganz vergessen. Als sie den Kopf drehte, sah sie, wie er einen Schritt zurücktrat, und bemerkte erst dann, dass er die ganze Zeit, in der sie Me-Maw umarmt hatte, seine Hand auf ihrem Rücken hatte, um ihr stumm Beistand zu leisten.

Bevor sie das verarbeiten konnte, umarmte Pop sie. Er roch noch genauso wie früher ... nach den Zigarren, die er gern rauchte, obwohl seine Frau ihn dafür ausschimpfte.

»Hey, Pop«, sagte Everly.

»Hey, meine Kleine. Alles okay?«, fragte er.

Everly atmete tief durch und nickte. Sie war zwar alles andere als okay, aber sie musste stark sein. Eigentlich sollten ihre Großeltern ihren wohlverdienten Ruhestand genießen, doch stattdessen waren sie damit beschäftigt, ihre zweite Enkelin großzuziehen, und jetzt hatten sie auch noch Schuldgefühle und machten sich selbst Vorwürfe, weil sie verschwunden war.

»Wir werden sie finden«, erklärte sie ihrem Großvater mit mehr Zuversicht, als sie empfand. Sie hatte nicht die geringste Ahnung, ob sie Elise tatsächlich finden würden, aber zusammen mit den Mountain Mercenaries hatte sie hoffentlich eine Chance. Und selbst eine kleine Chance war besser als gar keine.

»Seid ihr mit dem Wagen gekommen?«, fragte Everly und beugte sich vor, um ihre Reisetasche zu nehmen. Allerdings stand diese nicht mehr vor ihr, und als sie den Blick hob, sah sie, dass Ball sie sich über die Schulter geworfen hatte. Sie wollte eigentlich darauf bestehen, ihre eigene Tasche zu tragen, doch sie wusste, dass Me-Maw sie dafür ausschimpfen und ihr sagen würde, sie solle den »netten jungen Mann« ihre Sachen tragen lassen.

»Wir sind mit einem Taxi gekommen«, erklärte Pop stolz.

Everly lachte leise. »Tatsächlich?«

»Ja. Wir wollten nicht den ganzen Weg hierher fahren und wussten ja, dass du sowieso vorhast, einen Wagen zu mieten, also dachten wir einfach, wir fahren mit dir nach Hause«, erklärte Me-Maw. »Und jetzt ... stell uns doch bitte deinen Freund vor.«

»Ach ja, richtig. Me-Maw, Pop, darf ich euch Kannon Black vorstellen? Er ist Teil eines Teams, das mir dabei helfen wird, Elise ausfindig zu machen. Das ist meine Großmutter Allison Adams.«

Allison hielt ihm die Hand hin. »Schön, dich kennenzulernen, Kannon.«

»Das geht mir auch so. Ich wünschte nur, die Umstände wären nicht so traurig. Und bitte nennen Sie mich doch Ball«, sagte er und schüttelte ihr die Hand.

»Ball ... wie ungewöhnlich«, murmelte ihre Großmutter. »Darf ich raten ... kommt das vielleicht von Cannonball?«

»Wie bitte?«, fragte Ball.

Allison lachte leise. »Hast du so deinen Spitznamen bekommen? Wegen deines Vornamens? Kannon. Ball?«

Ball lächelte. »Eigentlich nicht. Aber das würde auch passen.«

Everly konnte bei den Worten ihrer Großmutter ein Grinsen nicht unterdrücken. »Und das ist mein Großvater Landen«, sagte sie und zeigte auf ihren Großvater. Ball schüttelte seine Hand.

»Vielen Dank für deinen Dienst für unser Volk«, erklärte Pop.

Everly blinzelte überrascht. »Woher weißt du, dass er beim Militär war?«

»Ich weiß es einfach«, entgegnete Pop und drehte sich dann zu Ball um. »Welche Einheit?«

»Ich war bei der Küstenwache, Sir.«

»Nenn mich bitte Pop. Oder Landen, wenn dir das lieber

ist. Und nicht diesen hochgestochenen Blödsinn von wegen Sir.«

»Entschuldigung«, erwiderte Ball. »Das wurde mir von klein auf so beigebracht. Ich bin im Süden aufgewachsen und meine Mutter hätte mir einen Schlag auf den Hinterkopf verpasst, wenn ich Ihnen nicht den gebührenden Respekt zolle, indem ich Sie Sir nenne.«

Pop lachte leise. »Na gut. Du hast mir den gebührenden Respekt gezollt. Jetzt reicht es damit aber. Für dich bin ich ab jetzt Pop oder Landen.«

»Komm schon«, sagte Everly, »holen wir den Wagen. Ich will unbedingt so schnell wie möglich nach Hause und mich an Elises Computer setzen.«

Ihre Worte dienten als Erinnerung daran, warum sie überhaupt hier waren, und Everly hätte sich selbst ohrfeigen können, als sie sah, wie ihr Pop die Stirn runzelte und Me-Maws Gesicht lauter Sorgenfalten bekam. Sie hakte sich bei ihrer Großmutter unter und zog sie in Richtung des Autoverleihs im Flughafen. »Wir werden sie finden, Me-Maw«, erwiderte sie leise. »Ich verspreche dir, nicht eher aufzugeben, bis sie wieder zu Hause ist.«

»Ich bin doch nicht dumm«, erklärte Allison. »Ich kenne die Statistik genauso gut wie du. Und wir wissen alle über den Menschenhandel Bescheid. Elise ist wunderschön, genau wie du, und ich habe große Angst davor, dass wir sie nie wiedersehen werden.«

Ball ergriff das Wort, bevor Everly antworten konnte. »Everly hat mir erzählt, dass Elise ausgesprochen schlau ist. Sie weiß, dass ihre Schwester alles in ihrer Macht Stehende tun wird, um sie zu finden. Haben Sie Vertrauen, Allison. Wir werden nichts unversucht lassen, um Ihre Enkelin wiederzufinden.«

»Vielen Dank«, entgegnete Me-Maw schniefend. Dann

atmete sie tief durch und straffte die Schultern. »Ich habe einen Braten in meinem Schongarer«, erklärte sie Everly. »Du bist viel zu dünn. Du musst doch bei Kräften bleiben. Hast du denn wenigstens genug geschlafen?«

Everly lächelte. Manche Dinge änderten sich eben nie. Ihre Großmutter war immer darauf bedacht, dass sie genug zu essen und genügend Schlaf bekam. »Es tut mir so leid, dass ich euch so lange nicht besucht habe«, erklärte sie ihr. »Ich werde in Zukunft versuchen, das zu ändern.«

Pop legte seiner Frau einen Arm um die Schultern und die drei gingen nebeneinander her. »Du musst uns nicht besuchen. Wir wissen auch so, dass du uns liebst.«

»Das stimmt natürlich, aber ich vermisse euch«, erklärte Everly.

Me-Maw stieß ihren Mann mit dem Ellbogen in die Rippen. »Hör auf, ihr zu sagen, dass sie nicht nach Hause kommen muss.«

»Das habe ich doch gar nicht«, verteidigte sich Pop.

»Hast du wohl!«

Während ihre Großeltern weiter zum Spaß hin und her debattierten, drehte Everly sich um, um sich davon zu überzeugen, dass sie Ball nicht verloren hatten. Sie begegnete seinem Blick für den Bruchteil einer Sekunde – und was sie dort sah, überraschte sie. Anstelle des zynischen oder misstrauischen Gesichtsausdrucks, an den sie sich gewöhnt hatte, sah er entspannter aus, als sie ihn je gesehen hatte.

---

Glücklicherweise gab es keine lange Schlange bei der Autovermietung und Ball konnte recht schnell seinen Wagen abholen. Er nahm ein Upgrade auf einen Geländewagen, da Everlys Großeltern mit ihnen fuhren.

Er mochte Everlys Großeltern. Sie wirkten zurückhaltend und waren aufgebracht über ihre vermisste Enkelin, aber die enge Verbindung zwischen den beiden war kaum zu übersehen. Landen legte immer wieder seine Hand auf den Rücken oder den Arm seiner Frau, während sie sich unterhielten, und die Art, wie er sie ansah, machte deutlich, dass er immer noch sehr verliebt in sie war.

Nicht nur das, auch Everlys Me-Maw war unterhaltsam bei ihren Bemühungen, ihn und ihre Enkelin zusammenzubringen. Außerdem hatte er Allison einmal dabei erwischt, wie sie ihm auf den Hintern gestarrt hatte, und das brachte ihn zum Lachen.

Und zum ersten Mal, seit er erfahren hatte, dass er mit Everly arbeiten musste, hatte er gesehen, wie sie ihren üblichen Schutz aufgab. Ihre Reaktion, als sie ihre Großeltern gesehen hatte, war ihm nahegegangen.

Er hasste es, wenn Frauen Krokodilstränen vergossen. Holly, seine Ex, hatte das ständig getan. Sie presste Tränen heraus, wenn sie ihren Willen nicht bekam. Und seine Partnerin Riley hatte während der Untersuchung dessen, was mit Ball geschehen war, eimerweise Tränen vergossen. Obwohl er es nicht beweisen konnte, hatte er die Vermutung, dass ihre Tränen ein paar der Beamten, die mit ihrem Schicksal betraut waren, zu ihren Gunsten beeinflusst hatten.

Aber Everlys Tränen waren echt gewesen, unvermeidlich, sie kamen aus tiefster Seele. Er vermutete eine Mischung aus Erleichterung darüber, in den Armen ihrer Großmutter zu liegen, und Verzweiflung darüber, dass ihre Schwester vermisst wurde. Während ihrer Gespräche während der letzten Tage hatte sie nicht einmal die Hälfte der Emotionen gezeigt, die sie gezeigt hatte, als sie ihre Me-Maw gesehen hatte. Das verdeutlichte ihm, dass dies nicht nur ein Job für sie war. Ganz und gar nicht.

Sie mochte ihrer Mutter nicht nahestehen oder sie sogar nicht leiden können, aber sie stand ihren Großeltern und ihrer Halbschwester sehr nahe. Ihre Wiedervereinigung zu sehen löste in Ball ein Gefühl der Dringlichkeit aus, das er vor dem heutigen Tag nicht gespürt hatte.

Zuvor war Elise nur ein weiteres vermisstes Mädchen gewesen. Aber jetzt war sie viel realer.

Ball war immer noch nicht sehr glücklich darüber, mit Everly arbeiten zu müssen, aber sie mit ihren Großeltern zu sehen hatte bereits etwas in ihm verändert. Er musste nur noch herausfinden, was genau.

Everly bestand darauf, dass Me-Maw auf dem Vordersitz saß, und sie verbrachte die meiste Zeit der Fahrt zum Haus damit, sich mit ihrem Großvater auf dem Rücksitz zu unterhalten. Währenddessen verbrachte Allison Adams die Fahrt damit, ihn in die Mangel zu nehmen. Sie stellte ihm persönliche Fragen, wie alt er sei, wo er wohne, ob er Kinder wolle – bis Everly ihr sagte, sie solle damit aufhören.

Als sie sich dem Haus näherten, begann Ball, seine Umgebung genauer zu beobachten. Die Gegend, in der die Adams lebten, war nett. Sie war nicht superteuer, aber sie lag auch nicht mitten in einem schlechten Teil der Stadt. Die Rasenflächen waren alle gepflegt und viele Bereiche neben den Gehwegen waren mit Blumen bepflanzt.

»Vor zwanzig Jahren war hier alles voller Kinder«, erklärte Allison. »Aber jetzt sind sie alle groß und von hier weggezogen und nur wir Alten bleiben hier zurück.«

»Du bist doch nicht alt«, erklärte Everly vom Rücksitz aus.

»Nur erfahren«, entgegnete Allison locker, als handelte

es sich um einen Scherz, den sie und ihre Enkeltochter öfter machten.

»Die Gegend ist schön«, bemerkte Ball.

»Noch ist sie das. Doch leider wird sie mit jedem Jahr, das verstreicht, immer weniger schön«, erwiderte Pop. »Die Kriminalitätsrate ist gestiegen und langsam, aber sicher bekommen wir es hier auch mit den Gangs zu tun.«

»Glaubst du, Elise könnte etwas mit diesen Gangs zu tun haben?«, wollte Everly wissen.

»Nein. Aber vor ein paar Tagen hätte ich auch felsenfest behauptet, dass sie niemals spurlos verschwinden würde«, gab Pop zu bedenken.

Damit hatte er natürlich auch wieder recht.

Nachdem er die Einfahrt hinaufgefahren war, hielt Ball den Wagen an und schaltete den Motor ab. »Bleiben Sie sitzen, ich mache Ihnen die Tür auf«, erklärte er Allison.

»Das ist nicht nötig«, erwiderte sie mit einem kleinen Lächeln. Ihr Mann war bereits aus dem Fond gestiegen und hatte ihr die Tür geöffnet. Er hielt ihr eine Hand hin und half ihr aus dem Wagen, als täte er das jeden Tag ... was auch wahrscheinlich der Fall war. Er führte sie zur Haustür und ließ Ball und Everly zurück.

Ball drehte sich um, um Everlys Tür zu öffnen, aber sie war auch schon draußen und stand am Heck des Geländewagens, um den Kofferraum zu öffnen und ihre Tasche zu holen. Er eilte dorthin zurück und versuchte, ihre Tasche zusammen mit seiner zu nehmen.

»Ich mach das schon«, erklärte sie und nahm ihm die Tasche aus der Hand.

»Ich versuche doch nur, höflich zu sein«, erwiderte er.

»Also, dann hör damit auf. Schließlich ist dies keine Verabredung. Ich bin mir sehr wohl bewusst, was du von mir hältst.«

»Everly ...«

»Versuche es gar nicht erst«, sagte sie. »An dem Tag, an dem wir uns kennengelernt haben und du hinter meinem Rücken über mich geredet hast, habe ich laut und deutlich gehört, wie du über mich denkst. Du möchtest nicht mit mir arbeiten und ich bin mir sicher, dass du wütend darüber bist, dass du derjenige bist, der mit mir nach Los Angeles fahren muss. Ich verstehe es. Glaubst du, das tue ich nicht? Ich arbeite ständig mit Männern wie dir.«

»Männern wie mir?«, hakte Ball nach.

»Ja. Mit Männern, die davon überzeugt sind, dass eine Frau den Job nicht so gut erledigen kann, wie sie es können.«

»Aber das ist doch gar nicht ...«

»Ist es sehr wohl«, sagte sie und fiel ihm erneut ins Wort. »Aber nur, damit du es weißt ... Frauen können den Job genauso gut erledigen, wenn nicht sogar besser. Es ist mir egal, dass ich kleiner bin oder die meisten Männer mehr wiegen als ich. Ich habe gelernt, wie ich in Bezug auf meine Körpergröße am effektivsten kämpfen kann. Ich kann auch unfair kämpfen, wenn es nötig ist. Ich kann genauso schnell laufen wie jeder andere Mann, sogar schneller als viele der Polizisten in Colorado Springs. Ich kann genauso gut mit einer Waffe umgehen und ein Gebäude durchsuchen. Wenn ich meine SWAT-Kleidung trage, sieht man nicht mal, dass ich eine Frau bin.

Ich weiß nicht, was du für ein Problem mit Frauen hast, Ball, und es ist mir auch egal. Du kannst mich wie Scheiße behandeln und ich werde nicht mal blinzeln. Aber denk ja nicht, dass du Me-Maw und Pop respektlos behandeln kannst. Das werde ich nicht dulden. Hast du mich verstanden?«

»Habe ich sie bis jetzt respektlos behandelt?«, fragte

Ball, wartete allerdings ihre Antwort nicht erst ab. »Nein, habe ich nicht. Sie scheinen großartig zu sein und du hast verdammtes Glück, sie zu haben. Ich wünschte, ich würde meine Großeltern kennen, aber sie sind gestorben, als ich klein war, und ich erinnere mich nicht an sie. Und ich arbeite vielleicht nicht gern mit Frauen, aber das hat nichts mit dir zu tun. Ich habe eine schlechte Erfahrung gemacht. Das ist meine Sache und ich tue mein Bestes, damit es diesen Fall nicht beeinflusst. Und ich weiß, ich war ein Idiot, als ich hörte, dass du daran beteiligt sein wirst, und es tut mir leid. Aber für deine Schwester ist es das Beste, wenn wir zusammenarbeiten, also versuche ich, das zu tun, okay?«

Sie starrte ihn einen Moment lang an, dann nickte sie und ging ohne ein weiteres Wort zur Tür.

Ball folgte ihr – und in dem Moment, in dem er das kleine Haus betrat, spürte er, wie er sich entspannte. Der Geruch des Schmorbratens lag in der Luft und brachte Balls Magen zum Knurren. Im Wohnzimmer war es etwas unordentlich, aber auf eine Weise, die bewies, dass Allison und Landen schon lange dort wohnten.

Auf jeder freien Fläche und an den meisten Wänden hingen Bilder und Ball betrachtete sie kurz, bevor er sich vornahm, sie sich später alle genauer anzusehen. Den ersten Eindrücken nach zu urteilen schien Everly ein glückliches kleines Kind zu sein, aber mit der Zeit zeigten die Fotos jemanden, der ernster war. Er war neugierig auf den Schmerz, den er in ihren Augen auf den neueren Fotos sah. Schmerz, den sie normalerweise gut verbarg, der aber trotzdem ab und zu durchdrang.

Er wusste, dass er aus seiner Einstellung zur Zusammenarbeit mit ihr keinen Hehl gemacht hatte, aber er hatte auch nicht vermutet, dass sie sich viel darum scherte, was er dachte. Er hatte sich offensichtlich geirrt. Ungeachtet dessen, was sie sagte, machte es ihr sehr wohl etwas aus. Und das überraschte ihn.

Er schwor sich im Geiste, seine Vorurteile abzulegen. Elise verdiente jedes Quäntchen seiner Professionalität und Kompetenz. Wenn er und Everly sich ständig gegenseitig an die Gurgel gingen, würde das ihre Konzentration von der eigentlichen Aufgabe ablenken, für die sie hier waren.

Der Plan war gewesen, dass er in einem Hotel in der Nähe übernachtete und Everly bei ihren Großeltern, aber als Me-Maw das hörte, sprach sie ein Machtwort.

»Ich habe bereits das Zimmer vorbereitet«, erklärte sie den beiden.

»Was für ein Zimmer?«, wollte Everly wissen.

»*Dein* Zimmer. Für dich und deinen Freund.«

Bei dem Ausdruck des Entsetzens, der bei diesen Worten auf Everlys Gesicht erschien, musste Ball die Lippen fest zusammenpressen, um nicht laut aufzulachen.

»Wir sind nicht zusammen, Me-Maw. Das habe ich dir doch schon gesagt.«

Die ältere Frau verschränkte die Arme vor der Brust und ihr Gesicht nahm einen störrischen Ausdruck an. Pop sah seine Frau an und verdrehte die Augen.

»Seid ihr wirklich kein Paar? Ich dachte, er war vielleicht nur höflich«, entgegnete Me-Maw fast ein wenig traurig. »Ich meine, immerhin bist du vierunddreißig, alt genug, um einen Jungen mit nach Hause zu bringen. Und außerdem, wie soll ich sonst Großenkel bekommen?«

Ball verschluckte sich an dem Schluck Wasser, den er gerade genommen hatte.

»Me-Maw!«, beschwerte sich Everly.

»Was ist denn?«

»Wir sind nicht zusammen. Er mag mich nicht mal!«

»Doch, ich mag dich«, entgegnete Ball sofort. Und er

stellte genau in diesem Moment fest, dass er sie nicht nur wirklich mochte, sondern sie auch *respektierte*. Er mochte nicht glücklich darüber sein, dass sie mit seinem Team arbeitete, aber das minderte nicht die Tatsache, dass er sie, je mehr Zeit er mit ihr verbrachte, je mehr er sie kennenlernte, umso mehr und gegen seinen Willen mochte.

»Nein, tust du nicht«, erwiderte sie.

»Doch, tue ich schon.«

»Nein, tust du *nicht*«, beharrte sie.

Ball grinste.

»Und hör auf zu lächeln!«

Dadurch wurde sein Lächeln nur noch breiter. Er warf einen Blick zu Me-Maw, die in der Küche stand und die beiden angrinste. Er wandte sich zu ihr um. »Ich weiß das Angebot, hier zu übernachten, sehr zu schätzen. Das tue ich wirklich. Aber ich glaube, Everly sollte ein wenig Zeit allein mit ihren Großeltern verbringen. Und ich muss ziemlich viele Nachforschungen anstellen und es gibt viel mit meinem Team in Colorado Springs zu besprechen.«

»Aber bilde dir bloß nicht ein, du könntest mir etwas vorenthalten«, sagte Everly und stemmte die Hände in die Hüften.

Das tat sie ziemlich häufig und Ball konnte nicht umhin zu bemerken, wie sich dabei ihr T-Shirt über ihre Brust spannte. Verdammt, sie hatte wirklich eine tolle Figur ... und er war ein Mistkerl, weil er in dieser Situation auf so etwas achtete. »Das wäre mir nie in den Sinn gekommen«, versicherte er ihr.

»Na gut. Von mir aus kann er bleiben«, bemerkte Everly an Me-Maw gewandt.

»Ich meine es ernst, es macht mir überhaupt nichts aus ...«

»Ich schlafe hier auf dem Sofa und er kann im Gästezimmer schlafen«, unterbrach Everly ihn erneut.

»Seit ein paar Monaten steht dort ein großes Doppelbett«, bemerkte Pop, der sich damit zum ersten Mal an diesem Gespräch beteiligte. »Das Sofa hier draußen ist wirklich ungemütlich. Ihr könnt mir vertrauen, denn ich muss es wissen. Ich bin schon unzählige Male darauf eingeschlafen.«

Everly starrte ihren Großvater ungläubig an. »Jetzt verbindest du dich auch noch gegen mich.«

»Ich habe nicht die geringste Ahnung, wovon du redest«, erklärte der ältere Mann mit einem kleinen Grinsen. »Ich sage nur, wenn Ball bis in die Nacht hinein Nachforschungen anstellt, nehme ich an, dass du das mit ihm besprechen musst, und es wird einfacher sein, wenn ihr im selben Raum seid. Deine Me-Maw und ich schlafen nicht so gut, und wenn ihr hier draußen im Wohnzimmer seid, könnten wir euch hören.«

Ball war beeindruckt von der Art und Weise, wie das Paar seine Enkelin so mühelos manipulierte. Es war nicht so, dass er im selben Zimmer wie sie schlafen wollte, aber es machte wirklich Spaß, ihr dabei zuzusehen, wie sie sich wand. Er fand es irgendwie seltsam, dass ihre Großeltern gewillt waren, sie in eine intime Situation mit einem Mann zu bringen, mit dem sie nicht zusammen war ... aber dann betrachtete Ball das Paar genauer.

Allison hatte die Stirn gerunzelt, sie rang die Hände leicht, aber beständig zusammen. Und obwohl Landen sich gerade über Everly lustig machte, hörte Ball auch Besorgnis in seinem Tonfall.

Wahrscheinlich benutzten sie das mangelnde Liebesleben ihrer Enkelin, um von der Situation mit Elise abzulenken. Er wusste bereits, dass sie enorme Schuldgefühle hatten. Sie hatten keine Kontrolle darüber, wo Elise jetzt war oder was mit ihr passieren würde ... aber sie konnten kontrollieren, wo Everly schlief, vielleicht sogar dazu beitragen, dass sie jemanden fand, mit dem sie ihr Leben verbringen konnte.

Ihn und Everly zu ärgern war etwas, worauf sie sich konzentrieren konnten, anstatt der Sorge, die in der letzten Woche schwer auf ihren Schultern gelastet hatte.

»Es ist schon in Ordnung«, sagte er und erlöste Everly. »Ich kann im Hotel bleiben, wie wir es ohnehin geplant haben. Ich verspreche dir, dass ich dir alles erzählen werde, was wir herausfinden.«

»Nein«, erwiderte sie. »Ich vertraue dir nicht. Wir bleiben beide hier.«

Ihre Antwort überraschte und ärgerte ihn. Er musste ein wenig Zeit getrennt von ihr verbringen. Er konnte nicht rund um die Uhr mit ihr zusammen sein. Das kam überhaupt nicht infrage. »Das Hotelzimmer ist bereits reserviert. Ich werde dort übernachten.«

»Und was, wenn Elise anruft? Musst du dann nicht hier sein? Was, wenn ihr Entführer anruft? Du kannst nicht einfach jeden Abend acht bis zehn Stunden von der Bildfläche verschwinden, nur weil es dir nicht gefällt, mit einer Frau zusammenzuarbeiten.«

Ball biss die Zähne zusammen. Sie hatte recht. Verdammt. »Also gut.«

»Also gut«, wiederholte sie. »Aber«, sie wandte sich an ihre Großmutter, »ich kann in Elises Zimmer schlafen. Da ist ein einwandfreies Bett drin. Auf diese Weise kann Ball immer noch in der vergleichsweise ruhigen Atmosphäre des Gästezimmers recherchieren, und wenn er mich etwas fragen muss oder einen Rat braucht, bin ich immer noch da, um zu helfen.«

Bei der Erwähnung ihrer vermissten Enkelin seufzte

Allison schwer und sie ließ die Schultern hängen, als würde das Gewicht der Welt wieder auf ihr lasten, die momentane Unbeschwertheit mit Everly war bereits vergessen. »Okay, mein Schatz.«

Ball dachte sich, dass er dem angespannten Paar aus dem Weg gehen und sich an die Arbeit machen sollte, und sagte leise: »Wenn mir jemand den Weg zu Elises Zimmer zeigt, schaue ich mich kurz um, wenn das in Ordnung ist.«

»Ich zeige es dir«, sagte Landen. Er ging einen kurzen Flur entlang und Ball folgte ihm. Bevor er das Wohnzimmer verließ, sah er Everly in die Küche gehen, um ihre Großmutter zu trösten.

»Hier ist das Zimmer«, sagte Landen und machte eine Tür auf. »Wenn du irgendwelche Fragen hast, zögere nicht, sie zu stellen.« Und damit machte er sich auf den Weg zurück zu seiner Frau und seiner Enkelin.

Ball trat in Elises Zimmer und stand einfach einen Moment da, nahm es in sich auf und versuchte, sich in den Kopf der vermissten Fünfzehnjährigen hineinzuversetzen. Es sah nicht so aus, als hätten die Adams es angerührt, seit Elise vor fast einer Woche zur Schule gegangen war.

Die Decke auf dem Bett war zurückgeschlagen, als wäre sie gerade aufgestanden und hätte sich nicht mehr umgesehen. Auf der Matratze lag ein rosa Laken und die Bettwäsche war ebenfalls rosa mit großen weißen Blumen. An den Wänden hingen Poster von Beyoncé und Drake, aber auch von Thor und Wonder Woman. Es gab auch ein Poster von einem jungen Schauspieler, den er nicht erkannte. Er machte sich eine mentale Notiz, Everly später danach zu fragen, und sah sich weiter um.

Ihr Schreibtisch war ein absolutes Durcheinander. Überall auf der Oberfläche lagen Papiere und Bücher herum. An der Wand dahinter hing eine Pinnwand. Ball trat näher heran, damit er einen besseren Blick darauf werfen konnte. Fahrkartenabschnitte, ein paar Fotos von Elise mit anderen Mädchen, ein Gedicht und andere alberne Erinnerungsstücke waren so angeheftet, dass sie sie täglich sehen konnte.

Schmutzige Kleidung lag in einer Ecke neben einem bereits vollen Wäschekorb und aus dem kleinen Schrank auf der anderen Seite des Zimmers quollen Kleider heraus.

Ball ging zum Fenster hinüber und versuchte, es zu öffnen. Verriegelt. Er spähte hinaus und sah, dass es ein Leichtes wäre, das Fenster zu öffnen und sich aus dem Haus zu schleichen, da sich das Zimmer im Erdgeschoss befand, aber soweit er sehen konnte, gab es draußen unter dem Fenster selbst keine Fußspuren. Außerdem war sie an dem Tag, an dem sie verschwunden war, zur Schule gegangen. Sie hatte sich nicht aus dem Haus geschlichen, um sich mit jemandem zu treffen.

»Sieht aus wie ein ganz normales Mädchenzimmer, nicht wahr?«

Ball war nicht von Everlys plötzlichem Auftauchen überrascht. Er hatte vor ein paar Sekunden gehört, wie sie hereingekommen war.

»Ja, aber es fehlt etwas«, erklärte er.

»Und was?«

»Der Computer.« Er wandte sich zu Everly um.

»Sehr zu ihrem Leidwesen darf sie ihn nicht in ihrem Zimmer benutzen. Me-Maw und Pop haben ihr einen erlaubt, doch sie musste ihn immer im Wohnzimmer benutzen, wenn sie dabei waren. Sie wollten nicht, dass sie die ganze Nacht wach bleibt und mit ihren Freundinnen oder wem auch immer spricht.«

»Hmmm.«

»Hast du irgendeine Vermutung?«, wollte Everly wissen.

»Bis jetzt noch nicht«, erwiderte Ball. »Ich habe da nur so ein Gefühl, dass deine Großeltern das Herz zwar am rechten Fleck haben und dass es eine gute Idee war, ihr den Computer nicht ständig zur Verfügung zu stellen, aber dass sie vielleicht doch nicht ganz so vorsichtig waren, wie sie dachten. Wer ist das da?«, fragte er und nickte mit dem Kinn in Richtung des Posters.

Everly betrachtete das Poster des jungen Mannes und sagte dann: »Sean Berdy. Warum glaubst du, sie seien nicht vorsichtig genug gewesen?«

Ball ging hinüber zu dem Poster und hob vorsichtig die untere Ecke an, die nicht an der Wand dahinter befestigt war, und besah sie sich genauer.

»Ball? Willst du mir vielleicht antworten?«

»Und wer ist Sean Berdy?«, fragte er erneut und beachtete ihre Frage vorerst nicht.

Everly seufzte. »Er ist ein gehörloser Schauspieler. Er hat in dem Film *Herkules und die Sandlot Kids 2* mitgespielt, aber das ist schon Ewigkeiten her. In letzter Zeit hat er in der TV-Serie *Switched at Birth* mitgemacht ... dieser Serie wurde zugutegehalten, das Bewusstsein der Gesellschaft für die Kultur der Gehörlosen zu sensibilisieren. Elise liebt diese Serie und man könnte behaupten, dass sie auch in Sean verliebt ist.«

Ball hob das Poster höher an, bis auch Everly die Rückseite sehen konnte.

Leise keuchend ging Everly an seine Seite. Sie nahm ihm das Poster aus der Hand und neigte den Kopf, um besser lesen zu können, was Elise auf die Rückseite geschrieben hatte.

*Elise Berdy* stand da immer wieder geschrieben und überall waren Herzen hingekritzelt.

»Wow«, hauchte Everly.

»Ich würde dir bei deiner Einschätzung zustimmen, dass sie in Sean verliebt ist«, entgegnete Ball leise lachend.

Everly antwortete nicht, sondern hob das Poster noch ein wenig höher. Über den Herzen und dem Namen, den Elise überall hingeschrieben hatte, gab es noch ein paar Zeilen, die extrem klein geschrieben waren. Sie musste die Augen zu Schlitzen verengen, um sie lesen zu können.

Ball runzelte die Stirn, lehnte sich vor und las über ihre Schulter mit.

*Me-Maw ist so gemein! Sie will mich einfach nicht nach Hollywood fahren, damit ich Sean treffen kann. Ich bin mir sicher, dass er sich auf jeden Fall in mich verlieben würde, wenn er mich nur sieht. Ich bin nicht zu jung. Wir wären perfekt zusammen. Ich hasse es hier. Ich hasse Me-Maw, ich hasse meine Schwester, ich hasse meine Mutter. Ich hasse jeden!*

*Heute Morgen bin ich aufgewacht und die Blumen draußen im Beet sind über Nacht aufgeblüht. Sie sind so wunderschön.*

*Ich habe heute mit Ev gesprochen und so sehr ich mich für sie freue, bin ich doch traurig. Ich hasse L.A. und kann es nicht erwarten, von hier zu verschwinden.*

*Ich habe heute für meinen Aufsatz eine Eins bekommen. Ich bin wirklich toll!*

*Ich wünschte, ich wäre tot.*

*Carrie ist wirklich eine blöde Kuh! Sie hat Rick gesagt, dass ich noch Jungfrau bin, und alle haben mich ausgelacht. Das ist wirklich eine tolle Freundin.*

Bei den Notizen handelte es sich ganz offensichtlich um eine Art Tagebuch. Und es war klar, dass die Sätze zu verschiedenen Zeitpunkten geschrieben worden waren, da sie verschiedene Farben hatten und kreuz und quer auf die Rückseite des Posters geschrieben standen. Manchmal horizontal, manchmal diagonal und manchmal auf dem Kopf stehend.

»Dreh jetzt nicht durch«, erklärte Ball leise und hätte am liebsten eine Hand auf Everlys angespannte Schultern gelegt, um sie zu trösten – doch gleichzeitig wollte er eine sichere Distanz zu ihr wahren, um sich selbst zu schützen.

»Ich soll nicht durchdrehen?«, wiederholte sie. »Wie das? Sie hat geschrieben, dass sie sich wünscht, *tot* zu sein! Sie hat gesagt, sie würde mich hassen.«

»Sie ist eben in der Pubertät«, entgegnete Ball. »Ihre Hormone spielen verrückt und sie spürt alles zehnmal intensiver als wir. Und anscheinend sind die Notizen auf der Rückseite dieses Posters ihre Art, damit umzugehen.«

Er sah dabei zu, wie Everly tief durchatmete. »Du hast recht.« Dann ließ sie das Poster sinken und wandte sich zu ihm um. »Woher wusstest du, dass auf der anderen Seite etwas geschrieben steht?«

Ball zuckte mit den Achseln. »Jedes andere Poster im Raum hat ordentlich Reißzwecken in jeder Ecke. Dieses hier hat sie nur in den oberen Ecken, um es an der Wand zu halten. Es ist auch viel abgegriffener als die anderen ... als wäre es wiederholt angefasst worden.«

Everly wandte den Blick zum Poster um und betrachtete es einen Moment lang. Dann nickte sie.

»Ich werde Fotos von dem machen müssen, was sie geschrieben hat, und sie den anderen schicken, damit sie herausfinden können, wer die Leute sind, die sie erwähnt hat, und sie überprüfen können«, erklärte Ball sanft.

Everly seufzte. »Ich weiß. Es gefällt mir nicht, aber ich weiß.«

»Und es ist gut, dass sie keinen Computer in ihrem Zimmer hatte, das hat sie wahrscheinlich davon abgehalten, die halbe Nacht aufzubleiben und mit ihren Freundinnen zu reden ... aber was ist mit ihrem Telefon? Ich weiß, du sagtest, der Kriminalbeamte hat vergeblich versucht, es zu orten, und die Polizei wartet auf die Aufzeichnungen. Sie hat es wahrscheinlich benutzt, um Nachrichten zu verschicken. Haben deine Großeltern ihr Telefon oder den Computer jedes Mal überprüft, nachdem sie sie benutzt hatte? Um zu sehen, mit wem sie gesprochen hat und auf welchen Seiten sie gewesen ist?«

Everly schüttelte den Kopf. »Das bezweifle ich. Sie sind zwar fantastisch und haben gut mit der Zeit mitgehalten, aber ich glaube nicht, dass sie wissen, wie das geht.«

»Dann werden wir dort ansetzen. Als Erstes betrachten wir mal«, er zeigte auf das Poster, »das hier, um herauszufinden, wer ihre besten Freundinnen waren, und dann werfen wir einen Blick auf ihren Computer. Morgen besuche ich dann die Schule und rede mit ihren Lehrern und Freundinnen und lasse mir die Aufnahmen der Sicherheitskameras zeigen. Du kannst dich bei dem ermittelnden Beamten melden und sehen, ob er schon weitere Informationen hat, und ihn dazu bringen, ein wenig Druck auszuüben, damit alles schneller geht.«

»Das wird nicht funktionieren«, bemerkte Everly.

Er war ein wenig irritiert, dass sie seine Anweisungen infrage stellte, und fragte: »Und warum nicht?«

»Weil du die Zeichensprache nicht beherrschst. Du kannst dich also nicht mit den Leuten an Elises Schule unterhalten.«

*Oh Mann.* Ball hatte ganz vergessen, dass Elise gehörlos war. Oder besser gesagt, er hatte es nicht vergessen; es war eher die Tatsache von Everlys Anwesenheit, die ihn dazu brachte, dieses kleine Detail vorübergehend nicht zu bedenken. »Ach ja. Stimmt ja. Dann fahren wir eben gemeinsam zur Schule und anschließend aufs Polizeirevier.«

Sie sah ihn mit einem merkwürdigen Ausdruck auf dem Gesicht an.

»Was ist?«

»Einfach so?«

»Einfach so was?«, fragte er verwirrt.

»Du änderst einfach so den Plan?«, fragte sie.

»Ja, Everly. Was ist denn das Problem dabei?«

»Ich dachte, du würdest sagen, dass du einen Weg finden wirst, mit ihnen zu reden, oder dass du in der Lage sein wirst, damit umzugehen, oder dass du die ganze Nacht aufbleiben und die Zeichensprache lernen würdest oder so etwas. Ich bin sicher, es stört dich, auf mich angewiesen zu sein, da du nicht mit mir arbeiten willst.«

So langsam gingen ihm ihre ständigen Anspielungen auf seine frühere Einstellung auf die Nerven, doch Ball versuchte, sich unter Kontrolle zu halten. »Es hat nichts mit dir persönlich zu tun, dass ich nicht mit dir arbeiten will.«

»Natürlich nicht.«

»Wegen meiner letzten Partnerin wäre ich fast ums Leben gekommen«, platzte Ball heraus.

Everly gab jedoch nicht klein bei. »Aber ich bin nicht sie.«

Ball seufzte und fuhr sich mit der Hand durchs Haar. »Ich weiß.«

»Tust du das? Denn mir kommt es so vor, als würde ich, seit wir uns kennen, für das Verbrechen einer anderen bestraft werden. Ich weiß nicht, was passiert ist, und es ist scheiße, dass es dir überhaupt passiert ist, aber ist es tatsächlich passiert, weil sie eine Frau war? Oder ist es einfach für dich das Einfachste, es darauf zu schieben, dass sie eine Frau war?«

Mitten im Schlafzimmer einer Jugendlichen stehend spürte Ball, wie sich seine Welt bei ihren Worten um die Längsachse verschob.

War er *tatsächlich* unfair zu Riley gewesen? Bis jetzt war

ihm das nicht bewusst gewesen, aber Everlys Worte brachten ihn zum Nachdenken. Mit einem hatte sie definitiv recht – er ließ zu, dass seine persönlichen Vorurteile seine Mission gefährdeten. Er würde nicht sofort vor Freude in die Luft springen, dass er mit Everly zusammenarbeiten musste, aber im Moment *brauchte* er sie.

»Es tut mir leid, dass meine Vergangenheit dafür sorgt, dass es schwierig ist, mit mir zu arbeiten. Ich werde mir Mühe geben, das Ganze hinter mir zu lassen und mich darauf zu konzentrieren, deine Schwester zu finden.«

»Vielen Dank.«

»Ich nehme an, du willst dich nicht erst ordentlich ausschlafen, bevor wir die Sache hier in Angriff nehmen?«, fragte er mit einer Geste in Richtung des Posters.

»Natürlich nicht. Ich habe in letzter Zeit sowieso nicht gut geschlafen. Und wenn ich schon wach bin, kann ich genauso gut etwas tun, das dazu beiträgt, Elise zu finden.«

Es gefiel Ball nicht, dass sie nicht schlief, aber es war nicht gerade eine Überraschung. Die dunklen Ringe unter ihren Augen waren mehr als genug Beweis dafür, dass sie nicht auf sich selbst achtgab. Er wollte ihr sagen, dass sie ihrer Schwester nicht helfen würde, wenn sie krank wurde, aber er dachte sich, dass das vielleicht ein bisschen zu weit gehen würde. Also ließ er es bleiben. »Du nimmst das Poster von der Wand und ich hole den Computer, den sie immer benutzt hat, von deinen Großeltern.«

Everly nickte.

Ball atmete tief durch und verließ den Raum.

Die Arbeit mit Everly erwies sich als schwieriger, als er es sich vorgestellt hatte … aber nicht aus den Gründen, von denen er noch vor einem Tag ausgegangen war.

Er mochte sie wirklich.

Er bewunderte ihre Stärke.

Er bewunderte die Art, wie sie für sich selbst einstand und sich seinen Unsinn nicht gefallen ließ.

Sie war ganz anders als seine alte Partnerin bei der Marine. Riley Foster war begierig gewesen, gute Arbeit zu leisten, aber sie war nicht sehr selbstbewusst gewesen. Sie war an jenem schicksalhaften Tag nur gefahren, weil es weniger beunruhigend gewesen war, als das Geschütz am Bug des kleinen Bootes zu bedienen.

Ball vermutete, dass Everly es genossen hätte, Schütze auf dem Boot zu sein. Sie hätte nicht gezögert, sich freiwillig für diese Position zu melden – und hätte sich dabei wunderbar amüsiert.

Da er nicht länger über Riley nachdenken wollte, ging Ball in die Küche. Er brauchte den Computer, damit er Meat kontaktieren und ihn dazu bringen konnte herauszufinden, wohin zum Teufel Elise Adams verschwunden war.

---

Elise Adams saß auf dem kalten Boden in dem Keller, in dem sie eingesperrt worden war. Ihre Lippen waren ausgetrocknet und sie hatte während der letzten Tage nicht mehr als ein paar Bissen von dem Essen gegessen, das ihr Entführer ihr gebracht hatte. Sie traute ihm nicht, dass er sie nicht unter Drogen setzte und ihr etwas antat, während sie hilflos war. Im Raum war es dunkel und egal, wie oft sie blinzelte oder die Augen zusammenkniff, die Dunkelheit löste sich nicht auf, nicht dass sie das wirklich erwartet hätte.

Der Mann, der sie in das Haus gebracht hatte, hatte mit ihr geredet, aber sie hatte nur Bruchstücke seiner Worte aufschnappen können, indem sie von seinen Lippen ablas, weil er sich ständig umschaute, als hätte er Angst, jemand könnte sie sehen.

Sie hatte keine Ahnung, wo sie war, aber sie war verängstigt und unglücklich und wünschte sich, sie könnte zurückgehen und die Entscheidung ändern, die sie am Ende jenes schicksalhaften Schultages getroffen hatte. Sie hätte sich nie vorstellen können, dass die Zusage, sich mit dem Jungen zu treffen, mit dem sie sich seit Monaten unterhielt, dazu führen könnte, im Keller eines heruntergekommenen Hauses an einen Pfahl gekettet zu werden.

Am oberen Ende der Treppe flackerte ein Licht auf und Elise blinzelte. Ihre Augen konnten sich nicht so schnell an das Licht gewöhnen, nachdem sie so lange in der Dunkelheit gesessen hatte, und sie musste den Blick abwenden. Als sie den Blick wieder hob, stand ein Mann vor ihr.

Er war viel größer als sie mit ihren ein Meter sechzig und sein braunes Haar war nicht kurz, aber auch nicht lang. Wenn sie auf der Straße an ihm vorbeigegangen wäre, hätte sie nicht zweimal hingesehen, weil er so gewöhnlich aussah. So normal. Er war alt, viel älter als sie ... mindestens vierzig ... und hatte eine Jeans und ein schwarzes T-Shirt an.

Es war derselbe Mann, der sie nach der Schule abgeholt hatte. Er hatte ihr sein Handy hingehalten, wo er etwas darüber in die Notizen-App geschrieben hatte, dass er Robs Vater sei, und sie hatte ihm dummerweise geglaubt. Sie war etwas nervös gewesen, aber sie vertraute Rob und damit auch seinem »Dad«.

Gott, hätte sie noch *dämlicher* sein können?

Sie ließ den Blick zu seinem Gesicht wandern, aber er stand einfach nur da und starrte sie an. Schließlich gestikulierte er nach unten.

Elise schaute nach unten und sah, dass er eine Fast-Food-Tüte in der Hand hielt. Ihr lief sofort das Wasser im

Mund zusammen. Sie war so hungrig. Sie wusste nicht, ob er das Essen, das er in der Hand hielt, mit Drogen versetzt hatte, aber sie war an einem Punkt angelangt, an dem es ihr egal war. Sie war am Verhungern. Sie würde es riskieren müssen, unter Drogen gesetzt zu werden.

Ohne nachzudenken, stand sie auf und griff nach dem Essen, aber der Mann wich zurück und hielt es außerhalb ihrer Reichweite. Er stellte es auf einen Tisch auf der anderen Seite des Raumes. Dann kam er wieder auf sie zu.

Sie konzentrierte den Blick auf seine Lippen, als er zu sprechen begann. Wegen des schwachen Lichts im Raum und weil sie immer noch daran arbeitete, die Kunst des Lippenlesens zu erlernen, konnte sie nur einige seiner Worte verstehen. Sie konnte erkennen, dass er langsam sprach, als wollte er ihr helfen, ihn besser zu verstehen. Warum er keinen Zettel vorbereitet hatte, den er ihr zeigen konnte, wie er es getan hatte, als er sie abgeholt hatte, wusste sie nicht.

»Essen ... still ... nach Hause ... nett zu mir ...«

Dann starrte er sie an, als würde er auf eine Antwort warten.

Da sie nicht wusste, was sie sonst tun sollte, und den Mann nicht provozieren wollte, nickte Elise.

Dann lächelte er und Elise geriet sofort in Panik. Worauf hatte sie sich eingelassen?

Sie schüttelte den Kopf, aber der Mann sah es nicht – er war bereits dabei, sein Hemd auszuziehen.

Elise wollte zurückweichen, vergaß dabei aber die Ketten um ihre Knöchel. Sie fiel auf den harten Betonboden und blickte in die Augen des puren Bösen. Er grinste sie an, während er sich bückte und nach den Knöpfen der niedlichen Bluse griff, die sie vor ein paar Tagen ausgesucht hatte.

Sie keuchte entsetzt auf, schlug seine Hand weg und

kroch so weit von ihm weg, wie sie nur konnte.

Als er wieder auf sie zukam, schrie Elise vor Schreck auf.

Der Mann blieb stehen und legte den Kopf schief, während er sie stirnrunzelnd musterte.

Elise hatte keine Ahnung, was er in diesem Moment dachte. Sie war nicht naiv; sie wusste, was er *wollte*, aber sie würde auf keinen Fall einfach so daliegen und sich von ihm vergewaltigen lassen. Sie wusste, dass er sie überwältigen konnte, aber Everly hatte ihr beigebracht, wie man kämpft. Sie würde ihm ihre Finger in die Augen stechen, ihm in die Eier treten und im Grunde alles tun, um ihn davon abzuhalten, sie anzufassen.

Sie ballte ihre Hände zu Fäusten, bereit, ihm so viel Schaden wie möglich zuzufügen – als der Mann plötzlich lächelte.

Aber es war kein glückliches Lächeln. Es war bösartig. Das, zusammen mit dem Ausdruck in seinen Augen, ließ Elise vor Angst erschaudern.

Er ging zurück zu seinem Hemd, das auf dem Boden lag, und zog es sich langsam wieder über den Kopf. Elise wollte erleichtert sein, aber sie konnte den Ausdruck in seinen Augen nicht vergessen. Er hatte etwas geplant, aber die Frage war, was?

Der Geruch des Fast Foods, der ihr vorher das Wasser im Mund hatte zusammenlaufen lassen, trieb ihr jetzt die Tränen in die Augen. Sie wollte am liebsten weinen. Stattdessen betete sie von ganzem Herzen, dass Everly sie finden würde. Das musste sie. Sie war Polizeibeamtin und Elise wusste, dass sie in ihrem Job großartig war. Sie würde sie aufspüren. Das war ihre Aufgabe.

Sie starrte den Mann an, als er wieder einmal langsam und stockend sprach, als wollte er sichergehen, dass Elise seine Lippen lesen konnte.

»Du ... braves Mädchen. Rein. Besser ... warten. Du ... essen, dich benimmst.«

Dann ging der Mann zu dem Tisch hinüber, auf dem er die Tüte mit dem Essen abgestellt hatte, und hob sie an. Er brachte sie zu ihr hinüber und ließ sie in ihren Schoß fallen.

»Brav ... bald ... nach Hause.«

Dann drehte er sich um und ging die Treppe wieder hinauf. Bevor Elise auch nur einen Blick in die Tüte werfen konnte, um zu sehen, was ihre vermeintliche Reinheit ihr beschert hatte, ging das Licht aus und sie wurde wieder in die pechschwarze Dunkelheit gestürzt.

Sie überlegte, ob sie sich wieder weigern sollte, das Essen zu essen, aber das wäre dumm. Sie brauchte ihre Kraft. Wenn es mit Drogen versetzt war, war es eben so. Wenn er zurückkam, um zu beenden, was er offensichtlich vorhatte, und sie war von irgendeiner Droge bewusstlos geworden, dann wäre das doch sowieso besser, oder?

Elise schauderte bei dem Gedanken, dass der Mann sie berührte.

An einem Punkt hatte sie tatsächlich gehofft, dass Rob der Mann sein könnte, dem sie ihre Jungfräulichkeit schenkte, aber es sah so aus, als würde das nie passieren. Es gab gar keinen Rob.

Jetzt musste sie tun, was immer nötig war, um am Leben zu bleiben, einschließlich ihren Körper durch Nahrung stark zu halten, bis Everly sie finden würde. Elise hatte keinen Zweifel, dass sie das tun würde.

Sie berührte den Ring an ihrem rechten Zeigefinger und betete intensiver als je zuvor in ihrem Leben.

Sie konnte das Essen nicht schmecken, aber sie aß es trotzdem.

Dann weinte sie.

# KAPITEL DREI

Everly war so frustriert, dass ihr Magen sich zusammenzog. Sie hatten Meat angerufen und er hatte ihnen gesagt, wie sie den Computer vorbereiten mussten, damit er sich aus Colorado Springs dort einloggen konnte. Er hatte ihnen befohlen, den Computer genau so zu lassen, wie er war, und ihn sein Ding machen zu lassen. Sie hatten getan, wie geheißen, hatten schnell mit ihren Großeltern zu Mittag gegessen und waren dann Zeile für Zeile das behelfsmäßige Tagebuch auf der Rückseite des Posters durchgegangen.

Schon vor Stunden hatten Me-Maw und Pop ihren Kopf ins Zimmer gesteckt, um ihnen Bescheid zu sagen, dass sie ins Bett gingen, und hatten ihnen eine gute Nacht gewünscht.

Mittlerweile war es zwei Uhr nachts und Ball hatte beschlossen, es war an der Zeit, für heute Schluss zu machen.

»Ich bleibe noch ein bisschen wach«, sagte Everly.

»Tust du nicht. Wir sind beide völlig kaputt. Ich denke, wir sollten wirklich versuchen, etwas Schlaf zu bekommen, dann können wir morgen ausgeruht weitermachen«, hatte Ball vorgeschlagen.

»Es geht mir gut. Falls du allerdings schlafen möchtest, kannst du das natürlich«, entgegnete Everly abwesend, ohne den Blick vom Bildschirm des Computers abzuwenden.

Ohne ein Wort zu sagen, ergriff Ball ihre Hand und zog sie energisch von dem Stuhl, auf dem sie saß, aus dem Esszimmer und den Flur hinunter. Everly protestierte nicht allzu laut, immer im Bewusstsein, dass ihre Großeltern in ihrem Zimmer nebenan schliefen.

Sie wollte Ball bei Laune halten und, wenn er eingeschlafen war, wieder nach draußen gehen, um das Poster ihrer Schwester weiter nach Hinweisen zu untersuchen, und so ging sie in das Badezimmer gegenüber dem Zimmer ihrer Schwester und zog sich ein T-Shirt und Leggings zum Schlafen an. Sie schaute Ball nicht einmal an, als er ins Bad ging, nachdem sie fertig war.

Sie kroch in das Bett ihrer Schwester und drehte sich auf die Seite.

Es fühlte sich komisch an, in Elises Zimmer zu sein. Traurig. Herzzerreißend. Everly sollte nicht dort sein. Es sollte ihre Schwester unter der weichen Bettdecke sein. Wo war sie jetzt? Hatte sie einen warmen Platz zum Schlafen? Ein Bett?

Everly tat ihr Bestes, um ihre düsteren Gedanken von dem abzulenken, was ihre Schwester in diesem Moment durchmachen mochte, und fragte sich kurz, was wohl passiert wäre, wenn sie Me-Maws Vorschlag gefolgt wäre und mit Ball im Gästezimmer geschlafen hätte.

Es war lange her, dass sie ein Bett mit jemandem geteilt hatte, und sei es nur zum Schlafen. Sie hatte ein paar Affären gehabt, aber dabei war es meist darum gegangen,

Spannungen abzubauen, und nicht darum, eine tiefe Verbindung mit einem Mann einzugehen. Sie hatte Sex, kuschelte für etwa zwei bis drei Sekunden, dann standen entweder sie oder der Mann unweigerlich auf und gingen nach Hause.

Aber hier im Haus ihrer Großeltern zu sein, im Bett ihrer Schwester, und an Ball zu denken ... das war alles zu seltsam.

Umso mehr, als Everly so gemischte Gefühle gegenüber dem Mann im anderen Zimmer hatte. Sie war sich der Tatsache bewusst, dass er nicht hier sein wollte, und als sie ihn darauf angesprochen hatte, hatte er, anstatt sie zu beschwindeln, die Tatsache zugegeben, dass er nicht mit einer Frau arbeiten wollte. Er hatte sich sogar dafür entschuldigt, wie er sie behandelt hatte, was sie sehr überrascht hatte.

Ball kam ihr nicht wie ein Mann vor, der sich oft entschuldigte, einfach weil sie nicht glaubte, dass er oft Dinge tat, für die er sich entschuldigen *musste*. Sicher, er war ein Idiot, aber selbst *sie* musste zugeben, dass er seit seinem großen Moment, in dem er ins Fettnäpfchen getreten war, als sie sich kennengelernt hatten, ihr gegenüber verantwortungsbewusst gewesen war. Und er war respektvoll und nett zu ihren Großeltern.

Sie kannte ihn noch nicht lange, aber je mehr sie erfuhr, desto mehr mochte sie den Kerl beinahe. Aber nur *beinahe*. Offensichtlich respektierte er auch seine Teamkameraden und sie hatte kurz gesehen, wie er mit den Verlobten der anderen Männer umging. Er schien geradezu sanft zu ihnen zu sein.

Seine Feindseligkeit hatte damals keinen Sinn ergeben, aber zu hören, dass er wegen einer Frau fast gestorben war, mit der er gearbeitet hatte ... das machte alles viel klarer.

Everly drehte den Ring an ihrem Finger, schloss die Augen und wandte ihre Gedanken wieder Elise zu. Der Ring war ihr so vertraut wie das Atmen. Er war eines der wertvollsten Dinge, die Everly besaß. Sie hatte ihn noch nie abgenommen und *würde* ihn auch nie abnehmen.

Während sie Elises Verschwinden in Gedanken durchspielte, konnte sie nicht verhindern, dass sich einige ihrer dunkleren Gedanken einschlichen. War ihre Schwester hungrig? Hatte sie Schmerzen? War sie überhaupt noch am Leben?

Sie hatte so viele Fragen und keine einzige Antwort. Und Everly hasste es, keine Antworten zu haben.

Everly war so in Gedanken an ihre Schwester versunken, dass sie nicht gehört hatte, wie Ball die Tür zu Elises Zimmer geöffnet hatte. Sie zuckte zusammen, als sie spürte, wie er sich hinter ihr auf das Bett setzte – und war völlig schockiert, als er die Bettdecke anhob und sich hinter sie ins Bett kuschelte. Er legte einen Arm um ihren Bauch und schob seinen anderen Arm unter ihren Hals.

Sie konnte den Minzeduft seiner Zahnpasta riechen, so nahe war er ihr, und Everly schluckte schwer.

»Was zum Teufel machst du da?«, fragte sie und versuchte halbherzig, sich aus seinem Griff zu winden.

»Ich schlafe«, erklärte er ruhig. »Oder zumindest versuche ich es, wenn du mal aufhören würdest herumzuzappeln.«

»*Herumzuzappeln?*«, zischte sie. »Lass mich los!«

»Nein. Und jetzt sei leise und schlaf.«

»Im Ernst, Ball. Das ist nicht witzig. Du solltest doch im anderen Zimmer schlafen. Lass mich los.«

Der Griff seines Arms um ihren Bauch wurde nur noch stärker und sie spürte, wie er näher an sie heranrutschte. Seine Lippen berührten ihr Ohrläppchen, als er sprach.

»Du hast in letzter Zeit kaum geschlafen. Es gibt nichts mehr, was wir im Moment für deine Schwester tun können. Meat wird wahrscheinlich die ganze Nacht aufbleiben und an ihrem Computer arbeiten, und er wird anrufen, sobald er etwas findet. Wir werden morgen einen langen Tag haben und wir müssen beide ein paar Stunden Schlaf bekommen.«

»Ich kann ganz wunderbar schlafen, wenn du im anderen Zimmer bist«, informierte Everly ihn.

»Sobald ich einschlafe, wirst du aufstehen und das verdammte Poster zum hundertsten Mal lesen. Da gibt es nichts, was uns helfen wird. Das ist nur ihre Art, Dampf abzulassen. Und jetzt noch mal ... *sei still.*«

Woher wusste er, was sie vorhatte? Sie hatte auf jeden Fall gehofft, dass sie sich ins Esszimmer schleichen konnte, um zu sehen, ob sie etwas auf Elises Computer finden konnte, nachdem genügend Zeit vergangen war, damit er einschlief.

»Das stimmt doch gar nicht«, log sie. »Und wenn du mich so anfasst, kann ich sowieso nicht schlafen.«

»Versuche es einfach«, antwortete er mitleidlos.

»Ball ...«

»Pssst. Ich bin wirklich müde«, erklärte er.

»Dann verschwinde aus diesem Bett und geh ins Gästezimmer und schlaf dort«, sagte sie aufgebracht.

Er atmete tief ein. »Du riechst gut«, flüsterte er so leise, dass Everly sich nicht sicher war, richtig gehört zu haben.

»Was?«

»Schlaf jetzt«, erklärte Ball ein bisschen lauter. »Versuche es einfach. Wenn du später immer noch nicht einschlafen kannst, gehe ich.«

»Von mir aus«, erwiderte Everly aufgebracht. Sie würde alles tun, damit er sie losließ. Die Tatsache, dass er sie im

Arm hielt, sorgte plötzlich dafür, dass sie Dinge wollte, die sie nicht haben konnte. Zumindest nicht von ihm. Ball und sie waren wie Wasser und Feuer. Es würde einfach nicht funktionieren.

Aber sie konnte nicht leugnen, dass es sich gut anfühlte, so zusammen auf der großen Matratze zu liegen, wie sie es gerade taten. Richtig gut.

Sie war sich nicht sicher, ob es angemessen war, mit Ball im Bett ihrer Schwester zu schlafen, aber sie konnte nicht die Energie aufbringen, ihn rauszuschmeißen.

»Ich habe Angst um sie«, sagte sie schließlich, nachdem sie angespannt geschwiegen hatte.

Ball schlang seine Arme um sie und kuschelte seine Nase an ihren Hals. Es kitzelte ein wenig, aber lenkte sie für einen flüchtigen Moment von ihrer Schwester ab.

Einige Minuten vergingen, dann flüsterte er: »Wir werden sie finden, das verspreche ich dir, verdammt noch mal.«

Es erforderte eine Menge, aber Everly unterdrückte die Tränen, die zu fallen drohten.

Sie mochte diesen sanfteren, hilfsbereiten Ball. Zu sehr.

Ihr ganzes Leben hatte sie sich gefühlt, als stünde sie allein gegen den Rest der Welt. Aber für einen Moment, nur diesen Moment, fühlte sie sich, als hätte sie wirklich jemanden auf ihrer Seite.

---

Ball wusste, dass er sein Glück herausforderte, aber er hatte beobachtet, wie Everly im Laufe des Abends immer angespannter wurde. Als sie sich nicht einmal mehr aufregte, nachdem Me-Maw eine leicht anzügliche Bemerkung über sie beide gemacht hatte, wusste er, dass sie offiziell am Ende war.

Nachdem ihre Großeltern zu Bett gegangen waren und sie sich den Kopf zerbrochen hatte, weil sie jedes Wort, das ihre Schwester auf die Rückseite des Posters geschrieben hatte, überanalysiert hatte, hatte er sie mit Gewalt weggezerrt und ihr unmissverständlich gesagt, dass sie für heute Abend fertig waren.

Als sie ins Bad ging, um sich bettfertig zu machen, wusste er, dass sie ihm lediglich etwas vorspielte, dass sie vorhatte, sich hinauszuschleichen, sobald er einschlief, um sich wieder mit dem Poster zu beschäftigen. Als *er* sich fertig gemacht hatte, beschloss er, etwas zu tun, was er noch nie getan hatte.

Oh, er hatte natürlich mit Frauen geschlafen. Aber in der Regel nur wegen Sex, und danach rollte er sich normalerweise auf seine Seite des Bettes, während sie auf der anderen Seite schliefen. Ball war definitiv *kein* Kuschler.

Aber in dem Moment, in dem er Elises Zimmer betrat und unter die mädchenhafte Decke auf dem Bett kroch, schlang er seine Arme um Everly und hielt sie damit praktisch fest. Zuerst hatte er es hauptsächlich getan, weil das Bett so klein war – und weil es ein Bonus war, sie damit zu ärgern –, aber in dem Moment, in dem ihre Wärme zu ihm durchdrang, wusste er, dass er einen Fehler gemacht hatte. Es gefiel ihm ein wenig zu sehr.

Er war überrascht, wie gut es sich anfühlte. Wie gut *sie* sich anfühlte. Er versuchte, sich nicht mit dieser Tatsache zu beschäftigen, aber er konnte jeden Zentimeter ihres Körpers an seinem spüren. Er war nicht erregt, aber er fühlte sich ... zufrieden. Er war auch erschöpft. Er hatte eine Menge Energie verbraucht durch den Stress, mit einer Frau zu arbeiten, und dann durch den Versuch herauszufinden, wohin Elise verschwunden sein könnte. Er war in einer fremden Stadt, in einem fremden Haus, und er war höflich und zuvorkommend gewesen, was ebenfalls ein wenig anstrengend gewesen war. Er wollte sich einfach nur entspannen und ein bisschen schlafen.

Irgendwie schien der ganze Stress, den er empfand, zu verschwinden, sobald er Everly in den Armen hielt. Am Anfang war sie angespannt und steif, aber je länger sie da lagen, desto mehr spürte er, wie sie sich entspannte.

Er atmete tief ein und der Duft des Shampoos, das sie benutzte, lockerte seine Anspannung weiter.

Nachdem sie ihre Befürchtungen zugegeben hatte, flüsterte Ball: »Wir werden sie finden, das verspreche ich dir, verdammt noch mal.«

Er spürte, wie sich ihr Körper wieder anspannte, hörte ein kleines Seufzen, aber sie beherrschte sich und entspannte sich wieder. Nach zehn Minuten verrieten ihm ihre gleichmäßigen Atemzüge, dass sie eingeschlafen war.

Es gab ihm ein gutes Gefühl, dass sie in der Lage war, genug abzuschalten, um endlich Ruhe zu finden. Ball hatte keinen Zweifel daran, dass sie in ein paar Stunden wieder auf den Beinen sein würde. Er wäre es auch, wenn es seine Schwester wäre, die vermisst wurde.

Aber im Moment genoss er die Stille im Haus, nur das gedämpfte Ticken einer Uhr durchbrach die Stille – und das Gefühl, dass Everly sich an seinen großen Körper schmiegte, als wäre sie dafür gemacht, dort zu sein.

Ball schloss die Augen und fuhr mit dem Daumen über den Ring an ihrer rechten Hand. Er hatte keine Ahnung, welche Bedeutung er hatte, aber er hatte gesehen, wie sie den ganzen Abend lang den Ring immer wieder umgedreht hatte. Als ob der einfache Akt, ihn zu berühren, sie beruhigte.

Er schlief mit ihrem Duft in der Nase und dem Gefühl ihres Körpers in seinen Armen ein ... und hatte noch nie so gut geschlafen.

---

»Ich habe schlechte Neuigkeiten«, erklärte Meat am nächsten Morgen, als Ball und Everly nach dem Frühstück am Tisch saßen. Everly hatte versucht, Me-Maw davon zu überzeugen, dass sie sich auf dem Weg zur Schule etwas zu essen holen würden, doch die wollte davon nichts hören und hatte stattdessen darauf bestanden, ihnen Eier, Speck und Pfannkuchen zu machen.

»Du brauchst eine gute Mahlzeit, um den Tag richtig zu beginnen. Ich kenne dich doch, Ev, du besorgst dir irgendeinen Mist und dann hast du am Ende vom Tag kaum noch Energie. Wenn du und dein Freund euren Tag mit einem vollen Bauch beginnt, werdet ihr besser denken können.«

Gegen das Argument mit dem »vollen Bauch« konnte sie natürlich nichts einwenden. Und sie sagte auch nichts, obwohl sie Ball ihren »Freund« genannt hatte.

Everly war aufgewacht und hatte sich so erholt gefühlt wie seit Langem nicht mehr. Sie hatte sofort gewusst, wo sie war – und in wessen Armen sie lag. Irgendwann in der Nacht hatte Ball sich auf den Rücken gedreht, und als sie aufgewacht war, hatte sie mit dem Kopf auf seiner Brust gelegen. Er hatte den Arm um ihre Schulter gelegt und sie hatte sich zu einem kleinen Ball an seiner Seite zusammengerollt. Es war beunruhigend, wie behaglich sie es gehabt hatte.

Sie war aus dem Bett geschlüpft, hatte sich ihre Sachen geschnappt und war ins Bad gegangen, froh, dass er nicht aufgewacht war. Sie hatte schnell geduscht, nur ein bisschen darüber nachgedacht, ob Elise seit ihrem Verschwinden das Gleiche hatte tun können, und als sie in der Küche ankam, war Ball schon da. Angezogen und so wach aussehend wie immer ... verdammt sei er.

Sie hoffte nur, dass Me-Maw ihn nicht aus Elises Zimmer hatte kommen sehen. Hoffentlich war er klug genug gewesen, das Gästebett so zu zerwühlen, dass niemand vermuten würde, wo er tatsächlich geschlafen hatte. Ihre Großmutter würde es ihr nie verzeihen, wenn sie erfuhr, dass Everly und Ball letzte Nacht ein Bett geteilt hatten.

Sie machten Small Talk und vermieden das ernste Thema, das ihnen allen beim Essen durch den Kopf ging. Sobald Me-Maw mit dem Geschirr wieder in der Küche verschwunden war, hatte Ball seinen Teamkameraden angerufen.

»Spann uns nicht auf die Folter«, schalt er Meat. »Raus mit der Sprache.«

Sie hatten Meat auf Lautsprecher gestellt. Denn obwohl Everly ihrer Me-Maw die Details ersparen wollte, wollte sie trotzdem aus erster Hand erfahren, was Meat herausgefunden hatte.

»Es ist mir gelungen, mich in ihr Facebook-Konto einzuloggen, aber leider nutzt sie es nicht besonders viel. Es gibt ein paar Nachrichten, aber nichts sonderlich Interessantes.«

»Und?«, fragte Everly ungeduldig.

»Moment, ich komme schon noch dazu. Es gab aber noch eine ganze Menge anderer Apps auf dem Computer. Instagram, Snapchat, Sarahah, Yubo, Musical.ly, Kik, WhatsApp ... das sind die Wichtigsten, die sie anscheinend in der Vergangenheit benutzt hat.«

»Die Hälfte davon kenne ich nicht mal«, erklärte Everly erstaunt.

»Jugendliche sind einfallsreich und nutzen das, was ihre Freunde nutzen. Wie auch immer, die Sache ist die, dass viele dieser Apps so attraktiv sind, weil sie keine Aufzeichnung von Gesprächen zwischen zwei Personen machen, oder sie sind sogar völlig anonym.«

»Selbst wenn sie anonym sind, gibt es immer noch einige IP-Adressen und Dinge, denen wir nachgehen können, richtig?«, erklärte Ball.

»Im Prinzip ja, aber es sieht nicht so aus, als hätte Elise den Computer genutzt, um mit ihren Freundinnen zu reden«, entgegnete Meat.

»Sie hat ihr Handy benutzt«, mutmaßte Allison.

Everly drehte sich zu ihrer Großmutter um. Sie stand an dem Ende der Küche, das ihnen am nächsten war, und hörte mit.

»Davon gehe ich aus, ja«, erklärte Meat.

»Das hat sie wirklich. Sie war ständig damit beschäftigt«, entgegnete Allison traurig. »Sie sagte, sie würde mit ihren Freundinnen reden, und wir haben uns nicht wirklich viel dabei gedacht. Wir dachten nicht, dass sie vielleicht lügt oder so. Wir sagten ihr, sie dürfe es am Esstisch nicht benutzen, und bestanden darauf, dass sie zuerst ihre Hausaufgaben machte, aber sobald sie fertig war, hing sie nur noch an dem Ding.«

Everly dachte nicht einmal darüber nach; in Zeichensprache sagte sie zu ihrer Me-Maw: *Es ist nicht eure Schuld.*

*Wirklich nicht?*, erwiderte Me-Maw ebenfalls in Gebärdensprache.

*Nein. Glaub mir, wenn ich dir sage, dass jeder Jugendliche nur am Handy hängt. Es bedeutet nicht, dass ihr als Erziehungsberechtigte versagt habt,* entgegnete Everly.

*Wenn sie bei dir gewesen wäre, wäre das sicher nicht passiert. Du hättest ein Auge auf sie gehabt. Mehr Fragen gestellt.*

*Hör auf,* bedeutete Everly ihr.

»Was ist los?«, fragte Meat über die Lautsprecher an Balls Handy.

»Everly und ihre Großmutter haben eine Diskussion«, erklärte Ball seinem Teamkameraden.

»Aber ... ich höre gar nicht, wie sie sich unterhalten«, erwiderte Meat.

»Oh, und trotzdem tun sie das«, erklärte Ball.

Everly wusste nicht, was sie von seinem Ton halten sollte. »Es tut mir leid. Das war unhöflich. Mir war gar nicht klar, dass ich es getan habe. Meat, ich habe mit Me-Maw in Gebärdensprache geredet. Sie glaubt, es sei ihre Schuld.«

»Das ist es nicht«, erwiderte Ball sofort.

»Und ich habe meiner Enkelin gesagt, dass *sie* sicher viel strenger mit Elise gewesen wäre. Everly hätte nicht zugelassen, dass sie sich mit Fremden im Internet unterhält.«

»Me-Maw, du weißt, dass das nicht wahr ist, und du weißt nicht einmal, dass sie mit Fremden gesprochen hat. Was glaubst du, warum es diese Apps gibt? Weil Jugendliche einen Weg suchen, um ihre Eltern zu umgehen. Wenn Elise online chatten wollte, hätte sie einen Weg gefunden. Mach dich deswegen nicht fertig. Meat?«

»Ja?«

»Also befinden sich auf dem Computer keine Informationen?«

»Das habe ich nicht gesagt. Ich habe ein paar Unterhaltungen, die sie mit Leuten auf WhatsApp geführt hat, auf dem Computer gefunden und die Bilder, die sie auf Snapchat gepostet hat. Aus irgendeinem Grund, wahrscheinlich absichtlich, wurden keine Unterhaltungen von ihrem Telefon in die Apps auf ihrem Laptop übertragen. Also brauche ich ihr Telefon, um alle Unterhaltungen nachzuvollziehen, die sie darauf hatte. Und wenn sie Kik benutzt hat, wird es sehr schwer sein herauszufinden, mit wem sie gesprochen hat. Die größte Verlockung dieser Seite ist, wie privat und anonym alles ist.«

»Aber du kannst alles herausfinden?«, wollte Everly wissen.

»Wenn ich genügend Zeit habe, ja.«

Sie wusste, was er damit sagen wollte. Sie hatten eventuell nicht genügend Zeit, um die Chatpartner ihrer Schwester ausfindig zu machen ... und was noch schlimmer war, sie hatten ihr Handy nicht, also konnten sie es vielleicht nicht mal versuchen. »Können wir ihre Telefonaufzeichnungen verlangen und die Daten auf diese Weise bekommen?«

»Ja und nein«, erwiderte Meat. »Wir können Telefonnummern bekommen, an die sie geschrieben und die sie angerufen hat, aber die Apps sind anders. Wir könnten wahrscheinlich jede der Apps, von denen wir wissen, dass sie sie benutzt hat, schriftlich anfordern, aber es wird ewig dauern, die Informationen zu bekommen.«

Everly seufzte, obwohl sie eigentlich schreien wollte, und nickte. Sie hatte es verstanden. Sie brauchten das Handy. Aber das war wahrscheinlich unmöglich. Die Polizei hatte bereits versucht, es aufzuspüren, und es war entweder ausgeschaltet oder inzwischen zerstört worden.

»Wir werden uns heute mal in Elises Schule umsehen«, erklärte Ball Meat. »Dann werden wir mit Everlys Kontakten bei der Polizei sprechen. Wir werden mehr wissen, nachdem wir mit ihnen gesprochen haben, und herausfinden, was sie getan haben – wenn überhaupt etwas –, um die Dinge weiter zu untersuchen.«

Meat entgegnete: »Ich melde mich, wenn ich ihrem Computer irgendwelche weiteren Informationen entlocken kann. Mrs. Adams?«

Everly wandte sich zu ihrer Großmutter um. Sie stand noch immer in der Nähe und hörte zu.

»Ja?«

»Ich kenne ihre Enkelin – und damit meine ich Everly – nicht so gut, aber sie und Ball und der Rest des gesamten Teams hier in Colorado tun alles in unserer Macht Stehende, um Elise zu finden.«

»Vielen Dank.«

»Wenn es kein Problem darstellt, würde ich Sie bitten, den Computer heute nicht zu benutzen. Ich bin nämlich noch nicht damit fertig, die Festplatte zu klonen.«

»Wir werden ihn nicht benutzen«, erwiderte Me-Maw.

»Danke«, sagte Meat.

»Ich rufe dich später an«, erklärte Ball seinem Freund.

»Alles klar. Bis dann.«

»Bis dann.«

Ball legte auf.

»Also sind die anderen in Colorado?«, fragte Allison, obwohl Everly annahm, dass es sich nicht um eine richtige Frage handelte, da Ball ihr das bereits gesagt hatte. »Sag mir bitte nicht, ihr gehört zur Mafia oder so was.«

Ball lachte leise. »Nein, Ma'am. Wir gehören nur einer Organisation an, die vermisste Personen ausfindig macht.«

»Okay.« Dann sagte sie in Gebärdensprache zu Everly: *Alles okay?*

*Es geht mir gut.*

*Du siehst heute besser aus. Als hättest du schlafen können.*

*Konnte ich auch.*

*Ihr beiden würdet sicher noch besser in dem großen Doppelbett im Gästezimmer schlafen als in dem Bett deiner Schwester, in dem ihr gestern übernachtet habt.*

Everly schüttelte den Kopf und wusste, dass sie rot geworden war. Natürlich wusste ihre Großmutter, dass Ball nicht im Gästezimmer geschlafen hatte. Sie seufzte und konnte nicht leugnen, dass sie in der Nacht zuvor gut geschlafen hatte. Sie war erschöpft gewesen, ja, aber sie hatte das Gefühl, dass es in Wahrheit zum großen Teil auf den Mann zurückzuführen war, der sie die ganze Nacht in den Armen gehalten hatte.

Vielleicht würde sie einfach nachgeben und es sich heute Nacht bequem machen und im Gästezimmer bleiben. Me-Maw hatte nichts dagegen. Und Ball offensichtlich auch nicht.

Sie fragte sich, was in aller Welt sie sich dabei dachte, schaute von ihrer Großmutter weg und fing Balls Blick auf.

»Ich sollte wirklich Gebärdensprache lernen«, knurrte er. »Ich würde einiges dafür geben zu erfahren, was dich dazu gebracht hat zu erröten.«

»Nichts.« Everly sah auf die Uhr. »Die Schule geht gleich los. Unser Termin mit dem Schulleiter ist in vierzig Minuten. Wir sollten uns auf den Weg machen.«

Ball nickte und stand auf. Everly umarmte Me-Maw und bat sie, Pop auszurichten, dass sie ihn liebe, und dann machten sie sich auf den Weg.

Auf dem Weg zu Elises Schule erzählte Everly Ball alles, was sie über die Schule wusste. Wann sie gegründet wurde, wie viele Schüler es gab, welche Klassenstufen, die Tatsache, dass alle taub oder sehr schwerhörig waren, und dass die Testergebnisse der Schüler zu den besten im ganzen Staat gehörten.

Als sie ankamen, fuhren sie in eine Parklücke und Everly sprang aus dem Wagen, ohne darauf zu warten, dass Ball um den Wagen ging und ihr die Tür öffnete. Sie war damit aufgewachsen, wie Pop das für Me-Maw getan hatte, und vor langer Zeit hatte sie sich einen Mann gewünscht, der dasselbe für sie tun würde. Vielleicht tat sie das immer noch. Allerdings wünschte sie sich auch einen Mann, der stolz auf sie und ihre Arbeit wäre, der nicht darauf bestehen würde, sie so zu behandeln, als wäre sie nicht in der Lage, für sich selbst zu sorgen.

»Bitte sei nicht wütend, wenn die Leute dich anstarren«, erklärte sie Ball auf dem Weg zum Haupteingang.

»Warum sollten sie mich anstarren?«

Everly entschied sich für die schonungslose Wahrheit und sagte: »Erstens, weil du ein ziemlich heißer Typ bist. Und ich bin mir sicher, dass du das auch weißt, also brauchst du gar nicht zu denken, ich würde dich anmachen. Zweitens bist du jetzt in ihrer Welt, und dort bist du der Eindringling. Sie werden über dich reden, weil sie wissen, dass du sie nicht verstehen kannst. Nimm es nicht persönlich.«

»Das werde ich nicht.« Einen Moment lang sagte er nichts, dann fragte er: »Ich bin ein heißer Typ?«

Everly verdrehte die Augen. »Ich wusste doch, dass du nicht dazu in der Lage bist, das einfach so stehen zu lassen. Aber du bist dir dessen doch sicher bewusst.«

Er zuckte mit den Achseln. »Wahrscheinlich denke ich einfach nicht weiter darüber nach. Ich bin einfach, wer ich bin.«

Everly hielt am Eingang der Schule an und starrte ihn an. »Ball, du bist groß und muskulös. Deine blonden Haare und blauen Augen sind unglaublich attraktiv. Du hast ein markantes Kinn und an deinem Gang erkennt man gleich, wie selbstbewusst du bist. Diese Jugendlichen finden dich vielleicht ein bisschen zu alt, aber du hast diese Aura um dich, die geradezu herausschreit: ›Leg dich nicht mit mir an.‹ Wenn du eine ihrer Mütter heiraten würdest, wärst du ein totaler DILF. Um also deine Frage zu beantworten, ja, du bist ein heißer Typ.«

»Was zum Teufel ist ein DILF?«

Sie lachte leise. »Das weißt du nicht?«

»Nein.«

»Dann wirst du es eben herausfinden müssen«, erklärte sie ihm lächelnd und öffnete dann die Tür. Sie hörte, wie Ball hinter ihr hereineilte, und sie musste grinsen, weil sie ausnahmsweise die Oberhand über ihn hatte.

Sie kamen mitten in einem Klassenwechsel an und ihr Lächeln erstarb, als sie Gesprächsfetzen zwischen Gruppen von Schülern aufschnappte. Sie hatte sich geirrt. Sie redeten überhaupt nicht über Ball.

Sie redeten über ihre Schwester. Darüber, dass Elise vermisst wurde.

Die meisten dachten, sie sei weggelaufen.

Beschämt darüber, dass sie sich erlaubt hatte, auch nur eine Minute dieses Tages zu genießen, während Elise irgendwo da draußen war, wahrscheinlich verängstigt, presste Everly die Lippen fest aufeinander und weigerte sich, sich nach den Schülern umzuschauen, als sie sich auf den Weg zum Sekretariat machten.

»Was ist denn los? Was sagen sie?«, fragte Ball und hielt sie am Oberarm fest, sodass sie nicht weitergehen konnte.

»Nichts.«

»Everly, sag es mir. Es ist mir völlig egal, wenn sie über mich reden, aber wenn ich sehe, wie verschlossen du plötzlich bist, bin ich mir sicher, dass sie über etwas anderes reden, richtig?«

Mit dem Gefühl, kurz vor dem Durchdrehen zu stehen, schloss Everly die Augen und atmete tief durch. Ball zog sie zur Seite, aber sie öffnete die Augen nicht. Als sie eine Wand an ihrem Rücken spürte, öffnete sie sie schließlich doch und blickte auf, um festzustellen, dass Ball zwischen ihr und dem Korridor stand. Seine Hand ruhte an der Wand neben ihrem Kopf und er beugte sich dicht zu ihr.

»Rede mit mir. Wem muss ich den Hintern versohlen?«, fragte er.

Sie konnte einfach nicht anders – sie musste lachen. »Du kannst dich doch nicht mit einem der Schüler anlegen, Ball.«

»Und warum nicht?«

»Darum!«, sagte sie und sah ihn entgeistert an.

»Das ist keine Antwort. Sag mir jetzt, worüber sie gesprochen haben.«

Everly schüttelte den Kopf. Sie konnte jetzt nicht darüber reden. »Wir müssen uns mit dem Schulleiter treffen«, sagte sie stattdessen.

»Everly«, erwiderte er und legte eine Hand unter ihr Kinn, sodass sie ihn ansehen musste, »sag es mir.«

»Es ist nichts. Sie haben nur über Elise geredet und sich gefragt, wer du bist und warum ich hier bin. Sie wissen, dass ich ihre Schwester bin, und anscheinend glauben manche, ich hätte sie im Stich gelassen. Aber das ist nur Gerede, Ball ... manche glauben, sie sei einfach abgehauen, da niemand sich um sie sorgte.«

Ball drehte sich um und warf den paar Schülern, die sich noch auf dem Gang herumtrieben, einen bösen Blick zu. »Wer war es? Ich werde demjenigen den Hintern versohlen.«

Everly nahm ihn beim Arm. »Ball! Hör auf damit.«

Er drehte sich wieder zu ihr um. »Du hast deine Schwester nicht im Stich gelassen. Lass dich keinen Moment lang von diesem Blödsinn unterkriegen. Du hast alles stehen und liegen lassen, um jetzt für sie da zu sein. Und denk nicht, ich wüsste nicht, dass du unbezahlten Urlaub von deinem Job nimmst, um hier zu sein.«

»Woher weißt du das?«

»Ich weiß alles«, erwiderte er und Everly hatte das merkwürdige Gefühl, dass er das wirklich tat. »Ev, lass dich nicht von diesen kleinen Idioten beeinflussen. Wir werden Elise finden.«

»Und was, wenn nicht?«

»Wir werden es.«

»Ball, das kannst du doch unmöglich wissen.«

»Ich weiß es aber. Ich weiß nicht, wie es dir geht, aber ich weiß es. Jemand, der so schön ist wie deine Schwester – und dabei meine ich sowohl ihre inneren Werte als auch ihr Aussehen –, dessen Leben kann nicht so früh vorbei sein.«

»Du kennst ihre inneren Werte doch gar nicht.«

»Ich habe dir zugehört, wie du über sie gesprochen hast. Ich habe ihre Gedanken gelesen, die sie auf die Rückseite des Posters geschrieben hat. Sie hat starke Gefühle. Für jeden. Wenn sie sich nur für sich selbst interessieren würde, wäre sie nicht annähernd so emotional. Ich habe Me-Maw und Pop getroffen, ich habe ihr Zimmer gesehen, ich sehe, wie sehr du sie liebst. Deswegen weiß ich, dass sie ein guter Mensch ist. Wie könnte es auch anders sein?«

Everly starrte nur zu ihm auf. Sie war sich nicht sicher, ob sie Ball bisher überhaupt gemocht hatte, aber angesichts dessen, was er gerade gesagt hatte, spürte sie, wie sie weich wurde. »Ich habe Angst«, flüsterte sie.

»Ich auch«, gab er zu. »Aber davon lassen wir uns doch nicht aufhalten, oder? Elise braucht uns. Sie zählt darauf, dass du sie findest. Und genau das werden wir tun, ganz egal, was diese geschwätzigen Jugendlichen behaupten, okay?«

»Okay.«

»Gut.« Dann packte er ihre Hand – nicht romantisch, sondern eher ungeduldig – und zog sie den Gang entlang.

Offenbar war sein Gesichtsausdruck etwas Furcht einflö-
ßend, denn die wenigen Kinder, die noch herumlungerten,
gingen ihm hastig aus dem Weg.

---

Ball saß neben Everly im Büro des Direktors und beobachtete das Gespräch der beiden.

Everly übersetzte, während sie sich auf Gebärdensprache unterhielten, sodass er verstehen konnte, was
gesagt wurde. Es war seltsam, so außen vor zu sein, wie er es
war, und jetzt verstand er voll und ganz, warum Rex darauf
bestanden hatte, dass Everly an der Ermittlung beteiligt war.
Er wäre nicht in der Lage gewesen, so mit dem Direktor zu
reden. Er hätte sich darauf beschränken müssen, Dinge auf
Papier zu schreiben und den Direktor dasselbe tun zu
lassen.

Es wäre unangenehm gewesen und der Mann hätte sich
auf keinen Fall so geöffnet wie bei Everly. Es war offensichtlich, dass die beiden sich kannten, dass sie in der Vergangenheit viele Gespräche über ihre Schwester geführt hatten.

Der Mann machte sich Sorgen um Elise und erzählte
Everly, niemand hätte berichtet, dass an dem letzten Tag, an
dem sie in der Schule war, etwas mit ihr nicht in Ordnung
war. Er hatte mit all ihren Lehrern gesprochen und alle
sagten das Gleiche, dass es ein normaler Tag gewesen war.
Sie hatte einen Geschichtstest mit der Note Zwei zurückbe-
kommen. Sie wurde gesehen, wie sie beim Mittagessen
fröhlich mit einigen Mädchen plauderte, mit denen sie
befreundet war, und sie hatte zu niemandem etwas darüber
gesagt, wohin sie ging oder mit wem sie sich nach der
Schule treffen wollte.

Das einzig Nützliche, das aus dem Gespräch hervorging,

war, dass der Schulleiter sagte, dass einer der Busbegleiter Elise gesehen hatte, wie sie den Weg in die entgegengesetzte Richtung vom Haus ihrer Großeltern eingeschlagen hatte.

Das war neu. Und Everly griff es sofort auf.

»Warum hat das niemand der Polizei erzählt?«, wollte sie wissen.

*Ich glaube, dass die Polizei darüber informiert wurde. Gestern waren Beamte hier und haben mit ein paar von Elises Freundinnen gesprochen,* entgegnete der Direktor in Zeichensprache und Everly übersetzte es für ihn.

Nachdem sie sich weitere zwanzig Minuten unterhalten hatten, ohne weitere nützliche Informationen zu erhalten, bedankte Everly sich bei dem Mann. Er versicherte ihnen, dass sie jederzeit mit den Schülern reden dürften, wenn sie es für sinnvoll hielten.

»Sollen wir versuchen, ihre Freundinnen ausfindig zu machen, und sehen, ob sie uns etwas sagen können?«, fragte Everly, als sie wieder auf dem Gang standen.

Er schüttelte den Kopf. »Ich weiß nicht, ob das etwas nützt. Ich habe dem Direktor geglaubt, als er sagte, dass niemand etwas Ungewöhnliches gesehen hat. Deine Schwester ist ein ziemlich introvertierter Mensch, richtig?«

»Ja. Ich wusste nicht mal, dass sie in diesen Sean Berdy verknallt war. Sie hat mich einmal gezwungen, den *Sandlot*-Film zu sehen, als ich zu Besuch war, aber ich habe mir nichts dabei gedacht.«

»Richtig. Und hat sie eine Freundin, mit der sie immer zusammen ist? Eine beste Freundin?«

»Eigentlich nicht.«

»Ich denke, wenn sie mit jemandem auf einer dieser Apps gesprochen hat, dass sie es vielleicht für sich behalten hat. Du hast es gestern gesagt, sie ist sensibel. Wenn sie erzählt hat, dass sie einen Cyber-Freund hat, hatte sie vielleicht Angst, dass ihr das jemand ausreden würde oder sie aufzieht oder ihr sagt, dass er nicht der ist, für den sie ihn hält. Vielleicht war er älter und sie war besorgt, dass jemand es ihren Großeltern erzählen würde.«

Everly dachte über das nach, was er gesagt hatte. »Du hast wahrscheinlich recht. Aber was nun?«

»Gehen wir ein Stück spazieren.«

»Spazieren? Bist du verrückt?«

»Nein. Komm schon. Vertrau mir.«

Und merkwürdigerweise tat sie das auch. Sie verließen die Schule in die Richtung, aus der sie hereingekommen waren, und bogen links ab ... in die entgegengesetzte Richtung, in die Elise gegangen wäre, hätte sie sich auf den Heimweg gemacht.

---

Ball war verunsichert. Und das nicht nur wegen des Falles.

Je mehr Zeit er mit Everly verbrachte, desto mehr mochte er sie.

Sie neigte nicht zu Hysterie und war in der Tat viel gelassener, als er es sich unter den gegebenen Umständen hätte vorstellen können.

Sie erwartete nicht, dass er Dinge für sie tat, nur weil er ein Mann und sie eine Frau war. Er erinnerte sich deutlich daran, wie Riley zurückgestanden und ihn auf dem Boot, das sie zusammen bedient hatten, das Seil hatte aufrollen lassen. Sie hatte ihn auch das Benzin pumpen, den Motor reparieren und das Boot am Ende des Tages ausräumen lassen.

Andererseits hatte er all diese Dinge ohne Nachdenken oder Zögern getan.

Vielleicht hatte er einige der stereotypen Geschlechterrollen, in die sie verfallen war, aufrechterhalten. Er war nur allzu gern der Erste gewesen, der auf jedem Boot, das sie anhielten, Zutritt verlangte, und er hatte sich vor sie gestellt, wenn die Dinge aus dem Ruder liefen.

War das schon immer so gewesen? Er konnte sich ehrlich gesagt nicht erinnern.

Aber Ball hatte das Gefühl, Everly würde ihn beiseiteschieben und selbst tun, was getan werden musste, sollte er versuchen, irgendetwas von dem mit ihr zu machen.

Es war ein unangenehmer Gedanke, dass er Riley vielleicht, nur vielleicht, über die Jahre keinen Gefallen getan hatte.

Er hatte sie viele Dinge nicht tun lassen, weil er angenommen hatte, dass sie es nicht *wollte*. Aber was, wenn sie es wollte? Was, wenn sie eine bessere Kollegin hätte werden können, wenn er seine Gewohnheit, sie zu verhätscheln, oder sein Bedürfnis, sie zu beschützen, abgelegt hätte?

Was, wenn es *seine* Handlungen waren, die letztendlich den Unfall verursacht hatten, der ihn seine Karriere gekostet hatte?

*Mist.*

Aber es war mehr als das. Ja, das Zusammensein mit Everly änderte langsam seine Meinung über die Arbeit mit Frauen – was verrückt war, denn er kannte sie erst seit einem Tag oder so –, aber es baute auch langsam das Schild ab, das er um sein Herz errichtet hatte. Holly hatte ihm das Herz aus der Brust gerissen, als sie ihn verlassen hatte, während er auf dem Weg der Besserung war, aber als er Everlys Hingabe zu ihrer Schwester und ihren Großeltern sah, auch wenn sie nicht in derselben Stadt lebte, wusste er ohne Zweifel, dass sie einen Mann, den sie angeblich liebte, niemals im Stich lassen würde.

»Und wonach suchen wir?«, wollte Everly wissen und riss ihn damit aus seinen Gedanken.

»Ich weiß es nicht genau. Aber jemand hat gesehen, wie deine Schwester hier entlang gegangen ist. Das ist der beste Hinweis, den wir seit Anfang der Ermittlungen erhalten haben.«

Everly nickte, sie blickte ständig von einer Seite zur anderen und hielt Ausschau nach etwas, das einen Hinweis darauf geben könnte, dass Elise hier gewesen war.

»Als du dich heute Morgen fertig gemacht hast, hat Gray mir eine E-Mail geschickt«, erklärte Ball ihr.

»Tatsächlich?«

Und es war ein Fortschritt, denn sie kritisierte ihn nicht sofort dafür, dass er es ihr nicht schon viel früher gesagt hatte. »Ja. Er hat die FBI-Außenstelle hier in Los Angeles kontaktiert und sich Informationen in Bezug auf den Menschenhandel verschafft.«

Seine Worte schienen zwischen ihnen zu hängen wie das berühmte Damoklesschwert. Es war ein Risiko, es aus heiterem Himmel anzusprechen, und vor ein paar Tagen hätte er es vielleicht gar nicht erwähnt, aber nachdem er die letzten vierundzwanzig Stunden mit Everly verbracht hatte, war Ball überzeugt, dass sie es verkraften konnte. Und dass sie es vorziehen würde, wenn er unverblümt wäre. Er sollte recht behalten.

»Und?«

Sie klang nicht gereizt, als sie diese Frage stellte. Stattdessen hörte er die Sorge in ihrer Stimme, doch dann besann sie sich auf ihre Ausbildung und ganz offensichtlich war sie auch neugierig.

»Das FBI hat eine sehr aggressive Organisation auf dem Kieker, die hier in L.A. ansässig zu sein scheint und soziale Medien und verschiedene Apps nutzt, um verletzliche

Jugendliche in ihr Netz zu locken. Gray hat die Beamten über Elises Verschwinden informiert und sie haben sie auf dem Schirm. Sie haben ihr Bild und ihre Beschreibung und sie werden bei zukünftigen Razzien nach ihr Ausschau halten.«

»Wissen sie vielleicht, wer involviert sein könnte? Wann ist die nächste Razzia geplant?«, wollte Everly wissen.

»Leider ist der Sexhandel, wie du weißt, nicht nur ein Job für einen Mann oder eine Frau. Es gibt viele verschiedene Ebenen von Beteiligten, sodass es fast unmöglich ist, den Hauptverantwortlichen ausfindig zu machen. Sie konnten einige Frauen retten und einige Bordelle schließen, in denen die Frauen und Mädchen gezwungen wurden, ohne ihre Zustimmung zu arbeiten, aber es kann Jahre dauern, die Person oder die Personen im Hintergrund zu finden.«

Everly ließ die Schultern hängen. »Oh Gott. Ich möchte mir nicht mal vorstellen, was diese armen Mädchen und Frauen durchmachen müssen.«

»Ich weiß.« Ball war sich nicht sicher, was er noch sagen konnte. Everly wusste so gut wie er, dass die Chancen, Elise zu finden, mit jeder Stunde, die verging, immer geringer wurden. Wenn sie von jemandem aus der Welt des Menschenhandels hereingelegt worden war, könnte sie auf dem Rücksitz eines Sattelschleppers oder im Bauch eines Schiffes sitzen und in diesem Augenblick die Vereinigten Staaten verlassen. Da sie sich so nahe an Mexiko befanden, wäre es nicht unwahrscheinlich, dass sie schon längst über die Grenze gebracht worden war.

In diesem Moment atmete Everly scharf ein – und rannte los.

Ball lief ihr sofort hinterher, besorgt, weil er keine Ahnung hatte, wohin sie lief oder wovor sie davonlief. Sie lief jedoch nicht weit und blieb etwa zwanzig Meter entfernt wieder stehen.

Sie stand am Rande des Bürgersteigs und starrte in das Gras neben der Straße.

Im hohen Gras und im Unrat lag eine kleine schwarze Handtasche.

Zum Glück hatte Everly sie nicht angefasst ... obwohl sie das natürlich nicht tun würde. Sie war Polizistin. Sie wusste, wie wichtig Beweise waren und wie wichtig es war, sie nicht zu zerstören.

»Gehört die Elise?«, fragte Ball.

Everly nickte. Sie kniete sich hin, um sich das Ganze genauer anzusehen, während Ball sein Handy aus der Tasche zog, um ein Foto zu machen.

»Der Henkel ist gerissen«, stellte Everly fest.

»Anscheinend hat es ein Handgemenge gegeben«, mutmaßte Ball.

Everly nickte und stand auf. Sie drehte sich im Kreis und versuchte, die Lage des Geländes zu erfassen.

Auf der anderen Straßenseite, ihnen gegenüber, war eine Tankstelle. Sie befanden sich nicht in der besten Gegend der Stadt, aber es war auch nicht die schlechteste. Ball wusste, dass es an der Tankstelle vielleicht Kameras gab. Und wenn es welche gab, konnten sie vielleicht einen Blick darauf werfen, was passiert war. Wenn Elise geschnappt und in einen Wagen gezerrt worden war, wäre das Fahrzeug vielleicht auf dem Film zu sehen.

Es gab keine Ampeln in der Nähe, also gab es leider keine Verkehrskameras, von denen Meat Filmmaterial bekommen konnte, aber wenn sie wüssten, nach welchem Fahrzeug sie suchten, könnte er durchaus mit dem FBI zusammenarbeiten und sehen, ob sie es von der jeweils nächstgelegenen Verkehrskamera zur nächsten verfolgen könnten.

»Komm«, sagte Ball. »Lass uns mit den Angestellten der Tankstelle reden. Mal sehen, ob ihnen in der letzten Woche etwas Verdächtiges aufgefallen ist. Außerdem gibt es vielleicht auch Kameras.«

Everly nickte, doch dann zögerte sie. »Ihre Tasche ...«

»Wir rufen gleich die Polizei, nachdem wir die Tankstelle überprüft haben. Ihre Tasche liegt hier schon, seit sie verschwunden ist. Da macht eine weitere Viertelstunde auch nichts mehr aus. Außerdem sind wir direkt auf der gegenüberliegenden Straßenseite. Wenn wir sehen, wie jemand sie nehmen möchte, kann einer von uns einfach schnell hinlaufen, einverstanden?«

Sie nickte. »Du hast recht, okay.«

Es war offensichtlich, dass ihre Entdeckung Everly erschüttert hatte, aber es war der erste greifbare Hinweis, den sie bis jetzt hatten. Schnell gingen sie über die Straße und zu dem kleinen Laden der Tankstelle.

»Möchtest du dich umsehen oder lieber mit dem Kassierer reden?«, wollte Ball wissen und gab sich Mühe, mit ihr zusammenzuarbeiten und ihr nicht Befehle zu erteilen.

Sie sah ihn mit einer hochgezogenen Augenbraue an.

Er zuckte mit den Achseln. »Ich gebe mir echt Mühe.«

Sie wusste ganz offensichtlich, was er meinte, denn sie erwiderte einfach nur: »Ich rede mit dem Kassierer. Ist es eine Kassiererin, dann ist sie vielleicht eher bereit, mit einer Frau zu sprechen. Handelt es sich um einen Typen, kann ich die Information vielleicht aus ihm rausflirten.«

»Aus ihm rausflirten?«, fragte Ball. »Meinst du das wirklich?«

»Ich weiß, ich bin nicht gerade ein Model, aber ich habe

schon öfter geflirtet, um Informationen zu erhalten. Und ich schäme mich auch nicht, das zuzugeben.«

»Es ist auf keinen Fall dein Aussehen, das ich infrage stelle«, erklärte Ball ihr ehrlich. »Du bist wunderschön. Ich habe nur den Ausdruck infrage gestellt.«

Sie sah überrascht aus, als wäre sie es nicht gewohnt, Komplimente zu bekommen. Was wirklich eine Schande war, denn je länger er mit Everly zusammen war, desto mehr fühlte er sich zu ihr hingezogen. Wo auch immer sie hinkamen, drehten die Männer sich nach ihr um, und das war Ball nicht entgangen.

»Hör schon auf mit dem Blödsinn. Komm, bringen wir es lieber hinter uns, damit wir die Polizei rufen können. Dann können sie die Tasche holen und hineinsehen, ob sich darin vielleicht weitere Hinweise finden.« Und damit drehte sie ihm den Rücken zu und öffnete die Tür zum Laden.

Ball sah durch das Glas zu, wie sich ihr Gang veränderte. Hatte sie sich anfangs noch typisch wie eine Polizistin bewegt, schwang sie jetzt durchaus verführerisch die Hüften. Und sie hatte wirklich wunderschöne Hüften. Außerdem gehörte es verboten, wie sich ihre Jeans an ihren Hintern schmiegten.

Kopfschüttelnd und lächelnd drehte Ball sich um, um sich außerhalb des Gebäudes umzusehen – und stieß direkt mit jemandem zusammen, der viel zu nahe bei ihm stand.

Der Mann trat ihm sofort in die Leistengegend und Ball knickte in der Mitte ein, wobei ein unerträglicher Schmerz durch seinen Körper pulsierte.

Der Mann nutzte seine momentane Ohnmacht aus, packte einen Arm und drängte ihn zur Seite des Gebäudes.

Ball kämpfte darum, wieder zu Sinnen zu kommen. Der Mistkerl, der ihn in die Knie gezwungen hatte, stieß hart zu, und Ball ging auf dem Kiesparkplatz in die Knie. Er war sofort wieder auf den Beinen, aber nicht, bevor zwei andere Männer ihn an den Armen packten und zwischen sich festhielten.

Ball war größer als die drei Männer, aber Wellen von Schmerz schossen immer noch durch seinen Unterkörper und der Mann, der ihn zuerst angegriffen hatte, konnte ihm zwei Schläge verpassen, bevor Ball wieder auf die Beine kam. In gewisser Weise halfen die Schläge auf sein Gesicht, den Schmerz, den er fühlte, von seinen Hoden auf seinen Kopf umzuleiten.

Ball wehrte sich mit einigen der Techniken, die er bei der Küstenwache gelernt hatte, sowie mit denen, die ihm seine Kameraden von den Mountain Mercenaries beigebracht hatten.

Aber nach einer Minute musste er mit Entsetzen feststellen, dass er trotzdem noch dabei war, den Kampf zu verlieren. Drei gegen einen war nicht gerade fair, aber den Männern war das egal. Sie hatten nichts von ihm verlangt und Ball hatte keine Ahnung, warum sie es auf ihn abgesehen hatten.

Bis einer der Männer, der um die Ecke des Ladens gewartet hatte, sagte: »Jetzt schlag ihn schon bewusstlos, damit wir uns das Mädchen schnappen können!«

*Kommt gar nicht infrage.* Sie würden auf keinen Fall Everly bekommen.

»Kommt gar nicht infrage!«, erklärte eine weibliche Stimme ganz in seiner Nähe und bevor Ball ihr zurufen konnte, schnell abzuhauen, hatte Everly sich bereits ins Gemenge gestürzt.

Jetzt, da er nicht mehr gegen drei Männer auf einmal kämpfte, dauerte es nicht lange, bis Ball einen der Mistkerle bewusstlos geschlagen hatte.

Er drehte sich um, um Everly zu helfen – und konnte stattdessen nur starren. Der Mann, der ihm in die Leistengegend getreten hatte, lag stöhnend vor Schmerzen am Boden und sie hatte den anderen Kerl im Schwitzkasten. Sie war sechs oder sieben Zentimeter kleiner als er, und doch war er immer noch nach hinten gebeugt, völlig in ihrer Gewalt.

Ein Mann in Cargohose, einem Polohemd mit dem Namen der Tankstelle darauf und einer Baseballmütze kam um die Ecke gelaufen. »Die Polizei ist unterwegs ... verdammt noch mal!«

Eins musste Ball dem jungen Mann lassen, er hatte sich schnell wieder im Griff und erwiderte: »Ich hab hinten im Laden ein Seil!« Dann drehte er sich um und lief um die Ecke, vermutlich um das Seil zu holen, damit sie die Ganoven, die sie angegriffen hatten, fesseln konnten.

Ball konnte sich nicht zurückhalten. Er ging auf den ersten Mann zu – der jetzt auf Händen und Knien war und aussah, als wolle er aufstehen – und trat ihm in die Eier, genau so, wie der Mann es mit ihm gemacht hatte.

Der Mann fiel auf die Seite und schrie vor Schmerz auf.

Zufrieden wandte Ball sich an Everly. Sie hatte dem Mann den Sauerstoff so weit abgeschnitten, dass er bewusstlos wurde, und ließ ihn auf den Kies sinken.

So viele Gefühle und Gedanken schossen ihm in diesem Moment durch den Kopf.

»Alles in Ordnung?«, fragte sie ihn.

Ball nickte, erwiderte aber nichts.

Sie verengte die Augen zu Schlitzen. »Bist du dir sicher?«

»Ich bin mir sicher«, sagte er einen Augenblick später. »Danke.«

Everly nickte und drehte sich dann um, um sich davon

zu überzeugen, dass die Männer, die sie außer Gefecht gesetzt hatte, nicht so schnell abhauen würden.

Ball konnte nicht fassen, wie schnell sie die beiden Männer ausgeschaltet hatte. Und sie hatte nicht einmal gezögert. Sie hatte sich einfach in den Kampf gestürzt und getan, was getan werden musste. Sie hatte ihm Rückendeckung gegeben. Und Frontdeckung. Es hatte keine Rolle gespielt, dass sie eine Frau war. Sie hatte es einfach getan. Und zwar ziemlich effektiv.

Wie vom Blitz getroffen oder mit einem Schlag auf den Hinterkopf à la Gibbs in der Fernsehserie *Navy CIS* wusste Ball, dass es nicht die Frauen im Allgemeinen waren, mit denen es ihm schwerfiel zu arbeiten ... es war nur Riley gewesen. Sie war fast ein Jahrzehnt jünger als er und sie hatte einmal zugegeben, dass sie wegen der Sozialleistungen zum Militär gegangen war. Sie war nicht mit dem Herzen bei der Sache gewesen, kein einziges Mal ... und das hatte ihn gestört. Nun, es hatte ihn nicht wirklich gestört, aber vielleicht war er so eingebildet gewesen zu glauben, dass er ihre Meinung ändern könnte.

Aber als er so dastand und das Blut von seiner aufgesprungenen Lippe tropfte, während er Everly anstarrte, die noch nicht einmal einen blauen Fleck zu haben schien, wurde ihm klar, dass er immer gewusst hatte, dass es nicht das Geschlecht war, das jemanden zu einem guten Partner machte. Es war Leidenschaft. Leidenschaft für den Job. Und Everly hatte sie im Überfluss.

Er war ihr eine Entschuldigung schuldig. Eine verdammt *große* Entschuldigung. Aber jetzt war nicht die Zeit dafür, denn sie hatten alle Hände voll zu tun mit diesen Mistkerlen, mit Elises Tasche und damit herauszufinden, ob sie an der Tankstelle weitere Informationen über Elises Verschwinden in Erfahrung bringen konnten.

Aber eines wusste er bereits mit Sicherheit. Ball hatte sich in der Zusammenarbeit mit Everly geirrt. Sie war eine verdammt gute Partnerin und er würde nicht zögern, ihr zu sagen, dass sie jederzeit mit ihm zusammenarbeiten konnte und er jederzeit mit ihr zusammenarbeiten würde. Ohne die geringsten Vorbehalte.

# KAPITEL VIER

Everly war erschöpft. Nach der Auseinandersetzung mit den kleinen Ganoven – die nichts mit ihrer vermissten Schwester zu tun hatten und nur schnelles Geld machen wollten – und den Aussagen bei der Polizei hatten sie ungeduldig zugesehen, wie ein Beamter sie über die Straße begleitete, um Elises Handtasche am Straßenrand aufzusammeln. Sie waren beide schockiert gewesen, als sie darin auch ihr Handy fanden. Es war ausgeschaltet gewesen, aber es war da.

Ball wollte es mitnehmen und Meat geben, aber der Polizist bestand darauf, dass es an die Kriminaltechniker des Polizeireviers von Los Angeles ging. Everly wusste, dass Ball verärgert war, und offen gesagt war sie es auch. Sie hatte das Gefühl, dass Meat viel schneller zu Ergebnissen kommen würde als das dortige Polizeilabor.

Sie fuhren mit dem Beamten vom Tatort zum Revier und sprachen mit Detective Diego Ramirez, dem Elises Fall zugeteilt worden war. Er hatte mit ihnen über die Hunderte von Jugendlichen gesprochen, die jede Woche als vermisst gemeldet wurden ... und dass die meisten eigentlich gar nicht vermisst wurden.

Ball hatte fast die Fassung verloren.

»Es ist mir egal, was die Statistik sagt, Elise Adams wird vermisst. Schlicht und ergreifend. Ich verstehe, dass Sie keine Ressourcen verschwenden wollen, um jemanden zu suchen, der nicht wirklich in Schwierigkeiten ist, aber Elise ist nicht auf Drogen. Es handelt sich hier nicht um einen Fall von pubertärem Verhalten. Sie ist einfach *weg*. Eine Ausreißerin würde nicht ihre Handtasche mit Geld und ihrem Telefon fallen lassen. Nie im Leben. Jetzt können Sie uns entweder helfen, nach ihr zu suchen, oder Sie können uns ihre Handtasche zurückgeben, mit ihrem Telefon, und wir finden sie auf eigene Faust.«

Detective Ramirez hatte Ball einen Moment lang angestarrt und dann genickt. »Ich glaube Ihnen und wir haben unser Bestes gegeben, die Hinweise zu verfolgen, aber momentan gibt es einfach keine Hinweise, denen wir folgen können. Diese Handtasche ist der erste greifbare Beweis.«

Ball wich nicht zurück und sah auch nicht weg. »Wie lautet also der Plan? Wie wollen wir Elise finden?«

Sie hatten noch anderthalb Stunden geredet. Sie hatten einen viel genaueren Überblick über die Situation des Menschenhandels in der Gegend bekommen, und das machte Everly eine Heidenangst. Wenn ihre geliebte Schwester von einem der Schlepper entführt worden war, würde man sie wahrscheinlich nie finden. Sie würde den Rest ihres Lebens als Spielball für denjenigen verbringen, der für das Privileg bezahlen wollte – und höchstwahrscheinlich wäre sie bereits mit Drogen vollgepumpt worden, um sie gefügiger und folgsamer zu machen.

Es war beängstigend und als könnte er all die schrecklichen Szenarien spüren, die ihr durch den Kopf gingen, legte Ball seine Hand auf ihr Knie und drückte sie.

Allein diese kleine Berührung erdete sie und ließ sie wissen, dass sie nicht allein war. Dass Ball versprochen hatte, alles zu tun, um ihre Schwester zu finden.

Seit dem Streit vorhin im Laden war er ... anders. Die Veränderung war subtil, aber spürbar. Everly spürte, wie er sie oft anstarrte, aber wenn sie sich umdrehte, um zu sehen, was er wollte, schaute er weg. Zuerst dachte sie, er wäre sauer, dass sie ihm zu Hilfe gekommen war, aber das war es nicht. Sie konnte es nicht herausfinden, aber da sie noch keine Zeit gehabt hatten, über den Angriff zu sprechen, würde sie einfach abwarten müssen, um zu sehen, wo ihm der Kopf stand.

Sie hatten versprochen, morgen wieder zur Polizeiwache zu kommen, um mit dem Detective über den Fall zu sprechen. Everly wollte noch nicht zurück zum Haus ihrer Großeltern fahren. Sie hatte das Gefühl, dass sie etwas tun sollte. Nicht nur rumsitzen und Däumchen drehen.

»Komm schon«, sagte Ball, nachdem sie Ramirez' Büro verlassen hatten.

»Wohin?«

»Ich habe Hunger und ich bin mir sicher, du auch.«

»Me-Maw hat wahrscheinlich den ganzen Tag lang gekocht«, warnte Everly.

Ball lächelte. »Großartig. Ich habe das Gefühl, dass ich extrahart trainieren muss, um das Oma-Gewicht von mir fernzuhalten.«

»Oma-Gewicht?«, fragte Everly mit kleinem Lächeln.

»Ja. Deine Me-Maw kann super kochen nach dem Abendessen gestern zu urteilen.«

»Ja und?«

»Ich bin ganz gut in der Küche, aber meine Schwäche

sind selbst gekochte Mahlzeiten – die ich nicht selbst zubereiten musste. Ich werde zu viel essen und es wird dir peinlich sein, wenn ich den Knopf meiner Jeans aufmachen muss, um atmen zu können. Ein paar Mahlzeiten wie diese bedeuten zusätzliches Oma-Gewicht.«

Everly kicherte. Er hatte nicht unrecht. Aber sie glaubte nicht, dass er sich Sorgen machen musste, was die Gewichtszunahme betraf. Der Mann war gebaut wie ein Backsteinhaus. Auf keinen Fall würde er zulassen, dass er aus der Form geriet. Er war zu sehr den Mountain Mercenaries verpflichtet. »Als du dich von Ramirez verabschiedet hast, hat mir einer der anderen Beamten von ein paar Imbisswagen erzählt, die ein paar Straßen weiter stehen. Wir könnten uns etwas holen, um uns bis zum Abendessen über Wasser zu halten.«

»Hört sich gut an«, entgegnete Ball. Er hielt ihr die Tür zum Revier auf und sie gingen hinaus in die schwüle und heiße Nachmittagsluft.

Beide sagten eine Weile nichts, während sie gingen, und schließlich hielt Everly es nicht mehr aus. »Du hast noch gar nicht angesprochen, was heute passiert ist.«

Sie musste es nicht weiter ausführen; er wusste genau, worüber sie sprach.

»Ich weiß.«

Sie wartete, aber er sagte nichts weiter. Everly beschloss, die Sache auf sich beruhen zu lassen, war aber gleichzeitig enttäuscht und ging mit Ball in Richtung der Imbisswagen. Er entschied sich für einen griechischen Kebab und sie für eine Sushi-Schale. In der Nähe gab es ein paar Bänke unter Bäumen, zu denen sie hinübergingen und sich hinsetzten.

Sie aßen eine Weile schweigend, dann sagte Ball: »Ich habe mich wie ein Idiot verhalten.«

Er sagte es aus heiterem Himmel, also sah Everly ihn mit gerunzelter Stirn an. »Was? Wann?«

Er aß nicht, sondern starrte nur auf seinen Kebab, als würde er sich auf ihn stürzen und ihn angreifen, wenn er den Blick davon abwandte. »Ganz allgemein. Ich habe dich verurteilt, bevor ich dich überhaupt kennengelernt habe, und schlimmer noch, ich habe meine früheren Erfahrungen das überschatten lassen, was alle meine Freunde und Rex mir über dich erzählt haben.« Dann hob er den Blick und bei all den Emotionen, die Everly in seinen Augen sehen konnte, erstarrte sie. »Ich möchte mich für das, was du heute getan hast, bedanken. Vom Verstand her ist mir immer klar gewesen, dass du eine Polizistin bist und noch dazu vom Sondereinsatzkommando, doch irgendwie warst du für mich trotzdem nicht mehr als eine Frau.«

Everly weigerte sich, den Blick zu senken. Nicht mehr als eine Frau? Was zum Teufel sollte das denn heißen? »Sprich weiter«, sagte sie leise und aufgrund der Ernsthaftigkeit ihres Gesprächs hatte sie auch ihr eigenes Mittagessen vergessen.

»Als ich bei der Küstenwache war, wurde ich mit Riley in ein Team gesteckt. Sie kam frisch von der Akademie und war so aufgeregt, dass sie der Patrouille zugeteilt worden war. Ich war etwa zehn Jahre älter als sie und ich war gern bereit, ihr zu zeigen, was zu tun war. Nach einer Weile entwickelten wir eine angenehme Routine, aber wir waren nicht gleichberechtigt. Ich war ihr Mentor und genoss diese Rolle. Rückblickend weiß ich, dass ich sie anders behandelt habe, weil sie eine Frau war. Ich war nicht so hart zu ihr, wie ich es mit einem männlichen Partner gewesen wäre. Ich habe viel zu viel für sie getan. Aber sie hat sich nicht beschwert. Sie machte ihren Job, aber wenn es schwierig wurde, und das wurde es, trat sie zurück und ließ mich die Führung übernehmen.«

Er hielt inne und Everly wollte ihm unbedingt sagen, dass er weiterreden sollte, dass er ihr sagen sollte, was passiert war, dass er so verbittert und wild entschlossen war, nie wieder mit einer Frau zu arbeiten. Aber sie blieb still. Sie riskierte es, griff hinüber und legte ihre Hand auf seine.

Ihre Ermutigung schien zu helfen, denn er holte tief Luft und fuhr fort. Aber dieses Mal sah er sie nicht an, sondern starrte ins Leere, als würde er die Ereignisse, die er beschrieb, noch einmal durchleben.

»Wir waren unten im Golf von Mexiko in unserem Acht-Meter-Schlauchboot der Defender-Klasse. Wir befanden uns auf unserem normalen Patrouillendienst, als wir einen Funkspruch über ein verdächtiges Boot in unserem Gebiet erhielten. Riley war wie immer in der Bootsführerkabine und ich stand vorn am M240.«

Everly konnte es sich in ihrem Kopf vorstellen und wusste zweifelsfrei, dass Ball wahrscheinlich ein sehr imposantes Bild abgab. Die Füße fest auf dem Boden, den Bizeps angespannt, während er das Maschinengewehr festhielt, bereit und willens, alles zu tun, was nötig war, um sein Land zu verteidigen. Sie machte eine mentale Notiz, um nach einem Bild von ihm in seiner Uniform zu fragen. »Und was ist passiert?«, fragte sie.

»Ich weiß nicht, was du über das Bootfahren weißt, aber anscheinend dachte Riley, dass sie etwas vor uns gesehen hatte, woraufhin sie ein Hochgeschwindigkeitsmanöver, bekannt als Power Turn, durchführte, ohne mich vorher zu warnen. Ich war nicht darauf gefasst und wurde ins Wasser geschleudert ... aber mein Arm verfing sich in einer der Leinen an der Seite des Bootes, als ich versuchte, mich irgendwo festzuhalten, um nicht zu fallen.«

Everly keuchte.

»Ja«, lachte Ball, aber ohne Humor. »Ich wurde mindestens zweihundert Meter neben dem Boot her geschleift, bevor Riley abbremsen konnte. Meine Schulter war aus der Gelenkpfanne gerissen worden und ich hatte mir so ziemlich alle Muskeln und Bänder gerissen. Die Ironie ist, dass ich im Grunde Glück hatte. Vor einer Weile gab es einen Fall, bei dem jemand getötet wurde, dem dasselbe passiert war. Die Schiffsschraube hat ihn am Kopf getroffen, als er über Bord ging.

Riley wollte nicht angeben oder mit ihrem Manöver übermäßig aggressiv sein, um jemanden einzuschüchtern. Sie reagierte einfach, weil sie etwas zu sehen glaubte. Und der Witz an der Sache war, dass sie *tatsächlich* etwas gesehen hatte. Ein Boot ohne Lichter trieb sich in der Gegend herum. Ich schaffte es, wieder auf das Boot zu kommen, und egal, wie sehr mein Arm auch schmerzte, wir hatten einen Job zu erledigen.

Es stellte sich heraus, dass das Boot Drogen transportierte. Riley war für die Durchsuchung der Männer zuständig, da meine Schulter außer Gefecht gesetzt war. Ich hielt sie mit der Waffe in der Hand in Schach, aber als sie ihnen Handschellen anlegen wollte, zog einer der Männer eine Pistole, die er wer weiß wo versteckt hatte, und schoss auf mich.«

Everly sog erneut scharf die Luft ein.

Ball nickte. »Ich habe die beiden Männer im Drogenboot erschossen und Riley ist total ausgeflippt. Sie hatte in dieser Nacht so oft Mist gebaut, dass es nicht mehr witzig war. Sie war hysterisch und konnte das Boot nicht fahren, also musste ich das Drogenboot selbst ankoppeln und uns alle in den Hafen bringen. Riley wurde gemaßregelt und im Rang herabgestuft, durfte aber ihren Job behalten. Ihr

Anwalt behauptete, dass sie nicht richtig geschult worden war und dass der Stress der Situation sie dazu gebracht hatte, sich unangemessen zu verhalten. Besonders aufgeregt hat mich, wie ihr Anwalt bei der Anhörung die Dinge so verdreht hat, dass es zum Schluss so aussah, als wäre es irgendwie meine eigene Schuld, dass ich angeschossen wurde.«

»Im Ernst?«

»Im Ernst«, erwiderte Ball. »Ich dachte, wir wären Partner, aber als es hart auf hart kam, zeigte sie absolut keine Loyalität mir gegenüber. Sie hat sich nicht einmal entschuldigt. Meine Schulter brauchte ewig, um zu heilen, mit der Schusswunde und den gerissenen Bändern. Schließlich entließ mich die Küstenwache aus medizinischen Gründen vom Dienst. Ich war lange Zeit verbittert darüber.«

»Daraus kann man dir auch wirklich keinen Vorwurf machen. Aber Ball, ich würde dir niemals so etwas antun. Ich würde so was *niemandem* antun, mit dem ich arbeite.«

»Das weiß ich«, erklärte er leise.

»Wirklich?«, fragte Everly.

Er drehte sich zu ihr um und sah sie an. »Ja. Das ist es, was ich – mehr schlecht als recht – versuche, dir zu erklären. Als diese Kerle auf mich losgingen, dachte ich nicht einmal daran, dass du mir helfen würdest. Es ist mir nicht einmal in den Sinn gekommen. Wäre ich mit einem meiner Teamkameraden zusammen gewesen, hätte ich das *als Erstes* erwartet. Aber dann warst du da. Du hast es allen gezeigt und dich durchgesetzt. Ich schwöre bei Gott, du bist nicht einmal ins Schwitzen gekommen. Ich schäme mich dafür, wie ich dich behandelt habe, Everly. Und es tut mir so leid.«

Jegliche Feindseligkeit, die sie vielleicht noch hegte, nachdem sie gehört hatte, wie er sich darüber aufregte, dass er mit einer Frau auf Einsatz gehen musste, löste sich auf.

»Ist schon okay, Ball.«

»Danke, dass du mich so leicht vom Haken lässt. Aber ich fürchte, ich werde länger brauchen, um mir zu verzeihen. Frauen sind genauso kompetent wie Männer. Ich weiß das, ich habe es aus erster Hand erfahren, aber irgendwie ist das alles in meinem Kopf nach Riley durcheinandergeraten. Ich hielt sie immer noch für kompetent. Solange ich nicht mit ihnen arbeiten musste. Es war dumm von mir.«

»Wie alt bist du?«, fragte Everly.

»Alt genug, um es besser zu wissen.«

Sie zog eine Augenbraue hoch und sah ihn an.

»Vierzig.«

»Also, dann hast du ja noch zwanzig Jahre Zeit, bevor du in Pension gehst, und kannst in der Zeit deine Höhlenmenschen-Einstellung wiedergutmachen.«

Er lächelte und Everly entspannte sich. Sie war froh drüber, dass es ihr gelungen war, ihn mit einem Scherz aus seiner schlechten Stimmung zu reißen.

»Aber ganz ehrlich, du warst heute großartig.«

»Das war ich wirklich, nicht wahr?«, entgegnete Everly. »Obwohl ich zugeben muss, dass es viel einfacher ist, ohne meine ganze Ausrüstung im Nahkampf zu kämpfen. Ich musste nicht befürchten, dass einer von ihnen nach meiner Waffe oder meinen Handschellen greift. Und es hat nicht geschadet, dass du sie bereits vorher müde gemacht hattest.«

Er schüttelte den Kopf. »Nein, spiel deinen Verdienst bitte nicht herunter. Du bist wie meine ganz persönliche Wonder Woman.«

»Also, *das* ist doch mal ein Kompliment, das mir gefällt«, erklärte Everly lächelnd.

Sie wandten sich beide wieder ihrem Mittagessen zu

und aßen eine Zeit lang wortlos. Dann sagte er: »Meat muss sich Zugang zu ihrem Handy verschaffen.«

Die Bemerkung kam aus heiterem Himmel, doch Everly ließ zu, dass er das Thema wechselte. »Und wie?«

»Keine Ahnung. Aber ich bin mir sicher, dass Rex es weiß.«

»Ruf ihn an.«

»Jetzt? Bist du sicher? Wir machen doch gerade eine Pause.«

Everly warf ihm einen ungläubigen Blick zu.

»Okay«, erwiderte Ball und zog sein Handy heraus. Er drückte auf einen Knopf und wartete. Kurz darauf hörten sie die elektronisch verzerrte Stimme von Balls Kontaktmann am anderen Ende der Leitung.

»Was gibt es?«

Ball verbrachte ein paar Minuten damit, ihn über die Ereignisse des Tages auf den neuesten Stand zu bringen, dann kam er auf den wahren Grund dafür, warum er angerufen hatte. »Meat arbeitet immer noch an Elises Computer, aber wir haben das Gefühl, wenn sie von einem Menschenhändler ins Visier genommen wurde, wird der Großteil ihrer Kommunikation mit ihm auf ihrem Handy sein. Aber die Polizisten haben es jetzt, und sie sagten, sie wüssten nicht, wie lange ihre Computerforensik-Abteilung brauchen würde, um es zu untersuchen.«

»Wie heißt der verantwortliche Beamte noch mal?«

»Ramirez. Diego Ramirez.«

»Gib mir ein bisschen Zeit, um mit ihm zu reden. Ich kenne ihn nicht persönlich, aber ich kenne ein paar von den anderen Beamten dort. Ist Everly bei dir?«

»Ich bin hier«, sagte sie.

»Gib die Hoffnung nicht auf«, befahl er ihr. »Bis wir

nicht mit Sicherheit herausgefunden haben, was passiert ist, darfst du nicht vom Schlimmsten ausgehen, okay?«

»Okay«, entgegnete sie leise.

»Ich melde mich wieder«, erklärte Rex und legte auf.

»Warum hat er das gesagt?«, fragte Everly Ball, nachdem dieser das Handy wieder weggesteckt hatte. »Ich meine, das war zwar nett von ihm, aber irgendetwas in seiner Stimme kam mir ... komisch vor. Er klang fast verzweifelt.«

Ball hielt kurz inne und überlegte, ob er es ihr sagen sollte. Dann erklärte er ihr: »Rex redet normalerweise mit niemandem darüber. Ich selbst weiß es nur, weil Arrow es uns allen im Team erzählt hat. Ich erzähle *dir* das, weil ich nach dem, was du heute für mich getan hast, das Gefühl habe, dass wir vielleicht nicht mehr nur zwei Fremde sind, die versuchen, einen Fall zu lösen. Rex' Frau ist eines Tages spurlos verschwunden, genau wie Elise. Sie war da, als er eines Morgens zur Arbeit ging, und weg, als er nach Hause kam. Es gab nicht viele Hinweise, und es ist jetzt ein Jahrzehnt her und es gab nie bestätigte Sichtungen von ihr.«

»Keine bestätigten Sichtungen?«

Ball nickte. »Rex hat die Mountain Mercenaries gegründet, um andere vermisste Frauen und Kinder zu finden. Im Laufe der Jahre hat er einige Hinweise und Tipps in Bezug auf seine Frau bekommen, aber keiner davon hat sich ausgezahlt, obwohl er schon so vielen anderen helfen konnte. Aber er wird nie aufhören zu suchen, entweder bis er sie lebend findet oder ihre Überreste gefunden und identifiziert werden.«

Everly sah Ball ungläubig an und schüttelte den Kopf. »Zehn Jahre?«

»Ja.«

Das Sushi, das sie gegessen hatte, drohte ihr wieder hochzukommen. »Ich würde niemals zehn Jahre durchstehen, in denen ich nicht weiß, was mit Elise passiert ist. Dann wäre sie fünfundzwanzig ... Nein. Das kann ich nicht ...«

Ball legte seinen halb gegessenen Kebab beiseite und nahm ihre Hand. »Pssst. Ich wollte dich nicht verunsichern. Ich bin wirklich ein Idiot.«

»Ernsthaft, das halte ich nicht durch«, erwiderte Everly.

»Hör mir zu«, befahl Ball, legte ihr die Hände auf die Schultern und drehte sie auf der Bank halb zu sich herum. »Wir stehen kurz vor einem Durchbruch. Das spüre ich. Ich würde dir auf jeden Fall sagen, wenn ich das Gefühl hätte, dass es keinen Sinn mehr hätte. Das würde ich *wirklich*. Aber irgendetwas sagt mir, dass sie noch lebt ... hier irgendwo ist. Verstanden?«

Everly nickte. Sie wollte ihm glauben. So sehr.

»Okay.« Er stand auf und hielt ihr die Hand hin. »Komm mit. Ramirez hat gesagt, wenn wir eine Mitfahrgelegenheit zurück zur Schule brauchen, nimmt er uns mit. Wir holen den Mietwagen und fahren zurück zu Me-Maw. Wir rufen Meat an und finden heraus, was er von dem Computer abrufen konnte. Und so wie ich Rex kenne, wird er eher früher als später Zugang zu diesem Handy bekommen.«

»Okay.« Sie ließ sich von Ball aufhelfen und war nur wenig überrascht, als er sie in seine Arme zog. Der Stromstoß, den sie zwischen ihnen spürte, war intensiv. Er hielt sie für einige Momente fest und zog sich dann zurück. Er sammelte die Reste ihres Mittagessens ein und warf sie in einen Mülleimer in der Nähe, dann gab er ihr ein Zeichen, ihm vorauszugehen. Sie tat es und spürte seine Fingerspitzen auf ihrem Rücken.

Ein plötzliches Bild von Pop, der das Gleiche mit Me-Maw gemacht hatte, kam ihr in den Sinn, und sie blieb abrupt stehen.

»Was? Was ist denn los?«, wollte Ball wissen.

»Nichts. Alles in Ordnung«, versuchte Everly, ihm zu versichern. Sie hatte keine Ahnung, ob er die Chemie zwischen ihnen so spürte wie sie, aber es lag ihr fern, ihn zu fragen. Er war gerade erst zu dem Schluss gekommen, dass sie tatsächlich eine gute Partnerin sein könnte. Auf keinen Fall wollte sie jetzt auch noch Sex mit ins Spiel bringen.

---

Ball saß in dem bequemen Sessel mit einem Lächeln im Gesicht. Wenn ihm jemand vor seiner Abreise nach Los Angeles gesagt hätte, dass er irgendetwas zum Lächeln haben würde, hätte er denjenigen für verrückt erklärt. Er arbeitete mit einer Frau zusammen, es gab eine vermisste Jugendliche und er würde sein Team nicht im Rücken haben. Da war ein potenzielles Desaster vorprogrammiert.

Aber obwohl der Tag lang gewesen war, hatte er ein paar ziemlich gravierende Erkenntnisse über sich selbst gewonnen. Und jetzt war er vollgestopft mit Me-Maws hausgemachtem Hackbraten und hörte zu, wie sie mit Everly scherzte.

Und apropos Everly, sie war extrem großmütig gewesen und hatte ihm verziehen, dass er ein Idiot war. Sie hatte ihm heute nicht gerade das Leben gerettet – oder vielleicht doch. Zumindest hatte sie ihn vor schlimmeren Prügeln bewahrt, als er sie bezogen hatte.

»Nachdem ihr heute Morgen gegangen wart, habe ich ein wenig aufgeräumt und dabei festgestellt, dass ihr nicht viele Sachen dabeihabt«, erklärte ihre Großmutter. »Möchtet ihr, dass ich eure Wäsche mache? Und Everly, hast du genügend Unterwäsche dabei?«

»Me-Maw!«, rief Everly aufgebracht und wurde dabei knallrot.

»Was? Oh, möchtest du etwa nicht, dass ich vor Kannon *Unterwäsche* sage? Dir macht das doch nichts aus, oder?«, fragte sie an ihn gewandt.

»Nein, Ma'am.«

»Und wahrscheinlich hast du selbst auch Unterwäsche, die gewaschen werden muss. Ich kann deine Sachen einfach zusammen mit Everlys in die Maschine werfen.«

»Ich möchte am liebsten im Erdboden versinken«, murmelte Everly.

Ball versuchte, nicht zu lachen. »Im Moment ist das noch nicht nötig«, erklärte er Me-Maw. »Aber vielen Dank für das Angebot.«

»Wie lange werdet ihr denn voraussichtlich bleiben?«, wollte sie wissen.

Die Antwort auf diese Frage war schon etwas schwieriger. »Ich hoffe, dass wir etwas zügiger vorankommen, sobald meine Freunde die Daten auf Elises Handy ausgewertet haben«, erklärte Ball diplomatisch.

»Oh, das wäre eine solche Erleichterung«, entgegnete die ältere Dame.

Ball konnte erkennen, wie belastend die Situation für sie war. Trotz ihrer Scherze hatten sowohl Allison als auch Landen schwer mit dem Verschwinden ihrer Enkelin zu kämpfen. Er wollte ihnen sagen, dass es nicht ihre Schuld war, dass Elise nicht nur wegen ihrer Mutter so angreifbar war, sondern auch wegen ihrer Behinderung. Aber er wollte nicht Me-Maws derzeitige unbeschwerte Stimmung verderben.

»Oh! Everly, ich weiß was. Hol deine Sammelalben, damit ich sie Kannon zeigen kann.«

»Oh, niemals, zum Teufel!«

»Everly Adams! Bitte pass auf, wie du mit mir sprichst!«, schalt Me-Maw sie.

Ball gelang es diesmal nicht, ein Lächeln zu unterdrücken.

»Das ist nicht witzig«, zischte Everly.

»Ein bisschen schon«, erklärte er.

»Ball ist sicher nicht an den Zeitungsausschnitten von mir aus meiner Schulzeit interessiert. Das ist doch alles schon Ewigkeiten her.«

»Doch, er ist durchaus daran interessiert«, entgegnete Ball.

»Siehst du?«, freute sich Me-Maw. »Und jetzt geh sie holen. Wenn du es nicht tust, hole ich die alten Fotoalben von deiner Highschool-Zeit hervor.«

Daraufhin stand Everly prompt auf und stürmte ohne ein weiteres Wort aus dem Zimmer.

Me-Maw lächelte und in dem Moment, da sie sich sicher war, dass Everly sie nicht mehr hören konnte, wandte sie sich mit ernstem Gesicht an Ball. Sie lehnte sich vor und sagte: »Und jetzt raus mit der Sprache, Kannon. Glaubst du, Elise ist noch am Leben?«

Verblüfft von der Frage – und dem urplötzlichen Wechsel in ihrem Verhalten – nickte Ball sofort. »Ja, das tue ich. Ich weiß durchaus, dass ich das nicht sagen sollte, und ganz besonders nicht zu ihrer Familie. Aber die Tatsache, dass wir das Handy gefunden haben, ist der Wahnsinn. Es wird uns zwar nicht dabei helfen herauszufinden, wo sie jetzt ist, könnte uns aber einen Einblick auf das geben, was vorgefallen ist. Mit wem sie sich unterhalten hat.«

Allison Adams nickte.

Dann meldete Landen sich zu Wort. Er hatte bisher größtenteils seiner Frau das Wort überlassen und sich damit begnügt, neben ihr zu sitzen. »Gott weiß, dass wir einige

Fehler gemacht haben, sowohl bei unserer Tochter als auch jetzt bei unserer Enkelin, aber wir lieben Elise so sehr und wir würden so ziemlich alles tun, um sie sicher und gesund nach Hause zu bringen. Wenn Geld benötigt wird, haben wir Rentenkonten, von denen wir etwas nehmen können, und wir können auch eine Hypothek auf das Haus aufnehmen, falls nötig. Wir wollen nur, dass Elise nach Hause kommt.«

So sehr Ball von seinem Gefühlsausbruch auch beeindruckt war, Geld würde leider auch nicht dabei helfen, Elise aufzuspüren. »Ich denke nicht, dass das nötig sein wird, doch wenn wir keine weiteren Hinweise finden können, würde es sich vielleicht lohnen, einen Privatdetektiv zu engagieren.«

Landen nickte. Er sah zwar niedergeschlagen aus, jedoch nicht völlig am Boden zerstört.

Dann wechselte er das Thema ... und begann, über seine *andere* Enkelin zu sprechen.

»Du solltest wissen, dass Everly unter ihrem forschen Äußeren ein sehr weiches Herz hat. Sie hat kein einfaches Leben gehabt, hatte viel zu lange zu viel Verantwortung zu tragen. Unsere Tochter war eine schreckliche Mutter. Hat sich für niemanden interessiert, außer für sich selbst. Das ist immer noch so. Everly kochte sich ihre Mahlzeiten selbst, wenn überhaupt Lebensmittel im Haus waren, als sie gerade mal sechs war. Sogar als sie bei uns einzog, versuchte sie, sich um Allison und mich zu kümmern und den ganzen Mist, der im Haus ihrer Mutter vor sich ging, herunterzuspielen. Wir hatten die Hoffnung schon fast aufgegeben, dass sie jemals einen Mann finden würde, der versteht, dass sie zwar durchaus in der Lage ist, auf sich selbst aufzupassen, aber manchmal jemanden braucht, an den sie sich anlehnen kann.«

Ball fühlte sich nicht wohl dabei, hinter ihrem Rücken über Everly zu reden, wollte aber bei ihren Großeltern auch keinen falschen Eindruck erwecken. »Ich mag Ihre Enkelin, Sir, aber wir sind nicht zusammen«, erklärte er sanft.

»Und warum nicht?«, fragte Allison eher neugierig als feindselig.

»Wir haben uns erst vor noch nicht mal einer Woche kennengelernt«, erklärte Ball ihr. »Und bis heute war ich eigentlich dagegen, mit einer Frau zusammenzuarbeiten.«

»Aber Everly ist Polizeibeamtin«, erklärte Pop entrüstet.

»Sie ist sogar weitaus mehr als nur das«, bemerkte Me-Maw und stutzte ihren Ehemann zurecht. »Everly ist wunderschön. Und schlau. Und freundlich. Und mutig. Du bist verrückt, wenn du nicht mit ihr zusammen sein willst. Was stimmt denn nur mit dir nicht?«

Bei diesen Worten zuckten Balls Mundwinkel amüsiert.

»Außerdem reicht eine Woche voll und ganz. Landen hat mich schon zwei Tage, nachdem wir uns kennengelernt hatten, geküsst. Einen Monat später hat er mich gebeten, seine Frau zu werden, und seitdem sind wir zusammen. Wenn man die richtige Person gefunden hat, spürt man es einfach.«

»Das ist ja toll für Sie, aber ...«

»Fühlst du dich nicht zu ihr hingezogen? Bist du vielleicht schwul? Das wäre kein Problem und immerhin würde es erklären, warum du nicht mit ihr zusammen sein willst«, bemerkte Me-Maw.

Ball blieb die Spucke weg. »Ich bin nicht schwul und ich halte Ihre Enkelin für ausgesprochen hübsch.«

»Und warum willst du dann nicht mit ihr zusammen sein? Sie besser kennenlernen?«, wollte die ältere Dame wissen.

»Das habe ich doch gar nicht behauptet.« Ball versuchte

zurückzurudern und der Schweiß trat ihm aus. Verdammt, Everlys Großmutter war eine noch bessere Verhörspezialistin als Black, und das sollte etwas heißen.

»Also möchtest du sehr wohl mit ihr zusammen sein! Das habe ich mir schon gedacht. Gut. Dann bin ich froh darüber, dass ich euch in das gleiche Zimmer gesteckt habe. So kannst du sie besser kennenlernen, vielleicht ein bisschen mit ihr rumknutschen. Früher mussten wir herumschleichen, wenn wir im Haus meiner Eltern übernachteten. Ich wollte nicht, dass einer von euch mitten in der Nacht herumstreunen muss. Manchmal stehen wir auf, um ein Glas Wasser oder so zu holen, und es wäre peinlich, wenn ihr uns über den Weg laufen würdet.«

Er öffnete den Mund, um zu antworten – und wusste nicht einmal, wo er anfangen sollte –, aber glücklicherweise kam Everly zurück und bewahrte ihn davor. Sie hielt ein großes Notizbuch in den Händen, das sie ihm mit einem Schnauben reichte, und ließ sich dann auf den Boden vor dem Sofa fallen, auf dem ihre Großeltern saßen.

»Nicht doch, mein Schatz, du musst dich neben Kannon setzen und ihm erklären, was es mit den Zeitungsartikeln auf sich hat«, erklärte Me-Maw nicht ohne Hintergedanken.

Everly sah sie an, als hätte sie den Verstand verloren. »Ich soll mich neben ihn setzen? Me-Maw, er sitzt in einem Sessel.«

»Na und?«

»Da habe ich keinen Platz!«

»Natürlich hast du da Platz. Schau, wenn er ein wenig rüberrückt ...«

Ball tat, wie geheißen, sodass ein kleines bisschen Platz zwischen der Armlehne und seinem Bein auf einer Seite des Sessels entstand.

»Da, siehst du?«

Als wäre sie daran gewöhnt, dass ihre Großmutter herrisch war, und wüsste, dass die Frau nicht still sein würde, bis sie tat, was ihr befohlen wurde, stand Everly langsam auf und kam zu ihm hinüber. Sie hatte einen resignierten Gesichtsausdruck und murmelte tonlos: »Entschuldigung.«

Ball gestikulierte zu seiner Seite. Mit einem Seufzer setzte sie sich vorsichtig neben ihn auf die Armlehne des Sessels.

Er legte seine Hand um ihre Taille und zog sie an sich, bis sie von der Armlehne rutschte und zwischen ihm und der Lehne eingequetscht war. Eine ihrer Hände landete auf seinem Oberschenkel, um das Gleichgewicht zu halten, und die andere schwebte vor ihr in der Luft. Er konnte die Wärme ihres Körpers an seinem eigenen spüren.

Er hob seinen Arm und legte ihn bequem um ihre Schultern, und sie schmiegte sich enger an ihn. Ihr Haar streifte seinen Kiefer und dieser vertraute Duft wehte nach oben, bis er nichts anderes mehr riechen konnte. Ball fühlte sich von ihr eingehüllt – und überraschenderweise störte ihn das nicht im Geringsten.

Er sah das Grinsen auf Me-Maws Gesicht, bevor sie sich abwandte, um es zu verbergen.

Er hasste es, dass Everly verlegen war – und sie fühlte sich eindeutig unwohl nach ihren geröteten Wangen zu urteilen –, und öffnete das Sammelbuch.

Das erste Bild war ein Zeitungsausschnitt einer viel jüngeren Everly, die ein gekauftes Skelettkostüm und ein breites Lächeln mit zwei fehlenden Zähnen trug. »Wie niedlich«, stellte er grinsend fest.

Everly verdrehte die Augen. »Es gab eine Halloween-Party in der Nachbarschaft. Meine Mutter vergaß, mir ein Kostüm zu besorgen, aber meine Großmutter fand dieses hier im Drogeriemarkt unten an der Straße. Natürlich war ein Zeitungsfotograf da, um meine Tollpatschigkeit im Bild festzuhalten.«

»Du siehst nicht tollpatschig aus – nur niedlich«, erklärte Ball ihr. Er spürte, wie sie sich ein wenig an ihn schmiegte, als er die Seite umblätterte.

Er verbrachte die nächste Stunde damit, Einblicke in Everlys Vergangenheit zu erhaschen. Es gab noch ein paar Bilder, aber die meisten waren Artikel über verschiedene Wettbewerbe, bei denen Everly sich hervorgetan hatte. Es gab ein paar Gedichte, die sie geschrieben hatte, und einige Aufsätze aus der Grundschulzeit. Es war mehr als offensichtlich, wie stolz ihre Großeltern auf sie waren.

Als er am Ende des Sammelalbums ankam, hatte Everly sich völlig entspannt und lehnte sich mit ihrem ganzen Gewicht an ihn. Sie war in einer winzigen Ecke des Sessels eingeklemmt und musste sich unwohl fühlen, aber sie machte keine Anstalten aufzustehen, als er fertig war.

»Wir gehen jetzt ins Bett«, erklärte Pop leise. »Allison ist völlig fertig.«

Ball hob den Blick und stellte fest, dass Everlys Großmutter an der Schulter ihres Mannes eingeschlafen war.

»Brauchen Sie Hilfe?«, fragte er ihn.

»Nein. Wir schaffen das schon. Das tut sie fast jeden Abend. Früher war ich dazu in der Lage, sie hochzuheben und ins Bett zu bringen, aber jetzt humpeln wir einfach gemeinsam rüber. Wir sehen uns morgen.« Und damit rüttelte Landen sanft seine Frau wach und sie gingen gemeinsam, wie er es gesagt hatte, die Arme um die Hüfte des anderen geschlungen, den Gang entlang zu ihrem Schlafzimmer.

»Sie haben in ihrem Leben schon so viel mitgemacht und es gefällt mir ganz und gar nicht, dass sie jetzt auch noch so was durchmachen müssen. Das ist einfach nicht fair.«

»Wie ist deine Mutter eigentlich zu dem geworden, was sie ist?«, wollte Ball wissen. »Ich meine, deine Großeltern sind fantastisch. Ich verstehe es einfach nicht.«

»Glaub nicht, sie hätten sich nicht schon selbst diese Frage gestellt«, erwiderte Everly. »Und die kurze Antwort lautet, ich weiß es nicht. Ich schätze, es ist die alte Natur-gegen-Erziehung-Frage. Wurde meine Mutter geboren, um drogenabhängig zu werden, oder war es ein Faktor ihrer Umgebung? Ich würde auf Letzteres tippen. Me-Maw sagt, sie hätte vor der Highschool keine Anzeichen für eine Suchtpersönlichkeit bei ihr gesehen. Dann geriet sie in die falschen Kreise und der Rest ist Geschichte. Soweit ich weiß hat sie es in Bezug auf Drogen nicht langsam angehen lassen. Sie ging direkt von heimlichem Alkoholgenuss zu Kokain über. Und das war's dann. Nach dem ersten Mal war sie süchtig und von da an ging es mit ihrem Leben bergab. Sie hat die Highschool nicht beendet. Sie wurde mit mir schwanger, und obwohl sie immer wieder versucht hat, damit aufzuhören, wollte sie es nie wirklich.«

»Das ist wirklich schlimm.«

»Allerdings. Aber du brauchst kein Mitleid mit mir zu haben. Ich hatte ja schließlich Me-Maw und Pop. Sie waren großartig. Sie sind sofort eingeschritten, als es offensichtlich wurde, dass meine Mutter nicht mal mehr Lust dazu hatte, auch nur zu versuchen, sich um mich zu kümmern. Ich habe die Highschool abgeschlossen, eine Menge Stipendien ergattert und meinen zweijährigen Abschluss an einem Community College gemacht, um anschließend meinen Bachelor-Abschluss zu machen. Ich habe mir den Arsch aufgerissen und ich habe ihnen einiges zu verdanken, denn sie haben mich die ganze Zeit unterstützt.«

»Es liegt mir fern, dich oder deine Großeltern zu kritisieren«, erklärte Ball sanft. »Ich wünschte, ich hätte meine kennengelernt, doch sie sind gestorben, als ich noch klein war.«

»Und deine Eltern? Wie sind die so?«, wollte Everly wissen.

Ball zuckte mit den Achseln. »Sie sind gut. Ich spreche nicht annähernd so viel mit ihnen, wie ich sollte, aber sie leben in North Carolina. Sie haben ein Wohnmobil und sind viel unterwegs, fahren durch das Land und sehen sich die Sehenswürdigkeiten an. Ich habe eine Webseite für sie entworfen, damit sie all ihre Freunde auf dem Laufenden halten können, wo sie sind und was sie gerade machen. Sie ist supereinfach gehalten, aber genau das wollten sie.«

Everly richtete sich ein wenig auf. »Du hast eine Webseite für sie entworfen?«

»Ja, warum?«

»Weil du das so sagst, als wäre es keine große Sache.«

»Ist es doch auch nicht. Zumindest ist es das *eigentlich* nicht. Es gibt Vorlagen für Blogs und Webseiten, die fast jeder einrichten kann. Aber ich wollte keine von denen. Ich wollte lieber etwas Individuelles für sie machen, eine Seite, die leicht zu pflegen ist und die Mom von ihrem Telefon aus bedienen kann. Außerdem verdiene ich damit mein Geld.«

Sie blinzelte. »Stimmt doch gar nicht, du arbeitest für die Mountain Mercenaries.«

»Ja, das ist aber meistens kein Vollzeitjob. Ich habe letztes Jahr sogar an der Webseite des Polizeireviers von Colorado Springs gearbeitet. Sie brauchten eine Aktualisierung, damit die Seite leichter zu navigieren ist.«

»Wow. Ich hatte ja keine Ahnung.«

»Du dachtest, ich wäre nur irgendein dummer Ex-Soldat der Küstenwache, richtig?«

Sie lachte leise. »Nein.«

»Du Lügnerin, das tust du nämlich sehr wohl.« Ball gefiel es außerordentlich gut, Everly lächeln zu sehen. Er grub seine Finger in ihre Flanken und sie kreischte leise auf und begann, sich zu winden.

»Hör damit auf!«

»Gib es zu und dann höre ich auf.«

»Niemals!«, rief sie und begann, sich zu wehren. Sie legte die Hände auf seine Hüfte und versuchte ebenfalls, ihn zu kitzeln.

Glücklicherweise war er nie kitzelig gewesen. Ball packte sie um die Taille und zog sie hoch, sodass sie auf seinen Oberschenkeln saß, was ihm einen besseren Zugang zu ihren sehr kitzeligen Seiten ermöglichte. Sie lachte und wand sich auf seinem Schoß, während sie versuchte, seinem Griff zu entkommen.

»Stop – oh mein Gott, ich bin so kitzelig! Hör auf, hör auf!«, rief sie.

»Gib zu, dass du dachtest, ich sei dumm«, drängte er sie.

»Na gut! Ich gebe es zu. Aber nur, damit du es weißt, ich würde momentan alles zugeben, nur damit du aufhörst.«

Ball hörte auf, sie zu kitzeln, und hielt sie einfach nur fest. »Tatsächlich?«, fragte er.

»Du brauchst mich gar nicht so anzusehen«, warnte Everly und lächelte zu ihm hinab.

Sie starrten sich einen Moment lang an – und dann schienen sie beide gleichzeitig zu realisieren, wie intim ihre Position war. Sie saß mit gespreizten Beinen auf seinen Oberschenkeln. Ihre Hände ruhten auf seiner Brust. Und er war mit seinen Daumen irgendwie unter ihr T-Shirt gelangt und streichelte jetzt geistesabwesend über die warme Haut an ihren Seiten.

Keiner von beiden sagte etwas ... aber sie bewegten sich auch nicht.

Das Klingeln von Balls Handy unterbrach den spannungsgeladenen Moment.

Everly rutschte von seinem Schoß und stand einen Moment lang unbeholfen vor seinem Sessel, bevor sie sich dem kleinen Tisch neben dem Sofa zuwandte, das Glas nahm, das ihre Großmutter vorhin benutzt hatte, und es in die Küche brachte.

»Hallo?«, fragte Ball, der den Anruf angenommen hatte, nachdem er festgestellt hatte, dass er von Rex kam.

»Innerhalb der nächsten vierundzwanzig Stunden sollten wir alle Daten von Elises Handy haben.«

»Wirklich?«

»Ja, wirklich.«

»Will ich wissen, wie dir das gelungen ist?«, fragte Ball seinen Kontaktmann.

»Ich kenne eben bestimmte Leute, die bestimmte Leute kennen«, entgegnete Rex. »Und wie läuft es bei dir?«

»Gut.«

»Sag mir die Wahrheit, Ball. Ich weiß, dass du alles andere als erfreut darüber warst, als du erfahren hast, dass sie bei dieser Mission mit von der Partie sein wird.«

»Das stimmt. Aber jetzt ist es in Ordnung«, versicherte Ball Rex.

»Ich weiß, ich war in letzter Zeit häufig nicht verfügbar, und es tut mir leid. Aber jetzt bin ich wieder da, und wenn du Probleme hast, muss ich das wissen. Ich kann wahrscheinlich Ro oder Black schicken, um dich abzulösen, wenn du willst. Wir brauchen Everly. Sie kann mit Elises Freundinnen reden und mit Elise selbst, wenn wir sie finden. Aber wenn du ...«

»Wie schon gesagt, es ist in Ordnung«, unterbrach Ball

ihn. »Und das meine ich auch so.« Er fing Everlys Blick auf. Sie stand in der Tür zur Küche und ließ ihm Platz, hörte aber trotzdem zu. Er konnte es ihr nicht verübeln. Wenn es *seine* Schwester wäre, die vermisst wurde, würde er auch lauschen. »Du hattest recht, wir *brauchen* Everly. Sie war bisher sehr nützlich und ehrlich gesagt, es ist möglich, dass sie mir heute das Leben gerettet hat.«

Am anderen Ende des Telefons herrschte Stille, als wäre Rex zu schockiert, um zu sprechen. Also fuhr Ball fort: »Ich wurde von ein paar ganz gewöhnlichen Ganoven überfallen, die versuchten, mich loszuwerden, damit sie sich Everly schnappen konnten. Ich war dabei, den Nahkampf zu verlieren, da ich ihnen zahlenmäßig unterlegen war, aber dann war Everly da und sie hat zwei von ihnen fertiggemacht, während ich mit dem Dritten beschäftigt war. Sie brachte auch den Direktor von Elises Schule dazu, sich ihr zu öffnen, und dieses Gespräch führte schließlich dazu, dass wir die Handtasche und das Telefon ihrer Schwester fanden. Ich wäre nicht in der Lage gewesen, mit dem Direktor oder den Schülern zu kommunizieren. Ich lag falsch – und ich kann es zugeben.«

Er sprach mit Rex, aber er sprach auch direkt zu Everly. Sie sollte wissen, dass er ihr vorhin nicht nur etwas vorgemacht hatte. Er versuchte wirklich, seine Einstellung zu ändern, wenn es um die Zusammenarbeit mit Frauen ging ... zumindest die Zusammenarbeit mit *ihr*.

»Ich muss mal eben meine Wetter-App überprüfen«, erklärte Rex leise.

»Was? Warum?«, fragte Ball.

»Um nachzusehen, ob es in der Hölle geschneit hat«, scherzte Rex.

»Ach, lass mich doch in Ruhe«, erwiderte Ball.

»Aber mal im Ernst, ich bin froh, denn ich habe nur

Gutes über Sergeant Adams gehört. Sie wäre eine gute Unterstützung für uns hier in Colorado Springs.«

Ball hatte den Blick nicht von Everly abgewandt. Auch sie hatte sich nicht von der Stelle gerührt. »Du rufst an, sobald du etwas über das Handy erfährst?«, fragte Ball.

»Natürlich. Falls du in der Zwischenzeit etwas brauchst, ruf einfach an, egal, worum es sich handelt«, befahl Rex.

»Das werde ich.«

»Bis später.«

»Tschüss.« Ball drückte auf das Handy, um den Anruf zu beenden, und Everly sagte immer noch nichts. Schließlich sprach er. »Das war Rex. Er nutzt seine Verbindungen und sollte innerhalb des nächsten Tages Zugang zu Elises Handy bekommen.«

Everly nickte.

»Ev? Alles okay?«, fragte er, da er sich langsam Sorgen machte.

»Hast du das wirklich ernst gemeint?«, fragte sie leise.

Ball musste sie gar nicht erst fragen, was sie meinte. »Jedes Wort.«

»Ich habe dir heute nicht das Leben gerettet.«

Ball zuckte mit den Achseln. »Es hätte durchaus der Fall sein können. Schließlich hat später einer der Polizisten festgestellt, dass einer der Typen ein Messer dabeihatte.«

»Ich glaube, ich werde langsam mal ins Bett gehen ... außer dir fällt noch etwas ein, das ich erledigen sollte.«

Ball erkannte, dass sie diese Gelegenheit nutzen wollte, um sich zurückzuziehen, also schüttelte er den Kopf. »Nein, alles in Ordnung. Ich werde mir nur noch mal unsere Notizen vom Direktor ansehen und prüfen, ob ich nicht doch was auf Elises Computer finden kann. Everly?«

»Ja?«

»Im Gästebett ist mehr Platz als in Elises Zimmer, und

ich habe gemerkt, dass du es gestern gar nicht so toll fandest, im Bett deiner Schwester zu schlafen. Außerdem ... habe ich letzte Nacht mit dir neben mir so gut geschlafen wie schon lange nicht mehr.«

»Bittest du mich etwa, mit dir im Gästezimmer zu schlafen?«, fragte Everly geradeheraus.

»Ja«, entgegnete Ball.

Er sah, dass sie darüber nachdachte, dann nickte sie langsam. »Ich habe auch zum ersten Mal, seit Elise verschwunden ist, besser geschlafen und du hast recht mit deiner Annahme, dass ich es merkwürdig finde, in Elises Zimmer zu schlafen. Ich schlafe gern im Gästezimmer mit dir, solange du nicht auf dumme Ideen kommst.«

»Das verspreche ich dir«, erklärte Ball sofort und war erleichtert, dass sie zugestimmt hatte.

»Okay. Falls du mich brauchst, weck mich einfach auf.«

»Das werde ich.«

Everly nickte und ging auf den Flur zu. Ball sah ihr nach. Als er allein im Wohnzimmer war, legte er den Kopf auf die Kissen hinter sich und rieb sich mit einer Hand über das Gesicht.

Was in aller Welt war nur los mit ihm?

Er fühlte sich zu Everly hingezogen.

Das sollte er nicht und nicht nur, weil sie zusammenarbeiteten. Er wollte sein Herz nicht wieder an eine Frau verlieren. Nicht, nachdem Holly es ihm aus der Brust gerissen hatte.

Aber irgendwie hatte er das Gefühl, dass es schon zu spät war. Everly Adams hatte sich unter seinen Schutzschild geschlichen und war dabei, besagten Schild langsam, aber sicher komplett abzutragen. Und das Schlimme daran war, dass sie es nicht einmal versuchte. Er wusste ohne jeden Zweifel, dass sie von ihrer gegenseitigen Anziehung genauso genervt war wie er ... ihr Rückzug heute Abend machte das deutlich.

Jetzt war weder der passende Zeitpunkt noch der geeignete Ort, um zu ergründen, wohin das führen könnte. Sie mussten ihre Schwester finden. Aber vielleicht, nur vielleicht, könnte Ball Everly anrufen und fragen, ob sie mit ihm zu Mittag essen wollte, sobald sie sicher und gesund zu Hause war und die Dinge wieder einigermaßen normal liefen.

Ja, das war ein guter Plan. Elise finden. Nach Hause zurückkehren. Wieder in seine normale Routine kommen. Dann versuchen, mit Everly ein- oder zweimal auszugehen und die Sache mit der Anziehung aus der Welt zu schaffen.

Er fühlte sich besser, jetzt, wo er eine Strategie hatte, und entspannte sich.

Langsam und stetig. Das würde perfekt funktionieren.

# KAPITEL FÜNF

Everly wachte abrupt auf und war verwirrt. Sie war sich nicht sicher, was sie geweckt hatte.

Sie schaute auf die Uhr. Drei Uhr vierzehn morgens. Es war dunkel und still, aber sie wusste sofort, dass sie allein in dem großen Doppelbett im Gästezimmer lag.

Stunden zuvor hatte sie sich zurückgezogen, weil sie nicht sicher war, was sie mit diesem neuen Ball anfangen sollte.

Sie war es gewohnt, dass er abweisend und mürrisch war. Der Mann, der seinem Kontaktmann unverblümt gesagt hatte, dass er sie brauchte und dass sie ihm das Leben gerettet hatte, war jemand, von dem sie nicht wusste, wie sie mit ihm umgehen sollte.

Natürlich war sie froh, dass sie miteinander auskamen, aber es wurde immer schwieriger, ihre Gefühle für ihn zu bekämpfen. Sie vermutete, dass es angefangen hatte, als er sich in der Nacht zuvor hinter sie gekuschelt hatte. Es hatte sich gut angefühlt. Zu gut.

Aber jetzt war er nicht mehr mit ihr im Bett.

Bevor sie ins Gästezimmer gegangen war, hatte er gesagt,

er würde noch eine Weile arbeiten, aber sie hatte angenommen, dass er eine oder zwei Stunden gemeint hatte. Aber es war deutlich mehr Zeit vergangen.

Sie hoffte, dass er noch wach war, weil er etwas Wichtiges gefunden hatte, das sie zu Elise führen könnte, aber wenn ja, hätte er sie dann nicht geweckt, um es ihr zu erzählen?

Was, wenn er etwas Schlimmes gefunden hatte ... und es ihr nicht sagen wollte, weil er Angst davor hatte, wie sie darauf reagieren würde? Was, wenn Rex Beweise gefunden hatte, dass Elise getötet worden war?

Beunruhigt schlug Everly die Decke zurück und ging zur Tür.

Sie schlich die Treppe hinunter und sah Ball am Esstisch. Er saß vor einem Computerbildschirm, das leichte Leuchten erhellte sein Gesicht, während er konzentriert die Stirn runzelte. Everly öffnete den Mund, um ihn zu fragen, ob er etwas gefunden hatte, hielt aber inne, als er eine subtile Handbewegung machte und immer noch aufmerksam den Bildschirm studierte.

Sie konnte den Bildschirm des Computers nicht sehen, weil er im Profil saß, aber es sah aus, als würde er ...

Ja ... er gebärdete das Wort für *sicher.*

Während sie verwirrt zusah, signalisierte er *Du bist in Sicherheit.* Dann klickte er auf etwas auf dem Laptop vor ihm und tat es wieder. Und wieder.

Dann sagte er in Gebärdensprache: *Mein Name ist Ball. Du bist in Sicherheit.*

Seine Zeichen kamen langsam und zögernd, aber als sie begriff, was er tat, drohten Everlys Knie nachzugeben.

Sie musste irgendein Geräusch gemacht haben, oder vielleicht spürte Ball einfach, dass er nicht mehr allein war, denn er drehte den Kopf und sah sie dort stehen. »Hey«, sagte er leise.

»Was machst du da?«, fragte sie, obwohl es offensichtlich war.

Ball zuckte mit den Achseln und zeigte auf den Computer. »Es gibt im Internet haufenweise Videos über die Gebärdensprache, aber es ist gar nicht so einfach, wie es aussieht.«

Er hörte sich entmutigt an, und das gefiel Everly nicht und er tat ihr leid. »Du hast das aber schon ziemlich gut gemacht.«

»Ich bin total schlecht. Ist schon okay, du kannst es ruhig sagen.«

»Bist du nicht. Wie du gerade selbst gesagt hast, ist es nicht so leicht, wie es aussieht. Ich habe verstanden, was du gesagt hast – und das wird Elise auch.«

»Ich konnte nicht schlafen«, gab er zu. »Ich habe Elises Computer eine Weile lang durchsucht. Dann habe ich angefangen, an einer Webseite zu arbeiten, die ich entwerfe, nur um mich zu beschäftigen, in der Hoffnung, Rex würde anrufen und mehr Informationen über ihr Handy haben. Aber ich musste immer wieder an deine Schwester denken. Ich konnte nicht aufhören. Ich dachte daran, was passieren würde, wenn wir ein Haus stürmen müssten, in dem sie festgehalten wird oder so. Wie ich ihr Angst machen würde, weil sie mich nicht hören könnte. Also dachte ich, wenn ich ein paar Dinge lerne, könnte es sie beruhigen, bis du zu ihr gelangen kannst.«

Everly hätte am liebsten geweint. In ihrem ganzen Leben hatte noch nie ein Mann etwas so Wunderbares für sie getan. »Wenn du die Gebärdensprache wirklich lernen möchtest, werde ich dir dabei helfen.«

»Wirklich?«, fragte Ball und sah sie erneut an.

»Ja.«

»Danke. Aber wieso bist du überhaupt auf? Als ich das letzte Mal nach dir gesehen habe, hast du tief und fest geschlafen.«

Es war ein merkwürdiges Gespräch, das die beiden führten. Eines, das vielleicht Liebhaber und Geliebte führen würden. Oder ein Ehepaar. Everly verdrängte den Gedanken. Es gefiel ihr jedoch, dass er nach ihr gesehen hatte. Das war irgendwie ... ein schönes Gefühl. Sie zuckte mit den Achseln. »Ich bin einfach aufgewacht.«

Ball machte den Laptop zu und stand auf. Er kam auf sie zu. Als er vor ihr haltmachte, blickte sie zu ihm hoch. Keiner der beiden bewegte sich. Everly stockte der Atem.

»Komm schon, uns bleiben noch ein paar Stunden, um zu schlafen, bevor wir uns wieder ans Werk machen müssen.«

Ball streckte die Hand aus und einen Moment lang dachte Everly, er würde sie umarmen, aber seine Hand ruhte leicht an ihrem Kreuz und er drehte sie um. Sie ging vor ihm her, zurück in Richtung des Zimmers, in dem sie gemeinsam schliefen.

Er behielt seine Hand auf ihrem Rücken, bis sie das Bett erreicht hatte. »Ab mit dir ins Bett«, sagte er leise.

Sie kroch unter die Decke und rutschte über die Matratze, bis sie wieder auf ihrer Seite lag. Everly war nicht überrascht, als er ihr kurz darauf folgte und einen Arm um ihre Hüfte legte. Stattdessen entspannte sie sich und schmiegte sich an ihn.

Nachdem sie ein paar Minuten so da gelegen hatten, sagte sie: »Als ich aufgewacht bin, habe ich mir Sorgen gemacht, weil du noch nicht im Bett warst. Einen Augenblick lang glaubte ich, du hättest vielleicht etwas Schlimmes über Elise herausgefunden und würdest es nicht sagen wollen.«

»Ich habe dir doch gesagt, dass ich so was niemals tun würde.«

»Ich weiß. Aber es wäre nicht das erste Mal, dass ich belogen werde, Ball. Das ist auch früher schon vorgekommen. Sogar ziemlich häufig.«

»Du bist eine Polizeibeamtin. Verstanden.«

Sie schüttelte den Kopf. »Das stimmt zwar, aber das meine ich nicht.« Sie spürte, wie er sich hinter ihr leicht versteifte. Everly hatte diese Geschichte noch nie jemandem erzählt, doch nach dem, was sie gerade gesehen hatte – wie Ball versuchte, die Gebärdensprache zu lernen, um ein verängstigtes, gehörloses Mädchen zu beruhigen –, hatte sie das Gefühl, er hatte ihre Ehrlichkeit verdient.

»Meine Mutter hat mich ständig angelogen. Wirklich *ständig*. Soweit ich zurückdenken kann, hat sie mir immer voll ins Gesicht gelogen, und es war ihr sogar egal.«

»Das tut mir leid«, entgegnete Ball. Everly hatte die Arme an die Brust gezogen und Ball nahm die Hand von ihrer Hüfte, um damit ihre zusammengeballten Fäuste zu halten. »In Bezug worauf hat sie denn gelogen?«

»In Bezug auf alles. Dass wir kein Geld für Lebensmittel hätten. Um welche Uhrzeit sie nach Hause kommen würde. Dass sie nach der Schule kommen würde, um mich abzuholen. Dass ihr derzeitiger Freund mir nicht wehtun würde …«

Als sie das sagte, spürte sie, wie Balls Griff um ihre Hand sich verstärkte, doch er unterbrach sie nicht.

»Sie sagte mir, dass Me-Maw und Pop nicht wollten, dass ich bei ihnen wohne, als ich einmal danach fragte. Ich glaubte ihr über ein Jahr lang, bevor ich Me-Maw ganz offen fragte, ob es wahr sei. Sie weinte und sagte mir, dass es natürlich nicht wahr sei. Wenn ich bei ihnen leben wolle, sei das für sie hundertprozentig in Ordnung. Sie wussten, wie es ihrer Tochter ging. Sie wussten, dass sie sich nicht um mich kümmerte. Aber sie wussten auch, wenn sie versuchten, mich ihr wegzunehmen, würde sie auf stur schalten und mich wahrscheinlich noch schlechter behandeln.«

»Verdammt«, sagte Ball.

»Sie hat weiter gelogen. Sie hat weiter gelogen, sogar nachdem ich ausgezogen war. Sie sagte mir, wie sehr sie mich vermisste und wie sehr sie versuchte, sich zu bessern, damit ich zurückkommen konnte. Zu dem Zeitpunkt habe ich aufgehört, irgendetwas zu glauben, was sie sagte. Ich wurde so zynisch, dass ich lange brauchte, bis ich wieder jemandem vertraute. Aber weißt du, was das Schlimmste war?«

»Was denn?«

»Sie hat geschworen, dass sie vorsichtig ist. Dass sie nicht wieder versehentlich schwanger werden würde. Ich Närrin habe ihr geglaubt. Aber eines Nachts, als ich etwa neunzehn war, besuchte ich sie und fand sie auf dem Boden ihres beschissenen Drecklochs von Zuhause liegen und sie blutete zwischen den Beinen. Meine Mutter hatte in der Vergangenheit Drogen genommen, um absichtlich Fehlgeburten zu haben, und ich dachte, sie hätte es wieder getan. Sie wurde schwanger und nahm dann irgendeinen blöden Pillencocktail, von dem ihr jemand erzählt hatte, er würde den Fötus abtreiben. Da beschloss ich, nie wieder mit ihr zu reden.«

»Aber das hast du trotzdem getan«, meinte Ball.

»Ja. Als ich sie so blutend da liegen sah, war ich angewidert von ihr – und von mir selbst, weil ich immer wieder auf ihre Lügen hereinfiel. Trotzdem habe ich sie natürlich ins Krankenhaus gebracht. Dort habe ich herausgefunden, dass die Blutungen da herrührten, dass sie in ihrer Schwangerschaft Komplikationen hatte, nicht von einem eigenhändigen Abtreibungsversuch. Wie durch ein Wunder hatte sie während der Schwangerschaft alles dafür getan, keine Drogen zu nehmen, und obwohl Mom auf keinen Fall einen Krankenwagen rufen wollte, als ihr klar wurde, dass etwas nicht stimmte, kam Elise relativ gesund auf die Welt ... mal abgesehen von der Tatsache natürlich, dass sie gehörlos war. Und da es ihr gelungen war, während der Schwangerschaft keine Drogen zu nehmen, hielt das Krankenhaus es nicht für nötig, ihr das Jugendamt auf den Hals zu hetzen.« Everly schnaubte und das Geräusch war auf merkwürdige Weise gleichzeitig verzweifelt und verächtlich.

»Doch innerhalb eines Jahres war alles wieder beim Alten. Me-Maw und Pop taten ihr Möglichstes, um sich um Elise zu kümmern, wenn meine Mom mal wieder auf einer ihrer Touren war, aber sie wollten nicht das Gericht einschalten. Die ersten zehn Jahre oder so lebte Elise also die Hälfte ihres Lebens im stabilen und liebevollen Zuhause ihrer Großeltern und die andere Hälfte in der Hölle im Haus unserer Mutter. Zum Glück war Elise viel schlauer als ich. Sie beschloss, dass sie das nicht länger mitmachen wollte, und zog stattdessen ganz zu Me-Maw und Pop, bevor sie in die Mittelstufe kam. Also ... ja ... meine Mutter ist eine chronische Lügnerin. Ich bin überrascht, dass Elise und ich so normal sind, wie wir es alles in allem sind. Aber zurück zu meinem Punkt. Einen Moment lang dachte ich, du würdest mir etwas über Elises Fall verheimlichen ... etwas Schlimmes. Das tut mir leid. Du hast gesagt, du würdest das nicht tun, und bei der ersten Gelegenheit habe ich an dir gezweifelt.«

»Ev, sei nicht so streng mit dir. Du hattest eine harte Woche. Deine Schwester wird vermisst und du bist eine Polizistin, die daran gewöhnt ist, alles Erdenkliche zu tun, um Fälle zu lösen. Sieh es ein, herumzusitzen gehört nicht zu unseren Stärken. Ich hasse es, dass wir hier sind, bequem, mit vollen Bäuchen, und wir haben keine Ahnung, wo Elise ist oder was sie durchmacht. Aber ich schwöre dir, dass ich dich immer auf dem Laufenden halten werde. Wenn ich etwas erfahre, erfährst du es.«

»Okay.« Sie schwieg ziemlich lange. »Ball?«

»Was ist, Ev?«

»Obwohl Elise schon ihr ganzes Leben lang gehörlos ist ... hat meine Mutter sich nie die Mühe gemacht, die Gebärdensprache zu lernen. Selbst wenn du also nur ein paar Dinge in Gebärdensprache sagen kannst, wird das Elise sehr viel bedeuten.«

Ball drückte sie in einer Umarmung fest an sich, sagte aber nichts.

Mit dem Gefühl, eine Grenze überschritten zu haben, aber ohne zu wissen, wie das die Art ihrer Beziehung verändern würde – nur mit dem Wissen, dass sie sich definitiv verändert hatte –, schlief Everly ein, während Ball immer wieder mit dem Daumen über den Ring an ihrem Finger strich.

***

Elise hatte keine Ahnung, wie spät es war, nicht einmal, welcher Tag es war, aber es waren Stunden vergangen, seit sie den Mann zuletzt gesehen hatte, der sie entführt und im Keller des heruntergekommenen alten Hauses angekettet hatte.

Vorhin hatte sie den Mut aufgebracht, ihr kleines Gefängnis bis an die Grenzen ihrer Fesseln zu erkunden, und hatte in der Nähe einen Eimer entdeckt, der offensichtlich für sie bestimmt war, damit sie auf die Toilette gehen konnte. Elise war froh, dass sie nicht viel gegessen oder getrunken hatte, denn die Benutzung dieses Eimers war extrem demütigend und ekelhaft.

Sie würde auch gern hungern, wenn das bedeutete, dass sie den Mann *nie* wiedersehen musste. Er hatte sein Hemd kein zweites Mal ausgezogen, aber die Art, wie er sie ansah, gefiel ihr nicht. Sie war keine Närrin; sie wusste, dass sie bisher großes Glück gehabt hatte, dass er sie nicht sexuell belästigt hatte. Sie wusste nicht, warum er es nicht getan hatte. Und nicht zu wissen, ob ihr Glück bei jedem seiner Besuche zu Ende gehen könnte, machte sie verrückt.

Sie machte sich keine Sorgen mehr, dass er ihr Essen mit Drogen versetzen würde, aber jedes Mal, wenn er etwas brachte – was nicht oft vorkam –, musste sie genau das tun, was er sagte, um es zu bekommen. *Steh auf. Schau nach rechts. Lächle. Dreh dich um. Heb dein Hemd an. Zeig mir deinen Bauch ... deine Brüste.*

Er zwang sie nie, sich komplett zu entkleiden, aber sie hatte den Eindruck, sie wäre eine Marionette und er der Puppenspieler. Es war erniedrigend und entmutigend, aber wenn sie nicht tat, was er wollte, würde sie nichts zu essen bekommen. So einfach war das. Sie hatte einmal versucht, sich ihm zu widersetzen, und er hatte sie für eine gefühlte Ewigkeit allein im Dunkeln gelassen. Als er zurückkam und wieder mit seinen Psychospielen begann, war sie ausgehungert genug, um zu tun, was er wollte.

Elise wusste, dass sie schrecklich roch und schwach war, weil sie nicht genug zu essen hatte. Sie hatte seine Spiele mitgespielt und getan, was er wollte, um Nahrung und Wasser zu bekommen. Aber es war nie genug. Es reichte gerade aus, um sie am Leben zu halten und verzweifelt darauf zu warten, dass er wiederauftauchte.

Psychologisch gesehen verstand sie, dass er sie dazu brachte, sein Erscheinen mit den Grundbedürfnissen nach

Nahrung und Wasser zu verbinden, aber sie war entschlossen, ihn auf jede erdenkliche Weise zu bekämpfen. Sie würde sich wie ein trainiertes Hündchen verhalten, wenn er es verlangte, aber er konnte ihre Gedanken oder Gefühle nicht kontrollieren.

Leider konnte sie nicht hören, ob jemand anderes mit ihr im Haus war oder nicht. Sie hatte keine Ahnung, was über ihr vor sich ging. Es gab nicht viele Momente in ihrem Leben, in denen sie es bedauerte, nicht hören zu können, aber dies war definitiv einer davon.

Elise wollte raus.

Sie wollte nach Hause gehen.

Um Me-Maw und Pop wiederzusehen.

Um mit ihrer Schwester über das Internet zu sprechen.

All die Dinge, die sie an ihrem Leben für so schrecklich gehalten hatte, schienen nicht mehr so schlimm zu sein. Sie hatte so viel Zeit online verbracht und versucht, sich normal zu fühlen. Online war sie nicht taub. Sie war nicht die kleine Rothaarige mit einer Million Sommersprossen. Sie war, wer immer sie sein wollte.

Und Elise hatte die Freiheit geliebt, die ihr die Chatrooms, in denen sie mitgemacht hatte, gegeben hatten. Aber sie war dumm gewesen. Everly hatte sie vor einigen der Gefahren im Internet gewarnt, aber sie hatte nur gedacht, dass ihre ältere Schwester übermäßig vorsichtig war.

*Natürlich* waren die Leute, mit denen sie sprach, Jugendliche, wie sie selbst.

*Natürlich* waren es Jungs, keine Männer.

*Natürlich* waren sie harmlos.

Bis sie es eben nicht mehr waren.

Sie hatte über Monate hinweg mit Rob gesprochen. Sie hatte ihm von ihren Gefühlen für ihre Mutter erzählt. Darüber, wie einsam sie sich die meiste Zeit über fühlte. Sie

hatten stundenlang geredet. Es war aufregend gewesen ...
und Elise hatte sich in den siebzehnjährigen Rob verliebt.

Aber es war alles eine einzige Lüge gewesen.

Jedes einzelne Wort.

Und sie war dumm gewesen, sich mit ihm zu treffen.

Sie war zu dem Mann, den sie noch nie gesehen hatte, in
den harmlosen weißen Lieferwagen gestiegen, nur weil er
gesagt hatte, er sei Robs Vater und wolle sie zu ihm bringen.

Sie war so *dumm* gewesen.

Es gab keinen Rob.

Es hatte ihn nie gegeben. Sie war sich dessen fast sicher.

Nur diesen alten Typen mit den unheimlichen
schwarzen Augen, der ihr das Leben zur Hölle machte.

Sie schien keine Tränen mehr übrigzuhaben, aber sie
liefen ihr über das Gesicht, als hätte sie sich nicht schon vor
wenigen Stunden wieder einmal die Augen ausgeweint.

Sie drehte den Ring an ihrem Finger, den gleichen,
den ihre Schwester hatte, und hoffte wie verrückt, dass
Everly so gut in ihrem Job war, wie Elise immer gedacht
hatte. Sie wusste, dass die Dinge im wirklichen Leben
nicht so funktionierten wie im Fernsehen, aber sie konnte
nicht umhin, dafür zu beten, dass jemand ihre Handtasche gefunden hatte. Der Mann hatte ihr Telefon ausgeschaltet und die Handtasche aus dem Fenster geworfen,
kaum dass er sie abgeholt hatte. Hoffentlich würde Everly
in der Lage sein, es zu hacken und herauszufinden, was
los war.

Aber kaum hatte sie den Gedanken, sackten ihre Schultern zusammen.

Sie hatte gedacht, sie würde mit einem siebzehnjährigen
Jungen namens Rob sprechen. Nicht mit diesem alten Kerl.
Sie war sich nicht sicher, ob irgendetwas, worüber sie
geredet hatten, Everly jetzt helfen würde, sie zu finden.

Während die Tränen weiter über ihr Gesicht liefen, gebärdete Elise: *Ich bin hier. Bitte, jemand soll mich finden.*

---

Sechsunddreißig Stunden später war Ball mehr als frustriert. Rex hatte die Erlaubnis erhalten, dass Meat auf Elises Telefon zugreifen durfte, aber bis jetzt hatte er nicht viel Glück gehabt. Er war in der Lage gewesen, leicht in die Texte und Anrufprotokolle zu gelangen, aber da war nicht viel.

Elise hatte zwar die Apps auf ihrem Telefon, die Meat auf ihrem Computer gefunden hatte, aber wie er gewarnt hatte, waren viele auf Anonymität ausgerichtet, und in den meisten Fällen wurde jegliche Kommunikation gelöscht, sobald die Apps geschlossen wurden.

Eine alarmierende Sache, die gefunden worden war, war eine Tracking-App. Es sah so aus, als hätte sie sich automatisch installiert, als Elise ein Bild öffnete, das über eine der Apps verschickt worden war. Das Bild war nur ein Meme von einem Hund, der etwas Dummes tat, aber solange das Bild auf ihrem Telefon war, konnte sie geortet werden.

Everly war fast am Ende ihrer Kräfte und Ball war sich nicht sicher, was er noch tun konnte, um sie abzulenken. Sie waren den gesamten Weg von Me-Maws Haus zur Tankstelle und zurück schon mehrmals gegangen und hatten keine neuen Hinweise gefunden. Es sah immer mehr so aus, als wäre Elise zu jemandem in den Wagen gestiegen und hätte sich in Luft aufgelöst.

Me-Maw hatte gestern Abend ihre gemeinsame Wäsche gewaschen und als Everly sich davon nicht einmal aus der Ruhe hatte bringen lassen, hatte Ball begriffen, dass es ihr nicht gut ging. Später am Abend war sie dann zusammengebrochen und hatte in seinen Armen im Bett geweint – und Ball hatte genug. Zu viel Zeit war verstrichen, ohne dass es eine Spur gab. Wenn Elise einem Menschenhändlerring in die Hände gefallen war, würde sie bald so weit weg sein, dass niemand sie je wiederfinden würde.

»Komm schon«, sagte er zu Everly. Sie saß am Esszimmertisch, starrte ausdruckslos auf ihren Laptop und versuchte, sich etwas anderes einfallen zu lassen, das sie recherchieren konnte. Jemand anderen, den sie kontaktieren konnte. Einen anderen Reporter, den sie anflehen konnte, den Fall ihrer Schwester in die Sechs-Uhr-Nachrichten zu bringen. Leider war das Verschwinden von Jugendlichen in L.A. nicht gerade nachrichtenträchtig.

»Wohin?«, fragte sie.

»Wir fahren aufs Revier und treffen uns noch mal mit Detective Ramirez. Wir werden seine Notizen durchgehen und sehen, ob wir etwas Neues herausfinden können. Vielleicht hat Rex bis dahin etwas anderes für uns. Eine Adresse. Eine Telefonnummer. *Irgendwas.*«

Der Funke der Hoffnung in ihren Augen brachte ihn um. Everly hatte sich unter den gegebenen Umständen sehr gut gehalten, ebenso wie ihre Großeltern. Aber die Belastung fing an, ihnen allen zuzusetzen. Ball hasste das.

Everly packte wortlos ihre Sachen zusammen. Sie schnappte sich ihre Handtasche und ging ins Wohnzimmer, um Me-Maw und Pop zu sagen, wohin sie gingen. Ball hörte, wie sie ihnen sagte, sie sollten anrufen, wenn sie etwas hörten, und dann war sie neben ihm.

Ohne ein Wort zu sagen, machten sie sich auf den Weg zu seinem Mietwagen und fuhren zur Polizeiwache. Ab und zu schaute er zu Everly hinüber und sah, dass sie den Kopf drehte und alles und jeden, an dem sie vorbeikamen, wahnsinnig aufmerksam verfolgte.

Nach einer Weile fragte sie: »Meinst du, wir sollten in die Stadt fahren und uns dort mit ein paar der Prostituierten unterhalten? Elises Foto herumzeigen und fragen, ob sie sie gesehen haben?«

Bei dem Gedanken krampfte sich Ball der Magen zusammen. »Als letzter Ausweg, vielleicht. Aber du weißt so gut wie ich, dass sie nicht auf den Strich geschickt wird, wenn sie wegen Menschenhandels entführt worden wäre. Nicht am Anfang. Sie würde erst unter Verschluss gehalten werden, bis sie psychologisch erledigt ist und die Menschenhändler keine Angst haben müssen, dass sie wegläuft oder jemanden auf ihre Situation aufmerksam macht.«

»Ich weiß«, erklärte Everly leise. »Ich weiß nur nicht, was wir sonst machen sollen. Und ich bin mir durchaus bewusst, was die Statistik sagt. Ich weiß, dass es mittlerweile ziemlich wahrscheinlich ist, dass wir nur noch ihre Leiche suchen, aber ein Teil von mir weigert sich, das zu glauben.«

Ball sah, wie sie den Ring an ihrem Finger drehte, und es erinnerte ihn an ein Bild, das Me-Maw ihm gestern Abend gezeigt hatte. Ein Bild von Elise und Everly, die nebeneinanderstanden. Everly hatte ihren Arm über Elises Schulter gelegt und ihre Schwester hielt sich an ihrem Handgelenk fest. Er hatte den Ring an ihrem Finger gesehen, der genauso aussah wie der von Everly.

»Würdest du mir von euren Ringen erzählen?«, fragte er, um Everly von all den schlimmen Dingen abzulenken, die ihr wahrscheinlich gerade durch den Kopf gingen.

»An dem Tag, an dem Elise geboren wurde, sagte mir Me-Maw, dass Elise der eine Mensch sein würde, den ich länger als jeden anderen auf der ganzen Welt kennen würde. Länger als alle Freundinnen, die ich haben würde, länger als meine Mutter, länger als sie und sogar länger als der Mann, den ich hoffentlich eines Tages treffen und heiraten würde. Sie fragte mich, ob ich die Verantwortung akzeptiere, die mit dem Schwestersein einhergeht. Die Verantwortung, auf sie aufzupassen. Mit ihr zu spielen, mit ihr zu lachen, mit ihr zu weinen, wenn nötig. Immer für sie da zu sein, egal was passiert. Natürlich war ich einverstanden. Me-Maw gab mir den Ring als Zeichen meiner Verpflichtung gegenüber meiner Schwester.

Und als Elise zehn war, schenkte Me-Maw ihr auch einen Ring. Ich weiß noch, wie glücklich sie war, wie erwachsen sie sich fühlte, als sie den Ring trug. Me-Maw machte aus dem Geschenk des Ringes eine große Zeremonie und ein Fest.

Ich weiß, dass die Leute unsere Bindung nicht verstehen. Ich meine, ich bin viel älter als Elise. Aber in dem Moment, in dem ich sie sah, hat es klick gemacht. Ich habe ihr geholfen, die Zeichensprache zu lernen, als sie klein war, und ich habe alles getan, um für sie da zu sein. Die Ringe halten uns zusammen, auch wenn wir weit voneinander entfernt sind.« Everly hob die Hand und betrachtete den Ring.

Er war aus Gold, mit kleinen Schnörkeln drum herum, die mit der Zeit verblasst waren. Er sah nicht besonders teuer aus, aber es gab keinen Zweifel, dass er für sie absolut unbezahlbar war.

Ihre nächsten Worte bewiesen, dass Ball richtiglag.

»Ich lege ihn nie ab. Niemals. Es ist, als wäre meine Schwester bei mir, solange ich ihn trage.« Sie zuckte mit den Achseln. »Das hört sich wahrscheinlich ziemlich dumm an.«

»Nein, ganz und gar nicht«, versicherte Ball ihr. »Ich würde davon ausgehen, dass es ähnlich wie bei einem Ehering ist. Ja, er zeigt anderen, dass du in einer Beziehung bist, aber mehr als das, er ist eine Verpflichtung. Wenn ich eine Frau hätte, würde ich wollen, dass sie genauso über den Ring an ihrem Finger denkt wie du über deinen. Ich würde wollen, dass sie ihn ansieht und an mich denkt. Damit sie weiß, dass ich denselben Ring an meinem Finger trage und an *sie* denke. Jemandem auf dieser Welt so nahezustehen, ist eine schöne Sache, und ich denke, deine Großeltern sind ziemlich großartig, dass sie dir und deiner Schwester das geschenkt haben.«

»Das finde ich auch«, stimmte Everly zu.

Die restliche Fahrt zum Polizeirevier über hingen sie beide ihren jeweiligen Gedanken nach, und als sie auf den Parkplatz fuhren, sagte Ball schließlich: »Ich werde deine Schwester finden, Everly. Vielleicht nicht heute. Vielleicht nicht morgen. Aber selbst, wenn es den Rest meines Lebens dauert, werde ich herausfinden, was mit ihr passiert ist, damit du Frieden finden kannst.«

»Danke«, entgegnete sie leise. »Das bedeutet mir sehr viel.«

»Komm jetzt«, forderte Ball sie auf. »Sehen wir mal, was dieser Ramirez weiß.«

Everly nickte, stieg aus dem Leihwagen und gemeinsam gingen sie zum Polizeirevier.

Dreißig Minuten später saßen sie allein in einem Verhörraum und zwischen ihnen lag die Akte über Elises Verschwinden. Es war nicht viel drin und obwohl Ramirez tat, was er konnte, hatte er keine Informationen sammeln können, die ihnen nicht schon bekannt waren.

»Verdammt, das war reine Zeitverschwendung«, erklärte Everly aufgebracht.

In diesem Moment hörten sie einen Tumult vor dem Zimmer.

Everly stand auf und ging zur Tür. Sie öffnete sie – und

wich überrascht zurück, als Detective Ramirez sie fast umwarf.

Ball war sofort aufgestanden und stand direkt hinter Everly. »Was ist passiert?«, fragte er.

»Ein Notruf kam gerade rein. Ein Mann sagte, er war mit dem Hund seiner Freundin spazieren und hörte jemanden aus einem Haus um Hilfe rufen, von dem er dachte, es stünde leer. Das Mädchen hatte ein Fenster auf dem Dachboden aufgebrochen und fuchtelte verzweifelt mit dem Arm herum und schrie. Eine Einheit ist auf dem Weg, aber ich dachte, es würde Sie interessieren.«

»Hat sie sich irgendwie komisch angehört?«, wollte Everly wissen.

»Inwiefern komisch?«

»Elise ist taub. Wenn sie schreit, hört sich das für eine normale Person merkwürdig an.«

»Ich weiß es nicht. Aber ich fahre jetzt dorthin. Ich bleibe in Verbindung und sage Ihnen Bescheid.«

»Wir fahren auch hin«, erklärte Everly.

»Nein, tun Sie nicht«, erklärte der Detective.

»Hören Sie, es ist meine Schwester, die vermisst wird, und wenn es sich bei diesem Mädchen um sie handelt und Sie gehen da rein und fangen an, ihr Anweisungen zuzuschreien, wird sie Sie nicht verstehen. Und wenn derjenige, der sie entführt hat, noch in der Nähe ist, wird sie Ihnen nicht sagen können, wie er aussieht oder sonst was. Sie *brauchen* mich.«

Der Detective sah unentschlossen aus.

»Sie ist Polizeibeamtin«, fügte Ball hinzu. »Sie kennt das Protokoll und weiß, wie sie aus der Schusslinie bleibt. Sie ist schließlich keine normale Zivilistin.«

Damit war es entschieden. Ramirez nickte. »Okay, aber ich fahre jetzt sofort los.«

Wortlos sprang Everly zurück zum Tisch, sammelte die wenigen Papiere zusammen, die sie sich angesehen hatten, und war umgehend wieder neben Ball. »Wir sind bereit zu gehen.«

Innerhalb kürzester Zeit saßen sie auf dem Rücksitz von Ramirez' Geländewagen. Die Sirene war eingeschaltet und sie fuhren mit Vollgas in Richtung des heruntergekommenen Viertels, in dem sich laut Aussage des Mannes das Haus befand.

Ball griff nach Everlys Hand und hielt sie fest in seiner eigenen. Keiner von beiden sagte etwas, sie hielten sich nur aneinander fest und beteten, dass das Mädchen, das um Hilfe geschrien hatte, Elise war.

# KAPITEL SECHS

In der Nachbarschaft herrschte völliges Chaos, als Ramirez in die Gegend fuhr. Polizeiautos waren bereits die schmale Straße hinauf und hinunter aufgereiht, und es standen Krankenwagen bereit, die auf Entwarnung warteten, um näher ran zu fahren.

Ball kletterte heraus und zog Everly hinter sich her. Sie konnte das aufgeregte Bellen der Polizeihunde hören und auch die Hunde aus der Nachbarschaft schlossen sich dem Gebell an. Aber ihre Blicke waren auf das Haus gerichtet, das gerade von der Polizei umstellt war.

Der SWAT-Offizier in ihr wollte mitmachen, aber die Schwester in ihr konnte ihre Beine nicht dazu bringen, einen Schritt auf das Haus zuzugehen. Es war dreistöckig, einschließlich eines Dachgeschosses. Die weiße Farbe an der Außenseite war abgeblättert und der Garten war hüft-hoch mit Unkraut überwuchert. Holzlatten hingen an der Seite des Hauses an einigen Stellen herunter und die ange-lehnte Veranda sah aus, als würde sie bei einer kleinen Brise weggeweht werden.

»Bleiben Sie hier«, befahl Ramirez. »Ich werde mal

nachsehen, was los ist.« Er wartete nicht auf ihre Zustimmung, sondern drehte sich um und ging auf die Person zu, die wie der hauptverantwortliche Polizist aussah.

Everly konnte keinen einzigen Muskel bewegen. Sie konnte sich nur an Balls Hand festhalten, als wäre es das Einzige, was sie davor bewahrte, in Millionen Stücke zu zerfallen. Sie war sich nicht sicher, wann er ihr Rettungsanker geworden war. Aber irgendwann war er während der letzten Tage zu ihrer Stütze geworden. Es war verrückt. Sie hatte sich in ihrem ganzen Leben noch nie auf jemanden verlassen, außer auf ihre Großeltern. Sie hatte von klein auf gelernt, dass sie sich nur auf sich selbst verlassen konnte. Aber trotz des schwierigen Starts fing Ball an, ihr etwas zu bedeuten.

Das hätte sie eigentlich erschrecken müssen. Im Moment konnte sie nur Dankbarkeit empfinden, dass er bei ihr war.

Die Möglichkeit, dass ihre Schwester bereits tot sein könnte, war definitiv in ihrem Kopf, besonders als immer mehr Zeit verging, seit sie gesehen worden war, aber die Realität, dass einer der Polizisten aus dem Haus kam und ihr sagte, dass sie zu spät gekommen waren, dass Elise wirklich tot war, war etwas, womit Everly vielleicht nicht umgehen konnte.

Es gab Schreie aus dem Inneren des Hauses und Everly kniff die Augen zusammen.

»Immer mit der Ruhe, Ev.«

Sie nickte, öffnete aber nicht die Augen.

Dann ertönten weitere Schreie und ein Ruf nach einem Krankenwagen.

Everly öffnete die Augen gerade noch rechtzeitig, um zu sehen, wie eine Jugendliche aus dem Haus geführt wurde, mit einem Polizisten an ihrer Seite. Ihr Herzschlag beschleunigte sich, aber einen Augenblick später sackten ihre Schultern zusammen.

Das Mädchen war nicht Elise.

Sie war älter als Elise. Und größer. Und hatte die falsche Haarfarbe. Sie hatte eine Jeans und ein schwarzes T-Shirt an. Ihr braunes Haar war in Unordnung und sie trug keine Schuhe. Die Jugendliche hielt sich den blutenden Arm, als der Beamte sie in Richtung eines Krankenwagens führte, der vor dem Haus angehalten hatte.

»Sie ist es nicht«, flüsterte Everly am Boden zerstört.

»Aber vielleicht weiß sie etwas«, ermutigte Ball sie sanft.

Aber ihre Aufmerksamkeit wurde durch weitere Schreie aus dem Haus von dem Mädchen abgelenkt, dem in den Krankenwagen geholfen wurde. Everly hoffte, dass sie die Person erwischt hatten, die für die Entführung der armen jungen Frau verantwortlich war.

Dann sah sie verwirrt zu, wie ein weiteres junges Mädchen aus dem Haus gebracht wurde. Dieses hatte blondes Haar und war so klein wie Elise. Allerdings war sie wahrscheinlich jünger als Everlys Schwester, vielleicht zwölf oder dreizehn.

»Sie haben zwei gefunden?«, fragte Everly schockiert.

»Komm schon«, sagte Ball und zog sie in Richtung Tür.

Everly ging gern mit. Die Polizisten um sie herum zollten ihnen keine Aufmerksamkeit. Sie waren mehr an den Informationen interessiert, die sie über ihre Funkgeräte erhielten.

»Das sieht mir sehr nach Menschenhandel aus«, murmelte Ball. »Wenn mehr als ein Mädchen gefunden wird, dann meistens deswegen, weil sie die Opfer sammeln, bevor sie sie gemeinsam verschiffen. Gib die Hoffnung nicht auf, Everly.«

Bei seinen Worten durchfuhr sie ein Adrenalinstoß. Sie

reagierte, ohne nachzudenken, und ging zu dem nächsten Polizisten.

»Ich bin Sergeant Adams aus Colorado Springs. Ich bin hier, weil meine minderjährige Schwester vermisst wird. Sie ist etwa eins sechzig groß und hat rote Haare, aber sie ist taub. Wenn sie da drin ist, wird sie Angst haben, weil sie nichts hören kann.«

Anfangs schien der Polizist abgelenkt zu sein, doch als Everly weitersprach, nickte er schließlich. »Ich werde die Information weitergeben.«

»Wissen Sie schon, wie viele Mädchen da drin sind?«, wollte Ball wissen.

»Das ist im Moment noch unbekannt. Sie durchsuchen das Haus von oben bis unten. Bis jetzt haben sie vier Mädchen gefunden.«

*Vier.* Everly sog scharf die Luft ein. Vier Mädchen, die sicher Todesangst hatten und die man von ihren Familien geraubt hatte. Menschenhändler waren wirklich das Letzte vom Letzten. Der letzte Abschaum.

»Sergeant Adams kann Gebärdensprache«, informierte Ball den Polizisten. »Falls ihre Schwester in dem Haus ist, kann sie mit ihr reden. Sie beruhigen. Bitte geben Sie diese Information auch weiter.«

Zu seiner großen Überraschung tat der Polizist das wirklich.

»Wir werden hier warten«, erklärte Ball dem Mann, der daraufhin nickte.

Ball führte Everly ein paar Schritte zurück und zog sie an sich. Sie sahen zu, wie ein weiteres Mädchen schluchzend aus dem Haus geführt wurde. Dann ein weiteres. Es war offensichtlich, dass die Mädchen traumatisiert waren. Sie waren alle schmutzig und eines der Mädchen war nur halb bekleidet. Die Implikationen waren erschreckend, aber

Everly behielt den Blick auf die Haustür gerichtet. Sie betete so sehr wie nie zuvor, dass die nächste Person, die hinausgeführt werden würde, ihre Schwester sein würde.

Fünf quälend lange Minuten vergingen und dann erschien ein weiteres Mädchen. Dann ein weiteres.

»Sechs Mädchen«, flüsterte Ball. »Es muss sich um Menschenhandel handeln.«

Everly hielt den Atem an – und hörte dann ein Geräusch, das sie irgendwie wiedererkannte, obwohl sie es noch nie in ihrem Leben gehört hatte.

Elise. Sie schrie vor Angst.

Sie riss sich aus Balls lockerer Umarmung los und stürmte auf das Haus zu. Sie hörte Schreie hinter sich und Ball etwas rufen, aber sie hatte nur Augen für die Haustür. Sie lief hinein, weil sie wusste, dass Ball direkt hinter ihr war, dann blieb sie stehen und musste sich zwingen, einen Moment lang durchzuatmen.

Im Haus roch es furchtbar. Nach menschlichen Ausscheidungen, Schweiß und Schimmel. Als Polizistin war sie schon in einigen ziemlich schrecklichen Räumen gewesen, aber zu wissen, dass ihre Schwester da drin war, dass sie sich schon wer weiß wie lange an diesem Ort aufhielt, machte es noch viel schlimmer.

Elise schrie wieder und Everly drehte sich zu einer Treppe um, die direkt vom Korridor abging. Sie eilte sie hinunter und drängte sich an den vier Polizisten vorbei, die ihr den Weg zu ihrer Schwester versperrten.

Dort, auf der anderen Seite des Kellers, war Elise.

Sie trug dieselbe Bluse und Shorts, die sie laut Me-Maw am Tag ihres Verschwindens zur Schule getragen hatte. Ihre Füße waren nackt und sie saß zusammengekauert an der Wand und starrte die Polizisten an, als wären sie der leibhaftige Teufel. Aus dem Augenwinkel sah Everly einen

Eimer, den ihre Schwester offensichtlich als Toilette benutzt hatte, aber sie ignorierte ihn, weil sie Elise mehr als alles andere beruhigen wollte.

Sie trat näher heran und versuchte, sie zu besänftigen.

*Es ist alles in Ordnung. Ich bin's doch. Bist du verletzt?*

Elise hob den Blick zu ihrer Schwester und Everly schwankte fast unter dem Gewicht der Verwirrung, des Schmerzes und der Angst, die sie dort sah.

*Ich bin's. Ich bin hier.* Sie machte einen Schritt auf Elise zu und war erleichtert, als diese nicht zurückwich. *Ich komme näher.*

Als Elise leicht nickte, machte Everly einen weiteren Schritt nach vorn. Sie hörte, wie Ball den Beamten sagte, sie sollten ihr etwas Platz machen, sie sei die Schwester des Opfers, und sie war noch nie so dankbar für seine Anwesenheit gewesen. Sie konnte sich nicht auf sie konzentrieren und dafür sorgen, dass sie ihr den Raum gaben, das zu tun, was sie tun musste, um zu ihrer Schwester zu gelangen.

Sie blickte kurz hinter sich und sah, dass Ball nach vorn getreten war, näher zu ihr und Elise. Die Unterstützung, die sie durch diesen kleinen Akt spürte, war immens. Er war in der Nähe, nur für den Fall, dass sie oder Elise ihn brauchten, aber er mischte sich nicht in das Geschehen ein.

Everly näherte sich ihr, dann ließ sie sich auf die Knie sinken. Sie kroch die restlichen drei Meter oder so, bis sie direkt vor Elise war. *Bist du verletzt?*, gebärdete sie erneut.

*Eigentlich nicht. Aber ich kann mich wegen der Ketten nicht weit bewegen.* Elise deutete auf ihre Knöchel.

*Na gut. Die nehmen wir ab. Ich habe seit deinem Verschwinden nach dir gesucht.*

*Es tut mir leid*, gebärdete Elise verzweifelt. *Es tut mir so leid. Ich war so dumm. Ich habe genau das getan, was ich laut deiner Aussage nie tun sollte.*

*Pssst. Wir klären das alles später. Du bist jetzt in Ordnung. Darf ich dich umarmen?*, fragte Everly.

Elise schüttelte den Kopf. *Nein. Ich bin ekelhaft.*

*Es wäre mir egal, wenn du von Kopf bis Fuß mit Hunde-scheiße beschmiert wärst*, erklärte Everly ihrer Schwester ganz ehrlich. *Ich muss dich einfach nur in den Arm nehmen.*

Das kleine Nicken war alles, was sie an Ermutigung brauchte. Kurz bevor sie ihre Schwester in die Arme nahm, warf Everly noch einmal einen Blick über ihre Schulter. Ball stand genau dort, mit einem Bolzen-schneider in der Hand. Sie wusste nicht, woher er ihn hatte, aber es war offensichtlich, dass er wartete, um ihr Zeit für einen Moment mit ihrer Schwester zu geben.

»Wir müssen sie von hier wegbringen«, erklärte er leise ein paar Minuten später.

»Ich weiß«, entgegnete Everly und schloss ihre Arme fester um Elise. »Gib uns bitte nur noch einen kurzen Moment.« Sie spürte, wie ihre Schwester zitterte, sich aber sonst nicht bewegte, doch einen weiteren langen Moment später legte sie ihre Arme um Everly und hielt sich an ihr fest.

Everly hatte das Gefühl, weinen zu müssen, wusste aber, dass sie stark sein musste. Sie würde später noch Zeit haben, sich richtig auszuheulen.

»Ich muss sie anfassen, um die Kette abzubekommen«, erklärte Ball ihr. »Kannst du sie bitte vorwarnen?«

Everly nickte, zog sich zurück und ging an Elises Seite. Ihre Knie berührten immer noch ihre Schwester, beide brauchten im Moment die Verbundenheit. *Das ist mein Freund. Er wird diese Ketten abnehmen, okay?*

Everly sah Ball an und sie musste schwer schlucken, um die Tränen zu unterdrücken, als er mühsam gebärdete, was er am anderen Morgen so angestrengt zu lernen versucht hatte.

*Mein Name ist Ball. Du bist in Sicherheit.*

Elise nickte ihm zu und drehte sich dann zu Everly um. *Wow, seine Zeichen sind echt scheiße.*

Everly brach in Gelächter aus und fühlte zum ersten Mal Erleichterung, seit sie ihre Schwester hatte schreien hören. Sie würde wieder gesund werden. Irgendetwas Schreckliches war ihr in diesem Raum zugestoßen, das war ziemlich offensichtlich, aber sie war am Leben und ihr Sinn für Humor war noch intakt.

Sie gebärdete schnell zurück: *Ja, aber vor anderthalb Tagen kannte er noch kein einziges Zeichen, also sei nachsichtig mit ihm.*

*Ball?*, fragte Elise. *Was ist das für ein Name?*

*Ein Spitzname.*

*Was bedeutet er?*

Everly drehte sich zu Ball um, der geduldig auf die Erlaubnis wartete, Elises Bein zu berühren. »Sie möchte wissen, wie du zu deinem Spitznamen gekommen bist.«

Ball lächelte, wenn auch ein wenig angestrengt, und sie war dankbar dafür, dass er sich Mühe gab, dafür zu sorgen, dass Elise sich entspannte. »Übersetzt du für mich?«, bat er sie.

»Selbstverständlich«, erwiderte Everly und tat genau das, während er sprach.

*Als ich bei der Küstenwache war, war ich ein bisschen pingelig. Alles hatte seinen Platz und ich hasste es, unordentlich zu sein. Ich hatte auch ein Händchen dafür zu erkennen, wann die Dinge aus dem Ruder zu laufen drohten. Wenn jemand im Begriff war, mich anzulügen. Wenn er versuchen würde zu fliehen. Meine Kollegen an der Küste sagten immer, dass ich wirklich »am Ball« war. Das wurde abgekürzt zu »Ball«. Mein*

*Nachname ist Black, aber es ist gut, dass sie mich nicht so genannt haben, denn ich habe einen Freund in Colorado Springs, dessen Spitzname Black ist. Kannst du dir vorstellen, zwei Leute im selben Freundeskreis zu haben, die denselben Spitznamen haben? Aber was lustig ist, sie hätten mich »Ball« nennen sollen, weil mein Vorname Kannon ist. Du weißt schon, wie Kanonenkugel.*

Everly hatte nicht gewusst, woher sein Spitzname stammte, und nach den letzten paar Tagen war sie daran interessiert, so ziemlich alles über ihn zu erfahren. Sie waren in eine sehr intensive Situation geraten und waren sich in kurzer Zeit sehr nahegekommen. Und dabei wussten sie noch nicht mal die kleinsten Dinge übereinander.

Elise lächelte ein wenig über den Kanonenkugel-Witz, wandte sich dann aber an Everly. *Du kennst ihn also aus Colorado?*

*Ja. Kann er dir jetzt bitte die Ketten abnehmen, damit wir von hier verschwinden können?*

Elise drehte sich zu Ball um und nickte. Dann gestikulierte sie in Richtung der Ketten und streckte ihre Beine aus, um ihm Zugriff zu gewähren.

Innerhalb weniger Augenblicke war Elise frei und Everly half ihr aufzustehen.

»Alles in Ordnung?«, fragte Ball.

Everly nickte.

Dann tat er etwas, das sie wahnsinnig schockierte. Er drehte sich zu Elise um und sagte langsam und nicht ganz korrekt in Gebärdensprache, aber immerhin gut genug, sodass sie ihn beide verstanden: *Deine Schwester hätte niemals aufgehört, nach dir zu suchen. Sie liebt dich wahnsinnig.*

Everly hatte nicht gewusst, dass er sich *das* aus dem Internet herausgesucht hatte.

Elise blickte von Ball zu ihrer Schwester und dann

wieder zu Ball. Dann gebärdete sie mit einer Hand: *Ich liebe sie auch.*

*Bleib stark,* erklärte Ball als Nächstes in Gebärdensprache und wandte sich dann zu Everly um. »Geh mit deiner Schwester. Ich bleibe hier und versuche, so viele Informationen wie möglich zu sammeln. Ich komme ins Krankenhaus, sobald ich fertig bin. Wenn sie sie über Nacht dabehalten wollen, sorge ich dafür, dass du hast, was du brauchst, um bei ihr zu bleiben. Ich werde auch eure Großeltern anrufen und sie wissen lassen, dass Elise gefunden wurde und es ihr gut geht, und sie ebenfalls ins Krankenhaus bringen.«

Er war sachlich, als er sprach, als wäre es keine große Sache, wie er die Fürsorge für sie, Elise und ihre Großeltern übernahm. Sie hatte sonst niemanden in ihrem Leben, an den sie sich so anlehnen konnte, jemanden, der all die Dinge übernehmen würde, die getan werden mussten, damit sie sich nur auf ihre Schwester konzentrieren konnte. Everly wusste, dass sie wahrscheinlich diejenige sein sollte, die ihre Großmutter anrief, aber im Moment galt ihre ganze Aufmerksamkeit Elise, und Ball schien das zu verstehen.

»Danke«, sagte sie, weil ihr die Worte fehlten, um ihre Gefühle richtig auszudrücken.

Dann schockierte er sie noch einmal, indem er sich zu ihr hinunterbeugte und sie auf die Stirn küsste. Er drückte seine Lippen einen Moment lang auf ihre Stirn, fest und intensiv, bevor er sich zurückzog. Er nickte sowohl ihr als auch Elise zu, bevor er sich umdrehte und sie aus dem Keller führte.

*Hast du mir vielleicht irgendetwas zu sagen, Schwesterherz?,* gebärdete Elise.

Und wieder einmal war Everly von Dankbarkeit überwältigt, dass Elise immer noch fast sie selbst zu sein schien.

Was auch immer passiert war, hatte den Funken in ihrer Schwester nicht gelöscht. Sie war sich nicht sicher, was sie über Ball sagen sollte, aber sie würde Elise alles erzählen, wenn ihr das helfen würde, ihre Tortur zu überstehen.

Die Polizisten eskortierten sie aus dem Haus und brachten sie in einen Krankenwagen. Everly mochte die blauen Flecke an ihrer Schwester nicht, oder wie schmutzig sie war, aber sie war am Leben. Das war alles, was zählte. Mit allem anderen konnten sie fertigwerden ... gemeinsam.

# KAPITEL SIEBEN

Ball ging im Büro von Detective Ramirez auf und ab. Auf und ab. Auf und ab. Entweder das oder er würde jemanden verletzen.

Es war zwei Tage her, dass Elise und die anderen Mädchen aus dem leer stehenden Haus gerettet worden waren, und die Polizei war bei der Identifizierung des Mannes, der sie entführt hatte, nicht einen Schritt weiter.

Everly saß auf einem Stuhl vor dem Schreibtisch des Detectives und beobachtete ihn. Sie war die letzten zwei Tage unglaublich gewesen. Sie war bei ihrer Schwester im Krankenhaus geblieben, bevor sie entlassen worden war, und hatte dafür gesorgt, dass sie sich sicher fühlte, während Elise den Behörden erzählte, was passiert war.

Elise hatte geschworen, dass sie nicht vergewaltigt worden war, und anfangs war Ball nicht sicher, ob er ihr glauben sollte. Er dachte, sie würde vielleicht versuchen, den Vorfall herunterzuspielen, besonders vor ihm und dem männlichen Polizisten. Aber nachdem Everly ihm versichert hatte, dass der Arzt sie untersucht und Elises Aussage bestätigt hatte, war er ungemein erleichtert gewesen.

Aber das bedeutete nicht, dass Elise von dem, was ihr widerfahren war, nicht mitgenommen war. Sie war genauso traumatisiert worden. Die seelischen Misshandlungen, die ihr Entführer ihr angetan hatte, waren schwer zu verkraften, und Ball wusste, wenn es zu lange gedauert hätte, sie zu finden, wäre der Mann früher oder später zu sexuellen Übergriffen übergegangen. So aber sah es fast so aus, als hätte er sie für eine unbekannte Rolle vorgesehen.

Und das passte Ball überhaupt nicht, vor allem, weil er so viel über Menschenhändler wusste.

Er war sich auch nicht sicher, wie es um *Everlys* geistige Verfassung stand. Sie war zu sehr damit beschäftigt, sich um ihre Schwester und ihre Großeltern zu kümmern, um auf sich selbst zu achten. Ball war derjenige gewesen, der dafür gesorgt hatte, dass sie am ersten Abend im Krankenhaus etwas zu essen bekam. Er hatte einige Sachen vorbeigebracht, damit sie Kleidung zum Schlafen hatte, und er hatte dafür gesorgt, dass ein Klappbett in das Krankenzimmer ihrer Schwester gebracht wurde, damit sie nicht versuchte, auf dem unbequemen Stuhl zu schlafen.

Zu sehen, wie aufmerksam Everly mit ihrer Schwester umging, erinnerte ihn daran, wie *unaufmerksam* Holly gewesen war, als er verletzt worden war. Er hatte erwartet, dass sie das tun würde, was Everly jetzt tat. An seiner Seite zu sein und wenigstens so zu *tun*, als würde sie sich Sorgen um ihn machen.

Stattdessen hatte sie ihm gesagt, dass sie Krankenhäuser nicht mochte und er sie einfach anrufen sollte, wenn er entlassen wurde. Als er das tat, sagte sie, sie sei beschäftigt und könne ihn nicht abholen. Am Ende rief er ein verdammtes Taxi, um nach Hause zu kommen. Und in den Wochen danach wurde es immer schlimmer.

Er hatte wirklich gedacht, sie würden heiraten, so sehr

hatte er sie geliebt. Aber am Ende hatte Ball erkannt, dass sie ein egoistisches Miststück war, das nur auf der Suche nach einer leichten Beute war, und dachte, da er beim Militär war, wäre er das.

Ball zwang seine bitteren Gedanken zurück und begann einen weiteren Rundgang durch das kleine Büro. Er und Everly waren auf die Polizeiwache gekommen, um mit Detective Ramirez über den Fall zu sprechen. Um irgendwelche neuen Details über die Entführungen zu erfahren. Everly hatte die Seite ihrer Schwester gehört, aber jetzt wollten sie wissen, was getan wurde, um den Verantwortlichen zu finden.

Es waren insgesamt sieben Mädchen gewesen. Drei wurden in Schlafzimmern im ersten Stock festgehalten, eines auf dem Dachboden, eines im Wohnzimmer im Erdgeschoss und sogar eines in der verdammten Küche. Sie waren alle angekettet, wie Elise es gewesen war. Aber im Gegensatz zu Elise waren alle anderen vergewaltigt worden.

Und die meisten von ihnen erzählten Versionen der gleichen Geschichte – sie hatten sich mit einem Kerl online geschrieben, von dem sie annahmen, er sei in ihrem Alter. Nach einigen Monaten hatten sie zugestimmt, ihn zu treffen, und als der »Vater« des Kerls auftauchte, waren sie in seinen Wagen gestiegen.

Das älteste Mädchen war jedoch einfach zur falschen Zeit am falschen Ort gewesen. Sie war bewusstlos geschlagen worden und im Haus aufgewacht.

Das Mädchen auf dem Dachboden war diejenige, die für ihre Rettung verantwortlich war. An jenem Tag hatte ihr Entführer durch reines Glück das Schloss an der Kette an ihrem Knöchel nicht vollständig einrasten lassen. Als er wegging, wartete sie eine ganze Weile, bevor sie zum Fenster ging und es aufbrach. Als ein ahnungsloser Mann an dem

Haus vorbeikam, der mit seinem Hund spazieren ging, schrie sie wie am Spieß und flehte ihn an, die Polizei zu rufen.

Das Mädchen hatte gehört, dass noch andere im Haus waren, aber sie wusste nicht, wie viele mit ihr in der Falle saßen. Außer Elise waren da noch eine Zwölfjährige, zwei Vierzehnjährige, zwei Sechzehnjährige und eine Achtzehnjährige. Sie sahen alle sehr unterschiedlich aus. Einige waren groß, andere waren klein. Es gab eine Blondine, zwei Brünette, Elise mit ihren roten Haaren, zwei mit schwarzen Haaren, und die Achtzehnjährige hatte ihre Haare rosa gefärbt.

»Wir gehen davon aus, dass der Entführer verschiedene Arten von Mädchen gesammelt hat, um sie auf dem Schwarzmarkt zu verkaufen«, fuhr der Detective fort.

»Und was wird unternommen?«, wollte Ball wissen.

»Wir tun alles in unserer Macht Stehende«, erwiderte Ramirez ruhig. »Wir haben das FBI eingeschaltet und eine Beschreibung des Mannes und seines Wagens und wir analysieren alle Zeugenaussagen, um zu sehen, was wir sonst noch herausfinden können.«

»Ihnen ist aber schon klar, dass Sie die Mädchen wahrscheinlich nicht gefunden hätten, wenn das eine nicht das Fenster zerbrochen hätte, richtig?«, fragte Everly.

Es war genau das, was Ball gedacht, aber nicht laut ausgesprochen hatte ... nicht vor Everly. Doch er hätte wissen müssen, dass sie sich nicht vor der Wahrheit drückte.

»Das können Sie nicht wissen«, erwiderte Ramirez.

»Hatten Sie denn überhaupt die anderen Mädchen mit Elise in Verbindung gebracht?«, fragte Everly mit wahnsinnig gutem Durchblick. »Oder haben Sie die auch als Ausreißerinnen abgetan? Keine der anderen Eltern haben die Verbindungen, die ich habe, also konnten sie auch niemanden anheuern wie meinen Freund Ball hier, der bei den Ermittlungen half und dafür sorgte, dass immer wieder nachgehakt wurde. Irgendetwas stimmt mit der Gesellschaft ganz und gar nicht, wenn eine Person verschwindet und die Polizei als Erstes davon ausgeht, dass sie einfach nur von zu Hause abgehauen ist und sowieso irgendwann wiederauftauchen wird.«

»Aber die Statistik unterstützt diese Vorgehensweise, Sergeant Adams«, erklärte Ramirez.

»Das weiß ich, aber es ist mir egal. Ich weiß auch, dass ich mich, wenn ich wieder zu Hause bin, mit meinem Polizeichef zusammensetzen und ein Gespräch führen werde. Selbst wenn es sich bei drei von vier Vermisstenfällen nur um ein verärgertes Kind handelt, ist es gegenüber der vierten Familie nicht fair, ihre Sorgen so einfach abzutun.«

Lange sagte niemand ein Wort. Dann räusperte sich Ramirez und erklärte: »Wir müssen vielleicht noch einmal mit Elise sprechen. Manchmal können sich Opfer an mehr Details erinnern, nachdem einige Zeit vergangen ist.«

»Wenn Sie mit ihr sprechen wollen, sie ist bei mir in Colorado Springs«, erklärte Everly.

Ball hörte auf zu gehen und drehte sich um, um Everly anzustarren. Sie hatten in den letzten zwei Tagen nicht viel Zeit miteinander verbracht; sie war meistens bei ihrer Schwester gewesen. Sie hatten nicht besprochen, was sie als Nächstes tun wollten. Er nahm an, dass Everly noch etwas Zeit in L.A. bei ihrer Familie verbringen würde, um dann nach Colorado Springs zurückzukehren und zu versuchen, wieder in ihr normales Leben zurückzufinden, so wie Elise es hier tun würde. Er hätte es besser wissen müssen.

»Das könnte das Beste sein«, sagte der Detective.

»Eigentlich ist es das nicht. Es wird beschissen sein«,

erklärte Everly ernst. »Ihre Freundinnen sind hier. Ihre Großeltern. Ihre Schule. Aber ich glaube nicht, dass sie hier sicher ist, und sie auch nicht. Bis Sie den Mann finden, der sie entführt und angegriffen hat, zusammen mit dem, der hinter der ganzen Operation steckt, wird sie so weit weg von hier sein, wie ich sie bringen kann. Und das ist in Colorado Springs. Mit mir.«

»Sie muss aber erreichbar bleiben für den Fall, dass wir Fragen stellen müssen«, erklärte Ramirez.

»Kein Problem. Im Polizeirevier von Colorado Springs gibt es Jugendlichenbeauftragte und Phantombildzeichner.«

»Und was ist mit der Schule?«, wollte Ball wissen.

Everly drehte sich zu ihm um und er sah die Erregung in ihren Augen. Sie war aufgewühlt und er konnte es ihr nicht verdenken. Wenn die Situation anders wäre, wenn Everly diejenige wäre, die entführt worden war, und der Mann immer noch frei herumliefe, wäre es ihm auch nicht recht, sie hierzulassen.

Der Gedanke hätte ihn beunruhigen müssen ... aber stattdessen machte sich in seinem Bauch ein Gefühl der Richtigkeit breit.

Er kannte Elise auch noch nicht sehr lange, aber das Wenige, das er bisher erfahren hatte, veranlasste ihn, das Mädchen zu beschützen. Sie war verletzt und verängstigt, tat aber ihr Bestes, so zu tun, als wäre sie es nicht. Sie hatte ihm ein paar Zeichen beigebracht und ihn gehänselt, wenn er sie völlig verkehrt gemacht hatte. Sie war extrem stark und mutig ... genau wie ihre Schwester.

»In Colorado Springs gibt es eine Gehörlosenschule. Sie hat zwar keinen ganz so guten Ruf wie die hier, aber alles in allem wird es ihr dort gut gehen«, erklärte Everly.

»Und Elise hat nichts dagegen?«, wollte Ball wissen.

»Sie war diejenige, die mich gebeten hat, mit mir nach Hause kommen zu dürfen.«

Ball nickte und begann, in seinem Kopf bereits Pläne zu schmieden.

»Es tut mir leid, dass wir sie nicht früher gefunden haben«, sagte Ramirez.

»Mir tut es auch leid. Aber schließlich haben wir sie gefunden und momentan kommt mir das wie ein Wunder vor. Und ich weiß wirklich zu schätzen, wie meine Schwester behandelt wird, seit sie gerettet wurde. Die Professionalität und Sorgfalt waren bis jetzt großartig.«

Der Detective nickte.

Ball nahm Everlys Ellbogen, als sie aufstand, und trat dann zurück, um ihr Platz zu machen. Es war interessant zu beobachten, wie sie mit den anderen Polizisten umging. Es war, als legte sich ein Schleier über sie. Sie wurde steif, weniger emotional. Er verstand das, aber er hasste es trotzdem.

In dem Moment, in dem sie nach draußen traten, entspannte sie sich.

Es juckte Ball in den Fingern, sie zu berühren, aber er schob seine Hände stattdessen in seine Taschen. »Ich kann mich mit der Autovermietung in Verbindung setzen und dafür sorgen, dass wir den Wagen länger behalten können«, erklärte er, während sie über den Parkplatz gingen.

»Warum?«

»Ich dachte einfach, du würdest vielleicht lieber nach Hause fahren, weil du so ungern fliegst. Schließlich hast du noch eine weitere Woche frei, richtig?«

»Ja, aber das ist nicht nötig. Wir können ruhig fliegen.«

Er konnte nicht anders. Ball streckte die Hand aus und hielt sie am Arm fest. »Everly, du hasst es zu fliegen. Wir können fahren.«

»Es gibt vieles, was ich hasse. Rosenkohl zum Beispiel oder die Nachtschicht. Die Tatsache, dass ich Me-Maw und Pop meine Schwester wegnehme. Aber das bedeutet noch längst nicht, dass ich es nicht tun werde. Ich muss zurück nach Colorado Springs und Elise in der Schule anmelden, dafür sorgen, dass sie sich in meiner Wohnung wohlfühlt, dass sie sich sicher fühlt, und dann muss ich dafür sorgen, dass ich erst mal nur tagsüber arbeite, zumindest eine Zeit lang. Ich habe einfach keine Zeit, mit dem Wagen zurückzufahren.«

Ball starrte sie an. Sie hatte recht, aber eigentlich hatte er sich darauf gefreut, Elise besser kennenzulernen und mehr Zeit mit Everly zu verbringen. Er hatte es vermisst, mit ihr in einem Bett zu schlafen, als sie mit Elise im Krankenhaus gewesen war, und in der Nacht zuvor hatte sie mit ihr im Zimmer ihrer Schwester geschlafen. Irgendwie hatte er sich in den wenigen Tagen, die sie in Los Angeles gewesen waren, daran gewöhnt, sie in seinen Armen zu halten. Was als etwas begonnen hatte, das er hauptsächlich getan hatte, weil er wusste, dass es sie ärgern würde, war viel mehr geworden. »Okay. Ich rufe Rex an und er wird uns die Flugtickets besorgen.«

»Das ist nicht nötig«, widersprach sie.

»Ist es sehr wohl.«

»Nein, ist es nicht. Ich kann mich schon selbst um meine Schwester kümmern.«

»Es hat auch niemand behauptet, dass du das nicht könntest«, erwiderte Ball und fragte sich, woher die plötzliche Widerspenstigkeit stammte. »Rex ist überglücklich, dass Elise gefunden wurde. Glaub mir, das ist immer sein Ziel, aber es nimmt nicht immer ein so gutes Ende wie diesmal. Er wird sich darüber freuen, dich und deine Schwester aus Los Angeles rausholen zu können, damit sie alles in Ruhe verarbeiten kann.«

Everly ließ die Schultern hängen und seufzte. »Ich weiß, es fällt mir nur so schwer, Hilfe anzunehmen.«

»Wenn du dich dann besser fühlst, sieh es mal so ... es ist für Elise, nicht für dich.«

Sie lachte leise. »Okay.«

»Und noch was.«

»Was denn?«

»Ich arbeite von zu Hause. Wenn ich nicht auf einer Mission bin, kann Elise gern nach der Schule zu mir kommen, wenn du noch nicht zu Hause bist. Sie kann mir mit meiner Gebärdensprache helfen und sich dabei hoffentlich in Sicherheit fühlen.«

»Das würdest du tun? Warum?«

»Warum?«

»Ja. Vor einer Woche hast du mich noch gehasst.«

»Vor einer Woche war ich noch ein Vollidiot«, bestätigte Ball. »Aber du hast mich dazu gebracht, meine Fehler einzusehen. Und außerdem *mag* ich Elise. Sie erinnert mich sehr an ihre große Schwester. Und außerdem ... wenn sie bei mir ist, bedeutet das, dass ich dich wiedersehen kann.«

»Und das möchtest du? Ich war mir sicher, dass du bei der Kombination aus Me-Maw, den Zeitungsausschnitten, der Diskussion über unsere kopulierende Unterwäsche in der Waschmaschine und den Urenkeln so schnell wie möglich von mir davonlaufen und nie wieder zurückschauen würdest.«

Ball zuckte mit den Achseln. »Tja ... da hast du dich wohl geirrt.«

Sie sahen einander lange an, bevor Everly seufzte. »Vielen Dank. Es wäre mir wirklich eine große Hilfe. Und das muss ich wahrscheinlich gar nicht erst erwähnen, aber bitte lass sie nicht allein ins Internet. Ich weiß, sie ist fünfzehn, aber so ist sie auch erst in Schwierigkeiten geraten.«

»Das versteht sich von selbst«, erwiderte Ball.

»Danke.«

»Und wie geht es *dir*?«, wollte Ball wissen.

»Mir?«

»Ja. Dir. Du stehst seit geraumer Zeit ständig unter Strom. Ich weiß, dass du einigermaßen geschlafen hast, bevor wir Elise gefunden haben, aber ich habe dich während der letzten zwei Tage nicht wirklich viel gesehen. Du siehst müde aus.«

»Ich bin auch müde«, erklärte Everly ihm. »Aber ich bin so unglaublich dankbar, dass wir sie gefunden haben. Es ist schwer für mich, das in Worte zu fassen. Ich weiß besser als die meisten, wie gering die Chancen waren, dass das passiert. Auch wenn ich versuchte, optimistisch zu sein, hatte ich das Gefühl, dass sie hätte tot sein können. Sie zu finden war ein Wunder, und ich will sie nur so schnell wie möglich hier rausholen.«

»Das kann ich dir nicht verdenken.«

»Und Elise hat gestern Abend nach unserer Mutter gefragt. Sie wollte wissen, ob Mom darüber Bescheid wusste, dass sie vermisst wurde, und ob ich glaube, sie würde sie besuchen.«

Ball war es egal, dass sie sich mitten auf dem Parkplatz vor dem Polizeirevier befanden, er zog Everly in seine Arme. Sie wehrte sich nicht. Stattdessen verschmolz sie praktisch mit ihm. Ihr Haar streifte sein Kinn und er atmete tief ein, weil er die körperliche Nähe genauso brauchte wie sie.

»Es tut mir leid«, sagte er.

»Mir auch. Ich verstehe es einfach nicht. Elise ist ihr eigenes Fleisch und Blut. Warum ist sie ihr so egal?«

Ball wusste, dass Everly die Antwort bereits kannte,

konnte aber auch nicht schweigen. »Drogensüchtige können sich buchstäblich um nichts anderes kümmern als um ihren nächsten Schuss. Sie sehnen sich mit jeder Faser ihres Seins danach. Sie würden lügen, betrügen und stehlen, um ihn zu bekommen. Dinge wie Jobs, Familie und Freunde bleiben auf der Strecke, wenn es darum geht, Drogen zu bekommen und zu nehmen.«

»Ich weiß«, murmelte Everly.

Sie blieben eine Weile so stehen und genossen den Trost, den ihnen dieser zwischenmenschliche Kontakt spendete.

»Danke, dass du für mich da bist«, erklärte Everly. »Ich weiß, dass du eigentlich gar nicht hier sein wolltest, und du hättest mittlerweile auch schon wieder verschwinden können. Stattdessen warst du großartig. Du hast Me-Maw und Pop zum Krankenhaus und wieder zurück gebracht. Elise Sachen zum Umziehen gebracht. Dafür gesorgt, dass ich etwas zu essen bekomme. Ich … es ist mir aufgefallen.«

Das gehörte zu den Dingen, die Ball an Everly mochte. Sie drückte sich nicht davor zu sagen, was sie dachte … egal, ob es etwas Gutes oder Schlechtes war. »Ich hätte euch doch auf keinen Fall sitzen lassen, direkt nachdem man sie gefunden hatte.«

Everly zuckte mit den Achseln und straffte die Schultern. Ball ließ seine Hände auf ihrer Hüfte liegen, so wie sie sich auch weiterhin an seinen Oberarmen festhielt. Sie sah ihm in die Augen. »Noch vor einer Woche hättest du das getan.«

Da hatte sie allerdings recht.

»Was passiert nun mit uns?«, fragte sie.

»Ich weiß es nicht«, entgegnete Ball leise. »Aber ich habe so etwas schon sehr lange nicht mehr empfunden. Falls überhaupt jemals.«

»Das geht mir genauso. Ich war vollkommen glücklich damit, eine unabhängige, knallharte Polizistin der Spezialeinheit zu sein. Ich brauchte niemanden, und ich mochte es so. Jetzt wird meine kleine Schwester bei mir leben und ich habe keine Ahnung, ob der Mann, der sie entführt hat, es wieder versuchen wird. Während der letzten zwei Tage habe ich mich mindestens ein Dutzend Mal umgedreht, um dir etwas zu sagen, nur um festzustellen, dass du nicht da bist.«

Er lachte leise. »Wir haben eine Zeit lang wirklich fast jede Minute des Tages miteinander verbracht, nicht wahr?«

Everly nickte.

»Falls es dich tröstet, ich schlafe miserabel. Ich gebe voll und ganz zu, dass ich dich in der ersten Nacht ein wenig aufgezogen habe, als ich hinter dich gekuschelt geschlafen habe. Das Bett war groß genug, sodass wir darin schlafen konnten, ohne dass wir einander berührten ... aber der Scherz ging nach hinten los, denn jetzt kann ich überhaupt nicht mehr schlafen, wenn du nicht bei mir bist.«

»Wir stecken ganz schön in der Bredouille«, sagte Everly kopfschüttelnd.

»Es war eine ziemlich intensive Woche«, stimmte Ball ihr zu. »Ich würde dich gern wiedersehen, wenn wir nach Hause kommen.«

»Du hast dich doch gerade freiwillig dazu gemeldet, mir mit Elise zu helfen. Da werden wir uns also auf jeden Fall wiedersehen«, erklärte Everly ihm.

»Nein. Ich würde dich wirklich gern *wiedersehen*. Mit dir ausgehen, wie ein ganz normaler Mensch. Zum Essen. Zum Kegeln. Vielleicht ins Kino. Ich würde gern herausfinden, was an unserer gegenseitigen Anziehung dran ist, wenn wir in unser normales Leben zurückgekehrt sind.«

Sie starrte zu ihm hoch, als hätte er sie gerade gebeten,

all ihre Kleidung auszuziehen und nackt durch das Polizeirevier hinter ihnen zu laufen.

Ball war unbehaglich zumute, deswegen sprach er schnell weiter: »Natürlich nur, wenn du willst. Ich weiß, ich war ein Schwachkopf, und ich würde es dir nicht verübeln, wenn du nichts mit mir zu tun haben willst. Ich war total chauvinistisch und ich hätte dir einen Vertrauensvorschuss geben sollen, aber du kennst meine Vergangenheit, weißt, warum ich es nicht getan habe, und ...«

Everly fiel ihm ins Wort. »Das fände ich schön.«

»Wirklich?«

»Ja. Obwohl ich nicht versprechen kann, dass ich viel Zeit haben werde. Ich weiß nicht, was ich mit Elise machen soll, wenn wir ausgehen. Ich fühle mich nicht wohl dabei, sie allein zu lassen, und ich werde keine Me-Maw und Pop haben, um mir zu helfen.«

»Sie kann entweder mit uns kommen oder ich bin sicher, dass einer meiner Kollegen auf sie aufpassen wird. Wir werden es nicht Babysitting nennen, denn dafür ist Elise viel zu alt, aber ich vermute, dass sie auch eine Zeit lang nicht wirklich allein sein will.«

»Das würden deine Kollegen tun?«

»Machst du Witze? Wenn sie hören, dass ich tatsächlich eine wichtige Verabredung habe, werden sie sich darum streiten, bei wem sie bleiben soll.«

»Ihr scheint euch ja ziemlich nahezustehen.«

»Das tun wir auch. Ich würde alles für diese Jungs geben. Beim Militär hatte ich manchmal das Gefühl zu wissen, was wahre Verbundenheit ist, aber das war überhaupt nichts im Vergleich zu dem, was ich gefunden habe.«

»Wie sind die Mountain Mercenaries überhaupt entstanden?«, wollte Everly wissen.

»Wir bekamen alle einen Anruf von Rex, der uns sagte,

wir sollten zu einem Vorstellungsgespräch kommen. Wir trafen uns im *The Pit* und er tauchte nicht auf. Wir waren sauer, aber verbrachten den Abend damit, die Sau rauszulassen und Billard zu spielen. Offenbar ging es bei dem ›Vorstellungsgespräch‹ nur darum zu sehen, wie gut wir alle miteinander auskamen, denn danach bekamen wir alle einen Anruf, in dem er jedem von uns einen Job angeboten hat.«

»Und während dieser ganzen Zeit hast du Rex nie kennengelernt?«, fragte Everly.

Sie hielt sich immer noch an seinen Armen fest und Ball hatte immer noch seine Hände auf ihrer Taille. Er hatte es nicht eilig zu gehen; er genoss diese kurze Zeit allein mit ihr. »Nein.«

»Und wie haben deine Freunde ihre Freundinnen gefunden?«

Ball lachte leise. »Das sind alles *wirklich* lange Geschichten und die sollen sie dir selbst erzählen.«

»Darf ich dich etwas fragen?«

»Natürlich.«

»Es ist nur ... wie kannst du so gegen Frauen sein und dich trotzdem so für deine Freunde freuen, dass sie die Frau fürs Leben gefunden haben?«

»Ich bin nicht gegen Frauen«, erklärte Ball.

Sie zog die Augenbrauen hoch und sah ihn an.

»Bin ich wirklich nicht«, erklärte er nachdrücklich. »Ich liebe Allye, Chloe, Morgan und Harlow, als wären sie meine Schwestern. Ich würde alles für sie tun. Sie sind tapfer und stark und haben so fantastische Kerle wie meine Teamkameraden verdient.«

»Aber?«, hakte Everly nach.

»Ich finde es toll, dass sie jemanden gefunden haben, der sie vervollständigt, aber das wollte ich für mich wegen meiner Vergangenheit nicht. Meine Ex, Holly, hat mich wirklich fertiggemacht, und ich wollte nie wieder in so eine verletzliche Lage kommen.«

»Ich verstehe.«

»Das glaube ich nicht«, erklärte Ball und hielt Everly fest, als die sich von ihm lösen wollte. »Intellektuell wusste ich, dass nicht alle Frauen wie meine ehemalige Partnerin oder meine Ex-Freundin waren. Aber ich wollte mich trotzdem nicht in Gefahr begeben und wieder verletzt werden. Also hielt ich die Frauen auf Abstand und sagte mir auch, dass ich nicht absichtlich wieder mit einer Frau zusammenarbeiten würde. Aber dann kam Rex und ließ mir keine andere Wahl.«

Everly runzelte die Stirn und versuchte erneut, sich von ihm zu lösen. Diesmal zog Ball sie an sich und legte ihr einen Arm um die Taille, sodass sie einander berührten.

»Aber in einer Woche hast du mir gezeigt, wie fehlerhaft mein Denken seit Jahren ist. Riley und Holly waren zwar unzulänglich, aber das bedeutet nicht, dass ich andere Frauen für den Rest meines Lebens darunter leiden lassen sollte ... und es bedeutet auch nicht, dass ich nicht versuchen sollte, ein bisschen Glück für mich selbst zu finden.«

Sie blickte mit großen Augen zu ihm auf.

Ball sprach weiter: »Ich liebe die Frauen meiner Freunde. Ich würde alles für sie tun, und zwar nur deshalb, weil sie meine Freunde glücklich machen. Aber erst seit ein paar Tagen verstehe ich wirklich, was meine Freunde für ihre Frauen empfinden.«

»Ball ...«

»Ich will dich nicht unter Druck setzen, Everly«, erklärte Ball, bevor sie weitersprechen konnte. »Ich möchte mit dir ausgehen, dich besser kennenlernen. Ich will Elise besser kennenlernen. Wenn es weitergeht, gut. Wenn wir beschließen, dass es besser ist, Freunde zu bleiben, auch gut. Aber unabhängig davon, wie sich die Dinge für uns persönlich entwickeln, solltest du wissen, dass ich dich bei jeder zukünftigen Mission gern an meiner Seite hätte, ohne Fragen zu stellen.«

Bei seinen Worten musste sie blinzeln und schluckte. »Ich ... vielen Dank.«

»Gern geschehen.« Dann ging Ball ein Risiko ein. Er beugte sich langsam herunter, um ihr Zeit zu geben, seinen Annäherungsversuch abzuwehren, und hielt mit seinen Lippen über den ihren inne.

Sie stellte sich auf die Zehenspitzen und verringerte den Abstand zwischen ihnen.

Die Berührung ihrer Lippen war das beste Gefühl der Welt.

In dem Moment, in dem sie sich berührten, veränderte sich etwas in ihm.

*Meine.*

Das Wort hallte durch seinen Kopf, aber Ball war klug genug, es für sich zu behalten. Er wusste ohne Zweifel, dass Everly eine solch besitzergreifende Aussage so früh in ihrer Beziehung nicht gutheißen würde, wenn überhaupt jemals. So war sie nun mal nicht.

Aber das änderte nichts an dem, was Ball für sie empfand.

Er legte eine Hand an ihren Hinterkopf und drückte sie an sich, während er den Kuss von einem kurzen, forschenden Aufeinandertreffen ihrer Lippen in einen fordernden verwandelte.

Ihr Mund öffnete sich, als er mit seiner Zunge über den Rand ihrer Lippen strich, und er drang in sie ein. Everly stöhnte auf, als er von ihrem Mund Besitz ergriff. Er neigte seinen Kopf in die eine Richtung und sie ihren in die andere. Sie hielt seinen Bizeps so fest umklammert, dass er das Gefühl hatte, sie würde mit den Fingernägeln kleine halbmondförmige Abdrücke auf seiner Haut hinterlassen, sogar durch sein T-Shirt hindurch.

Ball beendete den Kuss viel früher, als er es wollte, zog sich zurück und leckte sich über die Lippen, um ihren Geschmack zu genießen. Es dauerte einen Moment, bis Everly ihre Augen öffnete, aber als sie es tat, wurde Ball von einem so lüsternen Blick aus ihren grünen Augen belohnt, dass er sich zwingen musste, sie nicht noch einmal zu küssen.

»Ich muss zurück zu deiner Schwester«, erklärte Ball leise.

Everly nickte.

»Es ist schon eine Weile her, dass ich das getan habe«, erklärte er ihr.

»Was getan?«, wollte sie wissen.

»*Das hier*«, antwortete er.

»Dass du mit jemandem zusammen warst?«, fragte sie und lächelte.

»Ja. Ich bin natürlich mit Frauen ausgegangen, doch ich wusste, dass nichts daraus werden würde. Aber das hier ... das ist etwas Ernstes.« Er hielt die Luft an und wartete darauf, dass sie antwortete.

»Ja«, entgegnete sie leise.

Das reichte ihm. Er nahm seine Hand aus ihrem Haar und strich es ihr aus dem Gesicht, bevor er einen Schritt zurücktrat, um ihr ein wenig Raum zu geben. »Bist du bereit, zu Elise zurückzukehren?«

Everly nickte.

»Wenn du irgendetwas brauchst, sagst du mir bitte Bescheid? Selbst wenn es nur Freiraum ist. Du hattest nicht eine Minute für dich, seit wir Colorado Springs verlassen haben. Ich unterhalte gern deine Großeltern oder passe auf Elise auf, wenn du mal eine Stunde allein in einem ruhigen Zimmer sitzen willst.«

»Danke. Ich weiß es zu schätzen. Im Ernst. Die Zeit war ziemlich schwer für mich, da ich es normalerweise gewohnt bin, viel alleine zu sein, aber momentan bin ich mir sicher, dass ich einfach nur noch mehr ausflippen würde, wenn ich die Zeit hätte, darüber nachzudenken, was passiert ist.«

»Okay. Aber sag mir Bescheid, wenn du irgendwas brauchst. Dann werde ich alles tun, damit du bekommst, was du haben willst.«

»Zum Beispiel eine ganze Packung Ben & Jerry's Eiscreme?«, neckte sie ihn ein wenig verlegen.

»Sag mir nur, welche Geschmacksrichtung, und ich besorge sie dir«, erklärte Ball ernst. Er nahm sie bei der Hand, ließ seinen Daumen über den Ring an ihrem Finger gleiten und ging mit ihr zum Wagen. »Und das gilt auch, wenn wir wieder in Colorado Springs sind. Es wird eine große Veränderung für dich und deine Schwester sein, und ich möchte auf keinen Fall, dass eure Beziehung unter diesen Veränderungen leidet.«

»Wir schaffen das schon.«

Ball nickte. »Das Angebot steht jedenfalls. Und ... hoffentlich sehen wir uns sowieso ständig.«

Sie lächelte. Er wartete, bis sie sich in den Wagen gesetzt hatte, und machte dann die Tür hinter ihr zu.

Als sie auf dem Weg zurück zum Haus von Me-Maw waren, fragte Everly: »Glaubst du wirklich, es ging um Menschenhandel?«

Ball war ein wenig enttäuscht, dass sich das Gespräch wieder der geschäftlichen Seite ihrer Beziehung zugewandt hatte, aber vielleicht war es besser so. »Höchstwahrscheinlich schon. Das FBI wird genauere Ermittlungen anstellen, genau wie Ramirez und die anderen Beamten. Hoffentlich finden sie etwas, das es ihnen ermöglicht, den ganzen Menschenhändlerring zu Fall zu bringen.«

»Das hoffe ich.«

»Ich auch.«

Den Rest der Fahrt schwiegen sie. Ball war genauso in seine Gedanken versunken wie Everly in ihre. Es war eine merkwürdige Woche gewesen. Er hatte ziemlich viele Erleuchtungen gehabt, die seinen Ausblick auf seine gesamte Zukunft verändert hatten.

Und so sehr er es auch versuchte, er konnte einfach nicht aufhören, an den Kuss zu denken.

So sauer er auch auf Rex gewesen war, weil er ihm Everly aufgehalst hatte und sie zu den Ermittlungen hinzugezogen hatte, so konnte er jetzt nicht leugnen, dass es für ihn das Beste gewesen war.

# KAPITEL ACHT

Fünf Tage später fragte sich Ball, ob er den intimen Moment mit Everly in Los Angeles nur geträumt hatte. Von dem Moment an, in dem sie im Haus ihrer Großmutter angekommen waren, war sie nur noch sachlich gewesen. Auf dem Rückflug nach Colorado Springs hatte Elise zwischen ihnen gesessen und Everly hatte kaum daran gedacht, sich zu verabschieden, als er sie an ihrer Wohnung abgesetzt hatte.

Er hatte sie ein paarmal angerufen und mit ihr geredet, aber sie wirkte distanziert und etwas genervt von seinen Anrufen. Er hatte daraufhin eine Nachricht geschickt, um sie nicht zu stören, aber ihre Antwortnachrichten waren kurz und fast unhöflich.

Er hatte die Botschaft verstanden.

Er dachte, sie hätten sich in Los Angeles verstanden, aber offensichtlich hatte er sich geirrt. Sie war überfordert gewesen, während ihre Schwester vermisst wurde, und jetzt, da sie gefunden worden war, war Everly auf eine andere Art und Weise überfordert.

Er fühlte sich im Stich gelassen und ärgerte sich, auch

wenn er ihre Lage verstand. Ball tat sein Bestes, um so zu tun, als wäre alles in Ordnung, wenn er mit seinen Freunden zusammen war, aber wenn er allein zu Hause war, war er mürrisch, und die kleinsten Dinge ärgerten ihn.

Als also am späten Nachmittag sein Telefon vibrierte und eine Nachricht kam, hätte er sie fast ignoriert. Er war gerade dabei, einer Webseite den letzten Schliff zu geben, und wollte nicht von einem seiner Freunde belästigt werden, der ihn aufmuntern wollte. So sehr er auch versucht hatte, seine miese Laune vor seinen Teamkameraden zu verbergen, sie hatten es trotzdem mitbekommen.

Als das Handy zum vierten Mal vibrierte, seufzte Ball und blickte darauf.

*Elise:* Bist du da?

*Elise:* Ich dachte, ich hätte etwas gesehen und habe Angst.

*Elise:* Ball?

*Elise:* Ich weiß nicht, was ich machen soll!

Ball blieb fast das Herz stehen und er schrieb eine Nachricht, während er sich auf den Weg zur Tür machte.

*Ball:* Ich bin schon unterwegs. Bleib in der Wohnung. Mach niemandem die Tür auf. Wo ist Ev?

*Elise:* Noch auf der Arbeit. Ich wollte sie nicht nerven.

Ball schüttelte frustriert den Kopf. Er wusste nicht einmal, dass Everly wieder zu arbeiten begonnen hatte. Er dachte, sie hätte noch ein paar freie Tage, bevor sie wieder mit dem Schichtdienst anfing.

*Ball:* Ich bin in fünf Minuten da. Halt durch.
   *Elise:* Okay.

Ball fuhr seinen Mustang mit rasender Geschwindigkeit. Glücklicherweise lag Everlys Wohngebäude nicht zu weit von seinem eigenen Haus entfernt. Er fuhr auf den Parkplatz und ging direkt zu Everlys Wohnung. Noch auf dem Weg dorthin schrieb er Elise eine Nachricht.

*Ball:* Ich bin da. Leg deine Hand an die Tür, damit du spüren kannst, wie ich klopfe. Ich klopfe zweimal, dann mache ich eine Pause, dann klopfe ich noch zweimal, damit du weißt, dass ich es bin.
   *Elise:* Okay.

Er nahm die Treppe immer zwei Stufen auf einmal und stand in Sekundenschnelle vor Everlys Tür. Er klopfte zweimal, dann noch zwei weitere Male. Die Tür öffnete sich sofort und Elise flog in seine Arme.

Ball zog sie in die Wohnung und schloss die Tür hinter sich. Er hielt Elise einen Moment lang fest, bevor er ihre Schultern in die Hände nahm und sie nach hinten schob, damit er sie ansehen konnte.

Sie hatte Tränenspuren im Gesicht, sah aber abgesehen davon gut aus. »Geht es dir gut?«, fragte er langsam, sodass sie seine Lippen lesen konnte.

Sie nickte.

Er hasste es, dass er nicht mit ihr reden konnte, und holte sein Handy heraus. Ohne Everly, die für sie übersetzen konnte, mussten sie auf Nachrichten zurückgreifen, um zu kommunizieren, aber das musste er der Jugendlichen lassen: Sie konnte genauso schnell schreiben, wie sie gebärden konnte.

*Ball:* Sag mir, was passiert ist.

*Elise:* Ich war gerade dabei, Hausaufgaben zu machen, als ich dachte, draußen vor dem Fenster etwas gesehen zu haben. Als ich hinausblickte, sah ich, wie jemand über den Parkplatz lief. Er versteckte sich hinter ein paar Bäumen und ich schwöre, er hat zum Fenster hochgestarrt.

*Ball:* Ich werde mich mal umsehen. Du bleibst hier.

Elise schüttelte den Kopf und hielt ihn am Arm fest.

Ball nahm sie erneut in die Arme, und als sie aufgehört hatte zu zittern, ließ er sie los und gebärdete: *Du bist in Sicherheit.* Dann nahm er wieder sein Handy zum Schreiben.

*Ball:* Ich verspreche dir, dass ich dich nicht alleine lasse, und ich werde alles in meiner Macht Stehende tun, damit du in Sicherheit bist. Ich muss mich nur umschauen, um festzustellen, ob es irgendwas zu sehen gibt. Ich bin gleich wieder da.

Elise las den Text, dann nickte sie zögernd.

Ball drückte ihre Schulter und machte sich auf den Weg nach draußen. Er ging das Grundstück rund um die Wohnung ab und entdeckte nichts Ungewöhnliches. Nichts, was nach Gefahr aussah. Er hatte keine Ahnung, ob Elise wirklich etwas gesehen hatte oder ob sie ein bisschen unter Posttraumatischer Belastungsstörung litt. Es würde ihn nicht überraschen, wenn es so wäre.

Er wusste, dass Everly sie zu einer Psychologin gebracht hatte und ihr Bestes tat, um dafür zu sorgen, dass Elise sich sicher fühlte, aber oft war die Zeit das beste Heilmittel.

Er ging wieder nach oben und schickte Elise eine SMS, als er dort war. Sie öffnete sofort die Tür und zog die Augenbrauen hoch, während sie etwas gestikulierte.

In der Annahme, dass sie fragte, ob er etwas gefunden hatte, schüttelte Ball den Kopf.

Elises Schultern sackten zusammen und sie wandte sich niedergeschlagen von ihm ab. Sie nahm ihr Telefon in die Hand.

*Elise:* Es tut mir leid, dass ich dir zur Last gefallen bin.

*Ball:* Du bist mir NICHT zur Last gefallen. Niemals. Du hast genau das getan, was du tun sollst. Du hast dir Hilfe geholt. Deswegen darfst du dich niemals schämen.

*Ball:* Wenn es dir nichts ausmacht, würde ich gern bleiben, bis Ev von der Arbeit nach Hause kommt.

*Elise:* Das fände ich gut.

Die nächsten zwei Stunden vergingen ziemlich schnell. Ball half Elise mit ihren Mathehausaufgaben und dann verbrachten sie den Rest der Zeit damit, seine Zeichensprache zu verbessern. Er hatte ziemlich viele neue

Gebärden gelernt und Elise hatte den gehetzten Blick in ihren Augen verloren, als er schließlich den Schlüssel im Schloss hörte.

Ball zeigte zur Tür und sagte in Gebärdensprache: *Everly.*

Er sah verschiedene Emotionen über Everlys Gesicht huschen, als sie seiner gewahr wurde. Überraschung, Freude, Ärger und dann Sorge.

»Was ist denn los? Warum bist du hier?«, wollte sie wissen.

»Elise hat mir eine Nachricht geschrieben, dass sie glaubte, jemanden draußen gesehen zu haben. Sie hatte Angst.«

Everly fuhr sich mit der Hand über das Gesicht und Ball sah, wie erschöpft sie war. Sein Ärger darüber, dass sie ihn während der letzten Woche weder angerufen noch sonst irgendwie kontaktiert hatte, war mit einem Mal verschwunden. Er nahm sie beim Arm und führte sie zum Sofa, damit sie sich neben Elise setzte.

»Setz dich hin. Entspann dich. Ich mache dir eine Tasse Tee.«

Sie widersprach ihm nicht, was ihm nur noch mehr zeigte, wie erschöpft sie war.

Er stand in ihrer Küche und wartete darauf, dass das Wasser heiß wurde, während er dabei zusah, wie Everly und ihre Schwester sich »unterhielten«.

Ihre Hände bewegten sich mit rasender Geschwindigkeit und die Fortschritte, die Ball bei seinen Versuchen, mit Elise zu sprechen, gemacht zu haben glaubte, kamen ihm jetzt wie ein Witz vor. Er wusste, dass es mehr als ein paar Stunden dauerte, um die Zeichensprache zu beherrschen, aber als er sie reden sah, wurde ihm klar, wie lange es tatsächlich dauern würde.

Everly trug immer noch ihre Uniform. Er hatte einmal gedacht, dass es ihn zu sehr an Riley und seine Abneigung gegen die Arbeit mit Frauen erinnern würde, wenn er sie darin sah, aber das war nicht der Fall.

Stattdessen dachte er sofort daran, wie gern er ihr helfen würde, sie auszuziehen, Stück für Stück. Wie beim Auspacken eines Geschenks.

Er schüttelte den Kopf – denn die Tatsache, dass sie seit ihrer Rückkehr nach Colorado Springs keine bedeutungsvollen Gespräche geführt hatten, verhieß nichts Gutes für irgendeine Art von Entkleidung in naher oder ferner Zukunft. Ball ließ ihren Tee ziehen und ging dann mit der Tasse ins andere Zimmer.

Sie nahm ihn mit einem kleinen Lächeln entgegen, nahm einen Schluck, stellte ihn dann vor sich auf den Sofatisch und setzte ihr Gespräch mit Elise fort.

Er hatte keine Ahnung, was sie sagten, aber keine der beiden Frauen sah verstört aus, also nahm er das als ein gutes Zeichen. Er blieb ruhig und setzte sich auf einen Stuhl in der Nähe. Es war interessant, die Schwestern so nahe beieinander zu beobachten. Sie hatten beide rote Haare und grüne Augen, aber während Elise zierlich war, war Everly es nicht. Sie war ein ganzes Stück größer als ihre Schwester und sie war füllig, wie eine Frau es sein sollte. Elise war hübsch, aber in seinen Augen war Everly wunderschön.

Er wurde aus seinen Gedanken gerissen, als Everly sich ihm zuwandte. »Bringst du mir bitte Elises Handy? Sie hat gesagt, es liegt auf dem Tisch.«

»Natürlich. Stimmt irgendetwas nicht?«, fragte Ball, während er aufstand, um das Handy zu holen.

»Nein. Aber ich prüfe es jeden Tag, nur um mich davon zu überzeugen, dass sie nicht mit jemandem Nachrichten ausgetauscht hat, mit dem sie das besser nicht tun sollte.«

Das machte Sinn, aber es tat Ball für die beiden unglaublich leid.

»Sie muss aus Sicherheitsgründen ein Handy haben, aber ich habe Angst, dass derjenige, mit dem sie vorher gesprochen hat, der sie entführt hat, wieder versuchen wird, mit ihr Kontakt aufzunehmen. Sie schwört, dass sie keine der Apps heruntergeladen hat, die sie früher benutzt hat, aber ich bin immer noch paranoid.«

Er reichte Everly das Handy. »Ich kann es dir nicht verdenken.« Er wusste, dass er sich Elise gegenüber unhöflich verhielt, also drehte er sich zu ihr um, damit sie sein Gesicht sehen konnte, als er sagte: »Wenn du möchtest, könnte ich Meat oder Rex bitten, einen Tracker einzubauen. Und sie könnten es auch im Auge behalten, nur um sicherzugehen.«

Everly sah zu ihm hoch. »Das würdest du für sie tun?«

»Nein.«

Sie blinzelte überrascht. »Aber du hast doch gerade gesagt ...«

»Ich würde es für dich tun.«

»Ball ...«, begann sie, doch dann berührte Elise sie am Arm und sagte irgendetwas in Gebärdensprache.

Everly nickte und klickte auf ein paar Tasten am Telefon ihrer Schwester. Elise schien es nicht zu stören, dass ihre Schwester sie kontrollierte. Sie wartete einfach geduldig, bis Everly sich vergewissert hatte, dass Elise nicht mit jemandem kommunizierte, mit dem sie es nicht sollte.

Sie unterhielten sich noch eine Weile in Zeichensprache, dann stand Elise auf. Sie ging zu Ball hinüber, der immer noch neben dem Sofa stand, und gebärdete langsam, damit er sie verstehen konnte. *Danke, dass du gekommen bist.*

*Gern geschehen,* entgegnete Ball. *Du kannst mich jederzeit anrufen.* Er konnte es nicht abwarten, bis er die Zeichen für mehr Wörter gelernt hatte. Das Buchstabieren von Wörtern war lästig und dauerte ewig.

Elise lächelte und streckte die Arme aus, um ihn zu drücken.

Ball erwiderte die Umarmung und sah dann zu, wie sie einen kurzen Gang entlangging und in einem Zimmer am Ende verschwand.

Er drehte sich zu Everly um. Sie starrte ihn mit einem Ausdruck an, den er nicht lesen konnte. »Was ist?«

»Warum bist du so nett zu mir?«

Ball runzelte die Stirn. »Ich verstehe die Frage nicht.«

»Seit du uns hier abgesetzt hast, haben wir uns nicht mehr gesehen. Ich habe dich nicht beachtet ... und mich eigentlich ziemlich blöd verhalten, obwohl du nichts getan hast, womit du das verdient hättest.«

»Ich würde sagen, dann sind wir quitt«, erwiderte Ball ruhig. »Denn ich habe mich dir gegenüber ebenfalls unfair verhalten, als wir uns kennengelernt haben.«

Everly machte die Augen zu und ließ den Kopf auf das Kissen neben sich fallen.

Ball ging hinüber und blickte lange auf sie hinab.

Dann hielt er ihr die Hand hin. »Komm.«

Sie öffnete die Augen und sah erst in sein Gesicht und dann zu seiner Hand, und ohne eine Frage zu stellen, nahm sie seine Hand. Er zog sie hoch und drehte sie dann um. Die Hände auf ihre Schultern gelegt schob er sie in Richtung ihres Schlafzimmers. »Zieh dich um. Zieh dir irgendetwas Bequemes an. Dann komm zurück und wir unterhalten uns. Oder nein. Wir schauen fern. Oder was auch immer du machen möchtest.«

»Was ich wirklich gern tun würde, ist, mehr als nur zwei Stunden pro Nacht zu schlafen«, murmelte Everly.

»Zieh dich um, Ev«, befahl Ball.

»Ziemlich herrisch bist du heute«, protestierte sie, lächelte dabei aber ein wenig.

Ball erwiderte das Lächeln und verließ den Raum.

Zwanzig Minuten später tauchte sie wieder im Wohnzimmer auf. Sie trug schwarze Leggings und ein übergroßes T-Shirt, das ihr bis zur Mitte der Oberschenkel reichte. Sie hatte ihr Haar gebürstet und aus dem Dutt gelöst, in dem es sich befunden hatte, und die Wellen, die sie den ganzen Tag weggebunden hatte, ringelten sich nun wild um ihr Gesicht. Sie hatte ihr Gesicht gewaschen und es war immer noch ein wenig rosa. Aber selbst nachdem sie sich umgezogen und frisch gemacht hatte, sah sie immer noch angespannt aus.

»Komm mal her«, sagte Ball vom Sofa aus und streckte einen Arm aus. Und überraschenderweise tat sie genau das. Everly ließ sich neben ihn fallen, schmiegte sich an ihn und zog die Knie an. Ball legte einen Arm um sie und ein paar Minuten lang saßen sie einfach schweigend da.

»Hast du Hunger?«

Sie schüttelte den Kopf. »Ich habe mir auf dem Nachhauseweg etwas geholt. Ich bin davon ausgegangen, dass Elise schon gegessen hat.«

»Das hat sie.«

»Und hast du etwas gefunden?«, wollte Everly wissen.

Ball wusste genau, wovon sie sprach. »Nein.«

»Glaubst du, sie hat es sich ausgedacht?«

»Nein. Sie war wirklich ziemlich erschüttert, als ich hier angekommen bin. Sie könnte es sich zwar eingebildet haben, aber sag du es mir, neigt sie zur Übertreibung?«

»Eigentlich nicht, aber das war natürlich, bevor sie von jemandem entführt worden ist, der sie wahrscheinlich als Sexsklavin verkaufen wollte.«

»Ich habe gestern mit Rex telefoniert. Er hat mir gesagt,

dass das FBI bis jetzt noch nichts Neues herausgefunden hat.«

Everly seufzte. »Aber die Ermittler glauben noch immer, dass es sich um einen Menschenhändlerring handelt, nicht wahr?«

»Ja. Die Vorgehensweise passt einfach. Schließlich ist es kein typisches Verhalten für einen ganz normalen Entführer, so viele Mädchen auf einmal zu entführen, die alle auch noch ganz verschieden aussehen.«

»Also warten wir einfach ab?«, wollte Everly wissen.

»Wir warten einfach ab«, bestätigte Ball.

»Das nervt.«

Er konnte nicht anders und musste lachen. »Ja, Ev, das tut es wirklich.« Doch dann wurde sein Ton wieder ernst. »Woran hat es gelegen?«

»Woran hat was gelegen?«, wollte sie wissen.

»Woran hat es gelegen, dass du deine Meinung geändert hast, was uns betrifft?«

Er war sich nicht sicher, ob sie antworten würde, aber schließlich sagte sie leise: »Mein Leben ist so verkorkst. Du kannst es nicht gebrauchen, dich mit mir und meinen Problemen einzulassen. Ich will dich nicht so durcheinanderbringen, wie deine Ex es getan hat.«

Er drehte sich zu ihr um. »Und warum solltest du das tun?«

Everly zuckte mit den Achseln. »In nächster Zukunft wird wahrscheinlich meine Schwester bei mir wohnen. Sie ist taub und obwohl das für mich keinen Unterschied macht, weiß ich, dass sie es in der heutigen Gesellschaft schwer haben wird. Personalchefs werden davon ausgehen, dass sie dumm ist, nur weil sie nicht hören kann. Man wird sich über sie lustig machen und Späße mit ihr treiben. Meine Großeltern werden auch nicht jünger und leben in einer Stadt, die ich hasse. Meine Mutter ist schrecklich. Und dann muss ich noch einen Weg finden, Elise dabei zu helfen, über das hinwegzukommen, was passiert ist, und dafür sorgen, dass sie in Sicherheit ist. *Zusätzlich* dazu muss ich noch arbeiten gehen, damit wir ein Dach über dem Kopf haben. Ich weiß nicht, wie ich all das machen soll *und* dann zusätzlich noch Zeit für einen Freund finden kann. Und da dachte ich mir, es wäre wahrscheinlich für uns beide am einfachsten, wenn wir es einfach sein lassen.«

»Du willst wissen, wie du alles schaffen und zusätzlich noch einen Freund haben kannst?«, fragte Ball.

Everly sah zu ihm auf, antwortete jedoch nicht.

»Du lässt dir von deinem Freund helfen. Du musst nicht alles alleine machen, Ev.«

»Ich will dich nicht ausnutzen«, erwiderte sie.

»Zuzulassen, dass ich dir helfe, ist doch nicht ausnutzen. Lass es mich mal so ausdrücken ... wenn mir auf einem meiner Einsätze etwas zustoßen würde, sodass ich ein paar Monate lang im Rollstuhl sitze, was würdest du tun?«

»Das ist nicht dasselbe«, widersprach sie.

»Tatsächlich nicht?«, erwiderte Ball.

Sie schüttelte trotzig den Kopf.

»Lass mich dir helfen«, bat Ball. »Wir müssen auch nicht zusammen sein. Ob du es glaubst oder nicht, ich kann deine Zurückhaltung verstehen. Aber lass mich dir dabei helfen, Elise sich einleben zu lassen. Wie ich dir schon vorher angeboten habe, kann sie nach der Schule zu mir nach Hause kommen und mir dabei helfen, noch mehr Zeichensprache zu lernen. Ich werde dafür sorgen, dass sie ihre Hausaufgaben macht und sich vom Internet fernhält. Und wenn ich einen Einsatz habe, sorge ich dafür, dass Allye, Chloe oder eine der anderen Frauen sich um sie kümmert.«

»Aber ich kenne sie doch noch nicht mal«, widersprach Everly.

»Dann werde ich dich ihnen eben vorstellen. Allye ist schwanger und bereits voller Mutterhormone, sodass sie jeden liebt. Sie wird auch Elise lieben ... nicht dass die anderen das nicht täten.«

Everly machte die Augen zu und legte den Kopf wieder an Balls Schulter. »Ich habe Angst.«

»Ich auch.«

»Wirklich?«

»Ja, Ev. Meine letzte Beziehung ging in die Brüche, und was weiß ich schon über Jugendliche? Gar nichts. Aber ich bin bereit, einen Versuch zu wagen. Wenn du meinetwegen zögerst, brauchst du es nur zu sagen. Ich will nicht in ein paar Monaten herausfinden, dass die Chemie, die ich spüre, einseitig ist. Ich werde dir trotzdem die anderen Frauen vorstellen und sie werden dir helfen, so gut sie können. Rex wird immer noch alles daransetzen, dem Ganzen auf den Grund zu gehen und den Schuldigen zu finden. Hilfe von mir anzunehmen ist nicht an Bedingungen geknüpft.«

Sie richtete sich auf ... und setzte sich mutig auf seinen Schoß.

Ball war überrascht und griff nach ihren Hüften, um sie festzuhalten.

»Ich zögere mit dieser Beziehung nicht deinetwegen ... oder zumindest nicht aus den Gründen, die du vermutest. Ich bin nur ... es hat mir Angst gemacht, wie sehr ich mich in Los Angeles auf dich verlassen habe. So war es noch nie mit jemandem zuvor und es hat mir Angst gemacht. Ich will auf keinen Fall eine dieser Frauen werden, die keine Entscheidungen treffen können, ohne vorher ihren Freund zu fragen. Die überhaupt keine eigenen Entscheidungen treffen können.«

Ball konnte einfach nicht anders. Er lachte laut auf.

Everly sah ihn wütend an. »Das meine ich ernst.«

»Ich weiß und es tut mir leid. Aber Ev, ich zweifle nicht daran, dass du *niemals* eine solche Frau werden wirst. Eines der Dinge, die ich am meisten an dir bewundere, ist die Tatsache, dass du mich eben *nicht* brauchst. Holly hat nur selten selbstständig Entscheidungen getroffen. Ich musste entscheiden, was wir zum Abendessen essen, wann wir einkaufen gehen, wohin wir zu unseren Verabredungen gehen, wer den Wagen fährt. Es war ziemlich anstrengend.«

Everly sah ihn noch einen Moment lang an, dann ließ sie sich an ihn sinken.

Ball hielt sie an sich gedrückt und legte die Füße auf den Wohnzimmertisch vor sich. Er fand es unglaublich, wie gut sie zusammenpassten. »Gib mir eine Chance, Ev«, sagte er leise. »Gib uns eine Chance.«

Sie nickte und Ball fühlte sich, als hätte er gerade im Lotto gewonnen.

Sie saßen schweigend auf ihrem Sofa und genossen eine ganze Weile lang einfach nur die Gesellschaft des anderen. So lange, dass Ball den Moment spürte, als Everly in seinen Armen plötzlich schwer wurde. Sie war eingeschlafen.

Er bewegte sich so langsam wie möglich, um sie nicht zu wecken, schob sich ein Kissen unter den Kopf und machte es sich auf dem Sofa gemütlich. Er hatte keine Ahnung, wie lange sie so schlafen würde, aber er hatte nicht vor, etwas zu tun, um sie aufzuwecken. Sie brauchte Ruhe, und er würde tun, was er konnte, um ihr diese zu verschaffen.

Ball schloss die Augen und sprach ein stilles Gebet, dass alles gut werden würde. Elise würde sich erholen, Everly würde lernen, ihm zu vertrauen, und Rex würde herausfinden, ob es noch eine Bedrohung für Elise gab. Für den Moment würde er das Vertrauen schätzen, das Everly ihm geschenkt hatte, indem sie ihre Deckung genug aufgab, um in seinen Armen einzuschlafen.

---

In ihrem Zimmer zog Elise sich die Decke über den Kopf und schaltete ihr Handy ein. Es war neu. Everly hatte es ihr an dem Tag gekauft, an dem sie in Colorado Springs angekommen waren. Es war auch eine neuere Version als ihr altes, also war das in Ordnung.

Sie klickte auf den App-Store und lud eine Taschenrechner-App herunter.

Aber es war gar kein Taschenrechner. Rob hatte ihr von der geheimen App erzählt, damit sie miteinander reden konnten, ohne sich Sorgen zu machen, dass jemand seine Nase in ihre Angelegenheiten steckte. Damals fand sie das süß und irgendwie gewagt. Jetzt erschien es ihr einfach nur noch unheimlich.

Aber sie konnte nicht anders, als sich zu fragen, ob das, was passiert war, nicht etwas mit Rob zu tun hatte. Der Junge, den sie zu kennen glaubte, war süß, und er hatte sich immer sehr um sie gesorgt.

Als sie in dem Haus gefangen war, war sie davon überzeugt, dass Rob nicht existierte. Sie wusste, dass Everly und Ball auch sicher waren, dass die Person, mit der sie all die Monate gesprochen hatte, die gleiche war, die sie entführt hatte.

Jetzt, wo sie in Colorado Springs in Sicherheit war, konnte Elise nicht anders, als zu hoffen, dass sie alle falschlagen.

Sie musste es auf die eine oder andere Weise erfahren.

Im Vertrauen darauf, dass Everly entweder schlief oder

noch mit Ball sprach, klickte sie auf das Symbol der Messaging-App und loggte sich ein.

Was sie sah, entsetzte sie.

Nicht nur die letzten Nachrichten, die sie und Rob einander geschickt hatten, waren noch da, sondern auch die, die er ihr geschrieben hatte, nachdem sie gerettet worden war.

*Rob:* Ich freue mich darauf, dich heute endlich persönlich zu treffen.

*Elise:* Ich mich auch.

*Rob:* Ich warte gegenüber der Tankstelle in der Nähe deiner Schule auf dich.

*Elise:* Okay.

*Rob:* Elise?

*Elise:* Ja?

*Rob:* Ich liebe dich.

*Elise:* Ich liebe dich auch.

*Rob:* Bis dann.

Das war die letzte Nachricht vor ihrer Entführung gewesen. Und die nächsten Nachrichten datierten von dem Tag, nachdem sie gerettet worden war.

*Rob:* Du bist die Richtige für mich.

*Rob:* Mein Liebling.

*Rob:* Wir sind dazu bestimmt, zusammen zu sein.

*Rob:* Die anderen Mädchen konnten dir nicht mal annähernd das Wasser reichen.

*Rob:* Niemand wird dich je so lieben, wie ich es tue. Ich

werde dich nie verlassen. Wir werden eine wunderschöne Familie gründen.

Die Polizei und Everly hatten recht. Rob existierte nicht. Sie hatte die ganze Zeit über mit diesem alten Typen geredet. Nicht dem wunderschönen Jungen, von dem sie geträumt hatte.

Ohne über die Konsequenzen nachzudenken, schrieb Elise schnell eine Antwort.

*Elise:* Du bist doch krank! Du bist nicht siebzehn, du bist alt. Du wolltest mir wehtun! Du hast mich angelogen, genau wie meine Mutter es immer tut. Lass mich in Ruhe!!!

Als hätte er die ganze Zeit vor seinem Handy gesessen und auf ihre Antwort gewartet, schrieb er sofort zurück.

*Rob:* Niemals. Du gehörst mir.

Erschrocken schloss Elise die App und löschte sie sofort von ihrem Telefon. Sie setzte sich auf und warf das Gerät auf den Boden, ohne sich darum zu kümmern, ob es kaputtging. Dann legte sie sich wieder hin, zog sich noch einmal die Decke über den Kopf und weinte.

# KAPITEL NEUN

Fünf Tage später blieb Everly vor der heruntergekommen aussehenden Billardkneipe stehen. Das Schild hing schief und sah aus, als würde es bei einem starken Windsturm heruntergerissen werden. Die Holzpaneele an der Außenseite des Gebäudes gaben dem Laden einen rustikalen Charakter.

Als könnte er ihre Gedanken lesen, sagte Ball: »Es ist nicht so schlimm, wie es aussieht.«

Everly zog eine Augenbraue hoch. »Ich war schon mal hier, du erinnerst dich?«

Er lachte leise. »Ach, stimmt ja. Na, dann komm.«

Sie spürte seine Hand auf ihrem Rücken, als sie brav zur Tür ging. Es war gegen Mittag und Elise war in der Schule. Everly hatte den Tag frei und Ball hatte beschlossen, dass es an der Zeit war, dass sie sich erneut mit seinen Teamkameraden vertraut machte und deren Frauen kennenlernte. Er hatte ein Treffen für alle hier im *The Pit* arrangiert.

Everly war nervös. Dies waren Balls Freunde. Die Männer und Frauen, für die er notfalls Himmel und Hölle in Bewegung setzen würde. Sie hatte das Gefühl, dass es das

Aus für die Beziehung zwischen ihr und Ball war, wenn sie sie nicht mochten.

Und es fühlte sich *definitiv* so an, als befände sie sich in einer Beziehung. Wie es dazu gekommen war, wusste Everly nicht genau. Es war noch gar nicht so lange her, dass sie in diese Kneipe gekommen war und mit gehört hatte, wie Ball schlecht über sie redete. Sie war wütend und ein wenig verletzt gewesen.

Aber er hatte es geschafft, unter ihren Schutzschild zu gelangen. Jetzt verging kein Tag, an dem sie ihn nicht sah, auch wenn es manchmal nur für eine halbe Stunde oder so war. Vor ein paar Tagen war er nach ihrer Schicht in ihrer Wohnung vorbeigekommen, um ihr eine Lasagne zu bringen, die er für sie und Elise zubereitet hatte. An einem anderen Tag war er gekommen, nachdem Elise zu Bett gegangen war, und sie saßen herum und redeten, bis sie feststellte, dass es ein Uhr morgens war.

Er hatte sich nach Me-Maw und Pop erkundigt und sie über die Ermittlungen gegen den Menschenhandel in Los Angeles auf dem Laufenden gehalten. Und dann waren da noch die Nachrichten. Ständig schickte er ihr Nachrichten, um ihr zu zeigen, dass er an sie dachte, oder um ihr zu sagen, was Rex herausgefunden hatte, oder um ihr einen dummen Witz zu schicken.

Nicht nur das, er schrieb auch Elise Nachrichten. Everly hatte ein langes Gespräch mit ihrer Schwester über Internetsicherheit geführt, und auch wenn es ein bisschen spät war, dachte sie, besser spät als nie. Jeden Morgen überprüfte Everly Elises Handy. Es gefiel ihr nicht, dass sie das tun musste, und Elise gefiel es auch nicht, dass ihre Schwester sie überwachte, aber sie verstand warum.

Und jeden Morgen blätterte Everly seitenweise durch die Texte zwischen Ball und Elise. Ihre kleine Schwester öffnete sich Ball gegenüber langsam immer mehr und es überraschte sie nicht, dass er sehr einfühlsam reagierte. Er hörte sich ihre Sorgen darüber an, Freundinnen zu finden, sich in der Schule einzugliedern ... sie hatten sogar ein ziemlich ausführliches Gespräch über Sex und Beziehungen geführt. Themen, die Elise nicht mit Everly besprechen würde. Vor allem darüber, was Männer wie der Typ, der sie entführt hatte, davon hatten, Frauen zu verletzen, und dass Elise niemals Sex haben sollte, wenn jemand sie unter Druck setzte. Ein Kommentar stach für Everly besonders hervor.

*Ball:* Sex kann vieles sein ... leidenschaftlich, schnell, langsam, witzig, verspielt und ernst. Aber etwas, das Sex nicht sein sollte, ist schmerzhaft. Oder manipulativ. Weder für dich noch für deinen Partner.

Everly hatte noch nie verspielten Sex gehabt. Oder gar Sex, der besonders leidenschaftlich war. Aber er hatte recht, wenn er sagte, dass es nicht manipulativ oder schmerzhaft sein sollte.

Ball war einfühlsam und verstand, was Elise durchgemacht hatte, und dadurch mochte Everly ihn umso mehr.

Aber ihre Gespräche bestanden nicht nur aus emotionalen Stolperfallen. Er schickte auch kurze Videos von sich, wie er Gebärdensprache übte. Er wurde besser, war aber immer noch ziemlich ungeschickt. Elise war extrem geduldig, während sie ihm die Gebärden beibrachte, und sie hatte sogar einige Videos von sich selbst zurückgeschickt, in denen sie die Gebärden demonstrierte.

Everly fand es toll zu sehen, wie die Beziehung zwischen

ihrer Schwester und Ball aufblühte, aber es beunruhigte sie auch. Sie glaubte nicht, dass Ball die Art von Mann war, die aus Elises Leben verschwinden würde, wenn es zwischen ihm und Everly nicht klappte, aber zumindest der Gedanke war ihr gekommen.

Ball war fast alles, was sie sich jemals von einem Partner gewünscht hatte – und das machte ihr eine Heidenangst. Ihr Leben war schon verrückt genug. Sie war sich nicht sicher, ob sie einen Mann in ihr ohnehin schon hektisches Leben integrieren wollte – oder konnte. Aber sie konnte nicht leugnen, dass es sich gut anfühlte, mit ihm zusammen zu sein.

Sie betraten die Kneipe und sie war genau so, wie Everly sie in Erinnerung hatte. Ein wenig dunkel, der Geruch von Alkohol war deutlich wahrnehmbar und Musik kam aus einer Jukebox in der Ecke des vorderen Raumes. Sie nahm an, dass die Musik mit fortschreitender Tageszeit aufgedreht werden würde, sobald der Laden voller wurde, aber im Moment war es einfach nur ein leises Hintergrundgeräusch. Ball führte sie hinüber zur Theke.

»Everly, darf ich dir Noah Ganter vorstellen? Es gibt hier mehrere Barkeeper, aber meistens sind Noah und Dave hier.«

Sie streckte ihm die Hand hin. »Hi, schön, dich kennenzulernen.« Der Barkeeper war wahrscheinlich Ende zwanzig und hatte das typische Aussehen eines Jungen von nebenan. Sein braunes Haar war zerzaust und seine haselnussbraunen Augen funkelten vor Lebensfreude. Er sah glücklich aus, als hätte er überhaupt keine Sorgen auf der Welt.

»Freut mich auch«, entgegnete Noah. »Was möchtest du trinken?«

Es war noch ziemlich früh und obwohl sie heute nicht fahren musste, trank Everly nicht viel Alkohol. »Eine Cola?«

»Ist das eine Frage oder eine Bestellung?«, entgegnete Noah grinsend.

Everly erwiderte das Lächeln. »Eine Bestellung.«

Noah nahm eine Dose Cola und stellte sie vor sie auf die Theke. »Und bevor du fragst, weibliche Wesen im *The Pit* bekommen ihr Wasser und ihre Softdrinks in Flaschen oder Dosen. Der Laden hier ist ziemlich sicher, aber manchmal passiert eben doch was. Allerdings *nicht*, wenn wir es verhindern können.«

Das gefiel Everly. Nickend nahm sie die Dose. »Ich weiß es zu schätzen.«

»Keine Ursache.«

Noah griff nach einem Glas und schenkte Ball ein Ginger Ale ein. Er fügte eine Scheibe Limette und eine Scheibe Zitrone hinzu und schob es ihm über die Theke hin. »Du weißt schon, dass du auch einfach Sprite bestellen kannst. Das ist das Gleiche.«

»Mir schmeckt das Zeug«, entgegnete Ball.

Und während des ganzen kurzen Gesprächs hatte Ball seine Hand an ihrem Rücken. Nun übte er ein kleines bisschen Druck aus, um sie von der Theke wegzulenken.

Doch bevor sie zu weit weg waren, rief Noah ihr nach: »Everly?«

Sie drehte sich um. »Ja?«

»Falls du Ball leid bist, ich bin Single.«

Everly lachte. Sie hatte das Gefühl, dass es Spaß machen würde, mit Noah auszugehen, aber wenn es ernst wurde, gefiel ihr Balls Intensität viel mehr.

»Ernsthaft?«, knurrte Ball neben ihr.

Everly legte einen Arm um Balls Taille und zog ihn an sich. »Danke!«, erklärte sie Noah. »Das behalte ich im Hinterkopf.«

»Tust du nicht«, murmelte Ball und wandte sich der Tür zu, die zum hinteren Bereich führte.

Everly hörte das Geräusch einer großen Gruppe von Menschen, die sich unterhielten, bevor sie durch die Tür gingen. In dem Moment, in dem sie den Raum betraten, hörte das Gespräch auf und alle drehten sich zu ihnen um.

Sie hatte sie alle schon einmal gesehen, aber die Umstände waren andere gewesen. Sie war dort gewesen, um Einzelheiten darüber zu erfahren, was die Mountain Mercenaries tun würden, um ihre Schwester zu finden. Jetzt war sie zum geselligen Beisammensein dort.

Normalerweise war es ihr egal, was die Leute über sie dachten. Als Polizistin war sie an abfällige Kommentare und Leute, die sie auf den ersten Blick hassten, gewöhnt. Aber sie war nicht als Polizistin hier. Sie war mit Ball hier und sie wusste ohne Zweifel, dass die anderen sich eine Meinung über sie bilden würden.

Er führte sie hinüber zu der Gruppe, die um zwei Billardtische herumstand. Ohne von ihrer Seite zu weichen, begrüßte er die Männer mit einem kurzen Nicken.

»Das wird aber auch langsam mal Zeit, dass du hier auftauchst«, bemerkte eine der Frauen.

Ball lächelte. »Bitte entschuldige, dass du warten musstest, Allye.«

Das war also die berüchtigte Allye. Everly hatte viel von ihr gehört und Ball hatte sogar mal gesagt, dass sie vielleicht dazu bereit wäre, mit Elise zu sprechen, da sie ja auch entführt worden war.

Die schwangere Frau kam auf sie zu und umarmte Ball kurz. Dann wandte sie sich an Everly. »Hi, ich bin Allye. Ich gehöre zu Gray. Ich freue mich, dass es deiner Schwester gut geht.«

Und mit dieser kurzen Vorstellung eroberte sich Allye

einen Platz in Everlys Herz. Die Sorge um das Wohlergehen ihrer Schwester sorgte dafür, dass Everly die Frau auf Anhieb sympathisch fand.

»Ich mich auch«, entgegnete Everly.

»Was wirklich beängstigend ist, ist die Tatsache, dass es jeden treffen könnte«, erklärte eine Frau, die ungefähr so groß war wie Elise. »Ich meine, in dem Alter sind Jugendliche so verletzlich und die Mistkerle, die sie entführt haben, wissen das. Oh, und ich bin übrigens Chloe.«

»Hi«, entgegnete Everly.

Eine weitere Frau kam als Nächstes und umarmte Everly ganz fest. Sie hatte blondes Haar mit lila gefärbten Spitzen. Everly mochte es im Allgemeinen nicht, wenn Leute, die sie nicht kannte, sie umarmten, aber das Wissen, dass dies Balls Freunde waren, machte es erträglich, und die andere Frau zog sich schnell wieder zurück. »Ich bin Harlow. Es tut mir leid, was mit deiner Schwester passiert ist, aber ich bewundere dich dafür, dass du sie hergebracht hast, damit sie bei dir leben kann. Und da einer der unseren den Fall übernommen hat, weiß ich, dass sie in Sicherheit ist.«

»Danke.«

Everly erkannte die nächste Frau, die vortrat. Sie blinzelte überrascht. Falls sie das letzte Mal auch im *The Pit* gewesen war, hatte Everly es nicht bemerkt. Sie würde diese Frau überall erkennen ... Morgan Byrd. Möglicherweise die berühmteste Vermisste, die die Vereinigten Staaten seit Jahren gesehen hatten.

»Hi, Everly. Ich bin Morgan«, begrüßte die zierliche Frau sie.

»Ich weiß«, sagte Everly.

Sie schenkte ihr ein kleines Lächeln. »Ja, es fühlt sich komisch an, berühmt zu sein, weil ich entführt wurde. Wie auch immer, ich wollte nur sagen, willkommen bei den

Verrückten. Wir sind wohl alle etwas zu direkt und neigen dazu, alles zu sagen, was uns in den Sinn kommt, aber wir stehen zu unseren Männern und zueinander, egal was passiert. Und wenn du mit Ball zusammen bist, heißt das, du bist eine von uns. Es fühlt sich komisch an, das zu einer Polizistin zu sagen, denn, na ja ... du bist eine *Polizistin*. Aber wenn du etwas brauchst, brauchst du nur zu fragen, und wir sind da. Wenn du für Elise einen Ort brauchst, wo sie hingehen kann, während du arbeitest, werden wir alle gern einspringen, um sie für dich zu beaufsichtigen.«

Everly war keine Heulsuse, aber sie spürte, wie ihr bei Morgans Worten die Tränen in die Augen stiegen. Hier war eine Frau, die durch die absolute Hölle gegangen war. Aber sie hatte sich davon nicht unterkriegen lassen. Sie wollte, dass Elise *sie* auch kennenlernte. Damit sie sah, dass die schlimmen Dinge, die ihr widerfahren waren, sie nicht definieren mussten. Dass sie ohne Angst nach vorn blicken und glücklich sein konnte. »Danke«, krächzte sie.

Sie spürte, wie Ball ihr beruhigend mit dem Daumen über den Rücken strich. Sie hatte sich immer als Teil eines großen Ganzen gesehen. Und der Zusammenhalt, den sie anderen Polizisten und Polizistinnen gegenüber empfand, ging tief. Aber so wie das hier war es nicht.

Diese Frauen hatten sich ihr gegenüber geöffnet, als wäre es von vornherein klar, dass sie und Ball für immer zusammenbleiben würden. Sie taten so, als wäre sie ein fester Bestandteil ihrer kleinen Gruppe, obwohl sie und Ball sich vor einem Monat noch gar nicht gekannt hatten.

»Und dann sind da natürlich auch noch meine Teamkameraden«, erklärte Ball und half ihr so, die aufsteigenden Gefühle zu verdrängen, indem er ihr die anderen vorstellte. »Die meisten davon kennst du schon und hast mit ein paar von ihnen telefoniert, aber nur für den Fall, dass du es vergessen hast: Das hier ist Gray. Er ist derjenige, der Allye ein Baby gemacht hat.«

Alle lachten und Everly genoss es, wie die Anspannung dadurch abfiel.

»Und das hier ist Ro. Er tut gern so, als sei er Amerikaner, aber wie du an seinem Akzent hören kannst, ist er durch und durch Brite.«

»Ach halt doch den Mund, verdammt«, erklärte Ro grinsend. »Ich lebe in diesem heidnischen Land schon lange genug, sodass Sam auch mein Onkel ist.«

»Sam?«, fragte Everly und blickte Ball an.

»Onkel Sam – Uncle Sam? Der andere Name für Amerika?«, neckte er sie.

»Oh! Na klar«, erklärte Everly lächelnd. »Hi, Ro. Schön dich wiederzusehen.«

»Das hier sind Arrow und Black«, sagte Ball und stellte ihr die nächsten beiden Männer vor. Dann wandte er sich dem einzigen Mann zu, der ohne Frau dastand. »Ev, das ist Meat. Meat, Everly.«

Sie hatte denselben Gedanken, den sie bei der ersten Begegnung mit ihm gehabt hatte – er sah überhaupt nicht so aus, wie sie sich den hauseigenen Computerexperten des Teams vorstellte. Er war wahrscheinlich um die einen Meter achtzig groß, hatte braunes Haar und Augen, die von Grau zu Sturmblau und dann wieder zu Grau zu wechseln schienen. Er war schlank, aber mit sehr breiten Schultern. Er erinnerte Everly an einige der Schwimmer, die sie bei den Olympischen Spielen gesehen hatte.

»Was ist? Lass mich raten – ich sehe gar nicht wie ein Computerspezialist aus, oder?«, fragte Meat.

Everly zuckte mit den Achseln und schenkte ihm ein entschuldigendes Lächeln. »Nö. Aber ehrlich gesagt finde ich es wahrscheinlich gut, dass du nicht aussiehst wie

Charlie Eppes aus dieser Fernsehserie *Numb3rs – Die Logik des Verbrechens* oder Spencer Reid aus *Criminal Minds*. Ich würde nie glauben, dass du früher bei der Delta Force warst, wenn das so wäre. Nichts für ungut.«

Alle schwiegen einen Moment und Everly dachte, sie wäre vielleicht ins Fettnäpfchen getreten. Nicht jeder verstand ihren Humor.

Aber dann brachen sie alle in Gelächter aus. Meat griff nach ihr und zog sie in eine Umarmung. Everly ließ fast ihre Cola-Dose fallen, schaffte es aber, sie festzuhalten, auch als Meat sie dramatisch nach hinten beugte.

»Hör schon damit auf«, meckerte Ball.

Alle lachten noch lauter, auch Everly.

Als Meat sie aufrichtete, schaute er ihr kurz in die Augen – und Everly sah etwas, das sie nicht erwartet hatte.

Traurigkeit.

Sie hatte keine Ahnung, worüber dieser erstaunliche Mann traurig sein konnte. Aber kaum hatte sie die Emotion bemerkt, war sie auch schon wieder verschwunden.

»Schön, dich kennenzulernen. Ich habe während der letzten Wochen so viele Nachrichten zwischen dir und deiner Schwester gelesen, dass ich das Gefühl habe, dich bereits zu kennen.«

Everly verdrehte die Augen.

»Und ich überlege, wie viel Ärger ich bekomme, wenn ich versuche, eine Polizeibeamtin zu erpressen, indem ich drohe, all ihren Polizeikollegen mitzuteilen, wie sehr sie die Backstreet Boys liebt.«

Everly handelte, ohne nachzudenken. Sie drückte Ball ihre Cola in die Hand und stürzte sich auf Meat. Er lachte und lenkte ihren halbherzigen Versuch, ihn zu Boden zu bringen, leicht ab. Sie rangen einen Moment lang spielerisch miteinander, wobei die Frauen sie anfeuerten, bis sie mit dem Rücken an Meats Brust landete und er sie mit seinen Armen erfolgreich festhielt, sodass sie seinem Griff nicht entkommen konnte.

Er beugte sich vor und flüsterte ihr ins Ohr: »Keine Bange, dein Geheimnis ist bei mir sicher.«

Sie hatte keine Zeit zu antworten, da Ball Meat einen Schlag auf den Hinterkopf verpasste und sagte: »Such dir dein eigenes Mädchen und lass meins in Ruhe.«

Meat grinste und ließ sie los. Everly erlaubte Ball, ihre Hand zu ergreifen und sie in seine Umarmung zu ziehen. Sie lehnte sich an ihn und drehte sich zu den Mädchen um. »Ich habe gehört, dass die Backstreet Boys zusammen mit den New Kids on the Block auf Tournee gehen. Möchte jemand mit mir dorthin gehen?«

Sofort riefen alle vier Frauen wie aus einem Mund: »Ja!«

Everly streckte Meat die Zunge raus. »Es gehört einfach dazu, ein Fan der Backstreet Boys zu sein. Das ist eine Mädchensache, die du nicht verstehst.«

»Es ist beschlossene Sache«, erklärte Chloe. »Wir behalten sie.« Dann ging sie zu Ball hinüber und zog Everly aus seinen Armen. »Geht und unterhaltet euch unter Männern. Wir nehmen Everly mit.« Sie wollte sich von ihm lösen, doch Ball ließ sie nicht los.

Everly spürte, wie er mit dem Finger über ihren Ring rieb, sich vorbeugte und sie auf die Stirn küsste. »Wenn sie einen Überfall auf die Pralinengeschäfte in der Gegend planen, lass dich nicht dazu überreden.«

Sie lächelte. »Das werde ich nicht.«

»Gut.« Dann ließ er langsam ihre Hand los, wobei er so lange wie möglich seine Finger über ihre Handfläche gleiten ließ, bis sie den Kontakt verloren.

Chloe zog sie an einen Tisch an der Wand, während die Männer sich an einen der Billardtische in der Nähe lehnten.

»Geht es Elise wirklich gut?«, fragte Morgan, nachdem sie sich gesetzt hatten.

Everly nickte. »Ich glaube schon, aber es ist schwer zu sagen. Sie trifft sich jeden zweiten Tag mit einer Psychologin, um über das zu reden, was ihr passiert ist. Mit *mir* redet sie allerdings nicht oft darüber, was mir nicht gefällt.«

»Sie will nicht, dass du dir Sorgen machst«, erklärte Allye ihr. »Es sind die Leute, die man am meisten liebt, die man vor dem Schlimmsten bewahren möchte.«

Everly dachte darüber nach. Das stimmte. »Sie hat allerdings mit Ball über einige Dinge geredet. Darüber, dass sie dachte, dass dieser Rob sie wirklich für das liebt, was sie ist. Dass ihm die Tatsache, dass sie taub ist, egal ist. Es ist so schrecklich, dass ›Rob‹ ein Psycho war, der ihre Schwächen ausgenutzt hat.«

»Ja. Gibt es irgendwelche Neuigkeiten auf der Suche nach dem Schuldigen? Konnten die anderen Mädchen vielleicht irgendetwas Interessantes dazu beitragen?«, wollte Harlow wissen.

»Nicht wirklich. Sie hatten mehr Informationen als Elise, einfach, weil sie hören konnten, aber bis jetzt war jede Spur eine Sackgasse. Es ist zum Verrücktwerden.« Everly seufzte. »Ich will nicht unhöflich sein ... aber meinst du, wir könnten über etwas anderes reden? Es ist nicht so, dass ich nicht möchte, dass ihr etwas über meine Schwester wisst und darüber, was vor sich geht, aber ich habe buchstäblich schon viel zu lange nicht mehr an etwas anderes gedacht.«

»Natürlich!«, rief Chloe. »Wie rücksichtslos von uns. Wie wäre es damit ... was habt Elise und du am Wochenende vor? Harlow wollte uns als Versuchskaninchen für ihren nächsten Kochkurs benutzen. Sie lässt uns ihre Rezepte zuerst probieren, bevor sie in die Frauenhäuser zieht und den Bewohnerinnen beibringt, wie man schnelle, gesunde Mahlzeiten kocht.«

»Das fände ich toll«, erklärte Everly und fragte an Harlow gewandt: »Wie bist du darauf gekommen?«

Harlow erzählte, wie sie als eine von zwei Vollzeitköchinnen in einem Frauenhaus angestellt wurde, das bis auf die Grundmauern niedergebrannt war, und nun tat sie, was sie konnte, um Frauen zu helfen, die versuchten, wieder auf die Beine zu kommen, indem sie ihnen beibrachte, wie sie mit einem knappen Budget kochen können.

»Ich kenne Morgans Geschichte«, bemerkte Everly, nachdem Harlow erzählt hatte, wie Black und sie ein Paar geworden waren. »Aber die Geschichten von euch anderen kenne ich nicht.«

»Ich bin Tänzerin«, erklärte Allye. »Und irgend so ein Verrückter hatte es sich in den Kopf gesetzt, mich wegen meiner Haare und meiner Augen seiner persönlichen Sammlung hinzuzufügen. Daraufhin habe ich die Stadt verlassen, doch dann begann er, meine Freundinnen zu entführen, also bin ich zurückgekehrt.«

»Oh verdammt!«, hauchte Everly bestürzt. »Und das hat Gray zugelassen?«

Allye verzog das Gesicht. »Also ...«

Die anderen lachten leise.

»Eigentlich nicht. Ich bin einfach abgehauen, ohne ihm Bescheid zu sagen. Ja, ich weiß, das war dumm, und ja, der Böse hat mich erwischt ... ich denke, das weißt du ja bereits.«

Everly nickte.

»Aber die Mountain Mercenaries haben mich gefunden und gerettet. Ich tanze noch immer gelegentlich bei einer Tanzgruppe in Denver, aber meine wahre Leidenschaft liegt im Unterrichten von Kindern, besonders von Kindern mit besonderen Bedürfnissen, hier in Colorado Springs.«

»Mein Bruder hat mich dazu gezwungen, die Steuern für die Mafia zu machen, und er hat mich im Haus meiner verstorbenen Eltern als Geisel gehalten, da er an das Geld meiner Mutter gelangen wollte«, erklärte Chloe nüchtern. »Die Mafia hat sich eingemischt und mich mitgenommen, aber dann wurde ich tatsächlich einfach auf ihrem Grundstück in Denver freigelassen. Ro und die anderen waren bereit, sozusagen die Burg zu stürmen, und dann kam ich einfach so raus. Es war fast unwirklich.«

»Und was ist mit deinem Bruder?«, wollte Everly wissen.

»Der stellt kein Problem mehr dar«, versicherte Chloe ihr nachdrücklich. »Wie auch immer, ich arbeite jetzt nicht Vollzeit, aber ich war mal Vermögensberaterin. Ich habe immer noch meine offiziellen Zertifizierungen und alles. Ich bin sicher, du hast wahrscheinlich alles im Griff, aber wenn du jemals einen Rat in Sachen Finanzen brauchst, helfe ich dir gern.«

»Danke. Ich hatte es gut im Griff, aber jetzt, wo Elise bei mir wohnt, sollte ich wahrscheinlich einige meiner Investitionsstrategien überdenken«, bemerkte Everly.

»Ich habe keine Ahnung von Geld und würde es kämpferisch wahrscheinlich nicht mal mit einer Papiertüte aufnehmen können, aber«, sagte Morgan, »falls du jemals Lust auf ein Glas frischen Honig verspürst, kannst du dich an mich wenden.«

Everly lachte. »Das finde ich toll.«

»Arrow und ich bauen ein Haus in Black Forest und ich habe schon mal einen Bienenstock aufgestellt – natürlich in einiger Entfernung von der Baustelle. Ich kann es kaum erwarten, bis das Haus fertig ist, damit wir uns richtig niederlassen können.«

»Morgan arbeitet als Motivationsrednerin«, erklärte Allye. »Sie spricht an Schulen und auf Konferenzen und so weiter und redet darüber, wie man Hindernisse überwindet und das Beste aus seinem Leben macht.«

Everly war beeindruckt. Sie hatte schon viele Frauen gesehen, die nie über die Dinge hinwegkamen, die ihnen passiert waren. Sie ließen sich von ihrem Angreifer, Missbraucher oder einer beschissenen Situation unterkriegen, oft wiederholt. Sie griffen zu Drogen, um sich selbst zu therapieren, und schalteten ihre Gefühle aus. Aus ihrer Sicht war Morgan eine Wahnsinnsfrau.

»Was mir passiert ist, ist wirklich schrecklich«, erklärte Morgan. »Daran führt kein Weg vorbei. Aber ich habe nur ein Leben zu leben. Wenn ich zulasse, dass ein Jahr die nächsten vierzig ruiniert, was sagt das über mich aus? Außerdem habe ich eine Menge, wofür es sich zu leben lohnt.«

»Das hast du wirklich«, erklärte Allye mitfühlend.

Morgan lächelte ihrer Freundin zu. »Ich meine, abgesehen von all den *normalen* Sachen, für die zu leben es sich lohnt.« Sie legte sich eine Hand auf den Bauch. »Ich bin schwanger«, flüsterte sie.

Ihre Ankündigung löste eine Flut von Glückwünschen und Aufregung bei den anderen am Tisch aus. So sehr, dass die Jungs rüberkamen, um sich zu vergewissern, dass alles in Ordnung war. Nach vielen Versicherungen und weiteren Glückwünschen der Männer beruhigten sich die Dinge wieder und die Frauen waren wieder unter sich.

»Das bedeutet dann wohl, dass du deine Blockade in Bezug auf Sex überwinden konntest«, scherzte Chloe.

Everly fand das ein wenig unsensibel, aber Morgan grinste einfach nur, also machte es ihr wohl nichts aus.

»Offensichtlich. Und es hat für meinen Geschmack viel

zu lange gedauert. Ich habe es gehasst, dass ich nicht mit Arrow Liebe machen konnte. Ich habe es *wirklich* gehasst. Aber er hat mich nie unter Druck gesetzt. Es gab sogar Zeiten, in denen ich mir wünschte, er würde mich mehr drängen. Aber als wir es dann tatsächlich taten, wurde mir klar, dass es absolut keine Ähnlichkeit zwischen dem Sex mit Arrow und dem, was mir vorher passiert war, gab. Und der Rest ist, wie man so schön sagt, Geschichte. Ich habe ihn bei jeder Gelegenheit flachgelegt und siehe da, jetzt bin ich etwa in der siebenten Woche schwanger.«

»Ich freue mich so für dich«, sagte Allye. »Und für mich. Ich habe eine Todesangst davor, Mutter zu werden. Ich habe Angst, dass ich mein Kind irgendwie verkorkse. Zu wissen, dass jemand anderes nicht lange nach mir ein Kind bekommt, ist eine Erleichterung.«

»Das geht mir genauso«, versicherte Morgan ihr. »Ich weiß, ich werde super überfürsorglich sein, und ihr müsst mich im Zaum halten, okay?«

Alle stimmten zu.

»Warum bist du Polizistin geworden?«, wollte Harlow wissen, nachdem sich die Aufregung über Morgans Schwangerschaft ein wenig gelegt hatte.

Everly hatte es genossen, nicht im Mittelpunkt zu stehen. Es war beeindruckend, die Dynamik zwischen den Freundinnen zu beobachten. Sie unterstützten sich gegenseitig, ohne zu urteilen, und es war schön zu sehen, dass sie offen und ehrlich über ihre vergangenen Erfahrungen sprechen konnten, ohne das Gefühl zu haben, so tun zu müssen, als ginge es ihnen gut nach dem, was sie durchgemacht hatten.

Sie war besonders an Morgans Geschichte interessiert. Sie machte eine mentale Notiz, um zu sehen, ob sie einige ihrer Reden im Internet finden konnte, um sie Elise zu zeigen.

»Ich weiß es eigentlich gar nicht so genau ... Nein, das ist eine Lüge.« Everly beschloss, diesen Frauen gegenüber völlig ehrlich zu sein. Sie hatten ihr das Gefühl gegeben, willkommener zu sein als jemals zuvor, und sie wusste mit Sicherheit, dass sie sie nicht verurteilen würden. »Ich war sieben, glaube ich. Meine Mutter war schon mindestens einen Tag weg, vielleicht auch länger. Ich war nach der Schule alleine in unserer schäbigen Wohnung. Ich war hungrig und es gab nicht viel zu essen, weil meine Mutter das Geld für Drogen ausgegeben hatte. Sie platzte in die Wohnung und knallte die Tür hinter sich zu. Sie schrie mich an, ich solle mich verstecken, und wenn jemand an die Tür klopfte, solle ich still sein und nicht antworten. Sie schubste mich in mein Zimmer und schloss mich dort ein, zu meiner eigenen Sicherheit, wie sie behauptete.

Ich wusste nicht, was los war, aber anstatt Angst zu haben, wurde ich wütend. An diesem Tag in der Schule feierte eines der Kinder in meiner Klasse eine Geburtstagsparty. Seine Mutter brachte diese wunderschönen Muffins mit. Sie waren professionell dekoriert und wir sangen alle ›Happy Birthday‹. Und mir wurde klar, dass meine Mutter nicht normal war. Ich hatte es schon lange geahnt, aber an diesem Tag wurde es mir klarer denn je. Anstatt mich wie sonst unter meinem Bett zu verstecken, kroch ich zum Fenster und schaute hinaus.

Ich blieb die nächsten zwei Stunden dort und beobachtete, wie die Polizei eine Razzia in einer der Wohnungen gegenüber von unserer machte. Da waren diese zwei Polizistinnen ... ich werde sie nie vergessen. Sie waren da, als die Türen eingeschlagen wurden, und ich fand sie so mutig. Zwei Männer und drei Frauen wurden aus den beiden

Wohnungen geholt und obwohl einem von ihnen Handschellen angelegt waren, hatte er beschlossen zu kämpfen. Er war wahrscheinlich high. Und die beiden Frauen brachten ihn so schnell zu Boden, dass ich es kaum glauben konnte. Sie waren so viel kleiner als er, aber das war egal. Ich beschloss in dem Moment, dass ich genau wie sie sein wollte.

Ich wusste, was Drogen sind, und ich hasste es, dass meine Mutter sie nahm. Sie versprach immer wieder, aufzuhören, aber sie tat es nie. Nachdem sie die Erwachsenen aus dem Haus geholt hatten, brachten sie vier Kinder heraus. Wahrscheinlich im Alter von zwei bis vier Jahren. Sie sahen zu Tode verängstigt aus und wieder übernahmen die beiden Polizistinnen die Kontrolle über sie, und innerhalb von Minuten lächelten die Kinder und waren glücklich, weil sie kleine Plüschtiere und Leuchtstäbe bekommen hatten.

Ich saß noch lange an meinem Fenster, nachdem die Polizei weg war und es wieder ruhig wurde. Meine Mutter schloss die Tür auf und versuchte, so zu tun, als wäre nichts passiert. Dass es normal war, dass eine Drogenrazzia auf der anderen Seite der Straße stattfand. Ich wusste, dass es genauso gut unsere Wohnung hätte sein können. Ich wollte auch jedem Kerl oder Mädchen, das es wagte, sich über mich lustig zu machen, in den Hintern treten können. Ich wollte diese Polizistinnen stolz machen, auch wenn sie nicht wussten, wie sehr sie mein Leben verändert hatten.«

Nach ihrer Geschichte herrschte Schweigen und Everly dachte einen Augenblick lang, dass sie zu offen gewesen war. Dass sie einfach bei ihrer ursprünglichen Aussage hätte bleiben sollen, um sie glauben zu lassen, sie wisse es nicht wirklich. Sie hatte diese Frauen gerade erst kennengelernt – sie brauchten ihre rührselige Geschichte nicht zu hören.

Sie öffnete den Mund, um etwas zu sagen, irgendetwas, als sich ein Arm schräg von hinten um sie legte.

Sie erkannte sofort, dass er Ball gehörte, also schob sie ihren Stuhl nicht nach hinten und schleuderte ihn über ihre Schulter.

»Ihr hättet sie in Los Angeles sehen sollen«, erklärte Ball und man konnte ihm anhören, wie stolz er war. »Sie hat es mit zwei Mistkerlen aufgenommen, die sich auf mich gestürzt haben, als wären sie nicht viel größer und stärker als sie. Wir waren auch ein paarmal in der Schule ihrer Schwester, um zu sehen, ob wir irgendwelche Hinweise darauf bekommen, wo Elise hingegangen ist, letztlich ohne Erfolg, aber das ist nebensächlich. Wie auch immer, Everly konnte das Vertrauen der Kinder problemlos gewinnen.« Er küsste sie auf die Schläfe. »Ich würde sagen, du hast die Polizistinnen mehr als stolz gemacht, Ev. Bist du bereit zu gehen? Elise kommt in etwa dreißig Minuten von der Schule nach Hause.«

Erstaunt darüber, dass bereits so viel Zeit vergangen war, blickte Everly auf die Uhr. »Verdammt. Ja, ich bin bereit.«

Es dauerte eine ganze Weile, sich von allen zu verabschieden. Anders als bei den seltenen Gelegenheiten, bei denen sie mit anderen Polizisten ausging, wollte jeder sie umarmen und noch ein paar Worte mit ihr wechseln. Um ihr zu sagen, wie glücklich sich Elise schätzen konnte, Everly als Schwester zu haben. Und um auszudrücken, wie froh sie waren, dass sie eine Polizistin in ihrer Stadt war. Dass sie sich besser daran gewöhnen sollte, mit ihnen abzuhängen, denn sie würden sie so oft wie möglich nerven, damit sie sich ihnen anschloss, und sie freuten sich darauf, Elise zu treffen und kennenzulernen.

Die ganze Sache war überwältigend gewesen ... auf eine gute Art. Es war kein Wunder, dass sie Ball so sehr mochte;

er hatte Freunde wie diese, die ihn auf dem Boden der Tatsachen hielten. Und ja, er war ein Idiot gewesen, als sie das erste Mal ins *The Pit* gekommen war und ihn kennengelernt hatte, aber sie hatte die verärgerten Blicke gesehen, die seine Kumpels ihm an diesem Tag zugeworfen hatten. Sie hatten sein Verhalten nicht gutgeheißen. Wahrscheinlich hatten sie ihn sogar irgendwie überredet, mit ihr nach L.A. zu gehen ... nicht dass sie sich beschwert hätte.

Als Meat sie zum Abschied umarmte, erzählte er ihr, dass er ein paar Gesprächsdaten von Elises altem Handy retten konnte und dass er sie ihr und Ball später schicken würde.

Everly nickte. Sie war sich nicht sicher, ob sie bereit war zu sehen, wie dieser »Rob« ihre Schwester manipuliert hatte, aber sie musste es wissen, um möglicherweise herauszufinden, wie sie verhindern konnte, dass so etwas in Zukunft Elise und anderen Jugendlichen passierte.

Sie winkte Noah zum Abschied zu, als sie gingen, und er hielt frech eine Hand an sein Ohr, ahmte ein Telefon nach und murmelte: »Ruf mich an.« Ball warf ihm daraufhin einen bösen Blick zu, doch der Barkeeper lachte nur und winkte.

Als sie draußen waren, schüttelte Ball den Kopf. »Verdammt. Ich schwöre, dass mir nicht klar war, wie nervig die alle sind. Wäre es mir klar gewesen, hätte ich dich niemals dorthin geschleppt.«

»Ich wette, dass du dich genauso verhalten hast, als du ihre Frauen kennengelernt hast«, bemerkte Everly.

Ball legte sich in übertriebener Überraschung die Hand aufs Herz und sagte gespielt schockiert: »Wer? Ich?«

Sie konnte nur lachen. Als sie an seinem Mustang ankamen und er die Tür für sie aufmachte, hielt er sie fest und drückte sie gegen das warme Metall. »Alles okay?«

»Ja, warum?«

»Ich wollte nicht lauschen, aber ich wollte dich auch nicht unterbrechen. Das Ganze war ziemlich intensiv, was?«

»Ball, verglichen mit dem, was andere durchmachen, ist meine Geschichte nicht gerade intensiv. Ich wurde nicht geschlagen. Me-Maw und Pop haben mich mindestens einmal die Woche besucht und mich mit gesundem Essen vollgestopft.«

Ball schüttelte den Kopf. »Du solltest das, was du durchgemacht hast, nicht mit dem vergleichen, was die anderen durchgemacht haben. Es waren andere Umstände und du warst nur ein Kind. Deine Mutter hätte dich beschützen müssen. Dafür sorgen, dass du in Sicherheit bist und zu essen hast. Sie hat nichts von alledem getan. Hätte sie ihr Bestes gegeben, wäre sie von den Drogen weggekommen und hätte alles in ihrer Macht Stehende getan, um dich zu beschützen. Und damit das klar ist, Ev, ich will sie nicht kennenlernen. Niemals. Ich glaube nicht, dass ich in der Lage wäre, den Mund zu halten.«

»Ich hatte auch nicht vor, sie dir vorzustellen. Niemals«, erklärte sie, wobei sie absichtlich das gleiche Wort verwendete wie er.

»Gut.« Er strich ihr eine Strähne aus der Stirn und sah ihr in die Augen. »Jedes Mal wenn ich mir denke, dass du zu gut bist, um wahr zu sein, und ich einen Schritt zurück machen sollte, vorsichtiger sein sollte mit dem, was auch immer zwischen uns passiert, haust du mich vom Hocker.«

»Wie bitte?«

Er lachte leise. »Es muss dir nicht leidtun. Ich fühle mich, als hätte ich mein ganzes Leben auf dich gewartet. Dass ich durch all die andere Scheiße in meinem Leben gehen musste, nur um dich zu schätzen zu wissen.«

*Wow*. Das war ... Everly wusste nicht genau, *was* das war.

Aber Ball gab ihr auch gar nicht die Möglichkeit, etwas zu erwidern.

»Ich habe keine Ahnung von jungen Mädchen, aber ich weiß, dass Elise wieder auf die Beine kommt. Sie hat dich als Vorbild. Wie könnte es also anders sein?«

Dann küsste er sie auf die Stirn und beugte sich vor, um die Beifahrertür zu öffnen.

Everly stieg ein, nicht sicher, was sie sagen sollte. Aber er erwartete offensichtlich nicht, dass sie *etwas* sagte. Er stieg einfach auf der Fahrerseite ein und fuhr sie zu ihrer Wohnung.

---

An diesem Abend beobachtete Everly, wie Ball und Elise sich über seine jüngsten Kommunikationsversuche lustig machten. Er schien nie frustriert zu sein und er verließ sich nicht mehr darauf, dass Everly für ihn übersetzte. Er und Elise schlugen sich auch allein ganz gut und wenn einer von ihnen nicht weiterkam, griffen sie zu ihren Handys, die in der Nähe lagen, und schrieben sich gegenseitig Nachrichten.

Everly hatte sich noch nie mit jemandem verabredet, der sich mit ihrer Schwester so gut verstand wie Ball. Zugegeben, nicht viele ihrer Freundinnen hatten Elise überhaupt kennengelernt, aber die wenigen, die es getan hatten, fühlten sich unwohl, wenn sie und Elise ein Gespräch führten, das sie nicht verstanden, und sie hatten sich nicht die geringste Mühe gegeben, irgendwelche Gebärden zu lernen.

Sie hätte denken können, dass Ball sich zu sehr bemühte, sie zu beeindrucken, aber wenn er und Elise anfingen zu »reden«, hätte Everly genauso gut gar nicht existieren können.

Es war nach dem Abendessen und Elise und Ball hatten sich mindestens eine Stunde lang unterhalten, als Everly ein Geräusch hörte, das sie seit mehr als einem Jahrzehnt nicht mehr gehört hatte.

Sie ließ den Blick in die Höhe schnellen und starrte ihre Schwester überrascht an.

Sie *lachte*. Laut. Heftig. Sie hatte den Kopf zurückgeworfen, hielt sich den Bauch und lachte so sehr, dass ihr die Tränen kamen.

Als Elise sich endlich wieder so weit erholt hatte, dass sie sprechen konnte, nickte sie und wiederholte das Zeichen für *Bullshit*, was so viel wie Blödsinn bedeutete. Mit dem kleinen Finger und dem Zeigefinger der einen Hand machte sie Hörner und hielt den Arm hoch, mit der anderen Hand formte sie eine Faust und berührte damit den gegenüberliegenden Ellbogen, wobei sie die Hand schnell öffnete und schloss. Wie Scheiße, die aus dem Hinterteil eines Bullen kommt.

Ball lachte und wiederholte das Zeichen.

Everly hatte keine Ahnung, wie lange ihre Schwester Ball schon schmutzige Wörter beibrachte. Sie stand auf und ging zu den beiden hinüber. Sie wollte ihnen nicht den Spaß verderben, fühlte sich aber irgendwie verpflichtet, sich einzumischen. »Was macht ihr da?«, fragte sie, obwohl es ziemlich offensichtlich war.

Ohne Hintergedanken sagte Ball: »Elise bringt mir das Fluchen bei. Schau mal.« Er machte mit den Fingern der einen Hand einen Kreis und steckte den Mittelfinger der anderen hinein. »Arschloch.«

Everly verdrehte die Augen. »Ich weiß, was es bedeutet. Ich bin mir allerdings nicht sicher, ob meine kleine Schwester dir dieses Zeug beibringen sollte. *Sie* sollte es nicht einmal kennen«, gebärdete Everly, während sie sprach, damit Elise sich nicht ausgeschlossen fühlte.

*Everly, ernsthaft? Ich bin fünfzehn. Ich bin keine Nonne. Natürlich weiß ich, wie man flucht.*

*Wie wär's, wenn du Ball Gute Nacht sagst und dich bettfertig machst? Du hast morgen früh Schule und ich muss arbeiten.*

Elise schmollte, konnte es aber nicht lange durchhalten. Sie lächelte sofort wieder, sagte in Zeichensprache »Gute Nacht« und strahlte Ball an, als er es erwiderte. Sie umarmte Everly und ging in ihr Zimmer.

»Sie ist ein braves Mädchen«, erklärte Ball, als die Tür hinter ihr zuging.

»Ja. Aber das ist nicht mein Verdienst. Das waren Me-Maw und Pop.«

»Also, es fällt mir schwer, das zu glauben«, erklärte Ball ihr und zog an ihrer Hand, sodass sie sich neben ihn setzte. »Ich hatte ein langes Gespräch mit deiner Großmutter, während ich dort war, und sie erzählte mir, wie du die ganze Zeit angerufen und geskyped hast, und auch, wie du deine Mutter dazu gebracht hast, Elise gehen zu lassen, als sie ganz bei ihnen einziehen wollte.«

Everly zuckte mit den Schultern. Nachdem Elise sich auf eigene Faust auf den Weg zu Me-Maw und Pop gemacht hatte, war Ella nicht allzu glücklich gewesen, als sie es herausgefunden hatte. Und sie hatte auch versucht, sie zurückzuholen. Aus irgendeinem Grund wollte sie die Kontrolle über Elise behalten, und das konnte sie nicht, wenn sie ausziehen würde.

Everly wollte sich nicht daran erinnern, wie sie ihre eigene Mutter bedroht hatte. Am Ende war Ella mehr daran gelegen, nicht an die Polizei verraten zu werden, als ihre Tochter zu behalten. Das war das letzte Mal gewesen, dass

Everly ihre Mutter gesehen hatte, und es war ihr ziemlich egal.

»Sie hat mir auch erzählt, dass du Geld geschickt hast, damit Elise die Gehörlosenschule besuchen konnte, und dass du sie so oft wie möglich besucht hast.«

»Es war nicht genug«, erklärte Everly traurig. »Trotzdem ist sie aufgrund ihrer Unsicherheiten jemandem zum Opfer gefallen.«

»Aber das ist nicht deine Schuld. An irgendeinem Punkt fühlen sich alle Jugendlichen ein wenig verloren.«

Genau in dem Moment klingelten die Handys von Everly und Ball gleichzeitig.

Ball hatte seins als Erster zur Hand. »Das ist Meat. Er schickt dir die Dialoge rüber, die er von ihrem alten Handy retten konnte. Sie stammen von einer App namens Omegle. Im Wesentlichen handelt es sich dabei um eine kostenlose Online-Chat-App, mit der Menschen miteinander sprechen können, ohne sich zu registrieren oder ihre Identifikationsdaten einzugeben.«

Everly war sich immer noch nicht ganz sicher, ob sie die Dialoge lesen wollte.

»Ich verstehe immer noch nicht, warum all diese Apps es Pädophilen und anderen Mistkerlen so leicht machen, an Jugendliche und andere leicht verletzliche Personen heranzukommen«, knurrte Everly.

»Das verstehe ich auch nicht. Komm mal her«, sagte Ball und streckte den Arm aus. Everly schmiegte sich auf dem Sofa an ihn und legte eine Hand auf seinen Rücken, um ihn zu umarmen. So neben ihm zu sitzen fühlte sich so richtig an. Als könnte Ball sie vor allem Übel auf der Welt beschützen.

Everly so an sich gedrückt zu spüren gab ihm das Gefühl, drei Meter groß zu sein. Als könnte er sie vor allen Übeln der Welt beschützen. Er wusste, dass sie nicht begeistert war, den Beweis dafür zu sehen, wie Elise getäuscht worden war, aber sie mussten beide sehen, was sie geschrieben hatte, um dafür sorgen zu können, dass sie sich nie wieder so verletzlich machte.

»Bereit?«, fragte Ball, bevor er auf die Datei klickte, die Meat geschickt hatte.

Everly atmete tief durch und nickte.

»Okay. Denk dran, Rob ist ›Unbekannter 1‹ und Elise ist ›Du‹ in diesem Dialog.«

Sie nickte erneut und dann begannen sie schweigend zu lesen.


*Unbekannter 1:* Hey, du Schöne.

*Du:* Hi, Rob.

*Unbekannter 1:* Wie war es in der Schule?

*Du:* Langweilig.

*Unbekannter 1:* Das liegt daran, dass du so schlau bist.

*Du:* So ein Blödsinn.

*Unbekannter 1:* Aber es stimmt. Du bist der schlauste Mensch, den ich kenne.

*Unbekannter 1:* Warum du dich mit jemandem wie mir überhaupt abgibst, weiß ich auch nicht.

*Du:* Weil ich dich mag.

*Unbekannter 1:* Ich mag dich auch.

*Unbekannter 1:* Manchmal fühle ich mich so einsam.

*Du:* Ich mich auch.

*Unbekannter 1:* Hast du auch das Gefühl, dass niemand versteht, was du denkst oder empfindest?

*Du:* Dieses Gefühl habe ich ständig.

*Unbekannter 1:* Du bist die Einzige, mit der ich reden kann.

*Du:* Wirklich?

*Unbekannter 1:* Ja. Niemand sonst versteht mich wie du.

*Du:* Das geht mir genauso.

*Unbekannter 1:* Wann schickst du mir ein Foto von dir?

*Du:* Ich weiß nicht so recht.

*Unbekannter 1:* Warum denn nicht? Hier, ich schicke dir ein Foto von mir.

*Unbekannter 1:* Da. Siehst du? Ich bin harmlos.

*Unbekannter 1:* Bitte?

*Du:* Von mir aus. Hier, bitte.

*Unbekannter 1:* Du bist wunderschön. Innerlich und äußerlich.


Ball hätte am liebsten gekotzt, als er las, wie der Typ Elise umgarnt hatte. Wie er ihr das Gefühl gegeben hatte, wichtig zu sein. Er gab ihr das Gefühl, dass sie etwas Besonderes teilten. Und das Bild, das er geschickt hatte, war definitiv das eines Jugendlichen, wahrscheinlich irgendwo aus dem Internet geklaut. Er las weiter.


*Unbekannter 1:* Ich liebe es, dein Lächeln zu sehen.

*Du:* Ich auch.

*Unbekannter 1:* Es tut mir leid, dass deine Mutter sich nicht auf deine Nachricht gemeldet hat.

*Du:* Mir tut es auch leid. Ich meine, ich weiß ja, dass ich ihr eigentlich egal bin, aber ich dachte, dass sie sich vielleicht wenigstens an meinem Geburtstag meldet.

*Unbekannter 1:* Ich weiß, Süße. Du hast etwas Besseres

verdient. Ich wünschte, ich könnte dich treffen und dir persönlich zum Geburtstag gratulieren.

*Du:* Das wünschte ich mir auch.

*Unbekannter 1:* Vielleicht sollten wir uns wirklich treffen.

*Unbekannter 1:* Elise?

*Du:* Ich bin noch da.

*Unbekannter 1:* Ich möchte dich sehen. Mit dir zusammen sein. Ich würde dich an deinem Geburtstag nicht ignorieren.

*Du:* Ich weiß nicht so recht.

*Unbekannter 1:* Denk darüber nach.

»Ist dir aufgefallen, dass er ihr immer zuerst schreibt?«, fragte Everly ernst.

»Ja. Obwohl Meat gesagt hat, es sei ihm nicht gelungen, alle Nachrichten von allen Apps wiederherzustellen. Soweit wir wissen, könnte Elise ihn auf einem anderen Kanal zuerst angeschrieben haben«, bemerkte Ball.

»Ich weiß nicht recht. Er spielt mit ihr. Macht ihr Komplimente, sagt Dinge, von denen er weiß, dass sie sie traurig machen, damit er sie dann trösten kann.«

»Ja«, entgegnete Ball. Es war das typische Verhalten von Männern, die junge Mädchen als Opfer aussuchten, und Elise hatte ihm direkt in die Hände gespielt.

*Unbekannter 1:* Du fehlst mir so sehr. Ich fand es schrecklich, dass wir uns heute Morgen nicht unterhalten haben, aber das ist deine Schuld.

*Du:* Ich weiß.

*Unbekannter 1:* Wenn du mir geschrieben hättest, als ich dich darum gebeten habe, hätten wir nicht streiten müssen.

*Du:* Es tut mir leid.

*Unbekannter 1:* Ist schon okay. Ich liebe dich. Liebst du mich auch?

*Du:* Das weißt du doch.

*Unbekannter 1:* Hast du noch ein wenig über ein Treffen mit mir nachgedacht?

*Du:* Ja.

*Unbekannter 1:* Und?

*Du:* Ich habe Angst, dass du mich nicht mehr magst, wenn wir uns treffen.

*Unbekannter 1:* Dass ich dich nicht mehr mag? Elise, ich liebe dich.

*Unbekannter 1:* Ich bin der Einzige, der sagt, dass du schön bist.

*Unbekannter 1:* Ich habe langsam das Gefühl, dass du dich mit jemand anderem triffst.

*Du:* Das ist nicht wahr.

*Unbekannter 1:* Und warum willst du dich dann nicht mit mir treffen?

*Unbekannter 1:* Vielleicht brauchst du einfach mehr Zeit, um darüber nachzudenken.

*Unbekannter 1:* Wir unterhalten uns später. Vielleicht.

*Du:* Nein! Es tut mir leid.

*Du:* Rob?

*Du:* Komm zurück!

*Du:* Ich muss nicht darüber nachdenken. Ich liebe dich.


»Verdammter Mistkerl«, murmelte Ball. Er spürte, wie Everly an seiner Seite erstarrt war, und wusste, dass sie genauso wütend war wie er.

. . .

*Unbekannter 1:* Ich freue mich so.

*Du:* Ich mich auch.

*Unbekannter 1:* Ich kann es kaum erwarten, dich kennen-zulernen.

*Du:* Ich auch nicht.

*Unbekannter 1:* Ich liebe dich.

*Du:* Ich liebe dich auch.


Ball schloss das Dokument, legte sein Handy weg und schlang beide Arme um Everly. Sie hatte nicht viel gesagt, aber es war offensichtlich, dass sie erschüttert war.

»Werden sie ihn schnappen?«, fragte sie nach einer Weile.

»Ich weiß es nicht. Wenn es ein Menschenhändler ist, dann weißt du, wie diese Gruppen organisiert sind. Es gibt mehrere Ebenen von Akteuren. Wer auch immer die Rolle von Rob online gespielt hat, könnte auf der anderen Seite des Landes sein, oder auch im Ausland. Die Person, die Elise abgeholt hat, ist wahrscheinlich ein Kleinganove, der mit den Mädchen machen konnte, was er wollte, bis sie von jemand anderem übernommen wurden. Höchstwahr-scheinlich wurden Vorkehrungen getroffen, dass andere Leute sie aus dem Haus holen. Es ist so schwer, diese Jungs zu schnappen, aber das FBI tut, was es kann, um ihnen auf die Spur zu kommen.«

»Ich habe einfach Angst um sie. Jeden Morgen über-prüfe ich ihr Handy und stelle fest, dass sie anscheinend keine der Apps runtergeladen hat, die auf ihrem anderen Telefon waren. Aber mir ist auch klar, dass sie technisch um einiges versierter ist als ich. Und jeden Tag werden weitere Apps entwickelt, die Jugendlichen dabei helfen, ohne das

Wissen ihrer Eltern mit Gott weiß wem zu kommunizieren. Es ist wirklich verdammt gruselig«, erklärte Everly.

»Ich weiß. Aber ich glaube wirklich, dass Elise ihre Lektion gelernt hat. Was passiert ist, hat sie zutiefst erschüttert. Und sie ist nicht dumm. Ihr ist klar, dass sie nur um Haaresbreite davongekommen ist. Sie wird den gleichen Fehler nicht noch einmal machen«, versuchte Ball sie zu trösten.

»Ball?«

»Ja?«

»Danke.«

»Wofür?«

»Dafür, dass du für mich da bist. Dafür, dass du so großartig mit Elise bist und sogar versuchst, Gebärdensprache zu lernen. Du weißt ja nicht, wie viel mir das bedeutet. Danke, dass du mich deinen Freunden vorgestellt hast, sie sind großartig. Und insgesamt einfach nur ... danke.«

»Gern geschehen«, erklärte Ball. »Und du brauchst dich nicht bei mir zu bedanken. Wäre ich nicht da gewesen, hättet ihr es trotzdem geschafft, wieder auf die Beine zu kommen. Ich sollte mich bei *dir* dafür bedanken, dass du mir eine zweite Chance gegeben hast.«

Er hob ihr Kinn an und drückte seine Lippen auf ihre. In dem Moment, in dem sie sich berührten, erschauderte er. Die Elektrizität zwischen ihnen war heiß und sie wurde von Tag zu Tag eindringlicher. Aber Ball weigerte sich, die Dinge zu überstürzen. Alles hatte sich schon schnell genug entwickelt und er wollte unter allen Umständen vermeiden, etwas zu tun, das Everly dazu bringen könnte, zweimal über eine Beziehung nachzudenken.

Außerdem war Elise im anderen Zimmer. Sie konnte sie nicht hören, aber sie konnte jederzeit aus ihrem Zimmer kommen, um ihre Schwester etwas zu fragen. Er respektierte sowohl Everly als auch Elise genug, um keine von ihnen in eine unangenehme Situation zu bringen.

Sie knutschten eine Weile und als Ball spürte, wie Everly mit der Hand seinen harten Schwanz umschloss, zwang er sich, sich zurückzuziehen. Er griff nicht nach ihrer Hand, denn sie fühlte sich absolut perfekt an, wo sie war. »Wir sollten aufhören«, murmelte er, beugte sich dabei aber vor und vergrub sein Gesicht an ihrem Hals.

Everly lachte leise. »Findest du?«

Für den Bruchteil einer Sekunde hätte Ball sie am liebsten hochgehoben und in ihr Schlafzimmer getragen, aber er zwang sich, tief durchzuatmen, auch wenn es ihm dadurch noch schwerer fiel, sich zurückzuziehen, denn ihr Duft strömte in seine Nasenlöcher. »Dazu haben wir noch genügend Zeit«, erklärte er ihr, da er es nicht mehr aushielt, ihre Finger an seinem Schwanz zu spüren. Er nahm ihre Hand und küsste jeden einzelnen ihrer Finger, bevor er auch noch einen Kuss auf ihre Handfläche gab.

»Ich bin vierunddreißig, Ball. Ich bin keine Jugendliche mehr, die nicht weiß, was sie will.«

»Und ich bin vierzig, alt genug, um zu wissen, was ich will. Und das ist nicht irgendein schneller Orgasmus auf deinem Sofa, während du dir Sorgen machst, ob deine pubertierende Schwester rauskommt und uns erwischt. Ich mag dich. Und zwar sehr. Und ich will sehen, wohin diese Beziehung zwischen uns führen kann. Aber ich glaube nicht, dass es einem von uns schaden würde, es langsamer angehen zu lassen. Ich will nie, dass du denkst, ich sei nur mit dir zusammen, weil ich mit dir schlafen will. Seit dem Fiasko mit Holly bist du die erste Frau, mit der ich eine richtige Beziehung haben will. Ich will es jetzt auf keinen Fall vermasseln.«

Sie starrte ihn einen langen Moment an und Ball hatte

schon Angst, sie könnte sauer sein. Aber dann nickte sie und kuschelte sich wieder an ihn. Sie legte ihre Hand auf seinen Bauch und nicht auf seinen Schwanz, was gleichzeitig eine Erleichterung und eine Enttäuschung war. »Aber wir können schon noch gelegentlich rumknutschen, oder?«, fragte sie.

Ball lachte leise. »Auf jeden Fall. Tatsächlich muss ich sogar darauf bestehen. Und unsere Zeit wird kommen, Everly. Und das mit dem Kommen meine ich nicht als schlechten Scherz.«

Sie kicherte.

»Zum ersten Mal in meinem Leben genieße ich es, mit einer Frau zusammen zu sein, ohne dass Sex ständig eine Rolle spielt. Was natürlich nicht bedeuten soll, dass ich nicht Liebe mit dir machen möchte – das will ich nämlich sehr wohl –, aber vorläufig bin ich damit zufrieden, dich einfach besser kennenzulernen. Macht das Sinn?«

»Ja, und es geht mir genauso.«

Ball atmete erleichtert auf. »Möchtest du, dass ich bleibe? Ich weiß, dass du früh aufstehen musst.«

»Vielleicht bleibst du einfach noch ein bisschen länger«, entgegnete Everly.

Ball griff nach der Fernbedienung und schaltete den Wissenschaftskanal ein. Es lief eine Sendung über Tschernobyl und die Auswirkungen auf das Land in der Umgebung, selbst nach all den Jahren.

Innerhalb von dreißig Minuten lag Everly dösend in seinen Armen und Ball konnte sich nichts Schöneres vorstellen, als ihr beim Schlafen zuzusehen.

# KAPITEL ZEHN

*Wir werden zu spät kommen!*, erklärte Elise in Gebärdensprache.

*Nein, werden wir nicht*, sagte Everly zu ihrer Schwester.
*Beruhige dich.*

*Ball fährt wie Pop!*

Everly übersetzte das für Ball, und der lachte.

»Ich kann nicht gerade mit hundertvierzig Stundenkilo-
metern durch das Broadmoor-Viertel fahren«, sagte er und
lächelte, als Everly für ihre Schwester übersetzte.

*Die Wanderung soll um zehn beginnen. Es ist neun Uhr fünf-
undvierzig. Wir werden zu spät kommen!*, gebärdete Elise
wieder aufgeregt.

Ein Monat war vergangen, seit Everly sich mit Balls
Freunden getroffen hatte und sie die Abschrift der Nachrichten zwischen Elise und dem geheimnisvollen Rob
erhalten hatte. Elise hatte sich zweimal mit Morgan
getroffen und jedes Mal konnte Everly sehen, wie etwas von
der Spannung, unter der Elise innerlich gestanden hatte,
von ihr abfiel. Durch einen Dolmetscher hatten sie und

Morgan darüber gesprochen, wie es sich anfühlte, verängstigt und allein zu sein und sich zu fragen, ob man jemals gefunden würde. Sie hatten über Elises Wut darüber gesprochen, dass jemand versucht hatte, sie zu manipulieren und zu täuschen, und wie frustriert sie war, dass die Leute, die das getan hatten, nicht gefasst worden waren.

Elise war auch in das Colorado Springs Police Department gegangen und hatte sich mit deren Phantomzeichner getroffen. Die fertige Zeichnung des Mannes, der behauptet hatte, Robs Vater zu sein, war an das FBI und das LAPD geschickt worden – aber interessanterweise gab es nicht allzu viele Ähnlichkeiten zwischen den sieben Skizzen, die von jedem der sieben Opfer angefertigt worden waren. Da der Lieferwagen, in den alle Mädchen gesteckt worden waren, derselbe war – ein kastenförmiger, unauffälliger weißer Kleinlaster –, die Skizzen des Verdächtigen aber nicht, stellte die Polizei fest, dass es fast unmöglich war einzugrenzen, wie der Entführer wirklich aussah, außer dass er ein weißer Mann mit braunem Haar war.

Elise hatte immer noch gelegentlich Albträume, aber Zeit mit Allye, Chloe, Morgan und Harlow zu verbringen schien ihr gutzutun. Es half ihr, ihre sozialen Fähigkeiten im Umgang mit hörenden Menschen zu verbessern, und weil die anderen Frauen so bodenständig und akzeptierend waren, fühlte sie sich nie fehl am Platze oder unbehaglich mit ihnen.

Everly und ihre Schwester hatten auch eine einfache Routine in ihrem neuen gemeinsamen Leben in Colorado Springs aufgebaut und Everly machte sich täglich Vorwürfe, dass sie Elise nicht früher mitgenommen hatte. Ja, die Schule in Los Angeles hatte insgesamt ein besseres akademisches Programm, aber wenn es um ihre Schwester ging, wurde Everly klar, dass sie sich mehr auf ihr geistiges Wohlbefinden als auf ihre Ausbildung hätte konzentrieren sollen.

Me-Maw und Pop waren begeistert davon, wie gut Elise sich machte, und wollten einen Ausflug nach Colorado Springs unternehmen, um ihre beiden Enkelkinder zu sehen. Sie hatten nichts von ihrer Tochter gehört, aber was Ella tat, war ihre Sache. Schlicht und ergreifend.

Everly und Ball hatten ihre körperliche Beziehung heruntergeschraubt und sie kannte ihn jetzt definitiv viel besser, und zwar wegen der vielen Zeit, die sie zusammen verbracht und nur geredet hatten. Sie wusste, dass er der beste Fahrer aller Mountain Mercenaries war und dass er nie jemand anderen als sie seinen Mustang fahren ließ. Nicht einmal seine Freunde. Eines Abends hatte er ihr gesagt, wenn er sein »Baby« nicht einer Polizeibeamtin anvertrauen könne, wem dann? Sie hatte gelacht – und es genossen, den Wagen auf der Autobahn auf einhundertsechzig Kilometer pro Stunde zu beschleunigen, nur um zu sehen, was er tun würde. Er war nicht in Panik geraten, sondern hatte sie nur mit hochgezogener Augenbraue angesehen.

Everly wusste, wenn Ball sich etwas in den Kopf gesetzt hatte, wie zum Beispiel die Zeichensprache zu lernen, machte er keine halben Sachen. Er hatte stundenlang Videos im Internet angeschaut, um es sich selbst beizubringen, und er und Elise hatten auch viele Abende damit verbracht zusammenzuarbeiten. Er beherrschte die Gebärdensprache zwar immer noch nicht fließend, aber er konnte sich ziemlich gut behaupten, wenn er sich mit Elise und ihren Freundinnen unterhielt. Manchmal musste er auf die Fingerbuchstabierung zurückgreifen, aber alle waren immer geduldig mit ihm.

Elise schien in ihrer neuen Schule aufzublühen. Sie

hatte einige neue Freundinnen gefunden und war dem Wander-Klub beigetreten. In Colorado Springs gab es eine Menge hervorragender Wandergebiete und nach einer kurzen Orientierungswanderung nach der Schule hatte es sie gepackt.

Dies war die dritte Wanderung, die sie mit der Gruppe unternahm, und dieses Mal hatten sich Everly und Ball als Begleitpersonen gemeldet. Als Überraschung hatten sie Meat gebeten, sie zu begleiten. Elise hatte sofort Gefallen an dem Mann gefunden und das Gefühl beruhte auf Gegenseitigkeit. Er hatte ein paar Zeichen gelernt, aber die beiden kommunizierten hauptsächlich per Nachricht auf dem Handy.

Everly schüttelte immer den Kopf über den Austausch zwischen den beiden, wenn sie Elises Handy kontrollierte. Sie überprüfte das Telefon ihrer Schwester nur noch ein- oder zweimal pro Woche. Elise hatte geschworen, dass sie mit all den Apps, die sie benutzt hatte, fertig war. Dass sie nie wieder online mit einem Jungen sprechen wollte und dass sie sich definitiv nicht mit jemandem treffen würde, den sie nicht persönlich kannte – niemals. Und Everly glaubte ihr. Es war eine harte Lektion gewesen, aber es schien, dass Elise sie definitiv gelernt hatte.

Während die Unterhaltungen zwischen Ball und Elise süß waren, waren die zwischen ihr und Meat urkomisch. Der Mann schien nie etwas Ernstes zu sagen, sondern scherzte immer mit Elise. Everly war froh, dass ihre Schwester sah, wie sich gute Männer gegenüber Frauen verhalten sollten. Zwischen Meat und Ball und den anderen Männern bekam sie eine echte Ausbildung und lernte, wieder zu vertrauen.

Der Seven Bridges Trail befand sich am oberen Ende des prestigeträchtigen Broadmoor-Viertels. Der

Wanderweg selbst war nicht allzu anstrengend und lag fast durchgehend im Schatten. Es sollten heute zehn Jugendliche mitkommen und Everly freute sich darauf, noch ein paar von Elises neuen Freundinnen kennenzulernen.

Ball fand einen Parkplatz etwas weiter unten vom eigentlichen Ausgangspunkt der Wanderung. Es sah so aus, als wären auch eine Menge anderer Leute auf die Idee gekommen, heute wandern zu gehen. Elise sprang aus dem Wagen, sobald er geparkt war, und joggte zu einer Gruppe von Jugendlichen aus ihrer Schule, die sich dort versammelt hatte.

»Da freut sich anscheinend jemand auf die Wanderung«, bemerkte Ball trocken.

Everly lachte. »Es freut mich, dass sie deswegen so aufgeregt ist. Eine Zeit lang dachte ich, dass sie sich nicht erholen würde.«

»Das hat sie dank dir aber geschafft«, erwiderte Ball.

Sie sah ihn an. Er hatte ihre Hand genommen, während sie ein wenig langsamer zum Ausgangspunkt der Wanderung gingen. Everly schüttelte den Kopf. »Ich habe wirklich nicht viel getan.«

»Du hast nicht viel getan? Ev, du hast dein ganzes Leben auf sie ausgerichtet. Du hast deine Schwester hergeholt, damit sie bei dir *lebt*. Du zahlst für ihre Privatschule und hast außerdem dafür gesorgt, dass sie jegliche Unterstützung erfährt, um über das, was passiert ist, hinwegzukommen.«

Sie genoss sein Lob, trotzdem fühlte es sich für sie immer noch so an, als hätte sie nichts Besonderes getan. »Sie ist meine Schwester. Ich würde alles für sie tun. Genau wie Me-Maw gesagt hat, ist sie der Mensch, der mir mein ganzes Leben über bleiben wird. Wenn ich nicht alles in meiner Macht Stehende tun würde, um ihr zu helfen, was für ein Mensch wäre ich dann?«

»Ich denke, dass dir mehr als den meisten Menschen klar ist, dass Blut nicht immer dicker ist als Wasser. Man sollte sich auf seine Verwandten verlassen können, doch leider ist das nicht immer der Fall.«

Sie wusste genau, was er meinte. Ihre Mutter war das beste Beispiel dafür.

Meat winkte, als sie sich näherten. Ball drückte ihre Hand und ließ sie dann los, damit er seinen Freund mit einem Handschlag begrüßen konnte. »Hey. Bist du bereit?«, fragte er.

»Auf jeden Fall. Das wird ein Riesenspaß werden. Everly, ich würde den Kids gern ein paar Zeichen beibringen. Glaubst du, das wäre in Ordnung?«

»Du hast Zeichen?«

»Ja, diejenigen, die wir beim Militär benutzen.«

»Oh, natürlich. Warum nicht.«

»Übersetzt du für mich?«, bat Meat.

»Na klar.« Everly ging zu Elise hinüber und tippte ihr auf die Schulter. Schnell erklärte sie in Gebärdensprache, dass Meat etwas zu sagen hätte, und Elise half dabei, die Gruppe um ihn herum zu sammeln. Everly gebärdete, während Meat sprach.

»Ich erwarte heute keine Schwierigkeiten während der Wanderung, aber nur für den Fall wollte ich euch ein paar Zeichen beibringen, die ich heute vielleicht benutze.« Meat hielt seinen ausgestreckten Arm mit geballter Faust hoch. »Das bedeutet *Stehen bleiben*. Ich werde vorausgehen und wenn ihr seht, wie ich dieses Zeichen mache, bleibt sofort stehen, wo ihr seid.« Als Nächstes hielt er sich die Hand an die Stirn. »Dieses Zeichen bedeutet *Beobachten* oder *Ich sehe etwas.* Wenn ich meine Faust so hoch und runter mache, bedeutet das *Beeilt euch.*«

Everly lächelte, als die Jugendlichen aufgeregt nickten. Ein paar fragten sogar nach weiteren Zeichen.

»Meat, sie wollen mehr Zeichen wissen.«

»Das sehe ich, aber das sind wahrscheinlich die einzigen Zeichen, die wir heute benötigen«, erklärte er.

Everly zuckte mit den Achseln. »Es spielt keine Rolle. Jetzt sind sie neugierig geworden.«

In den nächsten zehn Minuten teilte Meat ihnen weitere Zeichen mit, die er während seiner Zeit bei der Armee verwendet hatte und die er wahrscheinlich immer noch bei Einsätzen mit den Mountain Mercenaries benutzte: Deckung, Feind, Geisel, Scharfschütze, Fahrzeug und geduckt. Viele der Zeichen waren der amerikanischen Zeichensprache ähnlich.

Everly ging herum und vergewisserte sich, dass jeder Wasser hatte und nicht auf die Toilette musste, und schließlich waren sie bereit zum Aufbruch. Meat übernahm die Führung, Everly und Ball bildeten die Nachhut.

Sie waren etwa zehn Minuten gelaufen, als Ball sich zu ihr umdrehte und sagte: »Ich hatte vorher nicht darüber nachgedacht, aber es ist irgendwie merkwürdig, dass die Jugendlichen so still sind.«

Everly lachte. »Sie reden vielleicht nicht, aber sie sind alles andere als still.« Sie zeigte auf den Jungen und das Mädchen, die direkt vor ihnen gingen. Sie hatten auf dem ganzen Weg bis jetzt nicht die Klappe gehalten. Ihre Hände bewegten sich wie wild und es war offensichtlich, dass sie mehr aneinander interessiert waren als an der schönen Gegend, durch die sie gingen.

Ball lachte leise. »Das stimmt natürlich auch wieder.«

Sie marschierten noch rund einen halben Kilometer

und machten dann am Wegrand Pause, damit andere Wanderer problemlos an ihnen vorbeigehen konnten. Everly sah, wie ein Junge namens Carl mit zwei anderen Jugendlichen sprach.

*Habt ihr den Typen vor ungefähr einem Kilometer gesehen?*

*Was für einen Typen?*

*Nein.*

*Ich habe ihn nicht richtig gesehen. Er hat ein schwarzes T-Shirt und Jeans an und stand rechts von uns im Wald. Ich habe ihn nur aus dem Augenwinkel gesehen.*

»Ball«, sagte sie, ohne den Blick von Carl abzuwenden.

»Ja? Was ist denn los?«

»Carl behauptet, jemanden im Wald gesehen zu haben.«

»Wo? Wann?«

»Er hat gesagt, so etwa einen Kilometer hinter uns.« Sie sah zu ihm hoch. »Müssen wir uns Sorgen machen?«

Ball sah nicht sonderlich besorgt aus, woraufhin auch Everly sich ein wenig beruhigte. »Ev, wir befinden uns hier in der Öffentlichkeit. Und heute sind ziemlich viele Wanderer unterwegs. Nur weil jemand im Wald war, bedeutet das noch lange nicht, dass derjenige uns verfolgt, okay?«

Sie nickte. Aber anscheinend sah sie nicht besonders überzeugt aus, denn er nahm ihren Kopf zwischen seine Hände und lehnte sich zu ihr. »Ich spreche mit Meat und wir werden die Augen offen halten, aber mach dir keine allzu großen Gedanken darüber. Wir haben nichts von der Polizei in Los Angeles gehört und selbst das FBI sagte, dass sie nichts gefunden haben, was darauf hindeutet, dass es sich um einen riesigen Menschenhändlerring handelt. Selbst wenn es so wäre, werden sie niemanden den ganzen Weg hierher nach Springs schicken, um Elise aufzuspüren.

Es ist zu riskant. Sie gehen immer den Weg des geringsten Widerstandes, in Ordnung?«

»Was, wenn es sich nicht um Menschenhandel gehandelt hat?«, stellte Everly die Frage, die ihr auf der Seele brannte, seit sie herausgefunden hatten, dass das FBI sich aufgrund eines Mangels an Beweisen bei der Entführung von Elise und den anderen Mädchen mittlerweile anderen Fällen zugewandt hatte.

»Da gilt das Gleiche. Colorado Springs ist weit von Los Angeles entfernt. Niemand, der richtig im Kopf ist, würde den ganzen Weg hierherkommen, um nach Elise zu suchen. Das ergibt einfach keinen Sinn.«

»Und ein Psychopath, der junge Mädchen entführt, benutzt hauptsächlich seine Logik?«, fragte sie mit hochgezogener Augenbraue.

»Okay, wohl eher nicht. Aber die Entführung ist jetzt einen Monat her. Sie hat seitdem nichts mehr von diesem mysteriösen Rob gehört, also hat der anscheinend das Interesse an ihr verloren. Aber nur für den Fall werde ich natürlich trotzdem mit Meat sprechen, wie ich es gesagt habe, und wir halten die Augen offen.«

Everly nickte. Die Kinder wurden unruhig, also joggte Ball zu Meat hinüber, um ihm zu erzählen, was Carl gesehen hatte, bevor sie wieder aufbrachen.

Es dauerte eine weitere Stunde, bis sie an dem Punkt ankamen, an dem sie umkehren wollten. Es gab ein paar strategisch platzierte Felsen, auf denen die Kinder saßen, um ihr Mittagessen zu essen. Ein Junge und ein Mädchen wollten den Weg verlassen und gingen auf einen großen Felsen zu, auf den sie offensichtlich klettern wollten.

Ball rief: »Bitte bleibt auf dem Pfad!«, da er kurzzeitig vergessen hatte, dass er es mit einer Gruppe tauber Kinder zu tun hatte. Als die beiden Jugendlichen nicht reagierten, sondern einfach weitergingen, schalt er sich leise für seine Dummheit. Bevor Everly eingreifen konnte, lief er schon zu ihnen. Er kam mit dem Pärchen zur Gruppe zurück und bat Everly: »Könntest du für mich übersetzen?«

Sie nickte.

»Abseits des Weges ist es nicht sicher.«

*Aber hier sind doch Millionen von Leuten unterwegs,* sagte einer der Jugendlichen in Zeichensprache.

»Genau, und was passiert, wenn eine Million Menschen beschließen, sie möchten einen Busch abseits des Weges ansehen? Einen Felsen? Ein Insekt?« Ball wartete nicht darauf, dass jemand antwortete. »Dann wird aus diesem Weg ein zertrampeltes Etwas anstelle eines Naturpfades. Ihr sollt nicht nur zu eurer eigenen Sicherheit auf dem Pfad bleiben, sondern auch, damit ihr die Umwelt schützt.«

*Aber hinter uns ist ein Typ, der den ganzen Tag einmal auf dem Pfad und einmal im Wald wandert,* sagte ein Junge namens Scott und zeigte nach links.

Meat bewegte sich, bevor Everly sich überhaupt auf das konzentrieren konnte, worauf Scott gezeigt hatte. Sie sah, wie Meat auf einen Mann in den Mittvierzigern zuging. Er trug schwarze Jeans und ein dunkelrotes T-Shirt. Das ungute Gefühl kehrte zurück und sie trat näher zu ihrer Schwester, die sich mit einem Mädchen namens Ruby unterhielt.

Meat unterhielt sich kurz mit dem Mann und ging dann wieder auf ihre Gruppe zu. Er lächelte und gab ihnen einen Daumen hoch, als er wieder auf sie zukam.

»Vergiss nicht zu atmen, Ev«, erklärte Ball neben ihr. Sie spürte, wie er mit der Hand über ihre Schulterblätter strich, bevor er sich entfernte. Das war etwas, was er ständig tat. Ball berührte sie immer. Leichte Liebkosungen, die nie unpassend waren und sie immer an Me-Maw und Pop denken ließ. Ihr Großvater hatte Everly einmal erzählt, dass er seine Frau berührte, um dafür zu sorgen, dass sie wusste, dass er an sie dachte, und um sich selbst daran zu erinnern, wie glücklich er war, sie in seinem Leben zu haben.

»Entwarnung«, sagte Meat und schnell trat Everly vor die Gruppe, um zu übersetzen. »Es ist zwar nicht gerade toll, dass er nicht auf dem Weg bleibt, wie Ball euch ja schon erklärt hat, aber er macht Geocaching.«

Natürlich wollten die Jugendlichen alle wissen, was das war.

»Es ist wie eine Schatzsuche mit einem GPS. Jemand versteckt eine Schachtel oder einen Filmkanister oder irgendeinen Behälter und stellt die Koordinaten online, wo er sich befindet. Dann kann jeder sie auf einer Webseite nachschlagen und es finden. Der Finder unterschreibt das Logbuch im Inneren und legt es für die nächste Person zurück, damit diese es findet.«

Die Jugendlichen wollten sofort wissen, ob es eine App gab, und als sie feststellten, dass es eine gab, luden sie sie alle herunter und probierten sie aus.

Meat ging hinüber zu Ball und Everly. »Bist du sicher, dass das alles war?«, fragte sie.

»Das bin ich. Der Typ hatte auf seinem Handy einen Kompass geöffnet. Niemand krümmt diesen Jugendlichen auch nur ein Haar. Entspann dich.«

Sie nickte. Leichter gesagt als getan. Als Polizistin war es ihr so ziemlich in Fleisch und Blut übergegangen, hinter jedem Stein und Baum den bösen Mann zu vermuten. Sie war sich nicht sicher, ob sie jemals ihre Wachsamkeit aufgeben würde, wenn es um Elise ging. Die Tage, als sie vermisst wurde, waren die reinste Hölle gewesen. Das konnte sie nicht noch einmal durchmachen.

Nach dem Mittagessen freuten sich die Schüler darauf,

zurück zu den Fahrzeugen zu wandern, denn auf dem Weg lagen drei Geocaches. Die begeisterungsfähigeren Kinder liefen vorweg und die anderen, die sich nicht so sehr dafür interessierten, waren hinten, näher bei Ball und Everly.

Sie waren schon eine Weile gelaufen, als Ball sich zu Everly umdrehte und fragte: »Redet deine Schwester zufällig gerade über Meats Hintern?«

Everly sah eine Weile zu, wie Elise und Ruby sich unterhielten, und lachte dann laut auf. »Ja, allerdings. Sie sind beeindruckt von all seinen ... Attributen«, erklärte sie Ball.

»Besser er als ich«, murmelte Ball.

»Oh, mach dir keine Sorgen. Jetzt vergleichen sie euch beide.«

»Verdammt! Ich will es gar nicht wissen«, sagte Ball und bedeckte gespielt beschämt seine Augen mit der Hand.

Everly stieß ihn mit dem Ellbogen gegen die Schulter. »Danke, dass du heute mitgekommen bist, Ball.«

»Ich ergreife jede Chance, um Zeit mit meiner Lieblingspolizistin zu verbringen«, scherzte er. »Wie läuft es auf der Arbeit?«

Sie fingen an, über ihren Job zu reden und welche Webseiten Ball in dieser Woche entworfen hatte. Es gab keine weiteren Begegnungen mit irgendwelchen fremden Männern im Wald und die Jugendlichen waren begeistert, dass sie auf dem Rückweg zu den Fahrzeugen alle drei Geocaches gefunden hatten.

Der Parkplatz war noch voller, als sie gegen zwei Uhr nachmittags ankamen. Everly bemerkte vage, dass es Fahrzeuge aus allen Preisklassen gab, die alle Einkommensschichten repräsentierten, was für einen Wanderweg in Colorado Springs nicht ungewöhnlich war. Ein Mercedes parkte neben einem Kia, außerdem gab es Fords, Pritschenwagen, einen Käfer, ein paar Minivans ... sogar einen Tesla und den Lieferwagen von jemandem.

Sie wies Ball und Elise darauf hin und kommentierte, wie schön es sei, dass Wandern wirklich eine Aktivität sei, die jeder machen könne, unabhängig von seinem sozialen Status oder wie viel Geld er habe.

*Ich liebe es, hier draußen zu sein,* sagte Elise. *In L.A. gibt es keine solchen Orte.*

Es gäbe sie, aber sie lagen ziemlich weit von Me-Maws und Pops Wohnort entfernt. Everly machte sich nicht die Mühe, das zu erwähnen.

Elise redete weiter, während sie zu Balls Mustang zurückgingen. *Als ich in diesem Keller war, hätte ich nie gedacht, dass ich so etwas noch einmal tun könnte.*

*Was tun?,* fragte Everly.

*Das hier. An den Kiefern riechen. Wandern. Frei sein.*

Everly war bereit gewesen, ihre Schwester zu necken und etwas in der Art zu sagen, dass sie noch keinen Tag in ihrem Leben gewandert war, bevor sie dem Klub hier in Colorado beigetreten war, aber die letzten beiden Worte trafen sie hart.

Ball legte seine Hand um ihre Taille und drückte sie für einen Moment, bevor er sie losließ, um ihrer Schwester zu antworten. Möchtest du etwas Selbstverteidigung lernen?

*Wirklich?,* fragte Elise eifrig.

*Ja. Allye und Morgan haben einen Rückzieher gemacht, weil sie schwanger sind, aber Chloe und Harlow sind noch interessiert.*

*Ich würde gern mitmachen!,* gebärdete Elise. *Everly hat mir schon ein paar grundlegende Dinge beigebracht, aber ich würde gern lernen, wie man richtig zuschlägt. Kann Ruby auch mitkommen?*

Ball sah zu Everly hinüber. Sie nickte ihm kurz zu.

*Ja. Dann haben wir eine gerade Anzahl von Teilnehmern.*

*Cool!*

Elise eilte davon, um ihrer Freundin von dem bevorstehenden Training zu erzählen.

Jetzt war Everly an der Reihe, Ball zu berühren. Sie hakte ihren Daumen in die Gürtelschlaufe hinten an seiner Taille ein und lehnte ihren Kopf an seinen Bizeps. Sie beobachtete, wie ihre Schwester zu Carls Wagen hinüberlief. Er hatte offensichtlich einen Haufen der anderen Jugendlichen hergefahren. Elise begann eifrig ein Gespräch mit Ruby über den Selbstverteidigungskurs, zu dem Ball sie eingeladen hatte.

»Eigentlich hattest du noch keinen Selbstverteidigungskurs geplant, richtig?«, fragte sie leise.

Ball lachte. »Nein. Aber ich bin mir sicher, dass Chloe und Harlow gern mitmachen werden. Ich will sie von dem, was passiert, ablenken, und das war das Erste, was mir eingefallen ist.«

»Es ist perfekt«, versicherte Everly ihm. »Vielen Dank. Eigentlich hätte ich schon vorher daran denken müssen. Der Selbstverteidigungskurs wird dafür sorgen, dass sie in Zukunft mehr Selbstvertrauen hat.«

»Du kommst doch auch, oder?«, fragte Ball.

»Natürlich. Warum fragst du?«

»Ich will nur ... ich will nichts tun, was bei ihr einen Rückschlag auslösen könnte. Ich meine, du hast ihr schon die Grundlagen beigebracht, aber das war, bevor sie entführt wurde. Du weißt so gut wie ich, dass wir am Anfang nur die einfachen Sachen wiederholen, wie man jemandem in die Leistengegend tritt und wie man sich befreit, wenn jemand seinen Arm packt. Aber irgendwann werden wir vielleicht dazu übergehen, wie man entkommt und sich verteidigt, wenn jemand einen am Boden festhält.«

Everly liebte es, dass Ball immer darüber nachdachte,

wie Elise sich wohl fühlen oder auf verschiedene Dinge reagieren würde.

Dann erstarrte sie und blieb fast ganz stehen.

Liebte es? Das war doch nur so eine Redewendung ... oder nicht?

Sie hatte sich schon fast selbst davon überzeugt, als Elise zurückkam und sich in Balls Arme warf.

Er lachte und umarmte sie ebenfalls. Dann begann sie ein angeregtes Gespräch mit Ball darüber, wie aufgeregt sie war, und Ruby auch, und dass sie Ninjas wären, wenn er mit ihnen fertig wäre.

Es war Everly klar, dass Ball das meiste von dem, was ihre Schwester sagte, nicht mitbekam, aber er war nicht frustriert und konnte genug verstehen, um das Wesentliche zu begreifen.

Liebte.

Liebte sie Ball? Was wusste sie schon von Liebe?

Everly liebte Me-Maw und Pop. Sie liebte Elise. Sie liebte ihren Job und sie liebte mexikanisches Essen. Aber wenn es um das andere Geschlecht ging, hatte sie noch nie einen Mann geliebt.

Sie mochte Ball. Genoss es, mit ihm zusammen zu sein. Freute sich auf seine Nachrichten und Anrufe. Sie schätzte seine Hilfe mit Elise und bewunderte seine Beziehung zu seinen Freunden und deren Freundinnen. Sie respektierte ihn, schätzte ihre Beziehung und hielt ihn für den klügsten Mann, den sie je getroffen hatte.

Aber lieben?

Sie beobachtete weiterhin das Gespräch zwischen ihrer Schwester und Ball. Sie hatte Elise nicht mehr so sorglos gesehen, seit sie sie nach Colorado Springs geholt hatte. Everly beobachtete, wie sie Ball noch einmal umarmte und auf den Rücksitz seines Wagens stieg.

Everly schob alle Gedanken daran, ob sie Ball liebte oder nicht, beiseite, stieg in den Wagen und drehte sich um, um ihre Schwester anzulächeln. Dann, ohne nachzudenken, nachdem Ball rückwärts ausgeparkt hatte und sie auf dem Weg zu ihrer Wohnung waren, griff Everly nach seiner Hand. Sie hielten im Wagen immer Händchen, und es war für sie so selbstverständlich wie das Atmen.

# KAPITEL ELF

Ball klopfte mit schwerem Herzen an Everlys Wohnungstür. Er hasste das Gefühl. In der Vergangenheit hatte er nie ein Gefühl des Widerwillens gehabt, wenn er auf einen Einsatz ging. Tatsächlich hatte er die Herausforderung genossen, die Fähigkeiten anzuwenden, die er bei der Küstenwache gelernt hatte, und er hatte sich darauf gefreut, jemanden aus der verzweifelten Lage zu befreien, in der derjenige sich befand.

Aber er war in der Vergangenheit nicht mit Everly zusammen gewesen.

Eine Woche war vergangen, seit sie in der Wildnis oberhalb des Stadtviertels Broadmoor gewandert waren, und in ein paar Tagen sollte er Elise und ihrer Freundin etwas über Selbstverteidigung beibringen.

Aber jetzt musste er die Stadt verlassen. Rex hatte angerufen und ihnen von einer Zweijährigen erzählt, die von ihrem nicht sorgeberechtigten Vater außer Landes gebracht worden war. Kleine Kinder zu retten machte die Einsätze immer stressiger. Sie verstanden nicht, was geschah oder warum, und normalerweise hatten sie große Angst, wenn die Mountain Mercenaries sich Zutritt zu dem Ort verschafften, an dem sie festgehalten wurden.

Die Tür vor ihm öffnete sich und Ball konnte sich ein Lächeln nicht verkneifen, als er Everly sah. Die letzten sechs Wochen waren erstaunlich gewesen. Er hatte sie sehr gut kennengelernt und ihm fiel nichts ein, was er nicht an ihr mochte. Sie war eine wunderbare Schwester und zu sehen, wie sie sich um Elise kümmerte, gab ihm einen Eindruck davon, wie sie als Mutter sein würde.

Der Gedanke hätte ihn eigentlich erschrecken müssen, aber stattdessen war er beruhigt. Zufrieden.

»Hey«, sagte sie und öffnete die Tür weiter. »Ich dachte, du kommst erst heute Nachmittag vorbei.«

»Ich weiß. Ich hatte es ursprünglich auch nicht vor. Kann ich reinkommen?«

»Oh! Natürlich. Bitte entschuldige.« Sie trat von der Tür zurück und hielt sie für ihn offen. Ball betrat ihre Wohnung und spürte sofort, wie seine Beklemmung nachließ. So fühlte er sich jedes Mal, wenn er zu ihr kam. Allein die Tatsache, dass er in ihrer Nähe war, ließ ihn irgendwie zur Ruhe kommen. An vielen Abenden hatte er lange gearbeitet und an ihrem Tisch gesessen. Er hatte Marathonpartien Monopoly mit Elise und Everly gespielt und er war an zu vielen Abenden mit ihr im Arm eingeschlafen.

Aber er hatte seit Los Angeles nicht mehr mit ihr in einem Bett geschlafen. Er war sich nicht sicher, worauf er wartete, aber er wusste irgendwie, dass er es langsam angehen lassen musste. Er konnte nicht einfach einziehen oder sie in sein Haus ziehen lassen ... so sehr er es auch wollte.

Einst hatte er sich geschworen, nicht so zu sein wie seine Freunde. Sie hatten ihre Frauen für »vergeben« erklärt und waren ein paar Wochen später praktisch mit ihnen zusammengezogen. Aber jetzt war er hier und wünschte, er wüsste einen einfachen Weg, ihre Beziehung zu beschleunigen. Um Everly jede Nacht in seinen Armen halten zu können.

Ihr zu sagen, dass er auf unbestimmte Zeit wegmusste, und zu wissen, dass er nicht da wäre, wenn sie etwas brauchte, und dass er sie und ihre Schwester für wer weiß wie lange nicht sehen würde, gefiel ihm nicht. Ganz und gar nicht.

»Ich wollte gerade los, um ein paar Besorgungen zu machen. Gott, ich hatte vergessen, wie viel Jugendliche essen können. Früher habe ich an meinen freien Tagen ein Nickerchen gehalten. Jetzt muss ich zum Lebensmittelladen, zur Reinigung, zur Schule gehen und mit Elises Lehrern reden, und wenn ich Zeit habe, wollte ich mir das nächste Wandergebiet ansehen, das der Klub besuchen will.«

Ball drehte sich um, lehnte sich mit dem Hintern gegen ihren Tisch und lächelte.

»Was? Was ist denn los?«

Er beschloss, es nicht länger hinauszuzögern, als unbedingt nötig – er hatte ohnehin keine Zeit, es hinauszuzögern –, also sagte er: »In ein paar Stunden muss ich auf einen Einsatz gehen.«

»Oh.«

Mehr sagte sie nicht, nur *Oh.*

Ball wartete darauf, dass sie fragte, wohin sie gingen, wann sie zurückkommen würden … irgendetwas. Aber sie starrte ihn nur an.

Er konnte es nicht länger ertragen, machte einen Schritt auf sie zu und zog sie in seine Umarmung. Sie ließ sich bereitwillig darauf ein und er fühlte sich ein wenig besser, als sie sich mit aller Macht an seinem Hemd festhielt.

Sie standen einen Moment lang so da, dann zog er sie sanft zurück. »Keine Fragen?«, wollte er leise wissen.

»Ich habe eine Million Fragen, aber ich weiß, dass du sie wahrscheinlich sowieso nicht beantworten darfst«, erklärte Everly.

»Es ist nicht so, dass wir es dir nicht sagen *dürfen*. Wir arbeiten nicht mehr für das Militär. Aber wir sind es gewohnt, mit niemandem über unsere Einsätze zu reden. So ist es möglicherweise sicherer. Und ich weiß nie mit Sicherheit, wie lange wir weg sein werden. Es hängt davon ab, ob die Informationen, die wir haben, stimmen oder nicht. Aber alles in allem sollte sich das nicht *allzu* lange hinziehen.«

»Du wirst doch auf dich aufpassen?«, fragte sie und verzog dann das Gesicht, als wüsste sie, wie albern diese Worte klangen.

»Natürlich. Vorher habe ich es nicht richtig verstanden.«

»Was hast du nicht verstanden?«

»Als die anderen Jungs erwähnten, dass die Aufregung, eine neue Mission zu bekommen, für sie nachgelassen hatte. Ich konnte mir das nicht vorstellen. Ich meine, wir haben dafür gelebt, loszuziehen und etwas zu tun. Um etwas zu bewirken. Um die bösen Jungs zur Strecke zu bringen. Ich verstand nicht, wie es sein konnte, dass ihre Begeisterung, die Fähigkeiten, die sie als Soldaten erlernt hatten, anzuwenden, dem Widerwillen, überhaupt auf einen Einsatz zu gehen, hatte weichen können. Aber jetzt verstehe ich es.«

Everly sah ihn an, sagte aber nichts.

»Jetzt auf einen Einsatz zu gehen bedeutet, dass ich dich nicht sehen kann. Ich kann dir nicht mehr schreiben und fragen, wie dein Tag gelaufen ist. Ich bekomme nicht deine verrückten Geschichten über die Männer und Frauen zu hören, mit denen du es während deiner Schicht zu tun bekommen hast. Ich kann meine Gebärdensprache nicht mit Elise üben. Ich komme nicht dazu, dich zu berühren, deine Hand zu halten und dich bei mir einschlafen zu lassen. Und ich kann das hier nicht tun ...«

Ball beugte sich vor und küsste Everly auf die Stirn. Dann hauchte er einen Kuss auf ihre Wange, dann auf die andere. Und schließlich küsste er leicht ihre Lippen. Als er das tat, stellte sie sich auf ihre Zehenspitzen, legte ihre Hände in seinen Nacken und zog ihn zu sich herunter.

Sie küsste ihn so leidenschaftlich, dass Ball sofort einen Steifen bekam. Das ganze Blut floss aus seinem Kopf direkt zu seinem Schwanz. Er zog sie näher heran, bis sie sich von der Brust bis zu den Schenkeln berührten. Und immer noch küsste sie ihn, als wäre es das letzte Mal, neigte ihren Kopf erst in die eine, dann in die andere Richtung. Sie lieferten sich ein Zungenduell und er hatte in seinem ganzen Leben noch nie etwas Schöneres empfunden.

Da er wusste, dass sie keine Zeit für etwas anderes als Küssen hatten, versuchte er, sie zu bremsen, die Intensität des Kusses zu verringern, aber Everly wollte nichts davon wissen. Sie stöhnte in seinen Mund und klammerte sich noch fester an ihn.

»Langsam, Ev.« Er streifte mit den Lippen gegen ihre, als er sprach, und das schien sie aus ihrer Trance zu reißen. Sie legte ihre Hände auf seinen Rücken und vergrub ihr Gesicht an seinem Hals.

»Du wirst mir fehlen«, sagte sie leise.

»Du mir auch«, versicherte Ball ihr.

»Und ich werde mir Sorgen um dich machen.«

»So wie ich mir jedes Mal Sorgen mache, wenn du arbeiten gehst«, erwiderte Ball trocken.

Sie blickte zu ihm auf. »Tust du das wirklich?«

»Natürlich. Aber ich weiß auch, dass du eine verdammt gute Polizistin bist und nie irgendetwas Dummes tun würdest, um dein Leben aufs Spiel zu setzen.«

Sie starrte ihn einen Moment lang an. »Du versuchst, mir zu sagen, dass du gut in deinem Beruf bist, richtig?«, fragte sie.

Er lächelte. »Würde ich dir jemals vorschreiben, was du denken sollst?«

Sie lachte leise. »Äh ... ja, würdest du.«

»Dann lass dir sagen, dass ich in meinem Beruf gut bin. Und ich habe die besten und kompetentesten Männer als Rückendeckung dabei. Du weißt doch über uns Bescheid, Ev. Ich habe dir erzählt, dass sie alle früher bei der Delta Force, SAS oder den SEALs waren. Deswegen ist das gesamte *Team* so gut in seinem Beruf.«

»Ich weiß. Es ist nur anders, wenn es tatsächlich passiert und du auf einen Einsatz gehst, bei dem du möglicherweise verletzt werden kannst.«

Da er ihr nichts versprechen wollte, das er vielleicht nicht halten konnte – wie zum Beispiel, dass er sicher und wohlbehalten nach Hause zurückkehren würde –, wechselte Ball das Thema. »Wirst du Elise erklären, warum wir am Wochenende den Selbstverteidigungskurs nicht abhalten können?«

»Natürlich. Sie wird enttäuscht sein, es aber verstehen.«

»Ich melde mich sofort, sobald wir wieder heimischen Boden unter den Füßen haben«, erklärte Ball ihr.

»Okay.«

»Wenn ich kann, schreibe ich dir von unterwegs eine Nachricht, aber manchmal haben wir kein zuverlässiges Netz.«

»Das habe ich mir schon gedacht. Aber ich kann *dir* Nachrichten schreiben, ja? Ich meine, es ist nicht so, dass dein Handy klingelt, weil ich dir eine Nachricht geschrieben habe, und ich lasse damit eure Deckung im Haus eines Verbrechers auffliegen oder so was?«

Ball lachte leise. »Nein, du kannst mir natürlich Nachrichten schreiben. Elise auch. Und wenn ich lande, würde ich mich gern mit euch treffen, damit wir besprechen können, was alles in meiner Abwesenheit passiert ist.«

»Okay. So machen wir es.«

»Everly, ich habe versucht, uns beiden Zeit zu geben, um sicher zu sein, dass es das ist, was wir wollen. Aber erst jetzt, wo ich diesen Einsatz antreten muss, ist mir klar geworden, wie viel du mir bedeutest. Du und Elise. Ich möchte ein fester Bestandteil eures Lebens sein. Ich will mitten in der Nacht aufwachen und mich nicht schuldig fühlen, weil wir wieder auf dem Sofa eingeschlafen sind. Ich möchte, dass Elise Möbel aussucht, die ihr für ein Zimmer in meinem Haus gefallen könnten. Ich will an deinen Rücken gekuschelt schlafen, wie wir es in Kalifornien getan haben. Ich will das alles.

Ich weiß, das ist viel, und ich weiß, es kommt aus heiterem Himmel, aber ich will keine lockere Beziehung mehr. Ich will, dass du mir gehörst, auf jede erdenkliche Art und Weise ... angefangen damit, dass ich so tief in dir drin sein will, dass keiner von uns weiß, wo der eine anfängt und der andere aufhört.«

Ball holte tief Luft und leckte sich über die Lippen. Sie hatte ihn nicht unterbrochen, hatte sich nicht aus seinen Armen losgerissen, also wertete er beides als gutes Zeichen. Aber andererseits hatte sie auch gar nichts gesagt.

»Bist du fertig?«, fragte sie.

»Ja. Nein, warte. Nein, bin ich nicht. Ich schwöre, ich bin über alle Probleme hinweg, die ich hatte, als wir uns das erste Mal getroffen haben. Ich habe viel nachgedacht, und so furchtbar meine Situation mit Riley auch war, ich sollte nicht alle Frauen über einen Kamm scheren. Mir ist auch klar geworden, dass es mit Holly und mir nie hätte klappen können. Es ging ihr nur um sich selbst. Sie mochte die Tatsache, dass ich beim Militär war, mehr als sie mich mochte. Ich hätte es begreifen und ihre Zurückweisung abhaken sollen, aber stattdessen habe ich mich in meinem Elend gesuhlt. Ich habe mich geändert und ich verspreche, wenn du mir eine Chance gibst, wirst du sehen, wie viel du mir bedeutest.«

Ball schluckte und wartete mit angehaltenem Atem auf ihre Antwort.

»Okay.«

Er wartete darauf, dass sie weitersprach ... als sie das jedoch nicht tat, fragte er: »Okay?«

»Ja. Ich will das alles auch. Also okay. Wenn du zurückkommst, werden wir wilden Sex haben, unsere Liebe vermutlich viel zu oft öffentlich zur Schau stellen und meine Schwester für immer traumatisieren. Ich bin nicht bereit, dauerhaft bei dir einzuziehen, aber ich hätte nichts dagegen, wenn du ab und zu bei mir übernachtest. Das ist in Ordnung, solange du daran denkst, dass Elise und ich ein Paket sind. Ich werde sie nicht zurück nach Los Angeles schicken. Sie ist hier mit mir besser dran. Wir sind gemeinsam besser dran.«

»Da gebe ich dir recht«, erklärte Ball. Dann hob er die Hand und tat so, als würde er sich den Schweiß von der Stirn wischen. »Du hast mich mit deinem Zögern wirklich zum Schwitzen gebracht, Mädchen«, beschwerte er sich.

Everly kicherte. »Du bist doch derjenige, der immer weiter schwadroniert hat.«

Das stimmte. Das hatte er getan. »Du bist das Beste, was mir seit sehr langer Zeit passiert ist. Ich werde das zwischen uns nicht verderben. Ich erkenne etwas Gutes, wenn es mir über den Weg läuft.«

»Zu einer Beziehung gehören aber immer zwei, Ball.«

»Und was soll das heißen?«

»Nur, dass du nicht alleine die Verantwortung für unsere Beziehung trägst. Ich weiß, dass es nicht besonders leicht ist, mit mir zu leben. Mit mir zusammen zu sein. Und wir haben beide Jobs, bei denen wir gelegentlich in Gefahr geraten, und das ... kann eine Beziehung schon auf eine harte Probe stellen.«

»Da hast du allerdings recht.« Er hielt kurz inne und sagte dann: »Wenn ich zurückkomme, übernachtest du dann bei mir? Denn bis jetzt haben wir die meiste Zeit hier verbracht. Ich weiß, dass das Elises Zuhause ist und so, aber auch wenn meine Wohnung nicht riesig ist, habe ich ein extra Zimmer, das wir für deine Schwester herrichten können.«

»Das wäre großartig«, erklärte Everly schüchtern.

»Gut.« Er sah auf die Uhr und verzog das Gesicht. »Ich muss jetzt los.«

»Ich auch.«

Ball küsste sie noch einmal. Es war ein langer, zärtlicher Kuss, der nicht ins Leidenschaftliche abdriftete. Widerwillig löste er sich von ihr. »Schreibt mir Nachrichten«, bat er sie.

»Das werde ich.«

»Elise auch.«

»Ja, sie auch.«

»Pass auf dich auf«, sagte Ball, der nicht gehen wollte.

»Das sollte ich zu dir sagen«, erklärte Everly.

»Du wirst mir fehlen.«

»Du mir auch. Und jetzt geh.« Sie stieß ihn sanft vor die Brust. »Bevor uns beiden tausend belanglose Dinge einfallen, um den Abschied zu verlängern.«

»Ich geh ja schon. Ev?«

Sie seufzte gespielt genervt. »Ja?«

Ball öffnete schon den Mund, um ihr zu sagen, dass er

sie liebte, schloss ihn dann jedoch wieder. Jetzt war nicht der richtige Zeitpunkt, ihr das zu sagen, da er gehen musste. Wenn er ihr sagte, wie viel sie ihm bedeutete, wollte er auch gleichzeitig die Zeit haben, ihr ganz genau zu zeigen, wie sehr er sie mochte. »Pass auf dich auf.«

»Das werde ich. Und jetzt geh schon und bring die Sache hinter dich, damit du möglichst schnell nach Hause zurückkommen kannst.«

»Nach Hause. Sehr wohl, Ma'am«, erklärte er ihr. Dann strich er ihr mit dem Handrücken noch einmal über die Wange, bevor er sich umdrehte und ging.

---

Vier Tage später waren Everly und Elise in Allyes Haus in der Nähe von Black Forest zu Gast. Es war eine ziemliche Fahrt von ihrer Wohnung, die südlich der Innenstadt und näher am Broadmoor-Viertel lag. Aber es war ein Freitag, und sowohl sie als auch Elise vermissten Ball viel mehr, als sie gedacht hatten.

An diesem Abend sollte Ball Elise und Ruby ihre ersten Selbstverteidigungsstunden geben, und statt Trübsal zu blasen, hatte sie Allyes Einladung angenommen, bei ihr zu übernachten. Sie hatten beide Pyjamas und Kleidung zum Wechseln eingepackt und beschlossen, dass es Spaß machen würde, Filme zu schauen und mit der anderen Frau abzuhängen.

Elise lag zusammengerollt unter einer Decke auf Allyes Sofa im Keller und war völlig in einen Netflix-Film vertieft, als Allye Everly fragte: »Wie geht es dir?«

»Mir?«

»Ja, dir. Ich habe mit Elise darüber gesprochen, was ihr

passiert ist, und ich finde es toll, dass du ihr so schnell einen Therapieplatz besorgt hast. Zu viele Leute denken, dass die Probleme verschwinden, wenn man nicht darüber redet, aber so funktioniert das nicht. Aber du hast auch eine Menge durchgemacht, als Elise vermisst wurde. Also, wie geht es *dir*?«

»Es geht mir gut.«

Allye zog eine Augenbraue hoch.

»Ich habe wahnsinnige Angst, sie aus den Augen zu lassen. Ich hasse es, wenn sie in die Schule geht, und ich würde ihr am liebsten sagen, dass sie sofort heimkommen soll, sobald die Schule zu Ende ist, und nichts mehr mit irgendwem zu unternehmen. Das hilft ihr zwar nicht dabei, über das Erlebte hinwegzukommen, aber so geht es mir eben.«

»Hast du ihr das gesagt?«

Everly blickte zu ihrer Schwester hinüber und seufzte. Sie sah total entspannt aus. Sie hatte die Augen auf den Bildschirm gerichtet und las die Untertitel, während sie erschienen. »Nein. Ich möchte nicht, dass sie mich für schwach hält, oder ihr einen weiteren Grund geben, sich Sorgen zu machen.«

»Everly, ich weiß, dass du Polizistin bist und wirklich dazu in der Lage, mit einer ganzen Menge Dinge umzugehen, aber Probleme mit den Nachwirkungen ihrer Entführung zu haben ist kein Zeichen von Schwäche. Und ich finde, sie sollte das wahrscheinlich wissen. Erstens zeigt es ihr nämlich, wie sehr du sie liebst, und zweitens, wenn du dich tatsächlich so fühlst, glaubst du nicht, dass es ihr ähnlich geht?«

Everly dachte darüber nach. Sie wollte ihre Schwester auf keinen Fall nervös machen. Aber ... war ihr Elise nicht sogar gestern ein bisschen schreckhaft vorgekommen? Vielleicht würde es ihnen beiden helfen, über ihre Ängste zu sprechen.

»Ich hatte ein langes Gespräch mit Gray, nachdem ich entführt wurde. Ja, ich war zu Tode erschrocken, als dieser Psycho mich in seiner Gewalt hatte, aber Gray hatte mit seiner eigenen Hölle zu kämpfen. Zuerst habe ich es nicht verstanden. Ich meine, *er* war nicht derjenige, der entführt worden war. Aber dann habe ich versucht, mich in ihn hineinzuversetzen, und mir wurde klar, dass seine Angst zwar anders, aber genauso berechtigt war wie meine eigene. Ich denke, wenn du mit Elise redest und ihr erklärst, wie du dich gefühlt hast, als sie vermisst wurde, wird es euch beiden helfen.«

Everly nickte. Sie hatte das Gefühl, dass ihr Schreck und ihre Sorgen irgendwie nichts waren im Vergleich zu dem, was Elise durchgemacht hatte. Es kam ihr albern vor, es überhaupt anzusprechen, denn was könnte schlimmer sein als das, was Elise zugestoßen war? Aber zu hören, dass Gray ähnliche Gefühle durchgemacht hatte, beruhigte sie.

»Das werde ich. Ich denke, es ist schlimmer, weil der Kerl, der Elise entführt hat, immer noch frei herumläuft. Ich habe keine Ahnung, ob er hinter einer Ecke lauert, um wieder zuzuschlagen. Ich weiß, es ist unwahrscheinlich. Ich meine, wir sind weit weg von Kalifornien und ich habe alles Erdenkliche getan, um sicherzustellen, dass Elise weiß, dass sie keine der Apps, die sie früher benutzt hat, um mit ihm zu sprechen, herunterladen oder sich bei ihnen anmelden darf, aber ich habe trotzdem Angst um sie. Um mich.«

»Ich wüsste nicht, was ich tun würde, wenn Gray plötzlich vermisst würde«, erklärte Allye. Sie legte sich eine Hand unter den Bauch und rieb ihn, während sie sprach. »Ich habe wirklich einen Heidenrespekt für Alleinerziehende. Ich glaube nicht, dass ich das schaffen könnte. Ich habe eine Wahnsinnsangst davor, dieses Kind zu bekommen. Ich mache mir Sorgen, dass sich dadurch meine Beziehung zu Gray grundlegend ändert.«

»Das wird nicht der Fall sein«, erklärte Everly.

Allye lächelte. »Bitte entschuldige, aber du kennst uns kaum, richtig?«

»Du hast recht, ich kenne euch kaum. Aber ich habe gesehen, wie er dich anstarrt. Er kann dich nicht aus den Augen lassen. Als wir im *The Pit* waren, starrte er jedes Mal, wenn ich zu den Jungs rüberschaute, dich an. Und ich bin vielleicht nicht so oft mit euch zusammen, aber Männer wie die Mountain Mercenaries scheinen nicht der Art anzugehören, die nur halbe Sachen macht. Nicht als Soldaten, nicht in ihren anderen Jobs und auch nicht in der Liebe zu den Frauen, mit denen sie zusammen sind.«

»Das stimmt allerdings«, pflichtete Allye ihr bei. Dann neigte sie den Kopf zur Seite und fragte geradeheraus: »Liebst du Ball?«

Everly blinzelte. Sie hatte nicht erwartet, dass Allye so unverblümt sein würde. Aber sie hätte damit rechnen sollen. Ball war ein respektiertes und geliebtes Mitglied ihrer Gemeinschaft. Wäre sie an der Stelle der anderen Frau gewesen, hätte sie das Gleiche wissen wollen.

»Ich weiß es nicht.« Als sie sah, wie Allye die Stirn runzelte, sprach sie schnell weiter: »Aber ich greife morgens direkt nach dem Aufwachen als Erstes zu meinem Telefon, um zu sehen, ob er mir eine Nachricht geschrieben hat, während ich schlief. Immer öfter wache ich aber in seinen Armen auf meinem Sofa auf. Wir schlafen auf diese Weise ein und wachen erst am nächsten Morgen wieder auf. Er respektiert meine Schwester und hat sich große Mühe gegeben, mit ihr reden zu können. *Richtig* mit ihr zu reden, nicht nur irgendeinen Blödsinn auf ein Stück Papier zu kritzeln oder seltsame Pantomimen zu machen. Ich sehe die Besorgnis in seinen Augen, wenn ich meine kugelsichere Weste für die Arbeit anziehe, aber er hat noch nie etwas darüber gesagt, dass er es für besser hielte, wenn ich einen anderen, sichereren Beruf wählen würde. Ich habe noch nie gespürt, wie mein Körper von einem bloßen Kuss so sehr kribbelt wie bei ihm.

Ist das Liebe? Ich bin wahrscheinlich die denkbar falscheste Person, wenn es darum geht, über Liebe zu reden. Meine eigene *Mutter* hat mich nicht geliebt. Ich kann dir aber eins versprechen, ich bin nicht an einer lockeren Affäre mit Ball interessiert. Ich bin zu alt für so einen Blödsinn. Und wenn es so weit kommt, wird der erste Mensch, der erfährt, dass ich ihn liebe, Ball sein, nicht du ... Entschuldige.«

Everly hielt die Luft an und hoffte, dass Allye sich nicht auf den Schlips getreten fühlte. Als die andere Frau sich jedoch mit einem breiten Lächeln auf dem Gesicht gegen das Sofa lehnte, ging sie davon aus, dass alles in Ordnung war.

»Gute Antwort«, erklärte Allye noch immer grinsend.

»Wird das eigentlich mit der Zeit leichter?«, wollte Everly wissen.

»Was? Darauf zu warten, dass sie nach Hause kommen? Sich zu fragen, ob sie gesund sind und ob es ihnen gut geht? Eigentlich nicht.«

»Das war nicht die Antwort, auf die ich gehofft habe«, entgegnete Everly trocken.

»Aber weißt du, was es leichter macht?«, fragte Allye.

»Was denn?«

»Zu wissen, dass sie, wo immer sie sind und was immer sie tun, einander haben. Diese Männer wissen, was sie tun. Ja, oft sind ihre Missionen nicht ganz ungefährlich, aber ich weiß ohne Zweifel, dass sie alles daransetzen werden, um unverletzt nach Hause zu kommen.«

»Ja, das ist wirklich ein bisschen beruhigend«, gab Everly zu. Es ähnelte sehr der Kameradschaft, die sie unter Polizisten spürte. Wenn ein Kollege Verstärkung anforderte, ließ jeder andere Polizist in einem Radius von fünfzehn Kilometern alles stehen und liegen, um ihm zu Hilfe zu eilen.

»Aber was noch wichtiger ist – und das sollten du und ich am besten von allen verstehen –, ist zu wissen, dass das, was sie tun, anderen Frauen und Kindern hilft, nach Hause zu ihren Familien zu kommen. Es ist schwer zu glauben, dass es in der heutigen Zeit immer noch menschliche Sklaverei gibt, aber genau das ist der Menschenhandel. Es ist hässlich und pervers, und unsere Männer machen die Welt zu einem besseren Ort, auch wenn es sich nur um eine Frau nach der anderen und ein Kind nach dem anderen handelt.«

*Das* konnte Everly auf jeden Fall verstehen. Deswegen hatte sie sich ja überhaupt mit Rex in Verbindung gesetzt. »Du hast recht. Das macht es mir leichter.«

»Davon bin ich ausgegangen«, erklärte Allye.

Sie schwiegen und wandten die Aufmerksamkeit wieder dem Film zu.

Eine halbe Stunde später sah Everly zu ihrer Schwester hinüber und stellte fest, dass sie eingeschlafen war.

»Möchtest du sie aufwecken und ihr sagen, dass sie ins Bett gehen soll?«, fragte Allye leise.

Everly schüttelte den Kopf. »Wenn es für dich in Ordnung ist, schlafen wir beide einfach hier.«

»Natürlich ist das in Ordnung. Ich lasse das Licht im Flur an, falls einer von euch aufwacht und nicht weiß, wo er ist.«

»Danke.«

Allye stieß sich mühsam von dem Sofa hoch und schüttelte den Kopf. »Nein, *ich* habe zu danken.«

»Wofür?«

»Dafür, dass du genau die Frau bist, die Ball braucht.«

Everly lachte leise. »Ich glaube nicht, dass du dich dafür bei mir bedanken musst. Ich bin diejenige, die sich glücklich schätzen kann.«

»Gute Nacht, Everly. Bis morgen. Vielleicht können wir uns ja *beide* glücklich schätzen und erfahren, dass unsere Männer morgen nach Hause kommen.«

»Hoffen wir es.«

Und damit ging Allye aus dem Zimmer und ließ Everly mit ihrer Schwester allein.

Der Film lief immer noch auf dem Fernseher und gab gerade genug Licht ab, damit man etwas sehen konnte. Lange sah Everly Elise beim Schlafen zu.

Man könnte behaupten, dass die Mountain Mercenaries nichts damit zu tun hatten, dass Elise gefunden wurde, aber Everly konnte sich des Eindrucks nicht erwehren, dass sie irgendwie doch verantwortlich waren. Rex und Meat hatten unermüdlich daran gearbeitet, irgendeinen Hinweis auf dem Computer und dem Handy ihrer Schwester zu finden, aber was noch wichtiger war, sie waren ihr Rettungsanker gewesen, als sie sie am meisten gebraucht hatte. Zu wissen, dass sie die Besten der Besten im Rücken hatte, hatte die ganze Situation ein wenig erträglicher gemacht.

Ball war irgendwo da draußen und versuchte, die Schwester von jemand anderem zu retten. Die Tochter. Die Freundin. Sie schwor sich in diesem Moment, ihm niemals das Gefühl zu geben, er müsse sich zwischen ihr und seinem Job entscheiden. Außerdem war ihr Job ja auch nicht ohne Risiko. Jedes Mal wenn sie sich für das Sondereinsatzkommando anzog, bestand die Möglichkeit, dass sie erschossen wurde. Jedes Mal wenn sie einen Wagen anhielt, bestand die Möglichkeit, dass jemand eine Waffe zückte und sie wegpustete, bevor sie etwas tun konnte. Aber sie liebte, was sie tat. Sie liebte es, Mistkerle hinter Gitter zu bringen, wo sie hingehörten. Sie liebte es, Drogen von der Straße zu holen, die in die Hände von Kindern gelangen könnten. Sie liebte es, verantwortungslose Eltern für ihre Taten zur Rechenschaft zu ziehen ... etwas, das ihre Mutter nie hatte lernen müssen.

Everly griff nach vorn, schnappte sich die Fernbedienung und schaltete den Fernseher aus. Im Zimmer wurde es dunkel, aber sie konnte noch die Umrisse ihrer Schwester sehen, weil Allye das Licht im Flur angelassen hatte. Bevor sie einschlief, schnappte Everly sich ihr Handy vom Wohnzimmertisch vor dem Sofa. Sie tippte eine Nachricht, die ihr am Herzen lag, an Ball, dann legte sie es zurück auf den Tisch. Sie kuschelte sich unter die flauschige Decke und seufzte zufrieden.

*Everly:* Für den Fall, dass ich vergesse, es dir später zu sagen: Du hast die besten Freunde der Welt. Ich habe mich noch nie so willkommen und unterstützt gefühlt, seit du weg bist. Ich vermisse dich. Schrecklich. Aber ich weiß, wenn Elise da draußen wäre, verzweifelt, verängstigt und allein, würde ich dich und dein Team bei ihr haben wollen. Ich kann es nicht erwarten, dich zu sehen, wenn du zurückkommst.

---

»Wach auf!«

Everly schoss vom Sofa hoch und griff nach ihrer Waffe ... die sich natürlich nicht an ihrer Hüfte befand.

»Everly, bist du wach?«, rief Allye erneut aufgebracht vom Flur aus.

»Wir sind wach«, erklärte Everly ihrer Freundin und stieß die noch immer schlafende Elise an.

»Die Männer sind wieder da, aber Ball und Gray wurden verletzt.«

Everly gefror das Blut in den Adern.

Verletzt? Ball war *verletzt*?

Sie hatte eine Million Fragen, doch nur eine einzige Tatsache ging ihr durch den Kopf, als sie schnell Elise in Zeichensprache erklärte, was passiert war. Allye hatte *verletzt* gesagt – nicht *tot*. Das war ein enormer Unterschied.

# KAPITEL ZWÖLF

Ball zuckte zusammen, als Elise in seine Arme flog. Er wankte auf seinen Füßen, spürte aber Everlys Hand auf seinem Rücken, die ihn stützte.

Er hatte Everly nicht beunruhigen wollen, indem er ihr sagte, dass er von einer Kugel gestreift worden war, aber Gray hatte die Katze aus dem Sack gelassen, indem er Allye eine Nachricht geschickt und ihr von ihren Verletzungen erzählt hatte. Er hatte keine Ahnung, dass Everly und Elise in Grays Haus waren, bis sein Freund es ihm sagte.

In dem Moment, in dem er das Haus betreten hatte, hatte Elise sich ihm an den Hals geworfen.

»Mir geht es gut, Elise«, murmelte er, obwohl er wusste, dass sie ihn nicht hören konnte.

Everly machte einen Schritt zur Seite und berührte die Schulter ihrer Schwester. *Vorsichtig, Schatz, er ist verletzt.*

Elise ließ ihn so schnell los, dass er wieder auf den Beinen taumelte. Everly war wieder da, die Hand auf seinem Rücken, um ihn zu stützen.

Ball hatte jede der Nachrichten von ihr und ihrer Schwester wahrscheinlich zehnmal gelesen, seit er wieder in Reichweite des Mobilfunknetzes gekommen war. Sie hatten getan, was sie versprochen hatten, und ihm seit seiner Abreise Dutzende von Nachrichten geschickt. Die von Elise reichten von Gesprächen darüber, was sie in der Schule machte, bis hin zu kurzen Videos, in denen sie einfache Sätze gebärdete, damit er nicht vergaß, was er bereits gelernt hatte.

Aber es waren Everlys Nachrichten, die ihn Colorado Springs mehr vermissen ließen als je zuvor. Es war seltsam, denn in der Vergangenheit, wenn er auf einer Mission gewesen war, hatte er an nichts anderes gedacht als an die Mission selbst. Aber dieses Mal schien es, dass er überall, wo er hinschaute, Dinge sah, die ihn an Everly erinnerten.

Ein Polizist, der an einer Straßenecke stand.

Jemand, der wild mit den Händen gestikulierte, ließ ihn an Everly denken, wie sie ihrer Schwester ein Gebärdenzeichen gab.

Selbst der Anblick einer älteren Frau, die Arm in Arm mit einer jüngeren Frau ging, die offensichtlich mit ihr verwandt war, ließ ihn an Me-Maw und Everly denken.

Sie hatten das vermisste Mädchen genau dort gefunden, wo sie es vermutet hatten, aber leider war der Vater ein paranoider Mistkerl, der sich mit einem Haufen Waffen verschanzt hatte. Er hatte zu schießen begonnen, als sie in sein beschissenes, heruntergekommenes Haus eingedrungen waren, und es hatte ihn nicht einmal gekümmert, dass seine Tochter direkt neben ihm lag.

Ball hatte verzweifelt nach dem kleinen Mädchen gegriffen, um es in Sicherheit zu bringen, und wurde dabei von einer Kugel gestreift. Gray hatte eine Gehirnerschütterung erlitten, als er den Vater angegriffen hatte und seinen Kopf gegen die Wand der Hütte schlug, als er ihn zu fassen bekam.

Obwohl das kleine Mädchen während der gesamten Rettung und fast den ganzen Heimweg über geschrien hatte, ließ der Ausdruck der Erleichterung auf ihrem und dem Gesicht ihrer Mutter, als sie am Flughafen wieder vereint waren, alles andere in den Hintergrund treten.

Auf dem Weg zu Grays Haus hatte er Everlys letzte Nachricht mehrmals gelesen. Er hatte vorgehabt, direkt zu ihrer Wohnung zu fahren, aber natürlich hatte er seine Meinung geändert, als er erfahren hatte, dass Everly und Elise die Nacht im Haus seines Teamkameraden verbracht hatten.

Er ignorierte den stechenden Schmerz in seiner Seite und sagte in Gebärdensprache zu Elise: *Mir geht es gut.*

Woraufhin sie so schnell mit ihren Händen zu gestikulieren begann, dass Ball sie unmöglich verstehen konnte, aber natürlich war Everly da, um ihm zu helfen.

»Sie sagt, sie habe sich solche Sorgen um dich gemacht. Dass du dich schneller bewegen oder wenigstens hättest ducken sollen. Sie ist sauer auf dich, aber auch froh, dass es dir gut geht. Sie befiehlt dir, nie wieder verletzt zu werden.«

Ball lächelte und strich Elise eine Strähne ihres Haares hinters Ohr. *Ich werde es versuchen,* buchstabierte er langsam in Gebärdensprache.

Elise nickte und umarmte ihn noch einmal, dieses Mal etwas vorsichtiger. Aus dem Augenwinkel sah er, wie Gray Allye begrüßte. Sie empfing ihn mit den gleichen Vorwürfen, die er gerade von Elise bekommen hatte.

Everlys Hand lag immer noch auf seinem Rücken und er hatte noch nie etwas Besseres gefühlt. Es war keine sexuelle Berührung, aber er konnte trotzdem spüren, welche Gefühle von ihr ausgingen. In dem Moment, in dem Elise sich entfernte, drehte er sich zu Everly um.

Ohne ein Wort zu sagen, nahm er sie in die Arme und

schloss die Augen, während er einen tiefen Seufzer ausstieß. Das war es, was er brauchte. In der Hitze des Gefechts hatte er keine Zeit gehabt, den Schmerz in seiner Seite zu registrieren. Er war zu sehr damit beschäftigt gewesen sicherzustellen, dass das kleine Mädchen, das sie retten sollten, in Sicherheit war. Dann hatte er sich Sorgen gemacht, wie er sie da rausbekommen würde, ohne dass der Rest der Nachbarschaft in einen Aufstand ausbrach. *Dann* hatte er sein Bestes getan, um sie während des Fluges zu beruhigen und zu trösten.

Mit dem Streifschuss, Grays Kopf und dem Versuch, das Kleinkind zu beschwichtigen, war die Heimreise im Flugzeug keine erholsame Auszeit gewesen, wie es manchmal der Fall war. Arrow hatte seine Wunde gereinigt und verbunden und ihm versichert, dass es nichts Ernstes war. Grays Gehirnerschütterung war nur leicht und er würde nach einem Tag oder so wieder fit sein.

Aber Everly in den Arm zu nehmen war genau das, was er brauchte, um seinen Geist zur Ruhe kommen zu lassen. Plötzlich war er erschöpft. Er wünschte sich nichts sehnlicher, als einfach zusammenzubrechen ... am liebsten auf einer bequemen Matratze statt auf den schäbigen Betten, mit denen sie in letzter Zeit hatten vorliebnehmen müssen.

»Ihr dürft gern alle hierbleiben«, sagte Allye, die neben ihnen stand.

Ball hob den Kopf und sah, dass Gray und Allye die Arme umeinander gelegt hatten und gemeinsam dastanden. Gray verengte die Augen zu Schlitzen und schüttelte leicht den Kopf. Ball lachte.

»Danke, Allye, ich weiß es wirklich zu schätzen. Aber wenn es dir nichts ausmacht, würde ich heute Nacht gern in meinem eigenen Bett schlafen.«

»Das Angebot steht jedenfalls«, erklärte Allye.

»Ich weiß. Vielen Dank.« Ball nickte Gray zu, als dieser tonlos sagte: »*Danke.*«

»Ich weiß, dass es mitten in der Nacht ist, aber glaubst du, du könntest mich nach Hause fahren?«, fragte Ball Everly. »Ich bin mit Gray hergekommen und mein Wagen steht vor meiner Wohnung.«

»Natürlich.« Sie wandte sich an Elise und sagte in Gebärdensprache: *Wir bringen Ball nach Hause. Zieh dir etwas an und pack deine Sachen. Und vergiss bitte unsere Handys nicht. Oh, und natürlich auch nicht die Sachen, die du im Badezimmer hast.*

Elise nickte und eilte den Flur entlang und die Treppe hinunter.

»Alles okay?«, fragte Everly Gray.

»Ja. Ich habe nur einen kleinen Schlag auf den Kopf abbekommen.«

Sie zögerte, fragte aber dann: »Und euer Einsatz war ein Erfolg?«

»Ja. Heute Abend schläft ein kleines zweijähriges Mädchen wahrscheinlich völlig erschöpft in den Armen seiner Mutter.«

»Gott sei Dank«, hauchte Allye und Ball entging nicht, wie sie ihre Hand schützend auf ihren Bauch legte, als sie das sagte.

»Das ist wirklich gut«, bemerkte Everly.

»Ja«, stimmte auch Gray zu.

»Danke, dass du Ball hergebracht hast«, fügte sie hinzu.

Gray lachte leise. »Als hätte ich eine Wahl gehabt. Kaum wusste er, dass *du* hier warst, hat er verlangt, dass ich mich beeile und endlich schneller fahre.«

Ball gefiel die Tatsache, dass Everlys Wangen sich röteten.

»Du hättest gar nicht fahren dürfen«, schalt Allye ihn. »Ich hätte euch doch beide abholen können.«

Gray schüttelte den Kopf. »Meine Süße, es ist zwei Uhr morgens. Ich lasse auf keinen Fall zu, dass meine hochschwangere Verlobte den ganzen Weg zum Flughafen fährt, um mich abzuholen.«

»Ich bin aber nicht schwanger. Ich hätte es sehr wohl tun können«, fügte Everly hinzu.

»Kommt überhaupt nicht infrage«, erklärte Ball.

Allye und Everly verdrehten beide die Augen, und das zu sehen, ließ jeden Schmerz und jede Qual in Balls Körper verschwinden. Er hasste es, Everly mit Holly zu vergleichen, wenn auch nur in Gedanken, aber verflucht, seine Ex hätte ihm nicht einmal eine verdammte Schmerztablette aus dem anderen Zimmer gebracht, wenn er darum gebeten hätte.

Sie alle hörten, wie Elise die Treppe hinaufpolterte, und drehten sich um, um zu sehen, wie sie ins Zimmer kam, zwei große geblümte Taschen über den Schultern. Sie schaute sofort in ihre Richtung, als hätte sie Angst, sie könnten in den wenigen Minuten, die sie weg war, irgendwie verschwunden sein.

*Hast du alles eingepackt?*, fragte Everly.

Elise verdrehte die Augen, genau wie ihre Schwester kurz zuvor, und nickte.

»Wenn ich etwas finde, lege ich es beiseite, bis du das nächste Mal hier bist, oder ich sorge dafür, dass du es bekommst«, sagte Allye.

»Danke, das ist lieb von dir.«

Ball wollte seine Hände nicht von der Frau an seiner Seite nehmen, zwang sich aber loszulassen. Er griff nach einer der Taschen auf Elises Schultern, aber sie riss sich von ihm los.

*Nein!,* gebärdete sie. *Du bist verletzt. Ich mache das schon.*

Erneut blitzte eine Erinnerung in seinem Kopf auf. Es war nicht lange, nachdem er entlassen worden war. Er trug immer noch eine Armschlinge und mit der Physiotherapie für seine Schulter hatte er noch nicht begonnen. Er war mit Holly unterwegs, um zu versuchen ... nun, er war sich nicht sicher, *was* er damit bezwecken wollte. Ihre Beziehung zu retten, nahm er an, was dumm war, denn mittlerweile war es offensichtlich, dass er der Einzige war, der es versuchte.

Sie wollten auf dem Weg zum Restaurant bei ihrer Wohnung vorbeifahren, weil sie eine Tasche mit ihren Sachen abliefern wollte, die sich bei ihm zu Hause ange-sammelt hatten. Das war ein weiteres verdammt großes Warnsignal, das er nicht beachtet hatte. Sie räumte buch-stäblich ihre Sachen aus seiner Wohnung, während er verletzt war, und er hatte sich nichts dabei gedacht.

Sie hatte wie eine Prinzessin vor seiner Tür gestanden und darauf gewartet, dass ihr Diener etwas tat, was sie für unter ihrer Würde hielt, wie ihre eigene Tasche zu tragen und die Tür zu öffnen. Sie wusste, dass seine Schulter schmerzte – und hallo, er hatte eine verdammte Armschlinge getragen –, aber sie hatte trotzdem erwartet, dass er ihre Tasche trug.

Everly schnappte sich eine der Taschen und ging in ein Badezimmer. Zwei Minuten später tauchte sie wieder auf und trug Jeans und ein Polizei-T-Shirt. Ball hatte sie irgendwie lieber in ihrer blau-weiß-gestreiften Pyjamahose und dem Trägerhemd, das sie getragen hatte. Offensichtlich hatte sie sich nicht die Mühe gemacht, sich zu bürsten, denn ihr Haar stand in verschiedene Richtungen ab, was den Unterschied zwischen ihr und Holly, die immer perfekt aussehen musste, noch deutlicher machte.

Noch während ihm die Erinnerungen an seine Ex durch den Kopf gingen, beobachtete Ball, wie Everly zur Haustür eilte, um sie für ihn zu öffnen. Durch sie und Elise verlor seine vergangene Torheit mit Holly die Fähigkeit, ihn zu verletzen.

»Danke, Ev.«

Sie nickte und wandte sich an Allye. »Danke, dass wir bei dir bleiben durften. Und für unser Gespräch.«

»Keine Ursache. Und das meine ich ernst«, erklärte Allye.

Elise sagte in Gebärdensprache: *Vielen Dank,* und Allye antwortete: *Gern geschehen.*

Dankbar für seine Freunde und dafür, wie leicht sie die Dinge nahmen, nickte Ball Gray zu, der den Gruß erwiderte.

»Vergiss nicht, die Wunde morgen zu reinigen«, erinnerte Gray ihn.

»Das wird er nicht«, antwortete Everly für ihn.

Als sie den Arm um ihn schlang, als würde sie sein Gewicht tragen wollen oder so etwas, verabschiedete sich Ball noch einmal, lächelte und drehte sich um, um zu Everlys weißem Jeep Cherokee zu gehen. Sie blieb in seiner Nähe, während er auf den Beifahrersitz kletterte, und machte sich Gedanken darüber, ob der Sicherheitsgurt an seiner Wunde reiben würde oder nicht.

Ball nahm ihr Gesicht in seine Hände und küsste sie. Es war kein langer Kuss, aber er war auch nicht kurz. »Es geht mir gut«, sagte er mit Nachdruck. »Hör auf, dir Sorgen zu machen.«

»Genau, ich soll aufhören, mir Sorgen zu machen. Ziemlich unwahrscheinlich«, murmelte sie, als sie die Tür hinter ihm zumachte und zum Fahrersitz ging.

Ball grinste und wandte sich zu Elise auf dem Rücksitz, die ebenfalls lächelte. *Sie macht sich viel zu viele Sorgen um mich,* buchstabierte er mit den Fingern.

*Schön, oder?*

Ball nickte. Ja. Es war *wirklich* schön.

Die Fahrt zurück zu seinem Haus verlief friedlich. Es waren nicht viele Fahrzeuge auf der Straße und die Fahrt durch die Innenstadt ging schnell und einfach vonstatten. Ehe er sichs versah, fuhr Everly vor seinem Haus vor. Hier machte sie mit der Bemutterung weiter, half ihm beim Aussteigen und ging langsam mit ihm bis zu seiner Tür. Elise saß immer noch im Wagen und er konnte spüren, wie sie die beiden ansah.

»Bleibt heute Nacht hier«, bat er, nachdem er die Tür aufgesperrt hatte.

Sie zögerte und er nutzte seine Verletzung schamlos dazu aus, sie zu überzeugen. »Schließlich brauche ich morgen früh beim Reinigen der Wunde Hilfe. Es ist mitten in der Nacht und Elise und du, ihr seid doch sicher erschöpft. Ich habe bis jetzt noch kein Bett für sie, aber sie kann unten auf dem Sofa schlafen, wie ihr es bei Gray getan habt. Musst du morgen arbeiten?«

Everly schüttelte den Kopf.

»Gut, und außerdem ist Samstag, also hat Elise auch keine Schule. Meine Einstellung zu dem, was ich von dir will, hat sich nicht verändert. Bleibt das Wochenende über hier bei mir. Du und Elise. Bitte?«

Sie nickte schnell und Ball hatte das Gefühl zu wachsen. Er wusste, wie wichtig ihr ihre Unabhängigkeit war.

»Am Sonntag muss ich allerdings arbeiten.«

»Ist schon okay. Elise kann hier bei mir bleiben. Ich bringe sie dann nach Hause, wenn du mit der Arbeit fertig bist, oder sie kann auch gern hierher zurückkommen.«

Er konnte ihr nicht am Gesicht ablesen, was sie dachte, doch nach einer Weile sagte sie schließlich nickend: »Okay.«

»Wenn du das nicht möchtest, ist das okay, ich wollte nur …«

»Natürlich möchte ich das auch. Ich zögere nur, weil ich nichts überstürzen will.«

Er konnte nicht anders. Ball lachte laut auf. »Überstürzen? Ev, wenn es nach mir ginge, würde ich die Jungs anrufen und ihnen befehlen, all deine Sachen morgen in mein Haus zu räumen.«

»Äh ... vielleicht könnten wir das auf *übermorgen* verschieben.«

Ball lachte leise. »Hol deine Schwester. Ich bin erschöpft und euch geht es wahrscheinlich genauso.«

»Allerdings. Ball?«

»Ja?«

»Ich bin froh, dass es dir gut geht. Ich bin wahnsinnig stolz auf dich. Und auch wenn dieses kleine Mädchen niemals erfahren wird, wer du bist und was du für sie getan hast, so weiß ich es doch. Vielen Dank.«

Ihr Lob bedeutete ihm die Welt. Ball küsste sie auf die Stirn. »Gern geschehen. Und jetzt hol deine Schwester. Sie drückt sich schon die Nase am Fenster platt, weil sie uns beobachtet.«

Everly lachte. »Okay, aber in der Zwischenzeit darfst du nichts heben.«

»Jawohl, Ma'am.«

Ball hatte nicht die Absicht, in sein Haus zu gehen und irgendetwas zu heben, bevor Everly und Elise nicht wieder bei ihm waren. Er lebte in einer guten Gegend, aber es war mitten in der verdammten Nacht. »Beeilt euch. Nach zwei Uhr nachts passiert nie etwas Gutes«, erklärte er ihr. »Sag Elise, dass ihr heute Nacht hierbleibt, und dann gehen wir rein.«

Sie nickte und er sah zu, wie Everly zurück zum Wagen eilte, die Hintertür öffnete und ihrer Schwester mitteilte, dass sie bleiben würden. Elise war innerhalb von zwei

Sekunden aus dem Geländewagen gestiegen. Sie schnappte sich die Taschen und hopste auf ihn zu, bevor auch nur eine einzige Minute vergangen war.

Sie grinste, als sie an ihm vorbeiging, und verschwand mit Everlys Tasche die Treppe hinauf zu seinem Schlafzimmer.

Everly trat kopfschüttelnd neben ihn. »Anscheinend hat sie nichts dagegen.«

»Sieht ganz so aus.«

Everly legte einen Arm um ihn und zog ihn in Richtung der Treppe. »Komm schon. Du bist ja völlig erschöpft.«

Allerdings nicht so erschöpft, dass sein Schwanz nicht in seiner Hose zuckte bei dem Gedanken daran, mit ihr gemeinsam im Bett zu liegen. Er befahl sich selbst, sich zu entspannen, als er sich von ihr die Treppe hinaufführen ließ.

»Darf ich mir deine Wunde ansehen?«, fragte sie ihn.

Ball schüttelte sofort den Kopf. Wenn sie das jetzt tat, würde sie sich nur aufregen, und dann würden sie nie schlafen. »Heute Abend nicht mehr. Im Moment ist alles okay. Wenn wir aufstehen, kannst du mir helfen, sie zu säubern.«

Sie seufzte, widersprach aber nicht. Und auch das war ein weiterer Punkt, den Ball an Everly so mochte. Sie bestand nicht darauf, dass es die ganze Zeit nach ihrer Nase ging. Holly hingegen war die Königin darin gewesen, wenn es darum ging, ihren Willen durchzusetzen.

»Ich sehe mal nach Elise, um sicherzustellen, dass es ihr gut geht. Dann ziehe ich mich um«, sagte Everly und zeigte in Richtung Badezimmer. »Okay?«

»Selbstverständlich«, erwiderte Ball. Er fragte sich, was sie wohl sagen würde, wenn er sie bitten würde, sich direkt vor ihm umzuziehen, aber er beschloss, sein Glück nicht herauszufordern. Sie verschwand auf dem Flur und ein paar

Minuten später kam sie zurück und ging ins Bad. Ball zog schnell seine schmutzige Jeans und sein Hemd aus. Er zog seine Boxershorts aus und ein frisches Paar an, dann zog er sich ein T-Shirt über, gerade als Everly wieder ins Zimmer kam. Normalerweise schlief er nur in seinen Boxershorts, aber er wollte nicht, dass Everly sich Sorgen um seine Wunde machte. Und wenn sie den Verband sah, würde sie sich Sorgen machen.

Sie sah bezaubernd aus in ihrem Pyjama. Ihr Haar war durcheinander und er wünschte sich nichts sehnlicher, als es noch mehr zu zerzausen.

Er ermahnte sich zur Ruhe, schritt auf sie zu, küsste sie auf die Stirn und ging ohne ein Wort hinter ihr ins Bad.

Er putzte sich die Zähne und wusch sich das Gesicht, wobei er sich nicht die Mühe machte, sich zu rasieren, da er dies vor nicht allzu langer Zeit getan hatte.

Der Anblick, der sich ihm bot, als er wieder in sein Schlafzimmer ging, ließ ihn erstarren.

Everly hatte alle Lichter ausgeschaltet, bis auf das auf dem Nachttisch auf seiner Seite des Bettes. Sie lag unter der Decke und er konnte nur ihre Schultern und ihr Haar sehen, das auf dem Kopfkissen ausgebreitet lag. Sie sah nervös aus, aber so vollkommen, dass es ihm für einen Moment fast den Atem verschlug.

»Ball?«

Ohne ein weiteres Wort ging er aufs Bett zu. Er hob die Decke an und schlüpfte darunter. Die Bettwäsche war kühl auf seiner Haut, doch kaum kam er mit ihrem Körper in Berührung, wurde er von Wärme eingehüllt. Er drehte sich zu ihr um und presste seine Brust an ihren Rücken.

Sie seufzten beide.

»Das hat mir gefehlt«, erklärte er ihr leise.

»Mir auch.«

Ball küsste ihre Schulter und entspannte sich jetzt endlich völlig. Er war nun schon seit mehr als vier Tagen in ständiger Alarmbereitschaft gewesen. Aber in dem Moment, in dem er die Augen schloss und Everlys vertrauten Duft einatmete, war er verloren. Er hätte nach Elise sehen sollen, sich vergewissern, dass sie sich gut eingerichtet hatte und nichts brauchte.

Früher hatte er sich nach einem Einsatz auch ins Bett gelegt und ihn im Kopf noch einmal durchgespielt. Aber heute Abend ... oder besser gesagt, heute Morgen ... schaltete sein Körper sofort ab, als er Everly in die Arme nahm.

Sie war hier. Bei ihm. In seinem Bett. Seine Welt war wieder in Ordnung.

# KAPITEL DREIZEHN

Everly war sich nicht sicher, was sie geweckt hatte. Sie hatte geschlafen wie eine Tote. So tief und fest wie in der Nacht zuvor hatte sie seit Jahren nicht mehr geschlafen.

Etwas kitzelte sie am Hals.

Sie öffnete die Augen und bewegte sich, bevor sie darüber nachdachte, was los war. Sie hörte ein Grunzen, ignorierte es aber, während sie darum kämpfte, unter der Bettdecke hervorzukommen.

Das Morgenlicht, das durch die Vorhänge fiel, machte es leicht genug zu sehen, wo sie war ... und mit wem sie zusammen war.

Keuchend stand sie neben dem Bett und starrte auf Ball hinunter, der mit einer Hand über der Nase dalag und sie anstarrte.

Mit einem Mal wurde sie sich dessen bewusst. Sie war in Balls Haus. In seinem Schlafzimmer. In seinem Bett.

Und sie hatte ihm gerade ins Gesicht geschlagen.

»Bitte entschuldige, das tut mir so leid! Alles in Ordnung?«, sagte sie, kroch wieder auf die Matratze und streckte die Hand nach ihm aus.

Kaum hatte sie das getan, stürzte er sich auf sie, und bevor sie wusste, wie ihr geschah, lag Everly wieder auf dem Rücken.

»Wo war ich?«, murmelte er.

»*Ball!* Habe ich dir wehgetan?«

»Nein«, sagte er und senkte den Kopf, um seine Nase an ihrem Hals zu vergraben.

»Ich meine es ernst, Ball. Es tut mir leid. Ich bin aufgewacht und wusste nicht, wo ich bin, und dann habe ich gespürt, wie du mich berührt hast, und bin in Panik verfallen.«

»Ist schon okay, Ev«, erwiderte er.

Sie erschauderte, als er mit den Lippen über ihren sensiblen Hals glitt. Gänsehaut breitete sich auf ihren Armen aus. »Ball?«

»Mmmm?« Er hörte nicht auf, sie zu erforschen, und nun kam auch seine Hand ins Spiel. Er schob sie unter den Ärmel ihres T-Shirts, sodass er ihre Haut berühren konnte, und strich mit den Fingerspitzen über ihre Schulter, während er ihr Ohrläppchen mit den Lippen umschloss.

»Ich sollte mal nach Elise sehen«, sagte Everly und hielt mit purer Willenskraft das Stöhnen zurück, das aus ihrer Kehle zu dringen drohte.

»Es geht ihr gut«, murmelte Ball. »Sie schläft noch.«

»Wie spät ist es denn?«

»Keine Ahnung.«

»Ball!«

»Was denn?«, fragte er, hob den Kopf und zog eine Augenbraue hoch. Er hörte nicht auf, sie mit den Fingern zu streicheln, und Everly erschauderte.

»Ich sollte mir mal deine Wunde ansehen.«

»Es geht mir gut.«

»Aber ...«

»Everly, mir geht's gut. Meiner Wunde geht es gut. Elise geht es gut. Das ist das erste Mal, dass ich dich in meinem Bett habe, und es ist vier Tage her, seit ich dich das letzte Mal gesehen habe. Dich berührt habe. Wenn du das nicht willst ... ist jetzt der richtige Zeitpunkt, etwas zu sagen. Wenn du nur nervös bist, kann ich damit arbeiten. Aber wenn du wirklich nicht mit mir schlafen willst, sag es mir. Ich bin kein Vollidiot. Ich werde nicht verschrumpeln und sterben, wenn du lieber noch warten willst.«

Sie war nervös, aber Everly wollte ihn trotzdem. Sie wusste es zu schätzen, dass er sie nicht unter Druck setzte.

Sie beschloss, es zu versuchen, griff nach unten und hielt den Saum ihres T-Shirts fest. Sie wölbte den Rücken, zog es hoch und aus und warf es über die Bettkante.

Sie ließ die Arme über ihrem Kopf und starrte Ball mit einem fast trotzigen Blick an.

Er sagte kein Wort, starrte nur zurück und nahm jeden Zentimeter in sich auf.

Je länger er schwieg, desto unangenehmer wurde es ihr, und Everly bereute ihre impulsive Handlung und versuchte, die Decke über ihre nackte Brust zu ziehen.

Doch bevor sie ihre Arme auch nur senken konnte, schnappte sich Ball ihre Handgelenke. Sein Griff war fest, obwohl es nicht im Geringsten wehtat. Everly spürte, wie sich ihre Brustwarzen verhärteten, aber sie wandte den Blick nicht von Balls Gesicht ab. Er ließ ihre Handgelenke los und sie hielt still, während er sie mit seinen Blicken verschlang.

Seine Augen waren weit aufgerissen, als könnte er es nicht ertragen, auch nur zu blinzeln, weil er etwas verpassen könnte, und er leckte sich mehrmals über die Lippen.

Dann beugte er sich langsam, ganz langsam, vor.

Ein unwillkürliches Stöhnen entwich ihrer Kehle, bevor

er sie überhaupt berührte, aber in dem Augenblick, in dem er seine Lippen um eine ihrer Brustwarzen legte, wurde es noch intensiver. Sie griff nach unten und legte eine Hand auf seinen Hinterkopf, während sie mit der anderen seinen kräftigen Bizeps packte. Sie wölbte den Rücken und presste sich fester an ihn.

»Ball!«, rief sie.

Er antwortete ihr nicht, sondern saugte und liebkoste weiter ihre Brustwarze. Sein Mund war warm und als er sie mit den Zähnen sanft biss, wäre sie fast ausgerastet. Sie spürte, wie er sie anlächelte, dann bewegte er den Kopf, um ihre andere Brustwarze zu liebkosen.

Wenn Everly nicht genau im richtigen Moment die Augen geöffnet hätte, wäre ihr entgangen, wie er bei der Bewegung zusammenzuckte.

Sie wollte auf keinen Fall, dass er bei ihrem ersten Sex Schmerzen hatte.

Da sie wusste, dass er leugnen würde, wenn sie etwas darüber sagte, drückte sie sich sanft gegen ihn, bis er auf dem Rücken lag, dann setzte Everly sich auf ihn.

Der Positionswechsel machte ihm nichts aus. Er griff nach oben, fasste ihr in den Nacken und zog sie zu sich herunter. Er hob den Kopf und nahm eine ihrer Brüste in den Mund, während er mit der Hand leicht in die andere Brustwarze zwickte.

Everly war kein Neuling in Sachen Sex. Sie war vierunddreißig und sie hatte schon einige Partner gehabt, aber irgendwie war es etwas, das sie noch nie erlebt hatte, auf allen vieren über einem Mann zu schweben, während er an ihren Brüsten saugte. Es war irgendwie unanständig, aber auch verdammt sexy. Sie spürte jedes Saugen an ihrer Brustwarze als einen Funken der Lust, der direkt in ihre Muschi schoss.

Ohne nachzudenken, begann sie, leicht hin und her zu wippen, wobei die Bewegung ihre Brüste zum Schwingen brachte und den Empfindungen eine weitere Dimension hinzufügte.

Ball ließ den Kopf zurück auf das Kissen fallen. Er starrte zu ihr hinauf und beobachtete, wie sie weiter über ihm schwebte.

»Verdammt, bist du sexy«, sagte er, den Blick auf ihre Brüste gerichtet.

Sie setzte sich auf und zwang ihn, ihren Hals loszulassen, um nicht zu riskieren, sie zu verletzen. Seine Hände ruhten nun auf ihren Schenkeln und er streichelte sie. Sie wartete, bis sein Blick den ihren traf.

»Ich sag dir jetzt, wie es ablaufen wird«, sagte sie so streng wie möglich. Innerlich fühlte sie sich wie ein unterwürfiges Hündchen, das nichts lieber wollte, als sich auf den Rücken zu rollen und Ball schalten und walten zu lassen, wie es ihm gefiel. Doch sie rief aus ihrem tiefsten Inneren die strenge Polizistin auf den Plan und sagte stattdessen: »Du bist verletzt. Du wirst jetzt einfach da liegen und *mich* das Kommando übernehmen lassen. Ich will auf keinen Fall, dass deine Wunde wieder aufgeht und du hier alles vollblutest, verstanden?«

»Jawohl, Ma'am«, erwiderte Ball ernst. Er ließ seine Hände ihre Oberschenkel weiter nach oben gleiten, bis er ganz oben ankam und mit den Daumen ihren Oberschenkelansatz streicheln konnte.

Sie wünschte sich jetzt ernsthaft, sie hätte keine Leggins zum Schlafen angezogen.

»Du bist wunderschön«, erklärte Ball ehrfürchtig.

Everly wollte das schon abstreiten, schluckte die Worte dann jedoch herunter. Sie hatte noch nie so über sich gedacht, aber sie konnte nicht leugnen, dass der Blick in

Balls Augen sie dazu brachte, ihr Bild von sich selbst zu überdenken. Warum *sollte* sie nicht schön sein? Nur weil sie die kleinen Pölsterchen nicht mochte, die sie scheinbar nicht loswerden konnte, oder fand, dass ihre Brüste ein wenig zu schlaff waren, hieß das nicht, dass sie nicht schön war. Frauen machten sich viel zu schnell selbst runter, und wenn man Balls Gesichtsausdruck Glauben schenken durfte, sah er nichts, was ihm nicht gefiel.

Sie setzte sich aufrechter hin und wölbte den Rücken ein wenig mehr.

»Verdammt«, murmelte Ball. Er richtete den Blick sofort wieder auf ihre Brust. Weil sie ihn auch nackt sehen wollte, schob Everly ihre Hände unter den Saum seines eigenen T-Shirts, und er tat sofort, was er konnte, um ihr zu helfen, es auszuziehen. Der Stoff segelte hinter ihr zu Boden, als sie es beiseitewarf, wobei sie die Aufmerksamkeit auf seinen perfekten Körper unter ihr richtete.

Ball hatte sehr breite Schultern, was keine Überraschung war. Sein Bizeps spannte sich an, als er seine Hände wieder auf ihre Oberschenkel legte. Er hatte eine sehr markante Spur feiner Härchen, die unter seinen Boxershorts verschwand. Seine Bauchmuskeln sahen aus, als wären sie aus Granit gemeißelt, und Everly konnte ihre Hände nicht von ihm lassen.

Sie hielt ihre Hände von dem Verband an seiner Seite fern und weigerte sich, sich von dessen Anblick die Stimmung verderben zu lassen. Es gefiel ihr nicht, dass er verletzt war, sie wollte genau sehen, wie sehr, aber sie wollte ihn in sich spüren.

Sie legte ihre Handflächen auf seinen Bauch, beugte sich vor und spürte, wie sich sein Bauch zusammenzog, als sie ihn streichelte. Seine Brustwarzen wölbten sich unter ihren Händen, als sie mit den Handflächen darüberstrich.

Sie grub ihre Finger in seine Schultern und beugte sich noch weiter vor. Mit den Brustwarzen strich sie über seine Brust, wobei seine leichte Brustbehaarung sie kitzelte, als sie auf Entdeckungsreise ging.

Sie bewegte sich bewusst nach oben, dann wieder zurück, wobei sie ihre Brustwarzen noch einmal an ihm rieb.

»Genug«, stöhnte Ball. Er packte ihre Taille mit den Händen und richtete sie so aus, dass ihre Muschi direkt über seinem Schwanz war. Er war hart und Everly konnte nicht anders, als sich an ihm zu reiben. Ihre Unterwäsche und Leggings und seine Boxershorts verhinderten, dass einer von ihnen das Gefühl voll auskosten konnte.

Ball schob seine Hände unter ihren Hosenbund und streichelte ihren Hintern, während er sie noch fester an sich drückte. Er sagte nichts, aber die Art, wie sich seine Augen weiteten und seine Beine sich bewegten, teilte ihr alles mit, was sie wissen musste.

Er war genauso heiß auf sie, wie sie es auf ihn war.

Mit einer schnellen Bewegung, bei der sie seine Hände löste, stand sie neben dem Bett auf und zog mit einer schnellen Bewegung ihre Unterwäsche und Leggings aus.

»Kondom?«, fragte sie, während Ball sich die Boxershorts über die Beine streifte.

Er gestikulierte zu dem Nachttisch neben dem Bett. Everly riss die Schublade auf und griff nach der Schachtel. Sie war versiegelt und der Versuch, sie zu öffnen, kostete wertvolle Sekunden.

Ball nahm es ihr aus der Hand und zerriss die Schachtel. Kondome flogen überall herum.

Einen Moment lang konnte Everly nur starren, dann fing sie an zu kichern. Ihr Kichern verwandelte sich in ein ausgewachsenes Lachen. Schnell bückte sie sich, hob eines der Päckchen vom Boden auf und kletterte zurück aufs Bett. Ohne darüber nachzudenken, wie viel intimer die Position sein würde, wenn sie nichts anhatte, setzte Everly sich wieder auf Ball.

Erst als sie auf seinen Schenkeln saß und auf seinen harten Schwanz starrte, wurde ihr bewusst, wie offen sie für Ball war.

Sie ließ den Blick zu ihm hinaufwandern und wie vorauszusehen war, starrte er direkt auf ihre Muschi.

Ihre Muskeln verkrampften sich und Everly musste eine bewusste Entscheidung treffen, um sich nicht auf die Seite fallen zu lassen und nach der Decke zu greifen, um sich zu bedecken.

Ball ließ seine Hände wieder zu ihren Schenkeln wandern, und diesmal, als er mit den Daumen die Falten zwischen ihren Beinen streichelte, zuckte sie zusammen. Er war so nahe an der Stelle, an der sie ihn brauchte.

»Halt still und lass mich dich kurz ansehen«, befahl Ball rau.

Es war eine fast unmögliche Aufgabe. Bei ihrer Verlegenheit und ihrem Verlangen wollte sie alles andere lieber, als mit gespreizten Beinen dazusitzen und sich von ihm anstarren zu lassen, aber sie tat es. Um sich abzulenken, musterte sie ihn ebenso eifrig.

Sein Schwanz war dick und wölbte sich nach oben in Richtung seines Bauchnabels. Die Adern schienen zu pulsieren und noch während sie ihn anstarrte, zuckte er, und ein Lusttropfen erschien auf seiner Eichel.

Aber sie vergaß den Anblick seiner Männlichkeit, als sie wieder den Verband an seiner Seite sah.

Everly konnte nicht sagen, wie schlimm die Wunde war, da sie verbunden war, aber je länger sie darauf starrte, desto mehr zweifelte sie an dem, was sie da taten. Sie runzelte besorgt die Stirn und wollte von ihm herunterklettern.

»Kommt gar nicht infrage«, sagte Ball. »Lass dich nicht ablenken.« Er packte sie um die Taille und zog sie nach oben.

Um sich nicht zu winden und ihn noch mehr zu verletzen, als er ohnehin schon war, half Everly ihm, indem sie auf ihren Knien nach vorn rutschte.

Sein Schwanz berührte ihre offene Muschi, woraufhin sie erneut zögerte.

Ball knurrte leise etwas vor sich hin und zog sie schnell nach vorn.

Ehe sie sichs versah, blickte Everly an ihrem Körper hinunter in Balls Gesicht. Sie schwebte über seiner Brust und er starrte zwischen ihre Beine, als wäre er ein hungriger Mann, der seit einer Woche nichts mehr gegessen hatte, und sie ein saftiges Steak.

Er ließ den Blick langsam an ihrem Körper hinaufwandern, bis er ihr in die Augen schaute. »Komm hier hoch«, sagte er leise.

Da sie wusste, was er wollte, und genauso begierig darauf war, seinen Mund zwischen ihren Beinen zu spüren wie er, vergaß sie seine Verletzung und schob sich noch ein paar Zentimeter weiter vor. Ball rutschte mit seinem Körper ein Stück nach unten und schob ein Kissen unter seinen Kopf.

Everly konnte jetzt seinen heißen Atem an ihrer Haut spüren und sie schloss voller Vorfreude die Augen.

»Mach deine Beine ein bisschen breiter«, befahl Ball und half mit, indem er seine Hände auf die Innenseiten ihrer Oberschenkel legte und leicht drückte.

Sie tat es und bevor sie sich richtig vorbereiten konnte,

war Ball da. Er leckte und saugte, als wäre sie seine letzte Mahlzeit.

Stöhnend zuckte Everly zusammen, aber Ball hielt sie still, während er sich an ihrer Muschi labte. Er benutzte seine Zunge, seine Lippen und sogar seine Zähne, um sie zu liebkosen. Es war wie nichts, was sie je zuvor erlebt hatte. Kein Liebhaber war jemals so ... *ungestüm* mit ihr umgegangen. So fordernd. Und sie *liebte* es verdammt noch mal.

Irgendwann sah Everly nach unten und konnte nicht verhindern, dass ihr ein Wimmern entwich. Balls Gesicht war mit ihren Säften verschmiert. Sogar seine Nase glitzerte von ihrer Feuchte. Er genoss es, sie anzutörnen und zu verwöhnen, und seine Erregung zeigte sich mehr als deutlich in seinem Enthusiasmus.

Als er seine Lippen um ihre Klitoris legte und fest daran saugte, versuchte Everly, sich zurückzuziehen, die Empfindungen waren zu stark. Aber er musste das geahnt haben, denn er griff mit der Hand an ihren Hintern und streifte mit seinem kleinen Finger ihren Hintereingang.

»Ball!«, rief sie aus.

Er antwortete nicht mit Worten, verstärkte nur seinen Sog an ihrer kleinen Lustknospe.

Everly konnte nicht denken. Konnte sich nicht entscheiden, ob sie sich zurückziehen oder fester gegen ihn drücken sollte. Und er ließ ihr keine Wahl. Er liebkoste weiter ihre Klitoris, bis ihre Schenkel in Erwartung eines Orgasmus zu zittern begannen.

Zum Glück griff er mit der anderen Hand nach ihrer Taille, um sie zu stützen, denn einen Moment später explodierte sie. Sie zuckte und krümmte sich in seinen Händen, während er weiterhin ihre Klitoris leckte, während sie zum Orgasmus kam.

»Verdammt! Ball ... Oh mein Gott ...« Everly wusste, dass

es keinen Sinn ergab, aber sie fühlte sich, als wäre ihre Welt gerade implodiert. Ihr Körper war so schlaff wie eine Nudel und sie konnte scheinbar keinen einzigen klaren Gedanken fassen.

Als sie wieder zu sich kam, saß sie irgendwie auf Balls Schenkeln. Er rollte das Kondom über seinen Schwanz, dann legte er seine Hände wieder auf ihre Hüften.

»Besorg es mir, Ev«, sagte er mit leiser, rauer Stimme.

Sein Gesicht glitzerte immer noch und er leckte sich erwartungsvoll über die Lippen.

Jetzt, wo sie wieder bei vollem Bewusstsein war, merkte Everly, dass sie immer noch erregt war. Ihre Innenschenkel waren feucht und sie brauchte ihn mehr, als sie Luft zum Atmen brauchte. Schnell kniete sie sich hin, schob sich vor und nahm seinen Schwanz in die Hand.

Er atmete scharf ein und sein Blick war auf die Stelle geheftet, wo sie sich gerade vereinigten. Everly wollte eine Show für ihn veranstalten. Wollte ihn extrem langsam nehmen, damit er zusehen konnte, aber ihr Körper hatte andere Pläne.

Sobald sie die Spitze seines Schwanzes an ihren Falten spürte, hatte sie das Bedürfnis, ihn tief in ihrer immer noch pochenden Muschi zu spüren.

Sie sank mit einem einzigen Ruck auf ihn herab. Sie ließ keinem von ihnen Zeit, sich darauf einzustellen.

Sie schnappten beide nach Luft, als er bis zum Anschlag in sie eindrang.

»*Verdammt* noch mal«, flüsterte Ball. »Ich spüre, wie du meinen Schwanz umschließt, als würdest du ihn nie wieder loslassen wollen.«

Sein Schwanz war groß. Und es war so lange her, seit sie Liebe gemacht hatte, dass es ein bisschen schmerzhaft war, ihn in ihr zu haben, aber ihr Orgasmus war so intensiv gewesen, dass es ihm das Eindringen erleichtert hatte.

»Ev?«, fragte er und packte sie so heftig, dass ihr klar war, dass sie morgen wahrscheinlich blaue Flecke haben würde, was ihr allerdings völlig egal war.

»Ja?«, flüsterte sie.

»Fang an, dich zu bewegen.«

Und das tat sie. Anfangs ganz langsam, doch dann immer schneller, bis sie Ball heftig ritt und seine Verletzung ganz vergessen hatte. Ihre Brüste wippten so sehr, dass sie morgen wahrscheinlich wehtun würden, aber die Tatsache, dass Ball nicht den Blick davon abwenden konnte, sorgte dafür, dass sie sich unheimlich sexy fühlte.

»Du bist so wunderschön«, murmelte er. Er ließ eine Hand auf ihrer Hüfte ruhen, während die andere auf ihrem Bauch lag. Sie hätte sich fast beschwert, weil das nicht die Stellen waren, an denen sie von ihm berührt werden wollte – dann strich er mit dem Daumen über ihre Klitoris. Es brachte sie aus dem Rhythmus und er lächelte. »Mach weiter.«

»Ich kann einfach nicht klar denken, wenn du mich so anfasst«, beschwerte sie sich.

»Gut. Und jetzt besorg's mir weiter, Everly.«

Sie tat ihr Bestes, aber als er ihre Klitoris fester rieb, während sie ihn ritt, fiel es ihr schwer, sich daran zu erinnern, was sie da tat. Als sie nach unten schaute, sah sie rote Flecke auf Balls Oberkörper, und es gefiel ihr, den Beweis zu sehen, dass er nicht so ungerührt war, wie er zu sein schien.

»Ich stehe kurz davor, zum Orgasmus zu kommen«, warnte sie ihn, als das wohlbekannte Gefühl eines bevorstehenden Höhepunktes ihren Körper durchzuckte.

»Ich will spüren, wie deine Muschi meinen Schwanz melkt«, sagte Ball, wobei sie von seinen schmutzigen

Worten noch weiter angemacht wurde. »Melk mich, Ev. Tu es. Besorg es mir und bring mich dazu abzuspritzen.«

Es waren weniger seine Worte als die Tatsache, dass er seine Fingernägel dazu benutzte, ihre extrem sensibilisierte Klitoris zu liebkosen. Es tat irgendwie weh, aber auf eine gute Art. Sie stützte sich mit einer Hand auf seiner Brust ab und hielt sich mit der anderen an seinem Bizeps fest, und zwar so stark, dass sie wusste, dass sie Spuren hinterlassen würde.

»Genau so. Verdammt, ja, du bist so wunderschön. Oh Gott!«

Sie hörte seine Worte kaum durch den Rausch der Euphorie, der ihren Körper überwältigt hatte. Sie stieß ihr Becken nach unten und blieb dort, mehr, weil sie sich nicht mehr bewegen konnte, als aus irgendeinem erotischen Grund, und erbebte, als sie schließlich explodierte.

Sie spürte vage, wie er ihre Hüften packte und sie zweimal gewaltsam auf und ab bewegte, bevor er sie an sich drückte und seinen Rücken durchdrückte.

Wegen des Kondoms konnte sie nicht spüren, wie er kam, aber sie sah, wie sich der rote Fleck auf seiner Brust ausbreitete und er die Augen zusammenkniff, als er kam. Seine Hüften zuckten unter ihren und ein Grunzen entwich seinem Mund, bevor sich jeder Muskel in seinem Körper entspannte.

Everly ließ sich auf ihn sinken und erschlaffte. Ball legte die Arme um sie und drückte sie an sich, und beide sprachen einen Moment lang nicht.

Sie spürte, wie sein Herz genauso heftig schlug wie ihres. Nach einer Weile spürte sie, wie sein Schwanz aus ihrem Körper glitt, und sie erschauderte.

»Ich hasse das«, flüsterte sie.

»Aber nicht so sehr wie ich«, erwiderte Ball flüsternd. Dann nahm er sanft ihr Gesicht in die Hände.

Ihm in die Augen zu sehen, während sie immer noch splitternackt auf ihm lag, und sich daran zu erinnern, wie wollüstig sie gewesen war, war irgendwie schwieriger, als sich mit einem Drogenabhängigen auf Meth anzulegen.

»Das war wirklich einfach perfekt«, sagte er, wobei er jedes Wort einzeln betonte. »*Du* warst perfekt.«

»Ich ... äh ... du solltest dich wahrscheinlich besser nicht daran gewöhnen, dass ich mich so benehme.«

»Dass du dich wie benimmst?«

Everly biss sich auf die Lippe. »Ähm, so ... enthusiastisch?«

Er lächelte. »Das ist aber *genau,* wie ich dich will. Und zwar jedes einzelne Mal. Wenn es mir nicht gelingt, dich jedes Mal so heißzumachen, mache ich etwas falsch.«

Bei seinen Worten schmolz sie dahin. »Ball ...«

»Kannon.«

»Was?«

»Beim nächsten Mal, wenn du an meiner Zunge oder meinem Schwanz zum Orgasmus kommst, möchte ich, dass du meinen richtigen Namen sagst.«

»Okay«, sagte sie sofort, da ihr der Gedanke gefiel.

Er lehnte sich hoch und gab ihr einen sanften Kuss, dann ließ er die Hände sinken und sagte: »Es tut mir leid, dass ich unsere Zärtlichkeiten abbrechen muss, aber ich muss mich um dieses Kondom kümmern.«

»Und vielleicht solltest du dir auch das Gesicht waschen«, erklärte Everly und lachte leise.

Er schüttelte den Kopf. »Nein. Das lasse ich da, solange es geht.«

»Ball!«, rief sie aufgebracht, stützte sich auf seiner Brust ab und schlug ihm leicht auf die Schulter. »Das ist doch ekelhaft!«

»Nichts an dir ist ekelhaft«, erwiderte Ball lächelnd. »Und jetzt rutsch rüber und lass mich aufstehen. Ich muss mir meine Boxershorts anziehen, damit ich mich beherrschen kann und nicht erneut über dich herfalle, wenn du mir dabei hilfst, meine Wunde sauber zu machen.«

*Mist!* Das hatte sie wirklich ganz vergessen. Everly sprang so schnell von ihm herunter, dass sie fast gefallen wäre, wenn er sie nicht festgehalten hätte. »Verdammt! Das habe ich ja ganz vergessen! Alles in Ordnung? Ich habe dir doch nicht wehgetan, oder?«

Er antwortete nicht und Everly blickte ihn besorgt an.

Dann verdrehte sie die Augen, denn sein Blick war erneut auf ihre Brüste gerichtet.

Sie beugte sich vor und griff nach ihrem T-Shirt, das auf wunderbare Weise irgendwie am Rand der Matratze festhing. Sie zog es sich über den Kopf und konnte ein Lachen gerade noch so zurückhalten, als er blinzelte, als wäre er gerade aus einer Trance erwacht. Sie hatte das Gefühl, dass sie ihn in Zukunft ziemlich leicht ablenken konnte, indem sie ihm einfach ihre Brüste zeigte. »Ball? Alles okay?«

»Alles in Ordnung«, versicherte er ihr, ließ sich dann aus dem Bett rollen und streckte sich vorsichtig.

Everly verschlang ihn mit Blicken. Nackt sah er im Liegen schon gut aus, aber wenn er stand und dabei seinen wie in Stein gemeißelten Körper präsentierte? Da war er phänomenal.

»Gefällt dir, was du siehst, Ev?«

»Das weißt du doch«, erklärte sie ihm und starrte seine Muskeln an, die sich zusammenzogen, als er auf sie zukam.

»Meine Augen sind hier oben«, scherzte er.

Everly hatte nicht einmal ein schlechtes Gewissen, weil

sie sich Zeit ließ, ihm ins Gesicht zu sehen. Selbst halb steif und noch mit Kondom war sein Schwanz beeindruckend. Sie leckte sich über die Lippen.

»Verdammt, Everly. Gönne mir doch bitte eine Pause, ja? Ich gebe alles, um mich zu beherrschen, damit ich nicht über dich herfalle und es dir so heftig besorge, dass du mich eine Woche lang spürst, jedes Mal wenn du dich hinsetzt.«

Bei seinen Worten erschauderte sie. Tatsächlich würde sie ohnehin schon wund sein in Anbetracht der Tatsache, wie heftig sie ihn geritten hatte, aber der Gedanke daran, dass er im Bett das Kommando übernahm, reichte aus, dass sich ihre Brustwarzen unter ihrem T-Shirt noch einmal zusammenzogen.

Er griff ihr in den Nacken und zwang sie, sich auf dem Bett hinzuknien. Sie war in dieser Position immer noch kleiner als er und die Art und Weise, wie sie den Kopf hochrecken und in den Nacken legen musste, um ihn küssen zu können, war verdammt heiß.

Er küsste sie intensiv, der Geschmack ihres Körpers auf seiner Zunge machte den Moment nur noch lustvoller, als er ohnehin schon war.

Dann ließ er sie los, drehte sich um und ging ins Bad. »Gib mir kurz Zeit, dann kannst du reinkommen und mir helfen, meine Wunde zu versorgen.«

Everly nickte, ließ sich rückwärts auf das Bett fallen und starrte auf seinen Hintern, während er ging. Sie wusste nicht, womit sie so viel Glück verdient hatte, aber sie wollte sich mit beiden Händen an ihm festhalten. Kannon »Ball« Black gehörte *ihr*. Punkt. Aus. Und sie würde ihn nicht wieder hergeben. Auf keinen Fall. Kam nicht infrage.

# KAPITEL VIERZEHN

*Elise:* Ich fahre jetzt mit dem Bus nach Hause.

*Everly:* Warum? Ich dachte, ihr hättet noch ein Treffen mit eurem Wander-Klub.

*Elise:* Ich bin ausgetreten.

*Everly:* Was? Warum?

*Elise:* Darum. Ich möchte nicht darüber reden.

*Everly:* Tja, das wirst du aber müssen. Ich komme um etwa siebzehn Uhr nach Hause, dann unterhalten wir uns.

*Everly:* Verstanden?

*Elise:* Ja, von mir aus.

*Everly:* Geh direkt in die Wohnung und sperr die Tür hinter dir ab. Da ich gedacht habe, dass du in der Schule bist, bis ich von der Arbeit komme, habe ich niemanden organisiert, der dir heute Gesellschaft leisten kann.

*Elise:* Ich bin doch kein Baby mehr. Ich komme auch alleine klar. Es ist ja nicht so, als wäre ich es nicht gewohnt.

Everly starrte bestürzt auf ihr Handy hinunter. Irgendetwas stimmte nicht mit ihrer Schwester. Es hatte sich während der letzten Woche zusammengebraut. An dem Morgen, nachdem Ball von seinem Einsatz nach Hause gekommen war, hatte sie glücklich gewirkt. Sie hatten am Samstag einen perfekten Tag gehabt und sie hatte gesagt, dass Ball am folgenden Sonntag, als Everly bei der Arbeit war, »fantastisch« gewesen sei.

Aber irgendetwas war offensichtlich in der Schule passiert, denn Elise war mürrisch und verschlossen gewesen, als sie am Montagabend nach Hause gekommen war. Und jetzt, am Freitag, nur ein paar Tage später, war sie offenbar aus dem Wander-Klub ausgetreten, auf den sie sich so gefreut hatte. Sie sollten heute nach der Schule eine kurze Wanderung machen und für morgen war eine lange Wanderung über zwölf Kilometer geplant.

Everly hatte sich darauf gefreut, denn das bedeutete, dass sie und Ball den ganzen Tag für sich hatten. Und er hatte ihr bereits mitgeteilt, dass sie ihn in seinem Bett verbringen würden.

Während der letzten Woche hatten sie jede Nacht zusammen verbracht und Everly war noch nie so glücklich gewesen. Es war nicht der Sex. Na gut, es war nicht *nur* der Sex. Es war die Tatsache, dass sie ihren Tag mit ihm verbrachte. Sie sprach über die Menschen, denen sie begegnet war und denen sie geholfen hatte, und sogar über die, die nicht so froh waren, sie in ihrer offiziellen Funktion als Polizistin kennengelernt zu haben.

Er hatte mit ihr über die Webseiten geredet, an denen er arbeitete, und Everly musste zugeben, dass sie immer beeindruckter war. Sie hatte nicht wirklich verstanden, was so schwer daran war, eine Webseite zu erstellen, aber das war, bevor sie die Arbeit sah, die Ball in die von ihm entworfenen Webseiten steckte.

Sie lachten, während sie zusammen kochten. Sie sahen

fern und es gefiel Everly, wie Ball und Elise miteinander auskamen und sich gegenseitig neckten. Die letzte Woche war alles das gewesen, was sie sich je in einer Beziehung gewünscht hatte.

Aber irgendetwas stimmte nicht mit Elise und Everly hatte nicht genügend Erfahrung mit Jugendlichen, um herauszufinden, was genau es war. Ball hatte ihr gesagt, sie solle ihrer Schwester etwas Zeit geben, dann würde sie schon darüber reden, was sie bedrückte, aber Everly war sich da nicht so sicher.

Seufzend schickte Everly eine letzte Nachricht an ihre Schwester.

*Everly:* Ich weiß, dass du kein Baby mehr bist. Es tut mir leid. Ich mache mir einfach nur Sorgen um dich. Ich komme so schnell wie möglich nach Hause und dann können wir uns unterhalten.

Ihre Schwester antwortete nicht.

Nicht dass Everly das wirklich von ihr erwartet hätte. Als Nächstes wollte sie Ball eine Nachricht schicken, aber die Zentrale meldete über Funk einen Einsatz und Everly kam nicht mehr dazu.

Wie sich herausstellte, konnte sie nicht vor fünf zu Hause sein. Es wurde eher halb sieben, und das lag daran, dass sie nach dem Einsatz ohne Unterbrechung beschäftigt war. Dann ereignete sich kurz vor Ende ihrer Schicht ein Unfall mit schweren Verletzungen, und es war nicht so, dass sie einfach den Unfallort verlassen konnte, weil sie eigentlich Feierabend haben sollte.

Trotz ihres anstrengenden Tages hatte sie immer wieder

an Elise denken müssen. Sie war frustriert, dass irgendetwas nicht in Ordnung zu sein schien, wo es ihr doch so gut gegangen war. Sie wollte auf keinen Fall, dass ihre Schwester wieder rückfällig wurde. Und bei Elises derzeitiger Stimmung fragte sich Everly, ob sie das Richtige getan hatte, als sie Elise von ihren Freundinnen und ihrer Schule in Los Angeles weggeholt hatte. Es war nicht ihre Art, an sich selbst zu zweifeln, aber die abrupte Entscheidung ihrer Schwester, den Klub zu verlassen – und ihre Weigerung, darüber zu sprechen –, hatte den ohnehin schon schwierigen Tag noch weiter erschwert.

Als sie nach Hause kam, war Everly nicht nur angespannt und frustriert, sondern auch ein bisschen genervt von Elise. Je mehr sie darüber nachdachte, wie ihre Schwester ihre Bedenken abgetan hatte, und über Elises Tiefschlag, dass sie sie allein gelassen hatte, desto mehr regte Everly sich auf. Sie fühlte sich unwohl – der Tag war heiß gewesen und das Trägerhemd, das sie unter ihrer Uniform trug, war durchgeschwitzt – und sie hatte auch eine kurze Nachricht an Ball geschickt, in der sie ihm mitteilte, dass sie höchstwahrscheinlich nicht vorbeikommen konnte und dass sie ihn hoffentlich morgen sehen würde. Nur eine weitere Sache, die zu ihrem beschissenen Tag hinzukam ... Ball nicht sehen zu können.

Everly schloss die Tür zu ihrer Wohnung auf – und geriet sofort in Panik, als sie sah, dass es darin dunkel war.

Elise sollte zu Hause sein. Es war nach dem Abendessen, also hatte sie erwartet, ihre Schwester im Wohnzimmer zu finden, wo sie fernsah.

Everly ließ ihre Tasche fallen und eilte den Flur hinunter zu Elises Schlafzimmer. In ihrer Panik knallte sie die Tür auf und starrte.

Elise lag auf ihrem Bett und schrieb wütend in ein Tagebuch, das Ball für sie besorgt hatte.

Erleichtert, dass es ihr gut ging, und gleichzeitig irritiert, dass sie sich so erschrocken hatte, stapfte Everly zum Bett hinüber und klopfte auf die Matratze neben Elises Schulter.

Ihre Schwester zuckte erschrocken zusammen und blickte Everly finster an, als sie sie dort stehen sah.

*Was zum Teufel?*, gebärdete Elise.

*Hast du deine Hausaufgaben gemacht?*, fragte Everly.

*Heute ist Freitag. Ich muss sie erst am Montag fertig haben.*

Das stimmte. Aber Everly war verärgert, ihr Schreck beim Betreten einer dunklen Wohnung ließ sie irrational werden. *Ich verlange ja nicht viel von dir, aber die Wohnung ist ein einziges Chaos. Du hast den Müll noch nicht rausgebracht und dein Zimmer ist ein Schweinestall.*

Elise starrte sie böse an. *Hast du mich deshalb hierher eingeladen? Um ein Dienstmädchen zu sein?*

Everly holte tief Luft und versuchte, sich zu beruhigen. *Nein. Es tut mir leid. Hast du gegessen?*

*Ja, natürlich. Ich war am Verhungern, und es ist ja nicht so, als wärst du hier gewesen. Hätte ich warten sollen? Ja, wohl eher nicht.*

*Es tut mir leid, Elise. Es gab einen schlimmen Unfall und ich musste länger bleiben.*

*Wie auch immer.*

Everly biss die Zähne zusammen und versuchte, die Fassung zu bewahren. In Anbetracht des Letzten, was sie an diesem Tag auf der Arbeit gesehen hatte, sollte eine mürrische Jugendliche ihr nichts ausmachen ... der Anblick des Kleinkindes, das sich in seinem Kindersitz in dem zertrümmerten Fahrzeug die Seele aus dem Leib schrie, ging ihr immer noch nicht aus dem Kopf. Es war von umherfliegenden Glasscherben geschnitten worden und die Feuerwehr hatte nicht sofort zu ihm kommen können. So hatte die Kleine etwa zwanzig Minuten lang schreiend dasitzen müssen. Es war herzzerreißend gewesen.

*Reiß dich zusammen.* Everly atmete tief durch und versuchte es erneut.

*Können wir über den Wander-Klub reden?*

*Nein.*

*Komm schon, Elise. Sprich mit mir.*

*Du bist nicht meine Mutter. Du musst nicht so tun, wenn wir allein sind.*

Everly blinzelte. Wow. Das war hart.

Sie wusste, sie sollte bleiben und darauf drängen herauszufinden, was ihre Schwester bedrückte, aber sie war müde und nicht in der Stimmung, es zu versuchen. Die Bemerkung, dass sie nicht ihre Mutter war ... ja, das tat weh. Und die Verletzung gab ihr sogar ein schlechtes Gewissen in Anbetracht der Dinge, die Elise durchgemacht hatte.

Ohne ein Wort zu sagen, drehte sie sich um und verließ Elises Zimmer, wobei sie die Tür leise hinter sich schloss. Sie zog sich ihre Uniform aus und zog sich eine Jogginghose und ein T-Shirt an, ohne sich die Mühe zu machen, Unterwäsche oder einen BH anzuziehen, dann schlenderte sie durch das Wohnzimmer und in die Küche.

Sie öffnete den Kühlschrank und starrte blind hinein. Eigentlich hatte sie keinen Hunger ... eigentlich wollte sie nur dasitzen und weinen.

Sie war so stolz darauf gewesen, wie gut es ihr und Elise ergangen war, aber nach dem Höllentag heute und dem Verhalten ihrer Schwester fragte Everly sich erneut, ob sie das Richtige getan hatte. Vielleicht hätte sie Elise in Los Angeles bei all ihren Freundinnen lassen sollen, in Me-Maws und Pops stabilem Zuhause.

Mehr als zwei Monate waren seit ihrer Entführung

vergangen und weder die Polizei noch das FBI hatten weitere Informationen darüber sammeln können, wer dahintersteckte. Es war höchst unwahrscheinlich, dass Elise noch in Gefahr war. Dennoch empfand Everly immer noch eine subtile Paranoia.

Sie wusste, dass sie ihren Streit mit Elise übertrieben hatte und dass die Dinge morgen besser aussehen würden, aber im Moment konnte sie nicht anders, als an sich selbst und an all den Entscheidungen zu zweifeln, die sie getroffen hatte, seit sie ihre Schwester nach Colorado Springs geholt hatte.

Sie spürte, wie ihr die Tränen kamen, schloss den Kühlschrank, lehnte sich mit dem Rücken dagegen und rutschte hinunter, bis sie mit dem Hintern auf dem Boden saß.

Das Telefon in ihrer Hand vibrierte, als eine Nachricht einging.

*Ball:* Hey, bist du zu Hause?

Mein Gott. Mehr konnte sie jetzt einfach nicht ertragen.

*Everly:* Ja.
*Ball:* Super. Ich bin unten. In ein paar Minuten bin ich da.

Moment mal, wie bitte? Er war hier?

*Everly:* Jetzt passt es gerade nicht.

*Ball:* Warum nicht?

*Everly:* Jetzt passt es einfach gerade nicht. Fahr wieder nach Hause. Wir sehen uns bald.

*Ball:* Nein. Ich bin fast da.

Jetzt weinte sie *richtig*. Vielleicht würde er einfach wieder verschwinden, wenn sie nicht an die Tür ging. Elise würde ihn nicht klopfen hören, also würde er sie nicht stören. Allerdings waren ihre Nachbarn ziemlich neugierig. Wenn er aufdringlich wurde, würden sie ihm die Polizei auf den Hals hetzen.

Das erste Klopfen an der Tür ertönte, kaum dass sie diesen Gedanken hatte.

Frustriert seufzend stand Everly vom Boden auf. Ihre Kollegen würden sie bis in alle Ewigkeit damit aufziehen, wenn sie wegen einer Ruhestörung zu ihr gerufen wurden. Außerdem würde sie das Ball nicht antun. Es war nicht seine Schuld, dass sie so schlecht gelaunt war.

Sie stapfte zur Tür und schloss sie auf, machte sich aber nicht die Mühe, sie zu öffnen. Sie hörte, wie Ball den Knauf drehte, als sie davonging. Sie machte einen Abstecher ins Wohnzimmer, anstatt zurück in die Küche zu gehen, und setzte sich auf das Sofa. Sie legte die Füße auf das Kissen und schlang die Arme um ihre angezogenen Knie.

Innerhalb weniger Augenblicke war Ball bei ihr. Sanft wischte er ihr die Tränen von den Wangen. »Was ist denn los?«

Everly zuckte mit den Achseln.

»Geht es Elise gut?«

Sie nickte.

»Du bist nicht verletzt?«

Sie schüttelte den Kopf.

Ball entspannte sich leicht und setzte sich neben sie. Er zog sie auf seinen Schoß und Everly sträubte sich kurz gegen den Trost, bevor sie nachgab. Er hielt sie fest, ohne etwas zu sagen. Wie lange sie so dasaßen, wusste Everly nicht. Als sie bereit war zu sprechen, vermutete sie, dass seine Beine eingeschlafen waren, weil sie auf ihm saß, aber es schien ihn nicht im Geringsten zu stören.

»Hast du manchmal auch so Tage, an denen nichts so läuft, wie du es dir vorstellst?«, fragte sie.

»Ja.«

»Heute war so ein Tag für mich. Elise ist aus dem Wander-Klub ausgetreten, den sie so toll fand. Sie redet nicht mehr mit mir, verhält sich seltsam und reagiert abweisend. Die Arbeit war scheiße. Heute gab es einen verrückten Spinner nach dem anderen, und zu allem Überfluss musste ich wegen eines Unfalls, der sich um fünf Uhr ereignete, eineinhalb Stunden länger arbeiten als geplant. Gott sei Dank wurde niemand getötet, aber es gab jede Menge Verletzte, darunter auch ein winzig kleines Baby. Ich bin hungrig, habe Angst, dass meine Schwester mich hasst und ich ihr Leben versaue, und jetzt kann ich den Tag morgen nicht mit dir verbringen.«

Man musste Ball zugutehalten, dass er nicht sofort versuchte, sie aufzumuntern, sondern sie einfach fester an sich drückte und mit seinen Fingern beruhigend über ihren Arm strich.

Schließlich seufzte sie und richtete sich auf.

»Geht es dir besser?«, fragte er.

»Eigentlich nicht. Aber ich kann hier nicht den ganzen Abend rumsitzen und Trübsal blasen.«

Ball nahm ihre Hand. Er führte sie in die Küche und half ihr, sich an die Theke zu setzen. »Lass mich dir was zu essen machen. Was hättest du denn gern?«, fragte er.

Everly zuckte mit den Achseln. »Ich weiß es nicht.«

Er öffnete die Schränke und sah sich ihre Vorräte an. Dann schaute er in den Kühlschrank. Er wandte sich an sie und fragte: »Wie wäre es mit Käse-Quesadillas? Du hast Tortillas und geschredderten Käse. Auf der Theke liegen ein paar Tomaten und Sauerrahm hast du auch noch.«

Everly nickte und legte ihre Hand auf ihren Magen, als dieser knurrte.

Ball lächelte, sagte aber nichts dazu und machte sich einfach daran, ihr etwas zu kochen. Er machte sogar zwei Gerichte und nachdem er ihr vom Stuhl heruntergeholfen und sie mit einem Glas Limonade und ihrer Mahlzeit an den Tisch gesetzt hatte, fragte er: »Hast du was dagegen, wenn ich das hier Elise bringe?«

»Natürlich nicht. Aber gib mir nicht die Schuld, wenn sie dir den Kopf abreißt.«

Ball legte ihr einen Arm um die Schultern und küsste sie sanft auf die Wange. »Damit das klar ist: Du machst das ganz toll mit ihr. Sie ist fünfzehn. Ich bin nicht überrascht, dass ihre innere Zicke endlich zum Vorschein gekommen ist. Sie ist seit zwei Monaten hier, ich habe mich schon gefragt, wann es passieren würde.«

»Na, du bist ja ein richtiger Klugscheißer«, erwiderte Everly genervt.

Er lächelte sie nur an. »Iss. Wenn du was im Magen hast, fühlst du dich gleich besser.«

Everly sah zu, wie er den Teller nahm und den Flur entlangging. Die meisten Männer, die sie kannte, hätten sich umgedreht und wären in die andere Richtung gegangen, nachdem sie ihre Nachricht erhalten hatten. Aber nicht Ball. Er ignorierte ihre schlechte Laune, nahm sie in den Arm, als sie eine Umarmung nötiger hatte als eine Belehrung, und er würde sein Bestes tun, um auch Elise zu helfen. Verdammt, der Mann war wirklich perfekt.

---

Ball hatte keine Ahnung, was er Elise sagen sollte, aber er musste versuchen, mit ihr zu reden. Er hasste es, Everly so niedergeschlagen zu sehen. Es lag nicht in ihrer Natur, mürrisch zu sein, also wusste er, dass sie einen *wirklich* schlechten Tag gehabt haben musste.

Es gefiel ihm auch nicht, dass Elise etwas aufgegeben hatte, das sie so sehr zu lieben schien. Irgendetwas musste passiert sein. Er kannte sie noch nicht so lange, aber er hoffte, dass sie vielleicht mit ihm reden würde. Dass es ihr vielleicht einfach unangenehm war, mit ihrer Schwester über das zu sprechen, was sie bedrückte. Zumindest würde sie dann wissen, dass er sich Sorgen machte.

Er klopfte an die Tür und wartete.

Dann schüttelte er den Kopf über sich selbst. *Verdammt.* Elise konnte sein Klopfen ja nicht hören.

Er stieß die Tür auf und hielt inne, dann spähte er hinein.

Everlys Schwester saß im Schneidersitz auf ihrem Bett und starrte ins Leere.

Er stieß die Tür ganz auf und sie sah auf. Sie lächelte sofort und Ball wertete das als ein gutes Zeichen. Er hielt den Teller mit den Quesadillas hoch und zog die Augenbrauen nach oben.

Sie nickte und gebärdete: *Ich habe Hunger.*

Er kam herein und stellte den Teller auf ihrem Nachttisch ab. Elise schenkte ihm noch ein kleines Lächeln und griff nach einer Tortilla. Er setzte sich auf die Bettkante, ließ ihr ein oder zwei Minuten Zeit zum Kauen und fragte dann in Zeichensprache: *Geht es dir gut?*

Sie runzelte die Stirn. *Du hast mit Everly geredet.*

*Sie ist verärgert, aber nicht wütend, sondern traurig. Überfordert. Sie macht sich Sorgen um dich.* Er musste ein bisschen mit den Fingern buchstabieren, aber zum Glück schien Elise ihn zu verstehen.

Sie blickte auf ihre Mahlzeit hinunter.

Ball streckte die Hand aus und berührte kurz ihr Knie, um ihre Aufmerksamkeit zu gewinnen. Als sie ihn wieder ansah, fragte er: *Was ist mit dem Wander-Klub passiert?*

Die Jugendliche legte sich zurück aufs Bett und holte ihr Handy heraus. Sofort begann sie zu tippen, wobei sich ihre Daumen wie ein Blitz über den Bildschirm bewegten. Ball rutschte mit dem Rücken gegen das Fußteil ihres Bettes und wartete, bis sie fertig war. Als sein Telefon vibrierte, schaute er nach unten.

*Elise:* Ich wollte es Everly nicht sagen, weil sie sowieso schon so viele Sorgen hat.

*Ball:* Was wolltest du Everly nicht sagen? Rede mit mir.

*Elise:* Es ist nur so, dass ich mich jedes Mal, wenn wir wandern gehen, komisch fühle.

*Ball:* Inwiefern komisch?

*Elise:* Als würde mich jemand beobachten. Ich weiß, dass es dumm ist, aber das Gefühl geht mir nicht aus dem Kopf. Bei der letzten Wanderung, die wir gemacht haben, wurde es so schlimm, dass ich irgendwie ausgeflippt bin. Alle mussten die Wanderung vorzeitig beenden und mich zurück zur Schule bringen. Ich mag es nicht, das sonderbare Kind zu sein. Ich meine, wir sind alle schon seltsam, aber ein taubes Kind, das ausflippt, ist keine gute Sache, glaub mir.

Ball ignorierte ihre Selbstkritik und konzentrierte sich auf den Kern der Sache.

*Ball:* Du hast das Richtige gemacht.

*Elise:* Es fühlt sich nicht so an. Ich wandere gern. Aber ich werde das Gefühl nicht los, dass da draußen jemand ist und mich beobachtet. Hast du irgendwas von deinem Kollegen gehört? Haben sie den Kerl geschnappt, der mich und die anderen Mädchen entführt hat?

*Ball:* Es tut mir leid, aber nein. Du weißt, dass das FBI die aktiven Ermittlungen wegen anderer Fälle einstellen musste. Aber sie haben immer noch ein Auge auf den Fall, nur für den Fall.

Elise stieß einen Atemzug aus und ließ die Arme auf die Seiten fallen. Sie starrte nach oben an die Decke. Ball tippte eine Nachricht und drückte auf »Senden«. Sie rührte sich nicht, als ihr Handy in ihrer Hand vibrierte. Auch der Blitz der Kamera blinkte auf, um sie auf die Nachricht aufmerksam zu machen, aber sie rührte sich nicht.

Ball stupste ihren Fuß mit seinem Knie an.

Schließlich seufzte sie und sah auf ihr Handy.

*Ball:* Was kann ich tun, damit du dich sicherer fühlst? Sag es einfach, und ich werde es tun. Egal was.

. . .

Elise atmete tief durch und schrieb dann.


**Elise:** Das ist es ja eben. Ich weiß es nicht. Ich glaube, ich bin einfach nur paranoid. Ich habe mit meiner Therapeutin darüber gesprochen und sie sagt, dass manche Menschen, die eine Erfahrung wie meine gemacht haben, danach das Gefühl haben, dass hinter jeder Ecke ein Entführer lauert. Und dabei passen du und deine Freunde jeden Tag nach der Schule auf mich auf wie auf ein Kleinkind. Ich bin davon ausgegangen, dass ich mich freier fühlen würde, wenn ich mit meinen Freundinnen draußen in der Wildnis unterwegs bin, doch stattdessen bin ich dadurch nur noch paranoider geworden. Ich will einfach wieder das naive Kind sein, das ich vorher war. Jetzt habe ich sogar Angst, eine E-Mail von jemandem aufzumachen, den ich nicht kenne, weil sie von dem Entführer stammen könnte. Und bei jeder Nachricht, die ich bekomme, habe ich das gleiche Gefühl.

**Ball:** Möchtest du, dass ich dein Telefon noch mal über-prüfen lasse?

**Elise:** Was meinst du damit?

**Ball:** Dein Telefon. Soll ich es noch mal überprüfen lassen, um sicherzustellen, dass keine Tracker drauf sind?

**Elise:** Ich habe die Apps, die ich früher benutzt habe, seitdem nicht mehr verwendet.

**Ball:** Ich behaupte ja auch gar nicht, dass du das getan hast. Aber wenn jemand weiß, was er tut, kann er eine E-Mail verschicken, und wenn man sie öffnet, selbst wenn man auf nichts klickt, könnte sie einen Tracker auf dem Handy installieren. Eine Art Virus. Ich kann dein Handy morgen an meinen Computer anschließen und Meat kann sich einloggen und einen Blick darauf werfen.

. . .

Elise sah ihn an und fragte in Gebärdensprache: *Wirklich?*

Ball nickte und machte das gleiche Zeichen: *Wirklich.*

*Elise:* Das würde dir nichts ausmachen?

*Ball:* Ganz und gar nicht.

*Elise:* Würdest du bitte auch das Handy meiner Schwester überprüfen lassen? Ich mache mir ein wenig Sorgen, dass mein Entführer beschließt, sich stattdessen Everly zu schnappen. Ich weiß, es ist albern, schließlich sind wir Hunderte von Kilometern von Los Angeles entfernt, aber sie bedeutet mir alles. Ich weiß, dass sie Polizistin ist, aber ich mache mir trotzdem Gedanken.

*Ball:* Ich werde sie fragen. Elise?

*Elise:* Ja?

*Ball:* Würdest du bitte mit deiner Schwester reden? Sie war wirklich aufgebracht, als ich heute Abend hier eingetroffen bin. Sie war nicht wütend, nur traurig, dass sie nicht wusste, wie sie dir helfen sollte.

*Elise:* Ja, okay, mache ich. Ball?

Er grinste, antwortete jedoch sofort.

*Ball:* Ja?

*Elise:* Es ist irgendwie merkwürdig, dass wir so kommunizieren müssen. Beeile dich mal lieber und lerne die Zeichensprache besser, okay?

. . .

Ball brach in Lachen aus und schlug ihr leicht aufs Bein, dann gebärdete er: *Geh und sprich mit deiner Schwester.*

*Ich gehe ja schon. Und Ball?*

*Ja?*

*Danke. Da ich morgen nicht wandern gehe, könnte Meat vielleicht einen Blick auf mein Handy werfen?*

*Ich werde ihn darum bitten. Und wir überlegen uns etwas, das wir morgen unternehmen können.*

Elise nickte und verließ den Raum.

Ball stützte seinen Ellbogen auf ein angehobenes Knie, legte sein Kinn auf die Hand und blieb, wo er war, um den Schwestern Zeit zu geben, die Sache zu klären. Er fand es schade, dass Elise den Klub verlassen hatte, weil sie sich nicht mehr sicher fühlte. Er hatte keine Ahnung, ob an ihren Gefühlen wirklich etwas dran war oder ob es sich um eine Art Posttraumatische Belastungsstörung handelte. Rex hatte keine Hinweise auf ihrem alten Handy gefunden. Die Leute, die die Apps entwickelt hatten, wussten, was sie taten. Die meisten Unterhaltungen wurden nach einer gewissen Zeit dauerhaft gelöscht. Bilder, Unterhaltungen, einfach alles. Puff. Verschwunden.

Die IP-Adresse des Materials, das sie noch hatten, führte ausgerechnet zu einer öffentlichen Bibliothek in Las Vegas. Es wurde angenommen, dass die Person die IP-Adressen irgendwie umgeleitet und manipuliert hatte, da die Mädchen alle in Los Angeles gefunden wurden. Um auf Nummer sicher zu gehen, wurden die Behörden in Las Vegas benachrichtigt, aber nach einigen Tagen der Überwachung der Bibliothek hatten sie nichts Ungewöhnliches feststellen können.

Eines war jedoch sicher – Ball hatte nicht gelogen, als er Elise gesagt hatte, dass er alles tun würde, was nötig war, damit sie sich sicher fühlte. Während der letzten zwei

Monate hatte er sich um sie fast so sehr gekümmert wie um ihre Schwester.

Sie war witzig und talentiert und er wusste ohne Zweifel, dass sie etwas Erstaunliches aus ihrem Leben machen würde. Die Entführung würde sie nicht prägen, sie würde sie nur stärker machen.

Ball schickte eine E-Mail an Meat, in der er ihm mitteilte, dass er sich morgen um Elises neues Handy kümmern sollte, und er vertrieb sich die Zeit damit, die neuesten Webseiten, die er entworfen hatte, auf seinem Mobiltelefon zu überprüfen.

Es dauerte nicht lange, bis er jemanden an der Tür hörte. Als er aufblickte, sah er Everly dort stehen. Sie sah aus, als wäre ihr eine große Last von den Schultern genommen worden, und er atmete erleichtert auf.

»Fühlst du dich besser?«, fragte er.

Sie kam zu ihm, kroch aufs Bett, kniete sich auf die Matratze und legte ihm die Arme um die Schultern. »Ja. Vielen Dank.«

»Ich habe doch gar nichts gemacht.«

»Natürlich nicht. Du bist so was wie ein Jugendlicher-Flüsterer.«

Er lachte leise. »Warte nur, was ich mit *dir* vorhabe, wenn deine Schwester erst im Bett ist.«

Und wie er gehofft hatte, lächelte Everly. »Tatsächlich?«

»Tatsächlich.«

»Wie geht es deiner Wunde?«

»Gut, wie du weißt. Wenn du dich erinnerst, hast du sie heute Morgen eingehend untersucht. Kurz bevor du meinen Kopf zum Explodieren gebracht hast ... und nicht nur meinen Kopf hier oben.«

Sie lächelte ihn verführerisch an und Ball spürte, wie sein Schwanz steif wurde.

»Aber beschwert hast du dich auch nicht.«

»Natürlich nicht. Warum hätte ich das tun sollen?«

»Jetzt komm schon. Elise wartet im Wohnzimmer auf uns, damit wir uns gemeinsam eine Episode von *Stranger Things* anschauen. Sie sagte, sie wolle nicht erblinden, wenn sie uns *knutschen* sieht ... ihr Wort, nicht meins.«

»Gibt es ein Zeichen für *knutschen*?«, fragte Ball und half Everly auf.

»Ich bezweifle es. Sie hat es buchstabiert.«

»Ich muss das mal googeln. Ein bisschen auf ihr herumhacken«, sagte Ball.

Everly hielt ihn an und sah ihn mit einem ernsten Gesichtsausdruck an.

»Was ist?«, fragte er besorgt.

»Danke, dass du so großartig bist«, sagte sie leise. »Ich weiß, es ist viel, eine neue Freundin und ihre Schwester im Jugendlichenalter zu übernehmen.«

Ball küsste sie auf die Stirn und erwiderte: »Das ist keine Last. Vor allem nicht, weil ihr beide so fantastisch seid. Komm schon ... *Stranger Things* wartet.«

Sie griff nach dem Teller mit den halb gegessenen Quesadillas und hakte ihren Arm bei ihm ein.

Später in dieser Nacht, als Ball satt und zufrieden in Everlys Bett lag und sie im Schlaf umarmte, dankte er seinen Glückssternen, dass er und Everly nicht die gleichen Dinge durchgemacht hatten wie seine Kollegen und deren Frauen. Ja, sie hatten sich kennengelernt, weil ihre Schwester vermisst wurde, aber er war froh, dass ihr Kennenlernen relativ dramafrei verlaufen war.

Er schlief ein, froh darüber, dass die Frau, die er zu lieben begann, und ihre Schwester in Sicherheit waren.

Tylor Tuttle saß in seinem Lieferwagen auf der gegenüberliegenden Straßenseite der Wohnung, in der seine Elise wohnte. Er beobachtete, wie das Licht in ihrem Zimmer ausging, und er konnte nicht widerstehen, seine Hose zu öffnen und sich einen runterzuholen, während er darüber nachdachte, wie ihr gemeinsames Leben aussehen würde ... bald.

Von all den Mädchen, die er zum Testen mitgenommen hatte, war sie seine Favoritin. Er hatte sich schließlich für *sie* entschieden. Aber er war dumm gewesen. Nachlässig. Und eines der zweitklassigen Mädchen hatte alle gerettet.

Aber das war egal. Er hatte darauf geachtet, keine Spuren von sich im Haus zu hinterlassen. Er hatte immer Handschuhe getragen – und natürlich ein Kondom. Die Tatsache, dass die Polizei weder ihn noch sein Haus in Las Vegas während der letzten Wochen gefunden hatte, half ihm, sich ein wenig zu entspannen.

Er wartete auf den richtigen Zeitpunkt und beobachtete seine auserwählte Braut seit mehr als einem Monat. Er prägte sich ihren Tagesablauf ein. Er machte Fotos von Elise und bewunderte, wie schön sie war. Bald würde sie ihm gehören. Seine Frau sein. Sein Ein und Alles. Sie würde ihn lieben, genau wie die Frau, die gerade im Keller seines Hauses in Las Vegas saß. Aber die war jetzt alt. Verbraucht. Sie hatte keinen Elan mehr. Er hatte sie fünfzehn Jahre lang gehabt und er brauchte jemand Neues. Eine Jüngere.

Er brauchte Elise.

Die Tatsache, dass sie taub war, machte sie perfekt.

Sie konnte nicht reden und ihn nerven.

Sie konnte nicht hören, wenn jemand in seinem Haus war, um um Hilfe zu rufen.

*Er* würde der Mittelpunkt ihrer Welt sein.

Sie würde für alles zu ihm kommen.

Essen. Duschen. Sex.

Anders als die Frau in seinem Keller würde er sie seine Kinder gebären lassen. Sehr viele Kinder.

Sie würden eine Familie sein. Für immer.

Tylor legte den Kopf zurück, rieb seinen Schwanz fester und schneller und stöhnte, als er kam, und dachte dabei an Elise. Er schnappte sich ein Taschentuch, wischte sich ab und lächelte.

Bald.

Er nahm sein Handy in die Hand und schickte seiner Elise eine weitere Nachricht über ihre geheime App. Er schickte sie ihr schon seit Wochen. Er wusste, dass sie sie las, sie war nur zu schüchtern, um zu antworten. Das war in Ordnung. Er mochte es, dass sie ein braves Mädchen war.

*Rob:* Bald werden wir zusammen sein, meine Kleine. Schon bald.

# KAPITEL FÜNFZEHN

Everly war nicht begeistert, als sie erfuhr, warum ihre Schwester den Wander-Klub verlassen hatte, aber sie war auch stolz auf sie, weil sie sich ihrer Umgebung bewusst war und das Bauchgefühl nicht verdrängt hatte. Als Polizistin hatte Everly sich angewöhnt, sich auf dieses Bauchgefühl zu verlassen. Wenn sie sich einem Fahrzeug näherte, nachdem sie es angehalten hatte, und seltsame Schwingungen spürte, war sie immer äußerst vorsichtig. Das Gleiche galt, wenn sie einen Einsatz als Mitglied des Sondereinsatzkommandos hatte. Wenn sie spürte, wie sich die Haare in ihrem Nacken aufstellten, traf sie zusätzliche Sicherheitsvorkehrungen.

Das Wochenende hatte eigentlich richtig Spaß gemacht. Am Samstagmorgen waren sie alle zu Balls Haus gefahren, nachdem er ihnen ein riesiges Frühstück mit Eiern, Toast, Speck und Zimtschnecken gemacht hatte. Dort hatte er Elises Handy an seinen Computer angeschlossen und Meat angerufen. Nachdem das erledigt war und Meat versprochen hatte, sich so schnell wie möglich bei ihnen zu melden, waren sie alle in den Cheyenne Mountain Zoo gegangen, der nicht weit von dem Seven Bridges Trail entfernt war, den sie alle zusammen entlanggegangen waren. Mit einer Höhe von zweitausend Metern über dem Meeresspiegel war der Mountain Zoo der höchstgelegene Zoo in Amerika.

Aber noch wichtiger war, dass es dort die größte Giraffenherde der Welt gab. Und Babys. Viele, viele Giraffenbabys.

Zoos waren nicht Everlys Ding. Die Tiere, die dort eingepfercht waren, taten ihr immer leid, aber sie musste zugeben, dass das Füttern der Giraffen und das Beobachten der Babys, die auf ihren langen Beinen herumtorkelten, erstaunlich und lustig gewesen war, und es hatte ihr gefallen, Elise entspannt und lächelnd zu sehen.

Sie hatte am Sonntag arbeiten müssen, aber das Gefühl, danach »nach Hause« zu kommen, war etwas, das sie noch nie erlebt hatte. Ball hatte mit dem Abendessen auf sie gewartet, hatte Elise bereits bei den Hausaufgaben geholfen, und sie hatten den Abend damit verbracht, sich zu entspannen, zu lachen und Ball bei seinem Gebärdensprache-Unterricht zu helfen.

Everly war sich nicht sicher gewesen, wie das mit den Nächten in Balls Haus funktionieren würde. Sie und Elise hatten endlich eine Routine in ihrer Wohnung entwickelt. Aber sie hätte sich keine Sorgen machen müssen. Die Dinge liefen äußerst reibungslos und Everly hätte nicht glücklicher sein können. Ball hatte kein Problem damit, Elise morgens zu fahren, und sie gingen alle zur gleichen Zeit los ... Everly zur Polizeistation und Ball und Elise zur Highschool.

Irgendwie hatte der Streit zwischen Elise und Everly sie nicht auseinandergebracht, sondern die Schwestern näher zusammengebracht. Elise versprach, ihr Bestes zu tun, um keine Geheimnisse mehr über ihre Gefühle in Bezug auf die

Entführung zu haben, und Everly versprach, ihre Schwester nicht mehr wie ein Kind zu behandeln. Everly war sich mehr als bewusst, dass sie die Dinge nur dank Ball so schnell klären konnten. Elise mochte ihn genauso sehr wie Everly ... na ja, vielleicht nicht *ganz* so sehr.

Ball war nicht ohne Makel. Er war ein Perfektionist. Ob es um das Entwerfen von Webseiten ging oder darum, neue Gebärden zu lernen, er wollte, dass alles perfekt war, und er wurde etwas launisch, wenn das nicht der Fall war. Er neigte dazu, sich einzumischen, was an diesem Wochenende eine gute Sache gewesen war, aber Everly konnte sich vorstellen, dass es unter anderen Umständen lästig sein konnte. Er war schon sehr lange Junggeselle, und das sah man daran, dass er unaufhörlich rülpste und sein schmutziges Geschirr tagelang in der Spüle stehen ließ, und sie glaubte nicht, dass er jemals in seinem Leben einen Boden gewischt hatte.

Aber eigentlich war das alles nur oberflächliches Zeug. Was zählte, war, dass er sie immer fragte, wie ihr Tag gelaufen war, und dann *zuhörte*, wenn sie antwortete. Er war nie abweisend zu ihrer Schwester und sie hatte keinen Zweifel daran, dass er alles stehen und liegen lassen würde, wenn sie ihn mitten in der Nacht anrief oder wenn er gerade etwas zu erledigen hatte, um zu ihr zu gelangen.

Die Überzeugung, dass sie und Elise in seinem Leben an erster Stelle standen, war für Everly ausschlaggebend. Er konnte noch so schlecht kochen (was er nicht tat), noch so schlampig sein (was er nicht war), noch so viele andere Kleinigkeiten tun, es würde keine Rolle spielen. Nicht, wenn sie immer das Gefühl hatte, dass sie ihm *wichtig* war.

Da sie wusste, dass sie ihr Herz schnell an Ball verlor, war sie froh, als sie um die Mittagszeit eine kurze Nachricht von ihm erhielt.

Er hatte von Meat gehört, der angerufen und gesagt hatte, er hätte etwas gefunden.

Alle positiven Gedanken, die ihr den ganzen Morgen durch den Kopf gegangen waren, waren wie weggeblasen. Sie rief sofort Ball an.

»Was ist los?«, fragte sie anstelle einer Begrüßung, als er dranging. »Was hat er herausgefunden?«

»Ich weiß es noch nicht. Meat hat nur gesagt, er würde gern mit uns beiden gleichzeitig sprechen. Und dass er erst noch weitere Nachforschungen anstellen müsse.«

»Oh Gott. War sie vielleicht tatsächlich noch mit diesem Rob in Verbindung?«

»Ich weiß es nicht, aber du darfst jetzt nicht in Panik verfallen.«

Er konnte so was leicht sagen.

In diesem Moment überfuhr jemand vor ihr ein Stoppschild und Everly wusste, dass sie auflegen musste. Sie war frustriert, weil sie wirklich noch weiter über das Handy ihrer Schwester und das, was Meat herausgefunden hatte, sprechen wollte, aber da sie wusste, dass sie ihren Job machen musste, sagte sie schnell: »Ich muss jetzt auflegen. Sollen wir heute Abend zu dir kommen oder kommst du zu uns?«

Plötzlich erstarrte sie bei ihren eigenen Worten. Sie war einfach davon ausgegangen, dass sie den Abend zusammen verbringen würden. Und ihr wurde klar, dass es überhaupt keine Rolle spielte, wo sie schliefen. Solange sie mit ihm zusammen war, war sie glücklich und zufrieden.

»Ich komme zu euch. Dann können wir Meat zusammen anrufen. Du hast um siebzehn Uhr Schluss, richtig?«

»Ja.«

»Okay. Dann bin ich so um halb fünf da, um Elise noch eine Zeit lang Gesellschaft zu leisten, bis du nach Hause kommst. Möchtest du, dass wir dir irgendetwas Besonderes zum Abendessen machen?«

Alle Gedanken an das Fahrzeug, das das Stoppschild überfahren hatte, waren vergessen, und Everly schloss die Augen angesichts des Trostes, den seine Worte ihr spendeten. Das Gespräch über das Abendessen und das Wissen, dass er für Elise da sein würde, hätten sie fast zum Heulen gebracht. Sie hatte Angst davor herauszufinden, was Meat entdeckt hatte, aber sie würden damit fertig werden ... gemeinsam. »Mir schmeckt alles, was ihr kocht«, sagte sie schließlich.

»Okay, Ev, versuche bitte, dir keine allzu großen Sorgen zu machen. Meat ist gut in seinem Job. Ich kann dir garantieren, dass er Vorschläge hat, wie wir mit der Situation umgehen können, sollte er etwas herausgefunden haben. Und nicht nur das, falls wir uns Gedanken darum machen müssen, dass jemand vielleicht Elise wehtun könnte, kümmert sich das gesamte Team um den Fall. Niemand darf einen der unseren bedrohen und kommt ungeschoren davon, verstanden?«

Ja, sie hatte ihn verstanden. Laut und deutlich, und noch nie in ihrem Leben hatte sie sich besser gefühlt.

Sie war immer die Außenseiterin gewesen. Eine Frau in einem von Männern dominierten Beruf. Das Mädchen mit der tauben Schwester. Das Kind, das eine drogenabhängige Mutter hatte. Aber zu wissen, dass sie die Mountain Mercenaries im Rücken hatte, wenn ihrer Schwester etwas zustieß, war fast so beruhigend wie eine von Me-Maws Umarmungen.

»Ja, verstanden«, entgegnete sie.

»Möchtest du, dass ich Elise eine Nachricht schreibe und ihr unsere Pläne mitteile?«

Da sie wusste, dass sie ihr Glück bereits jetzt schon

herausforderte, und da sie sich wieder auf die Arbeit konzentrieren musste, entgegnete Everly: »Ja, vielen Dank.«

»Du brauchst dich bei mir nicht für etwas zu bedanken, das ich unglaublich gern tue«, schalt Ball sie. »Ich habe dir das doch schon gestern Abend gesagt, als du versucht hast, dich bei mir für deinen Orgasmus zu bedanken.«

Everly grinste bei der Erinnerung. Er hatte dafür gesorgt, dass sie intensiver zum Orgasmus gekommen war als jemals zuvor, und als sie anschließend mit weichen Knien auf dem Bett gelegen hatte, konnte sie nur noch hauchen: »Vielen Dank.« Er hatte gelacht und ihr gesagt, dass er derjenige sein sollte, der sich bei *ihr* bedankte, und wenn sie jemals wieder versuchen würde, sich bei ihm für etwas zu bedanken, was er zu seinem eigenen Vergnügen tat, würde sie Ärger bekommen. Er hatte weiter gesagt, dass sie ihm ihre Dankbarkeit zeigen könne, indem sie es ihm besorgte, wie sie es bei ihrem ersten Mal getan hatte.

Also tat sie es.

Sie waren *beide* völlig erschöpft, als sie endlich bereit waren, schlafen zu gehen.

»Ball?«

»Ich bin hier.«

»Ich ... ich weiß nicht, wie ich das alles ohne dich überstehen würde.«

Er senkte die Stimme und sie konnte hören, dass er es ehrlich meinte, als er sagte: »Du würdest es genauso machen, wie du die letzten vierunddreißig Jahre deines Lebens überstanden hast.«

»Ich habe eine Wahnsinnsangst davor, dich zu enttäuschen, wie deine Partnerin und deine Ex-Freundin es getan haben«, gab sie leise zu.

»Das wird nicht passieren«, entgegnete er mit Nachdruck. »Everly, du hast mir bereits auf tausend verschiedene

Arten gezeigt, dass du überhaupt nicht wie sie bist. Ich war nachtragend und habe es allen Frauen zum Vorwurf gemacht, was diese beiden getan haben. Das war dumm von mir. Ich bin nur froh, dass du mir vergeben konntest und mir dabei geholfen hast zu sehen, wie falsch ich lag.«

»Ich ...« Everly konnte gerade noch rechtzeitig verhindern, dass sie ihm sagte, dass sie ihn liebte. Es war nicht so, dass sie sich schämte, es ihm zu sagen, oder gar Angst hatte, aber wenn sie es zum ersten Mal sagte, wollte sie ihm von Angesicht zu Angesicht gegenüberstehen. Sie wollte, dass es etwas Besonderes war. Es war verrückt und viel zu früh, überhaupt an Liebe zu denken, aber sie war noch nie jemand gewesen, der seine Gedanken und Gefühle zurückhielt.

»Du was?«, fragte Ball.

»Ich freue mich darauf, dass wir uns später sehen.«

»Pass auf dich auf«, erklärte Ball ihr.

»Das tue ich.«

»Tschüss.«

»Tschüss.« Everly schaltete das Handy aus und versuchte, nicht daran zu denken, was Meat auf Elises Handy gefunden haben könnte. Ball hatte ihr dasselbe gesagt wie Elise, dass, wenn sie irgendeinen Anhang geöffnet hätte, dieser einen Virus hätte enthalten können, der einen Menschenhändlerring direkt zu ihr führen konnte. Das war unwahrscheinlich, da diese Leute gern Mädchen entführten, für die sich niemand sonderlich interessierte ... und mit dem öffentlichen Interesse an dem Fall und der Tatsache, dass Elise nicht einmal mehr in Los Angeles lebte, machte sie das zu einem weniger begehrten Ziel.

Aber dadurch fühlte Everly sich auch nicht besser.

Ihr Funkgerät erwachte knisternd zum Leben, die

Zentrale forderte Hilfe an für einen möglichen Einbruch, der gerade im Gange war. Die Gedanken an ihre Schwester und Ball rückten in den Hintergrund, als sie sich auf ihre Arbeit konzentrierte.

---

Elise schrieb mit gesenktem Kopf eine Nachricht an Kim, eine ihrer Freundinnen in Los Angeles. Sie blieb mit ein paar Mädchen in Kontakt, aber nicht mit vielen. Die meisten schienen sie vergessen zu haben, sobald sie weg gewesen war.

Elise stapfte die Treppe zu ihrer Wohnung hinauf, ihre Daumen bewegten sich schnell über das Display ihres Telefons, während sie eine Nachricht tippte, aber sie hatte es nicht eilig, denn Everly war noch nicht zu Hause und Ball würde erst in anderthalb Stunden oder so kommen.

Elise lächelte über die Geschichte, die ihre Freundin über einen ihrer alten Lehrer erzählte, und sagte ihr, sie solle einen Moment warten, sie müsse ihre Tür aufschließen. Sie klemmte sich ihr Handy unter den Arm, damit sie beide Hände frei hatte.

Kaum hatte sie den Schlüssel ins Schloss gesteckt und den Knauf gedreht, stieß jemand sie so heftig hinein, dass Elise direkt vor der Tür auf Hände und Knie fiel. Ihr Handy fiel auf den Boden und Elise drehte sich um, um zu sehen, wer sie geschubst hatte.

Keuchend konnte sie nur starren, als der Mann, von dem sie dachte, sie würde ihn nie wiedersehen, auf sie herunterlächelte.

Er hatte die Wohnungstür geschlossen und sagte etwas, aber sie konnte ihn nicht verstehen. Elise wich so schnell sie konnte zurück und keuchte erneut, als ihr Kopf gegen die Wand hinter ihr stieß.

Der Mann, der sie entführt hatte, ging in die Hocke, lächelte und sagte in schlechter Gebärdensprache *Hallo*, bevor er sich aufrichtete und nach etwas in seiner Gesäßtasche griff. Er war groß und schlank und sah ganz normal aus. Er hatte braunes Haar und extrem dunkle Augen ... er sah gar nicht bedrohlich aus, weshalb sie überhaupt erst zu ihm in den Wagen gestiegen war.

Erst als er sie am Arm gepackt und ihr die Handtasche entrissen hatte, war ihr klar geworden, dass er nicht der Vater des mysteriösen Robs war.

Da sie nicht herausfinden wollte, wonach er griff, sprang Elise auf und lief in ihr Zimmer. Wenn sie sich dort einschloss, konnte sie vielleicht das Fenster öffnen und um Hilfe rufen.

Aber sie kam nicht sehr weit. Der Mann, der deutlich schwerer als sie und fast einen Kopf größer war, packte sie von hinten.

Elise ging zu Boden wie ein Sack Kartoffeln. Der Mann hatte seine Arme um sie gelegt, sodass sie nicht einmal die Hände ausstrecken konnte, um ihren Sturz zu bremsen. Sie schlug mit dem Kinn so hart auf den Teppich auf, dass sie sich auf die Lippe und die Zunge biss. Blut quoll in ihrem Mund auf und sie spuckte es sofort aus.

Einen Moment später hielt der Mann ihr die Hand über Mund und Nase.

Elise wusste, dass sie wahrscheinlich schreckliche Geräusche von sich gab, aber sie kämpfte. Sie tat alles, was Ball ihr beigebracht hatte, aber ohne Erfolg. Der Mann war zu schwer. Sein Parfüm erinnerte Elise an den Abend, an dem er sie im Dunkeln fast vergewaltigt hatte.

Panisch bemerkte Elise, dass ihr schwindelig wurde. Er

wollte sie umbringen. Genau hier in ihrer eigenen Wohnung. Ball würde kommen und ihre Leiche finden, und Everly würde sich das nie verzeihen.

Einen Moment später erkannte Elise, dass der Mann sie nicht erstickte. Seine behandschuhte Hand war nass ... was auch immer für eine Chemikalie er auf seinen Handschuh geschmiert hatte, sie wurde ohnmächtig.

Ihr vorletzter Gedanke war, dass sie nicht glauben konnte, dass sie schon wieder entführt wurde.

Ihr allerletzter Gedanke, bevor sie ohnmächtig wurde, war, dass die Chancen, dieses Mal gerettet zu werden, gering waren. Er würde sie nicht noch einmal entkommen lassen. Auf keinen Fall.

---

Everly parkte ihren Wagen und schaute auf die Uhr. Seit ihrem Gespräch mit Ball und der Nachricht, dass Meat etwas auf Elises Handy gefunden hatte, hatte sie sich nicht mehr konzentrieren können. Und sich in ihrem Beruf nicht zu konzentrieren war keine gute Sache. Sie hatte darum gebeten, eine Stunde früher gehen zu dürfen. Glücklicherweise war der Tag ruhig gewesen, was die Polizeiarbeit anging, und ihr Vorgesetzter hatte dem Wunsch stattgegeben.

Elise hätte eine Stunde früher nach Hause kommen sollen, aber sie hatte auf keine der Nachrichten geantwortet, die Everly geschickt hatte. Als Everly sich umschaute, sah sie Balls Mustang nicht, war aber nicht wirklich überrascht; es war noch zu früh für ihn. In der Eingangshalle war es leer, als sie eintrat, und Everly ging auf die Treppe zu.

Seltsam nervös, aber dankbar, dass sie früher Feierabend machen konnte, stieß Everly die Tür zu ihrer

Wohnung auf. Da sie wusste, dass es nichts bringen würde, nach ihrer Schwester zu rufen, stellte sie ihre Tasche direkt vor der Tür auf den Boden und legte ihre Handtasche und Sonnenbrille auf den Küchentisch. Sie ging in ihr Schlafzimmer, um sich für den Abend umzuziehen. Everly zog ihre kugelsichere Weste und ihre Uniform aus. Sie schloss ihre Waffe in ihrem Safe ein und zog sich eine Jeans und ein T-Shirt an. Sie nahm sich die Zeit, ihr Haar zu bürsten, lächelte, als es in Wellen um ihr Gesicht fiel, und betrachtete sich im Spiegel.

Sie fühlte sich anders, sah aber nicht anders aus als noch vor ein paar Monaten.

War es wirklich erst gut zwei Monate her, dass sie Ball kennengelernt hatte? Seit sie so wütend darüber gewesen war, wie er ihr gesamtes Geschlecht verunglimpft hatte und davon ausgegangen war, dass sie die Mission, ihre Schwester zu finden, vermasseln würde?

Ihr ganzes Leben lang hatte sie sich nie besonders hübsch gefühlt. Obwohl Me-Maw ihr immer wieder gesagt hatte, dass sie es sei. Männer machten ihr gern Komplimente über ihr Haar, aber meist folgte ein nerviger Kommentar, wie heiß sie im Bett sein müsse, weil sie rothaarig sei. Es war einfacher, sie zu einem Dutt oder Pferdeschwanz gebunden zu tragen, um die unhöflichen Kommentare zu vermeiden. Aber da sie wusste, wie gern Ball mit seiner Hand durch ihr Haar fuhr, ließ sie es immer öfter offen.

Sie kleidete sich immer noch gleich, zog aber bequeme Kleidung den trendigen und modischen Klamotten vor. Aber innerlich fühlte sie sich weiblicher. Das lag natürlich daran, dass Ball ihr so oft gesagt hatte, wie schön sie war, und ihr stundenlang gezeigt hatte, wie gern er ihren Körper betrachtete – sowohl angezogen als auch unbekleidet.

Everly schüttelte die Gedanken ab und drehte sich um, um Elise zu suchen. Sie stieß die Tür zum Zimmer ihrer Schwester auf – und schaute sich überrascht um.

Sie war nicht da. Ihr Bett war nicht gemacht, was normal war, und auf dem Boden lagen einige Kleidungsstücke herum, nicht auf Bügeln oder im Wäschekorb, was für ihre Schwester nicht ungewöhnlich war. Sie war nicht gerade eine Ordnungsfanatikerin.

Verwirrt drehte Everly sich um und ging zurück in den Flur. Sie warf einen Blick in das Gästebad, doch Elise war nicht da. Als sie in der Tür zum Wohnbereich stand, runzelte Everly heftig die Stirn.

Elise war nicht da. Und sie hatte keine Ahnung, wo sie sein könnte. Es war ja nicht so, dass sie in dem Wohngebäude Freundinnen gefunden hätte, denn soweit Everly wusste, lebten dort keine anderen Teenager.

Ihre Schultasche lag neben einem kleinen Tisch im Eingangsbereich der Wohnung. Direkt neben der Stelle, wo Everly Minuten zuvor ihre eigene Tasche hatte fallen lassen.

Besorgt zückte Everly ihr Handy und schickte Elise eine kurze Nachricht, um zu fragen, wo sie war.

Ein Lichtblitz ließ sie aufschrecken und als Everly sich umdrehte, sah sie Elises Handy auf dem Boden unter einem der Tische neben der Couch liegen, und das blinkende Licht zeigte an, dass eine neue SMS eingegangen war.

Voller Angst stürzte Everly sich auf das Gerät. In letzter Sekunde wurde ihr klar, dass sie es besser nicht anfassen sollte, nur für den Fall, dass es Fingerabdrücke gab. Mit dem Rand einer Decke, die von der Couch hing, hob sie es auf. Der Bildschirm war zerbrochen, aber ansonsten schien das Telefon zu funktionieren. Everly benutzte die Unterseite ihres T-Shirts, um das Gerät vor ihren Fingerabdrücken zu schützen, und drückte auf die Home-Taste. Die Nachricht, die sie gerade verschickt hatte, erschien auf dem Bildschirm. Ebenso wie ein paar andere von Kim, einem Mädchen, das Elise aus L.A. kannte.

Es sah so aus, als wären die beiden mitten in einem Gespräch gewesen, als Elise plötzlich aufgehört hatte zu chatten.

Everly scrollte durch die Unterhaltung.

*Kim:* Du hättest Mr. Thompson sehen sollen. Er ist knallrot angelaufen und ich dachte schon, er würde ausflippen.

*Elise:* Ich wette, das war zum Schreien komisch. Warte kurz ... ich muss die Tür öffnen.

*Kim:* Das war es auch! Ich muss immer noch darüber lachen, wenn ich nur daran denke. Ich wünschte, jemand hätte ein Foto gemacht.

*Kim:* Elise?

*Kim:* Bist du noch da?

*Kim:* Was ist passiert?

*Kim:* Na gut, dann hören wir später voneinander.

Und das war alles, bis zu ihrer eigenen Nachricht, in der sie ihrer Schwester mitteilte, dass sie früher als geplant zu Hause sein würde.

Ein komisches Gefühl stieg in ihr auf – und Everly fühlte sich plötzlich verloren. Obwohl sie Polizistin war, wusste sie einen Moment lang nicht, was sie tun sollte. Sollte sie den Notruf verständigen? Und was sagen? Dass sie ihre Schwester nicht finden konnte? Ihr würde nur das gesagt werden, was die Polizei in L.A. gesagt hatte ... dass sie eine Jugendliche war, die wahrscheinlich Freundinnen besuchte.

Aber nein ... ihre Kollegen wussten, was passiert war. Das würden sie doch nicht tun, oder? Sie würden ihre Sorgen ernst nehmen, besonders nachdem Elise bereits einmal entführt worden war.

Zu viele Gedanken schossen ihr durch den Kopf und Everly stand einfach mitten in ihrer Wohnung, atmete viel zu schwer und versuchte verzweifelt, nicht in Panik zu geraten.

Als sie sich umdrehte, starrte sie abwesend auf den Boden im Flur ... und sah einen kleinen roten Fleck.

Everly sank auf die Knie und starrte ungläubig auf den Blutfleck.

Die Galle stieg ihr in die Kehle, aber sie zwang sie wieder hinunter. Sie durfte nicht in Panik geraten. Nicht jetzt. Elise brauchte sie, sie musste stark sein. Klug sein.

Und einfach so, als wäre ein Schalter in ihr umgelegt worden, verwandelte sich die Angst, die sie fast überwältigt hatte, in Wut. Eine Wut, wie sie sie noch nie gefühlt hatte, legte sich wie ein Schleier über sie. Dick, pulsierend und mächtig.

Ihr war beigebracht worden, vorsichtig zu sein und tödliche Gewalt nur in Fällen extremer Gefahr anzuwenden, aber Everly wusste, dass sie in diesem Moment den Menschen, der für die Misshandlung ihrer Schwester verantwortlich war, ohne Reue und, ohne zu zögern, weggepustet hätte, wenn er vor ihr gestanden hätte. So wütend war sie.

Sie stand auf und legte Elises Handy auf den Küchentisch. Dann griff sie nach ihrem eigenen Telefon, um Ball anzurufen, um Verstärkung zu holen, aber noch bevor Everly den Bildschirm berührt hatte, klingelte es.

Erschrocken starrte Everly auf die unbekannte Nummer auf dem Display ... und eine seltsame Ruhe überkam sie.

Das war er. Das Arschloch, das ihre Schwester entführt hatte. Sie *wusste* es.

Sie klickte auf das Symbol und meldete sich: »Hallo?«

»Wenn du deine Schwester wiedersehen willst, folgst du besser ganz genau meinen Anweisungen. Hörst du mir zu?«

»Ja.« Jetzt war nicht der richtige Zeitpunkt, auf hart zu machen. Everly brauchte Informationen. Und zwar sofort. Später hätte sie dann immer noch Zeit, diesen Mistkerl zu erledigen. Nachdem Elise in Sicherheit war.

»Ich beobachte dich. Genau jetzt. Ich habe ein paar Kameras in deiner Wohnung installiert, um ein Auge auf dich zu haben.«

Everly wandte den Kopf um in dem Versuch, die Kameras zu finden.

»Du wirst sie nicht finden. Na ja, du würdest sie schon finden, wenn du Zeit hättest, sie zu suchen, aber die hast du nicht. Ich will darauf hinaus, mach bloß keine Dummheiten. Wenn du jemanden anrufst, nachdem wir aufgelegt haben, werde ich sie töten. Langsam und qualvoll und ich werde dafür sorgen, dass sie weiß, dass es *deine* Schuld ist. Und ich hoffe wirklich, dass du keine Dummheiten machst, weil ich Elise eigentlich nicht umbringen möchte. Sie ist so wunderschön. Und so still. Das ist so beruhigend. Ich mag es nicht, wenn sie schreien. Ich habe vor, sich für sehr, sehr lange Zeit zu behalten.«

Am liebsten hätte Everly jetzt selbst geschrien. Sie wollte dem Mann am anderen Ende der Leitung sagen, dass er tot umfallen und seine Schwester in Ruhe lassen sollte. Aber die Tatsache, dass er nicht vorhatte, Elise zu töten, war immerhin schon mal gut ... *wenn er denn die Wahrheit sagte.* Es bestand die Möglichkeit, dass er log und sie bereits getötet hatte, aber das glaubte sie nicht. Aufgrund ihrer jahrelangen Berufserfahrung hatte sie gelernt, Menschen ganz gut einzuschätzen. Und dieser Typ schien eine Obsession mit ihrer Schwester zu haben.

»Ich höre«, erklärte sie dem Mann.

»Gut. Du fragst dich bestimmt, warum ich mir die Mühe mache, dich anzurufen, nicht wahr? Warum ich nicht schon längst über alle Berge bin.«

Der Gedanke war ihr tatsächlich gekommen. »Ein wenig«, erwiderte sie.

»Das liegt daran, dass du Polizistin bist. Eine dreckige, stinkende Polizistin. Wenn du es nicht wärst, würde ich bereits mein neues Leben mit meiner schönen Braut beginnen. Aber du wirst nicht aufgeben, nach ihr zu suchen. Das weiß ich. Du wirst mir immer ein Dorn im Auge sein. Und das kann ich nicht gebrauchen. Ich muss also alle offenen Fragen klären.«

Das klang nun allerdings weniger gut, aber er hatte absolut recht. Sie würde niemals aufhören, nach ihrer Schwester zu suchen. Ganz egal, wie viele Jahre vergingen.

Allerdings ... würden Me-Maw und Pop das genauso wenig tun. Oder Ball. Oder seine Freunde. Und auch nicht ihre Freunde und Kollegen von der Polizei. Ganz offensichtlich hatte dieser Typ niemanden davon mit in seine Planung einbezogen, was keinen Sinn ergab, allerdings würde sie im Moment nach jedem noch so kleinen Strohhalm greifen. Er hatte sie angerufen. Das konnte man nachverfolgen. Er wurde unvorsichtig und hinterließ Hinweise, die schließlich zu seiner Ergreifung führen könnten.

»Und was willst du?«, fragte sie.

»Wenn wir mit dem Gespräch fertig sind, legst du beide Telefone in eine Schublade und gehst. Schließ die Tür hinter dir ab und komm raus, als ob nichts wäre. Wenn du unterwegs jemandem erzählst, was los ist, töte ich Elise. Wenn du jemanden warnst, töte ich sie. Wenn du auch nur so *aussiehst*, als würdest du etwas tun, das Aufmerksamkeit auf dich lenkt, töte ich sie. Verstanden?«

»Ja.«

Sie hatte es verstanden. Sie war sich nicht sicher, ob sie ihm glaubte, dass er Zeit gehabt hatte, ihre Wohnung, den Flur draußen, das Treppenhaus *und* den Parkplatz mit Kameras zu versehen. Aber andererseits war auch viel Zeit vergangen, seit Elise nach Colorado Springs gezogen war. Everly hatte keine Ahnung, wie dieser Typ aussah. Sie hätte an ihm im Flur vorbeigehen können, ohne es zu wissen. Sie wollte auf keinen Fall etwas tun, das ihm einen Vorwand geben könnte, ihre Schwester zu töten, oder was jemand anderen in Gefahr bringen könnte. Nein, sie musste auf Nummer sicher gehen und tun, was er sagte.

Er sprach weiter. »Du steigst in deinen Wagen und fährst zum Parkplatz des Lebensmittelladens an der Straße. Du parkst am hinteren Ende des Parkplatzes. Die Überwachungskameras zeichnen nicht auf, was hier hinten vor sich geht. Ich werde in einem weißen Lieferwagen mit einem großen Schild an der Seite, auf dem *Tuttle Plumbing* steht, auf dich warten. Versau das nicht«, warnte der Mann. »Dir wäre es doch lieber, deine Schwester wäre irgendwo auf der Welt lebendig als tot, oder?«

»Bitte tu ihr nichts«, presste Everly zwischen zusammengebissenen Zähnen hervor.

»Das *will* ich natürlich nicht … Sie bedeutet mir sehr viel«, erwiderte der Mann. »Aber ich werde es tun, wenn du mich dazu zwingst.«

»Das werde ich nicht.«

»Und denk daran, dass ich dich beobachte. Und in diesem roten T-Shirt, das du gerade anhast, stichst du für meinen Geschmack ein bisschen zu sehr hervor. Du solltest dich umziehen. Zieh dir stattdessen ein schwarzes T-Shirt an.«

Everly lief es eiskalt den Rücken herunter.

Sie hatte dem Mann nicht ganz geglaubt, als er gesagt hatte, er könne sie sehen. Sie hatte vorgehabt, Ball anzurufen, sobald sie aufgelegt hatte. Aber vor fünf Minuten hatte sie ihr rotes T-Shirt aus der untersten Schublade geholt. Der Mann am Telefon konnte auf keinen Fall wissen, was sie anhatte.

Everly wollte unbedingt herausfinden, wo er die Kameras versteckt hatte, zwang sich aber stattdessen, ganz ruhig stehen zu bleiben. »Okay. Was sonst noch?«

»Flipflops. Du solltest Sandalen oder Flipflops anziehen.«

»Okay.« Sie hatte keine Ahnung, warum um Himmels willen er wollte, dass sie Flipflops anzog, aber mittlerweile war es ihr egal. »Woher weiß ich, dass es Elise gut geht oder ob du sie wirklich in deiner Gewalt hast?«

»Du willst einen Beweis?«, fragte der Mann.

»Ja.«

Ihr Telefon vibrierte in ihrer Hand. Sie nahm es von ihrem Ohr weg und starrte auf das Bild, das gerade ankam.

Elise saß auf dem Boden neben einem Baum, offensichtlich in einem Waldgebiet. Ihre Hände waren auf dem Rücken gefesselt und sie trug dieselbe Kleidung, die sie an diesem Morgen in der Schule getragen hatte. Ihre Augen waren rot und sie hatte Tränenspuren zusammen mit Schmutz und Staub auf ihrem Gesicht.

Everly hörte den Mann sprechen und hielt das Telefon wieder an ihr Ohr.

»... vor ungefähr dreißig Minuten. Das ist deine einzige Chance, deine Schwester zu retten. Bist du mutig genug, sie zu ergreifen, obwohl du weißt, dass ich vorhabe, dich zu töten?«

Everly öffnete den Mund, um zu antworten, aber die Telefonleitung war tot.

Wütend darüber, dass Elise irgendwo mitten in einem verdammten Wald gefesselt war, zu Tode verängstigt und nicht in der Lage, irgendetwas von dem zu hören, was um sie herum geschah, konnte Everly praktisch spüren, wie der Hass in ihrer Seele schwelte.

Sie eilte in ihr Schlafzimmer und warf das rote Oberteil, das sie getragen hatte, auf den Boden. Everly zog ein marineblaues Hemd der Polizei von Colorado Springs an, nur um gehässig zu sein – und um sich selbst daran zu erinnern, dass sie, egal was passierte, mit diesem Mistkerl fertig werden würde –, und zog dann ihre Tennisschuhe und Socken aus. Danach steckte sie ihre Füße in ein Paar billige Flipflops, die sie für den Weg zum und vom Schwimmbecken im Apartmentgebäude gekauft hatte, und eilte zurück ins andere Zimmer.

Sie schnappte sich Elises Handy von der Theke und ging schnell zum Spülbecken hinüber, weil ihr eine Idee gekommen war. In der Annahme, dass sie beobachtet wurde, tat Everly so, als würde sie weinen – nun ja, ein wenig weinte sie auch wirklich –, und stand dort eine Minute lang mit gesenktem Kopf. Dann drehte sie den Wasserhahn auf und spritzte sich etwas Wasser ins Gesicht. Sie atmete tief ein und pumpte eine große Menge Seife in ihre Hand. Sie schäumte die nach Früchten duftende Seife auf und wusch sich gründlich die Hände, bevor sie sie mit einem Handtuch abtrocknete, das am Griff des Kühlschranks hing.

Dann ging sie zurück zu den Handys und holte tief Luft. Sie legte ihre Hand für einen Moment auf das Telefon ihrer Schwester und atmete noch einmal tief und ruhig durch.

Wenn am nächsten Morgen die Sonne aufging, würde sie entweder tot sein und Elise wäre auf dem Weg dorthin, wohin der verrückte Mistkerl am Telefon sie bringen wollte. Oder sie und Elise würden beide wohlbehalten zu Hause sein und ihr Entführer wäre tot.

Sie schnappte sich beide Handys und legte sie in eine der Schubladen in der Küche. Dann drehte sie sich um und ging zu ihrer Wohnungstür. Wenn der Entführer ihrer Schwester dachte, sie sei zu feige, um sie zu holen, dann hatte er sich getäuscht. Er hatte ganz offen gesagt, dass er sie töten würde, aber Everly war für so etwas ausgebildet.

Und sie hatte Ball. Er würde merken, dass etwas ganz und gar nicht stimmte, und er würde alles tun, um sie und Elise zu finden. Daran hatte sie nicht den geringsten Zweifel. Der Grund, warum er so sauer auf seine frühere Partnerin gewesen war, bestand darin, dass sie sich nicht wie eine echte Partnerin verhalten hatte. Das Gleiche galt für seine Ex. Ein guter Partner zu sein, bedeutete für Ball alles.

Er würde sie holen. Das wusste sie.

Und sie tröstete sich mit der Gewissheit, dass Ball und seine Kollegen von den Mountain Mercenaries nicht ruhen würden, bis sie Elise nach Hause gebracht hätten, sollte es dem Entführer gelingen, sie zu töten.

Der Fehler des Entführers lag nicht darin, dass er dachte, sie würde nie aufhören, nach ihrer Schwester zu suchen ... er hatte vollkommen recht, das würde sie nicht. Sein Fehler war, dass er dachte, jemand anderes würde nicht dasselbe tun. Er war offensichtlich nicht dumm, aber aus irgendeinem Grund übersah er das Offensichtliche, dass Ball auch nicht aufhören würde, nach ihr zu suchen. Dieser Mistkerl verstand nichts von Ehre und Hingabe, zumindest nicht auf eine Weise, die nicht zwanghaft und widerwärtig war. Und Everly wusste bis ins Mark, dass Ball nicht eher ruhen würde, bis er Elise und den Entführer ausfindig gemacht und zur Strecke gebracht hatte.

Er hatte ihr die Geschichte von der Frau seines mysteriösen Auftraggebers erzählt, wie sie vor mehr als einem Jahrzehnt verschwunden war, aber Rex hatte nie aufgehört, nach ihr zu suchen. Er hatte nie aufgehört zu glauben, dass sie irgendwo da draußen war.

Das sollte nicht Elises Schicksal sein, nicht wenn Everly ein Wörtchen mitzureden hatte. Aber selbst wenn der Entführer sie in dem Moment, in dem sie in seinen Wagen stieg, wegpustete – was sie bezweifelte, weil der Parkplatz des Lebensmittelladens normalerweise ziemlich voll war –, würde Ball Erfolg haben, wo sie versagt hatte.

Everlys Entschluss stand fest und sie tat ihr Bestes, um lässig zu wirken, als sie die Treppe zur Eingangshalle und zum Parkplatz benutzte.

Sie war eine verdammt gute Polizistin. Und sie würde alles, was sie auf der Straße und in der Akademie gelernt hatte, einsetzen, um diesen Mistkerl mit seinen eigenen Waffen zu schlagen.

Im ganzen Gebäude gab es Kameras und sie wusste, dass Ball für Meat oder Rex die Bänder besorgen würde, sobald er feststellte, dass sie und Elise verschwunden waren.

Everly ging das Risiko ein, dass der Mann nur ihre Wohnung verkabelt hatte, und blieb im Treppenhaus stehen, bevor sie die Eingangshalle betrat. Sie schaute auf die Kamera in der Ecke und sagte in Gebärdensprache, ohne zu wissen, ob der Entführer sie beobachtete, so schnell und heimlich wie möglich, dass Elise wieder entführt worden war und sie auf dem Weg zu einem Treffen mit dem Entführer sei.

Sie fügte noch eine Kleinigkeit hinzu, von der sie hoffte, dass sie sie ihm persönlich sagen konnte, aber sie war sich nicht sicher, ob sie die Gelegenheit dazu haben würde.

Es waren nicht viele Informationen, aber hoffentlich würden sie Ball und seine Freunde vorwarnen, dass etwas nicht stimmte, und sie dazu bringen, sich auf die Suche nach ihnen zu machen.

Sie atmete tief durch, fasste sich ein Herz und ging aus dem Treppenhaus, durch die Eingangshalle und auf den Parkplatz hinaus. Als Everly in ihren Cherokee stieg, betete sie, dass Ball eher früher als später zu ihrer Wohnung kommen würde.

Wenn er eintraf und die Telefone früh genug fand, würde ihn das darauf aufmerksam machen, dass etwas nicht stimmte, dass sie und Elise nicht nur unterwegs waren, um eine Besorgung zu machen oder so. Das Bild, das der Entführer ihr geschickt hatte, wäre auch ein verdammt wichtiger Hinweis.

Aber sie hoffte, er würde verstehen, warum sie Elise allein nachgegangen war, anstatt ihn zuerst zu kontaktieren. Sie hoffte auch, dass er ihren Hinweis verstehen würde, wenn er sah, was sie für ihn auf ihrem Telefon hinterlassen hatte.

# KAPITEL SECHZEHN

Ball nahm die Treppe in Everlys Apartmentgebäude immer zwei Stufen auf einmal. Er hatte es sich nicht anmerken lassen, als er vorhin mit ihr gesprochen hatte, aber er war äußerst beunruhigt über das, worüber Meat mit ihnen reden wollte.

Er hatte versucht, den Mann dazu zu bringen, ihm genau zu sagen, was los war, aber Meat hatte erklärt, er *könne* ihm noch nicht viel sagen, dass er nur einen Verdacht habe, aber er arbeite so schnell wie möglich daran, es herauszufinden, und sobald er es geschafft habe, würde er mit ihm und Everly gleichzeitig sprechen.

Ball hatte vorgehabt, früher in die Wohnung zu kommen, aber einer seiner Kunden hatte angerufen, um über seine Webseite zu sprechen, und das Gespräch hatte länger gedauert, als Ball es sich gewünscht hätte. Kaum hatte er aufgelegt, hatte er seinen Laptop zugeklappt und die Wohnung verlassen.

Je eher er Everly und Elise dazu bringen konnte, bei ihm einzuziehen, desto glücklicher wäre er. Es war ja nicht so, als würde er die Wohnung, in der Everly wohnte, nicht mögen. Sie lag in einer schönen Gegend, war sicher, es gab überall Kameras und sie war groß genug für die beiden Schwestern. Aber er wollte sie näher bei sich haben. Zu jeder Zeit. Wollte ihre Bilder an den Wänden seines Hauses. Wollte ihre Sachen in seinem Kleiderschrank. Wollte sie jede Nacht in seinem Bett haben.

Zugegeben, sie schliefen schon so gut wie jede Nacht miteinander, aber er wollte sie bei sich haben. Aus irgendeinem Grund wirkte sie in seinem Haus immer so viel entspannter. Das wünschte er sich für Everly jede Nacht.

Ball läutete die spezielle Klingel, die Everly vor Kurzem installiert hatte. Sie war an der Tür selbst angebracht und über WLAN mit einem blinkenden Licht im Inneren verbunden. Er wartete – und runzelte die Stirn, als einige Minuten verstrichen und Elise nicht an die Tür kam. Er drückte erneut auf die Klingel und als sie immer noch nicht zur Tür kam, streckte er unschlüssig die Hand aus und probierte den Türknauf.

Als er sich tatsächlich in seiner Hand drehte, war er schockiert und sofort in höchster Alarmbereitschaft.

Elise würde auf keinen Fall vergessen, die Tür abzuschließen, wenn sie nach Hause kam.

Er schob sie langsam auf und lauschte einen Moment lang.

Nichts.

Es war völlig still.

Er griff nach seinem Handy, suchte Meats Nummer heraus und war bereit, ihn anzurufen. Aber er wollte noch niemanden darauf aufmerksam machen, dass er in der Wohnung war. Ball ging leise durch den Wohnbereich und spähte in den Flur. Dunkel und still. Er warf einen Blick in das Gästebad und sah, dass es leer war. Die Tür zu Elises

Zimmer war offen und er spähte hinein. Es schien alles in Ordnung zu sein.

Er ging nun schneller und lauschte an Everlys Schlafzimmertür, doch er hörte nichts. Leise stieß er die Tür auf und schaute hinein. Als er niemanden sah, ging er hinein. Auf dem Boden lag ein rotes T-Shirt neben einem Paar Socken und ihren Tennisschuhen, und ihre Arbeitsstiefel standen neben dem Schrank. Er untersuchte schnell den Schrank und tastete nach den Kleidern, die über den Rand des Wäschekorbs hingen. Sie waren feucht. Everly war zu Hause gewesen, hatte sich umgezogen und war offenbar mit Elise irgendwohin gegangen. Aber warum hatte sie ihn nicht angerufen? Und warum hatten sie beide die Tür unverschlossen gelassen?

Das passte alles nicht zusammen und Ball fühlte sich dabei schrecklich unwohl. Er ging zurück ins Wohnzimmer und ließ den Raum einfach auf sich wirken. Irgendetwas fühlte sich ... falsch an.

Nichts war fehl am Platz, alles war so ordentlich wie immer. Aber Ball wurde das Gefühl nicht los, dass Everly und Elise in Gefahr waren.

Er ging in die Küche und sah, dass die Spüle kürzlich benutzt worden war. Sie war noch feucht. Als er das Handtuch, das an der Kühlschranktür hing, betastete, stellte er fest, dass es ebenfalls feucht war.

»Wo steckt ihr nur?«, murmelte er.

Dann bemerkte er etwas, das niemandem sonst aufgefallen wäre.

Eine der Schubladen war teilweise geöffnet.

Everly war penibel darauf bedacht, Schubladen zu schließen. Egal ob in der Küche, im Bad oder im Schlafzimmer. Sie sagte, das sei eine Angewohnheit aus ihrer verkorksten Kindheit, als ihre Mutter immer darauf bestanden hatte, dass jede Schublade geschlossen war. Andernfalls, wenn ihr Haus von der Polizei oder anderen verzweifelten Drogensüchtigen durchsucht wurde, könnte jemand wissen, wo ihr Versteck zu finden war, wenn eine Schublade offen stand.

Für Ball machte das keinen Sinn, aber andererseits waren Menschen, die Drogen nahmen, bekannt dafür, paranoid zu sein.

Die offen stehende Schublade war ein verdammt großes Anzeichen dafür, dass etwas nicht stimmte. Er schlich sich langsam an sie heran, als würde auf wundersame Weise eine Leiche hineinpassen und ihm entgegenspringen, wenn er die Schublade öffnete. Mit einem Finger zog er sie ganz auf. Es war die Besteckschublade, und die Löffel, Messer und Gabeln waren alle ordentlich in ihrem Plastikdingsbums aufgereiht.

Aber die beiden Handys, die obenauf lagen, waren *definitiv* nicht an ihrem richtigen Platz.

Er erkannte sofort, dass sie Elise und Everly gehörten. Aber noch beunruhigender als die Handys war der Gegenstand, der oben auf Everlys Handy lag.

Ihr Ring.

Der, den Me-Maw ihr geschenkt hatte.

Den sie nie abnahm.

Sie hatte ihn abgenommen und ihn zurückgelassen, damit er ihn findet.

*Verdammter Mist!*

Noch bevor sein Gehirn richtig darüber nachdenken konnte, was er da tat, drückte er mit dem Finger auf den Namen von Meat. Ball starrte auf den Ring hinunter, als das Handy an seinem Ohr klingelte.

»Ball. Ich wollte dich auch gerade anrufen«, entgegnete Meat.

»Everly und Elise sind verschwunden«, erklärte Ball.

»Wie bitte?«

»Sie sind verschwunden. Ich bin in ihrer Wohnung, und obwohl Everly eigentlich noch gar nicht von der Arbeit wieder da sein sollte, hat sie wohl früher Schluss gemacht. Aber sie sind beide weg.«

»Verdammt!«, fluchte Meat.

»Ihre Handys sind beide hier, also können wir die nicht verfolgen.« Ball erzählte Meat nicht von Everlys Ring. Er hatte ihre Nachricht laut und deutlich verstanden – Elise war in Gefahr, also war sie mit ihr gegangen oder besser gesagt, war ihr *gefolgt*. Es spielte keine Rolle, welches von beidem der Fall war, Tatsache war, dass die beiden verschwunden waren. Und er sie finden musste.

»Ich wollte dich gerade anrufen und dir sagen, dass du deinen Hintern hierher bewegen sollst. Ich habe eine App auf Elises Computer gefunden, die mir vorher entgangen war. Die gleiche hatte sie auf ihrem Handy.«

»Um was für eine App handelt es sich denn?«, wollte Ball ungeduldig wissen.

»Sie sieht aus wie eine normale Taschenrechner-App. Wenn man darauf klickt, wird sogar ein funktionierender Taschenrechner angezeigt. Aber wenn du Zahlen in einer bestimmten Reihenfolge eingibst, öffnet sich eine Messaging-App.«

»Verdammt!« Diesmal war es Ball, der fluchte. »Hat sie die ganze Zeit über mit diesem Rob in Kontakt gestanden?«

»Eigentlich nicht, glaube ich. So wie es aussieht, hatte sie sich die neue App aufs Telefon geladen ungefähr eine Woche, nachdem sie hierhergezogen war, aber sie hat diesem Rob nur ein einziges Mal geschrieben.«

»Und was?«

»Sie hat ihm gesagt, er solle sie in Ruhe lassen. Aber eine Nachricht war genug.«

»Genug wofür?«

»Dafür, dass dieser Mistkerl sie finden konnte. Er hat ihre IP-Adresse herausgefunden und ist ihr nach Colorado Springs gefolgt. Wenn man die Nachrichten liest, die er ihr geschickt hat, folgt er Elise schon seit Wochen. Allerdings glaube ich nicht, dass sie die Nachrichten überhaupt gesehen hat. Wäre das nicht der Fall gewesen, hätte sie sicher etwas gesagt.«

»Wieso glaubst du das?«

»Es ist einfacher, es dir zu zeigen. Ich schicke dir eine E-Mail ... okay, sieh sie dir an«, erklärte Meat.

Ball wusste, dass er dafür eigentlich keine Zeit hatte, aber jede Information, die er bekommen konnte, würde ihm helfen, seine Mädchen zu finden. Er klickte auf den Lautsprecher, ging dann zu seiner E-Mail-App und öffnete die, die Meat gerade geschickt hatte.

Er überflog die Screenshots mit stetig wachsendem Entsetzen.

*Rob:* Du fehlst mir.

*Rob:* Fehle ich dir denn gar nicht? Nicht mal ein kleines bisschen?

*Rob:* Erinnerst du dich an unsere Gespräche? Du hast mir gesagt, dass du mich liebst. Ich liebe dich immer noch, meine Elise.

*Rob:* Niemand kann dich so lieben, wie ich es kann. Nicht deine Großeltern, garantiert nicht deine Mutter und auch nicht deine Schwester. Sie beachten dich alle gar nicht, aber ich bin anders. Ich werde dich niemals nicht beachten.

*Rob:* Ich wollte dir nur sagen, wie toll du heute aussiehst.

*Rob:* Dieser Rock ist der Wahnsinn.

*Rob:* Obwohl du so etwas Kurzes nicht in der Öffentlichkeit tragen solltest.

*Rob:* Dein Körper gehört mir und nur ich darf ihn sehen.

*Rob:* Ihn liebkosen.

*Rob:* Ihn anfassen.

*Rob:* Du und ich, wir werden glücklich werden. Ich werde mich wirklich gut um dich kümmern ... solange du dich anständig benimmst, bekommst du alles, was du brauchst.

*Rob:* Elise? Ich bin alles andere als glücklich mit dir.

*Rob:* Du antwortest auf keine meiner Nachrichten.

*Rob:* Das macht mich traurig. Und nervös. Und eifersüchtig.

*Rob:* Du gehörst mir, verstanden?

*Rob:* Na gut. Ich weiß, wie ich dich glücklich machen kann.

Ball fuhr sich bestürzt mit der Hand über das Gesicht. Es war schwer zu sagen, wann die Nachrichten verschickt worden waren. Sie waren nicht datiert und auf den Screenshots liefen sie alle zusammen.

Aber er hatte ein Bild an die nächste Nachricht angehängt. Es zeigte eine ältere Frau mit roten Haaren. Sie lag auf einem Teppichboden in einem billigen Motel. Ihr Lippenstift war verschmiert und in beiden Ellbogenbeugen steckten Nadeln. Sie starrte mit toten Augen ausdruckslos an die Decke.

*Rob:* Deine Mutter hat dich nie geliebt. Sie hat dich verletzt. Also habe ich sie für dich getötet. Es war so einfach. Ich brauchte ihr nur ein paar Drogen zu geben. Nachdem sie den ersten Schuss genommen hatte, war sie Wachs in meinen Händen. Ich sagte ihr, dass du sie hasst. Dass du ihr Leben ruiniert hast. Dass sie so eine schöne Tochter nicht verdient hat. Sie wird dir nie wieder wehtun, mein Engel.

Dann hatte er noch ein paar Bilder angehängt – von Ella Adams' arm-, kopf- und beinlosem Torso. Von einem Bein in einer Mülltonne. Einem Arm in einer Mülltonne am Straßenrand. Ihrem Kopf auf einem nicht entzündeten Feuer. Und dann Asche, die in das Meer geworfen wurde.

Wer auch immer hinter Elises ursprünglicher Entführung steckte, hatte Elises und Everlys Mutter ermordet und die Leichenteile verstreut. Es wäre ein Wunder, wenn alle Teile jemals gefunden würden. Auch die Tatsache, dass keine der beiden Schwestern über den Tod ihrer Mutter informiert worden war, war bezeichnend. Keiner wusste, dass sie tot war.

Everly hatte ihm einmal erzählt, dass Ella dazu neigte, wochenlang auf irgendwelchen Sauftouren zu verschwinden. Aber irgendwann tauchte sie immer wieder auf, meist um anzurufen und um Geld zu bitten. Sie weinte sich bei ihren Eltern aus und erzählte ihnen, sie bräuchte nur ein bisschen Geld für Lebensmittel.

Ball war von den Bildern nicht angewidert, er hatte schon Schlimmeres gesehen, aber es machte ihn wahnsinnig zu wissen, dass die Frau, die er liebte, und ihre Schwester diesem Psychopathen wahrscheinlich gerade ausgeliefert waren.

Nach den Bildern ging es weiter mit den Nachrichten.

. . .

*Rob:* Ich war mir sicher, dass du nach allem, was ich für dich getan habe, wieder mit mir reden würdest.

*Rob:* Aber jetzt weiß ich, dass du wirklich böse auf mich bist.

*Rob:* Ich werde schon dafür sorgen, dass du mich wieder liebst.

*Rob:* Ich habe dich heute gesehen. Beim Wandern. Du sahst toll aus in dieser kurzen Hose. Aber ich möchte, dass du beim nächsten Mal eine lange Hose trägst, denn nur ich darf deine Beine sehen. Nur ich darf sie lecken.

*Rob:* Mir gefällt die Gegend übrigens auch. Wir sollten mal hierher zurückkommen. Schon bald.

*Rob:* Du solltest vorsichtig sein, wenn du mit dem Bus fährst. Du weißt nie, wer dich beobachtet.

*Rob:* Ich liebe das hellblaue Nachthemd, das du gestern anhattest. Ich habe eure Wohnung durchs Fenster beobachtet. Du solltest besser die Vorhänge schließen, Elise. Dir beim Schlafen zuzuschauen wird so viel schöner werden, wenn wir erst zusammen sind.


Die Nachrichten gingen weiter und weiter, und es war offensichtlich, dass dieser Mann Elise beobachtet hatte, während sie schon in Colorado Springs war. Abgesehen von der Zeit, die er brauchte, um zurückzukehren und Ella zu töten, war er vielleicht die ganze Zeit hier in Colorado Springs gewesen.

Ein Gedanke kam Ball in den Sinn. Elise hatte recht gehabt. Jemand hatte sie auf der Wanderung beobachtet. Sie war nicht nur paranoid.

Er war fast so stolz auf sie, wie er sich zu Tode fürchtete.

»Es tut mir so leid, dass ich das nicht vorher gefunden habe«, erklärte Meat ihm.

»Das ist nicht deine Schuld«, versicherte Ball ihm. »Die Tatsache, dass du diese Nachrichten überhaupt gefunden hast, wird uns dabei helfen, dass der Mistkerl verurteilt wird, wenn wir ihn gefunden haben. Außerdem hätte ich ihre Besorgnis nicht einfach so abtun sollen. Und ich war heute zu spät dran.«

»Inwiefern?«

»Ich wollte schon vor geraumer Zeit herkommen. Aber stattdessen habe ich mich um irgendeinen Blödsinn gekümmert, der auch hätte warten können. Everly hat frühzeitig mit dem Arbeiten aufgehört und war eher als ich zu Hause. Und jetzt sind sie beide verschwunden. Du musst mir helfen, sie zu finden, Meat. Überall im Gebäude gibt es Kameras. Kannst du dich da einhacken? Niemand ist besser darin, jemanden zu finden, als du.«

»Betrachte es als erledigt. Ich werde auch den Rest des Teams zusammentrommeln.«

»Danke. Auch Rex?«

»Ja, auch Rex. Was hast du jetzt vor?«

»Ich werde mal mit den Nachbarn reden. Sie stand ihnen zwar nicht sehr nahe und die meisten waren wahrscheinlich nicht zu Hause, aber irgendwo muss ich ja anfangen.«

»Gut. Sei nicht überrascht, wenn Rex dich bald anruft.«

»Bis später«, sagte Ball und legte auf. Dann nahm er die Handys von Elise und Everly und steckte sich den Ring an den kleinen Finger. Er passte perfekt.

Ball machte einen Moment lang die Augen zu und schickte ein stilles Stoßgebet zum Himmel, dann ging er sofort zur Tür. Irgendjemand musste etwas gesehen haben.

Eine Viertelstunde später klingelte Balls Handy.

»Ball.«

»Hier ist Rex«, erklärte sein Kontaktmann mit elektronisch veränderter Stimme, die Ball jetzt zum ersten Mal auf die Nerven ging.

»Er hat sie«, sagte Ball.

»Ich weiß. Aber wir werden sie finden.«

Nachdem er die Nachbarn befragt und nichts erfahren hatte, was ihm helfen würde, Everly und Elise zu finden, hätte Ball am liebsten vor Enttäuschung um sich geschlagen. Wie sollte Rex Elise und Everly finden, wenn er nicht einmal seine eigene Frau finden konnte?

Dann fühlte er sich sofort schlecht bei dem Gedanken. Das war nicht fair. Aber Ball fühlte sich schlecht und er war beunruhigt. Das Wissen, wie leicht es dem Entführer gelungen war, die Leiche von Ella Adams zu zerstückeln und zu entsorgen, machte ihm klar, dass er mit Everly und Elise dasselbe tun konnte. Dies war Colorado. Es gab Tausende von Hektar Wildnis, wo er ihre Leichen begraben konnte. Es war durchaus möglich, dass sie niemals gefunden wurde.

»Meat und ich haben das Material der Überwachungskameras durchgesehen und wir wissen, wie er Elise aus dem Gebäude geschafft hat. Er tauchte plötzlich hinter ihr auf, als sie in ihre Wohnung gehen wollte. Sie hat ihn offensichtlich nicht gehört. Er verließ die Wohnung mit einem großen Koffer.«

Ball drehte sich um und schlug mit aller Kraft mit der Faust gegen die Wand im Gang. »Er hat Elise in einen verdammten Koffer gepackt?«, fragte er.

»Sieht ganz so aus. Es ist eine ziemlich effektive Möglichkeit, jemanden, der bewusstlos ist, wegzuschaffen, ohne Aufsehen zu erregen. Sie ist klein genug, dass sie leicht hineinpasst, und leicht genug, dass es nicht so aussieht, als wäre der Koffer übermäßig schwer.«

»Und wie hat er Everly in die Hände bekommen?«,

fragte Ball extrem besorgt. Everly war clever. Selbst *er* konnte sich nicht so einfach an sie heranschleichen. Es war völlig unmöglich, dass sich ein Fremder an sie heranschleichen und sie in die Wohnung stoßen konnte, wie der Entführer es mit Elise getan hatte.

»Soweit wir wissen ... hat er das auch nicht getan. Sie hat die Wohnung verlassen – übrigens ohne die Tür abzuschließen – und ist die Treppe hinuntergegangen. Aber sie hat dir eine Nachricht geschickt.«

Bevor Ball Rex fragen konnte, was er meinte, vibrierte sein Handy mit einer Nachricht.

Er sah sich das kurze Video an, das sein Kontaktmann geschickt hatte. Es war Everly. Sie war im Treppenhaus und wollte gerade in die Eingangshalle hinausgehen. Sie schaute direkt in die Kamera und sagte etwas in Zeichensprache.

Fluchend ließ Ball das Video noch einmal abspielen. Er konzentrierte sich und versuchte, sich an seine Kenntnisse zu erinnern. Ein paar Worte fehlten ihm, aber ihre Bedeutung war klar und deutlich.

*Er hat Elise wieder entführt. Er könnte uns beobachten. Ich treffe mich mit ihm, um zu versuchen, sie zurückzubekommen. Such im Wald. Vielleicht in der Nähe des Seven Bridges Trails. Ich liebe dich.*

Sie liebte ihn. *Verdammt noch mal.* Sie liebte ihn.

Ball verdiente sie nicht, aber das hieß nicht, dass er sie nicht nehmen würde. Sie gehörte ihm. Sie hatte es geschafft, über sein mieses Benehmen hinwegzusehen, als sie sich kennengelernt hatten, und hatte seine kalte Fassade Stück für Stück abgetragen. Sie war genau das, wonach er gesucht hatte. Sowohl als Arbeitspartnerin als auch als Lebenspartnerin.

Sie hatte die Wohnung verlassen, um ihre Schwester zu suchen, wohl wissend, dass sie vielleicht keinen Erfolg haben und möglicherweise ihr Leben riskieren würde. Aber sie hatte es auch getan, weil sie zweifellos wusste, dass er ihr auf der Spur bleiben würde.

Verdammt, ja, das würde er auf jeden Fall tun.

Er holte ihr Handy aus der Tasche und gab ihr Passwort ein. Sie hatten sie neulich Abend ausgetauscht und beschlossen, dass es nur fair war, dass sie die Passwörter des jeweils anderen kannten, da er ja buchstäblich in ihrem Körper gewesen war. Zu dem Zeitpunkt hatte er gelacht, aber jetzt lachte er nicht mehr.

»Was hat sie gesagt?«, wollte Rex wissen.

»Sie glaubt, dass der Entführer ihre Schwester in die Wälder in der Nähe des Seven Bridges Trails gebracht hat. Ich überprüfe gerade ihr Handy, warte kurz …«

Ball öffnete ihre Nachrichten und sah eine von einer unbekannten Nummer. Er schnappte hörbar nach Luft, als er das Bild sah, das sie erhalten hatte. Es gab keine dazugehörige Nachricht, aber das Bild sprach für sich selbst.

Er verstand, warum sie dachte, Elise wäre vielleicht in der Gegend von Broadmoor. Die Bäume um Elise auf dem Bild kamen ihm bekannt vor. Ja, es waren einfach Bäume, aber irgendetwas an ihnen erinnerte ihn an diese Wanderung. Und wenn der Entführer ihr damals gefolgt war, war es wahrscheinlich, dass er sie an einen vertrauten Ort zurückgebracht hatte.

Er leitete das Bild sowohl an Rex als auch an Meat weiter und klickte dann auf ihre Anrufliste.

Und siehe da, vor etwa einer halben Stunde hatte sie einen Anruf von einer unbekannten Nummer erhalten. Sie hatte einen nicht allzu weiten Vorsprung.

»Kann ich Ihnen helfen?«, fragte eine Frau etwas weiter unten im Gang.

Ball drehte sich um und sah eine nervöse, aufgebrachte

Frau mittleren Alters in ihrer Tür stehen. Als er vorher daran geklopft hatte, hatte sie nicht geöffnet. Er wusste, dass Rex noch immer dran war, und steckte Everlys Handy wieder in seine Tasche, als er sich zu ihr umdrehte.

»Ja. Ich kann meine Freundin und ihre Schwester nicht finden. Es handelt sich um Everly und Elise Adams. Sie leben in dieser Wohnung hier.« Er zeigte auf die entsprechende Tür. »Bei meiner Ankunft waren sie nicht zu Hause. Haben Sie vielleicht etwas gesehen oder gehört?«

Die Frau sah erleichtert aus. »Jetzt erkenne ich Sie wieder. Sie sind öfter hier.«

»Ja, Ma'am.«

»Elise habe ich heute Nachmittag nicht gesehen, dafür aber Everly. Ich habe sie nur bemerkt, weil ich es seltsam fand, dass sie nach Hause kam und dann sofort wieder wegging. Meine Wohnung liegt zur Parkplatzseite und mein Schreibtisch steht direkt vor einem Fenster. Ich arbeite von zu Hause, wissen Sie, und ich mag die frische Luft, wenn es draußen kühl ist. Jedenfalls sah ich sie nach Hause kommen und parken. Dann, keine zehn Minuten später, ging sie sehr schnell wieder zu ihrem Jeep.«

»In welche Richtung ist sie gefahren?«, fragte Ball, dem das Adrenalin in die Adern schoss.

»Nach rechts. Sie ist nach rechts gefahren. Und sogar mit quietschenden Reifen, was ich merkwürdig fand, da Everly normalerweise sehr umsichtig und vorsichtig fährt. Schließlich ist sie ja Polizistin und so.«

»Vielen Dank. Dann wollen wir mal sehen, ob ich sie einholen kann«, erklärte Ball der Frau.

»Also ist sie okay?«

»Sie wird es bald sein. Vielen Dank noch mal.« Ball drehte sich um, ging in Richtung Treppe und nahm das Handy wieder ans Ohr. »Hast du alles mitbekommen?«

»Ja. Wäre sie nach links gefahren, wäre sie auf der Schnellstraße gelandet und dann hätten wir keine Ahnung gehabt, wohin sie unterwegs ist. Aber da sie nach rechts gefahren ist, bedeutet das, dass sie in Richtung Broadmoor unterwegs ist. In dieser Richtung gibt es nicht so viele Möglichkeiten.«

»Alles klar. Ich bin an der Sache dran. Sag bitte den anderen, sie sollen mich am Anfang vom Seven Bridges Trail treffen. Falls mir auf dem Weg noch was auffällt, melde ich mich.«

»Alles klar.«

Ball schaltete das Telefon aus und eilte durch die Eingangshalle zu seinem Mustang. Alle möglichen Schreckensszenarien gingen ihm durch den Kopf, als er zu seinem Wagen ging, aber er verdrängte sie. Everly war keine naive Jugendliche. Er war nicht glücklich darüber, dass sie sich freiwillig in Gefahr begab, aber er verstand es. Das Wichtigste war für sie, zu Elise zu gelangen, und sie glaubte offensichtlich, dass sie sich gegen den Entführer behaupten konnte ... zumindest, bis er dort ankam.

Sie zählte auf ihn.

Und er würde sie nicht im Stich lassen, so wie Riley Foster ihn einst im Stich gelassen hatte.

Innerhalb von zwei Minuten verließ er den Parkplatz und fuhr in die gleiche Richtung, in die Everly gefahren war. Er fuhr langsam und hielt nach allem Ausschau, was ein Anhaltspunkt sein könnte. Ihr Wagen, ein Lieferwagen wie der, in dem Elise ursprünglich entführt worden war. Alles, was ihm helfen könnte.

Fast hätte er es übersehen.

Er musste umdrehen und zum Supermarkt zurückfahren. Es war viel los und ständig fuhren Fahrzeuge rein und raus. Aber am Ende des Parkplatzes sah er einen weißen

Jeep Grand Cherokee. Everlys Wagen war nicht sonderlich auffällig, aber er musste anhalten und ihn sich ansehen.

Als er näher kam, sah er, dass es tatsächlich ihr Wagen war. Und ihr Entführer hatte den Treffpunkt gut gewählt. Er war so weit vom Gebäude entfernt, wie es nur möglich war, sodass jegliche Videoaufnahmen praktisch nutzlos waren. Er schickte eine kurze Nachricht an Rex, in der er ihm mitteilte, dass er Everlys Wagen gefunden hatte und wo, und machte sich dann auf den Weg zum Ausgangspunkt des Wanderweges.

»Bitte lass ihn sie dorthin gebracht haben«, sagte Ball und griff dabei so fest ums Steuer, dass seine Knöchel weiß hervortraten. »Ich bin auf dem Weg, Everly«, sagte er. »Halte durch, mein Schatz. Halte durch.«

# KAPITEL SIEBZEHN

Everly stolperte zum gefühlt tausendsten Mal, aber das war ihr egal. Sie wollte, dass der verdammte Tylor Tuttle sie unterschätzte. Ja, es war ätzend, dass sie in Flipflops wanderte. Und dass sie immer noch mit den Nachwirkungen des Elektroschockers zu kämpfen hatte, mit dem er ihr eins verpasst hatte. Aber sie waren auf dem Weg zu Elise, das war alles, was sie interessierte. Sie musste sich davon überzeugen, dass es ihrer Schwester wirklich gut ging. Tylor war völlig verrückt und sie traute ihm zu, dass er sie bereits getötet hatte, ohne sich daran zu erinnern.

Während sie ging, spielten sich die Details der Begegnung mit Tylor in ihrem Kopf in einer Endlosschleife ab.

*Everly fuhr auf den Parkplatz und sah sofort den weißen Lieferwagen am Rande des Parkplatzes. Er hatte ein billiges Magnetschild mit der Aufschrift **Tuttle Plumbing** an der Seite, genau wie er es gesagt hatte. Sie hielt daneben an und stieg aus. Sie ging zur Beifahrertür und der Mann hinter dem Lenkrad winkte sie zur Hintertür.*

*Sie fühlte sich wie ein kleines Kind, das von dem sprichwörtli-*

chen Fremden Süßigkeiten annimmt, öffnete die seitliche Schiebetür und schaute hinein.

Hinten gab es keine Sitze, nur eine Menge seltsam aussehender Werkzeuge, die an Haken auf beiden Seiten hingen. Sie sah sich jedoch zweimal um, denn hinten stand ein Koffer offen, der verdächtig nach dem aussah, der eigentlich in ihrer Wohnung hinten im Schrank stehen sollte.

»Rein in den Wagen und mach die Tür hinter dir zu«, sagte der Mann.

Da sie keine andere Wahl hatte, tat Everly, wie geheißen, und das Geräusch der sich schließenden Tür erinnerte sie an das Geräusch eines Sarges, der geschlossen wurde.

»Schön, dich endlich mal kennenzulernen«, sagte der Mann. »Ich bin Tylor Tuttle. Ich bin dein neuer Schwager und es tut mir wirklich leid, dass wir nur kurzzeitig miteinander verwandt sein werden.«

Sie wollte diesen Köder eigentlich nicht schlucken, konnte aber nicht umhin zu fragen: »Warum?«

»Denn sobald du die Trauung von Elise und mir vollzogen hast, werde ich dich töten.«

Everly blinzelte. »Ich soll die Trauung vollziehen?« Sie war wütend darüber, dass er so was auch nur annehmen konnte, gleichzeitig aber auch verwirrt, dass er glaubte, sie würde oder könnte überhaupt jemanden verheiraten.

»Du bist doch Polizistin. Damit hast du das Recht, eine Trauung zu vollziehen.«

Das stimmte zwar ganz und gar nicht, und Everly hätte nicht gewusst, wie sie zu einem Erklärungsversuch hätte ansetzen sollen, doch dazu kam sie gar nicht, da er weitersprach.

»Und wenn du es bist, die uns vermählt, weiß Elise auch gleich, dass du uns deinen Segen gibst, für immer zusammenzubleiben. Sie hat Angst und sie muss wissen, dass ihre Schwester diese Entscheidung unterstützt. Sie ist nervös.«

»Darauf würde ich wetten«, entgegnete Everly. »Vielleicht solltest du stattdessen mich heiraten?« Sie dachte sich, einen Versuch wäre es vielleicht wert.

Tylor rümpfte die Nase. »Du bist zu alt. Eine alte Frau habe ich schon und da brauche ich keine zweite.«

»Wenn du bereits eine Frau hast, wie kannst du dann erneut heiraten?« Es war ihr egal, dass er sie »alt« genannt hatte. Mit vierunddreißig war man keinesfalls alt, aber für einen Pädophilen war alles über zwanzig uralt.

»Oh, sobald ich mit Elise heimkomme, werde ich sie aus dem Weg schaffen. Ich habe nur ein Zimmer, das sich dazu eignet, sie darin zu halten, und ich möchte nicht, dass Elise eifersüchtig wird.«

Bei den Worten des Mannes wurde Everly ganz schlecht. Er sah normal und zurechnungsfähig aus, war es aber offensichtlich nicht. Sein braunes Haar war ordentlich gekämmt und seine Kleidung war relativ sauber. Er war nicht dick. Er war sogar eher schlank, aber nicht so schlank, dass man ihn zweimal ansehen würde. Er war absolut gewöhnlich. Er könnte der Nachbar von nebenan sein – und genau das machte ihn so furchterregend. Wenn er eine andere arme Frau als Geisel hielt, würde niemand Verdacht schöpfen.

Sie erschauderte. »Geht es Elise gut?«

»Natürlich geht es ihr gut. Ich will Elise nicht wehtun. Wenn ich es tue, dann nur, weil sie es sich selbst zuzuschreiben hat oder weil du etwas Dummes gemacht hast. Sie wird lernen, mir zu gehorchen. Sie wird lernen, dass man mit Honig mehr Fliegen fangen kann als mit Essig. Ich habe dieses Sprichwort immer geliebt. Es ist niedlich, oder?«

Everly biss die Zähne zusammen. Der Mistkerl hatte Elise schon einmal wehgetan und jetzt gab er ihr die Schuld dafür? Er war nicht nur verrückt, er war auch ein Arschloch. Würde er im Management arbeiten, wäre er die Art von Mann, die den Verlust eines Kunden auf seine weibliche Untergebene schieben würde, nur weil er es konnte. Frauenfeindlicher Vollidiot.

»Obwohl ich es zu schätzen weiß, dass du meinen Anweisungen Folge geleistet hast und getan hast, wie befohlen, bin ich wirklich schockiert darüber, dass du das tatsächlich gemacht hast. Das war nicht besonders schlau.«

»Ich will nur alles in meiner Macht Stehende tun, um dafür zu sorgen, dass meine Schwester sicher und unversehrt ist«, erklärte sie ihm.

»Ich habe dir doch schon gesagt, dass sie ein langes Leben an meiner Seite haben wird«, erklärte Tylor und runzelte die Stirn.

»Aber du hast auch gesagt, dass du sie töten würdest, wenn ich nicht tue, was du sagst«, erinnerte Everly ihn.

Er lachte. »Als würde ich meine wunderschöne Elise töten. Das habe ich nur gesagt, um sicherzustellen, dass du alleine herkommst. Schließlich muss ich dafür sorgen, dass du nicht mehr da bist, um die Dinge zu verkomplizieren, weil du nicht aufhörst, nach ihr zu suchen. Wenn du erst einmal weg bist, können wir unser Leben in Frieden leben, ohne uns ständig umsehen zu müssen.«

Everly hätte ihm am liebsten gesagt, dass er damit falschlag, da Ball und seine Freunde nie aufhören würden, nach ihr zu suchen, doch sie hielt den Mund.

»Ich hoffe wirklich, dass meine Elise schlauer ist als du«, bemerkte Tylor.

Und dann griff er sie ohne Vorwarnung an.

Everly hob einen Arm, um ihn abzuwehren, aber er hatte bereits den Elektroschocker in ihre linke Seite gesteckt.

Sie fiel sofort auf die Seite. Tylor nahm die Elektroden nicht weg, sondern betäubte sie weiter. Everly war schon einmal betäubt worden und die Wirkung dieses Elektroschockers war nicht so stark wie die der Waffe, die sie bei der Arbeit trug, aber sie tat trotzdem ihren Zweck.

*Sie war verwirrt und konnte ihre Muskeln nicht mehr richtig einsetzen. Sie war nicht in der Lage, ihn aufzuhalten, als Tylor eine Hand an einen großen Ring an der Seite des Wagens fesselte und ihren Knöchel mit einem weiteren Paar Handschellen, das an einer Kette an der gegenüberliegenden Wand des Fahrzeugs baumelte, sicherte.*

*Dann gab er ihr einen Klaps auf die Wange – eigentlich war es eher ein Schlag – und beugte sich über sie.*

*»Hübsch, aber nicht besonders schlau«, sagte er, dann drehte er sich um und stieg wieder auf den Fahrersitz.*

*Everly schloss die Augen und ließ den Kopf auf den Boden des Wagens sinken. Sie ignorierte die Schmerzen in ihrer Seite, die von den Sonden des Elektroschockers herrührten, und tat ihr Bestes, um ihren Körper dazu zu bringen, mit ihrem Gehirn zu kooperieren. Sie musste ihr Möglichstes geben.*

*Tylor Tuttle hatte sie vielleicht einmal überrascht, aber eine zweite Chance würde er nicht bekommen.*

*Er mochte denken, dass sie eine leichte Beute war, aber er irrte sich. Sie hatte jetzt viel mehr, wofür zu leben es sich lohnte – ihre Schwester, ihre Großeltern und jetzt auch noch Ball. Und er war auf dem Weg zu ihr. Sie hoffte nur, dass er sie rechtzeitig finden würde.*

Sie hatten schon vor einer Weile den Hauptpfad verlassen und kämpften sich durch das Unterholz. Everly war froh, dass sie Jeans trug, denn die Äste und Dornen kratzten sie bis aufs Blut. Auch ihre Füße wurden in den Flipflops arg in Mitleidenschaft gezogen, aber sie spürte den Schmerz nicht. Ihre Hände waren vor ihr gefesselt, sodass sie einige der Äste abwehren konnte, die auf ihr Gesicht zukamen. Sie versuchte, auf ihrem Weg so viele Äste wie möglich abzubrechen, um eine Spur für Ball und die anderen zu hinterlassen.

Der Ort, an dem Tylor Elise versteckt hatte, konnte nicht

allzu weit entfernt sein, denn er hätte nicht so viel Zeit gehabt, sie zu sichern und dann zu seinem Wagen zurückzukehren, um Everly auf dem Parkplatz des Lebensmittelladens abzufangen. Der Gedanke tröstete sie. Der Parkplatz für den Wanderweg war zwar nicht gerade zivilisiert, aber es war besser, als sich mitten im Nirgendwo aufzuhalten, wie sie es jetzt taten.

Sie begannen, einen ziemlich steilen Hügel hinaufzugehen, und Everly bekam ein ungutes Gefühl in der Magengrube.

Sie konnte eine Menge aushalten. Messerstiche, Verbrecher, die sie anspuckten, Verfolgungsjagden zu Fuß, sogar Schüsse, solange sie nicht auf ihren Kopf abgefeuert wurden ... aber eines mochte sie definitiv nicht: Höhen. Hatte sie noch nie. Je länger sie bergauf wanderten, desto nervöser wurde sie.

Sie schluckte das Unbehagen hinunter und weigerte sich, die Angst die Oberhand gewinnen zu lassen. Sie hatte nicht vor, Tylor gewinnen zu lassen. Auf gar keinen Fall.

Sie stapften weiter und plötzlich befanden sie sich in einem offenen Gebiet auf der Spitze einer Klippe. Es wäre wunderschön gewesen, wenn Everly nicht starr vor Angst gewesen wäre.

»Wunderschön, nicht wahr?«, fragte Tylor, als könnte er ihre Gedanken lesen.

Everly nickte, doch ihr Mund war so trocken, dass sie nicht sprechen konnte.

»Hier wirst du es tun.«

»Hier werde ich was tun?«

»Elise und mich verheiraten.«

»Wo ist meine Schwester?«, fragte sie.

»Hier entlang«, sagte Tylor, wandte ihr den Rücken zu und ging einen kleinen Hügel zu ihrer Linken hinab.

Sie war so versucht, ihn in diesem Moment zu überrumpeln. Ihn zu Fall zu bringen. Ihn zu töten. Aber sie wusste noch nicht, wo ihre Schwester war. Solange sie Elise nicht sah, nicht mit eigenen Augen sah, dass es ihr gut ging, wollte sie nichts tun, was ihren Entführer verärgern könnte. Sie musste geduldig sein.

Tylor führte sie den Hügel hinunter und in ein Wäldchen.

Und dort saß Elise auf dem Boden, an einen Baum gefesselt.

Everly schrie vor lauter Freude, Elise lebend und unverletzt zu sehen. Sie lief nach vorn und kniete neben ihr nieder, warf ihre gefesselten Arme über den Kopf ihrer Schwester und hielt sie fest. Everly spürte, wie Elise sich an sie schmiegte, aber da ihre Arme hinter ihrem Rücken waren, konnte sie sie nicht berühren.

Everly schloss für einen Moment die Augen und versuchte, ihre Gefühle unter Kontrolle zu bringen. Dann nahm sie einen tiefen Atemzug. Sie waren nicht außer Gefahr. Nicht im Entferntesten. Sie wusste ganz genau, dass Tylor sie umbringen würde. Oder es zumindest versuchen würde. Es war nicht die Frage, ob, sondern wann. Everly musste ihn nur lange genug hinhalten, um Ball und den anderen die Chance zu geben, zu ihnen zu gelangen.

Sie beschloss, sich so unterwürfig wie möglich zu verhalten, denn das schien Tylor zu gefallen, und sah zu ihm auf. »Darf ich mit ihr reden?«

Tylor sah sie einen Moment lang an, bevor er sagte: »Ja, aber du sagst ihr nur, was ich dir sage. Sonst nichts. Falls du irgendetwas anderes versuchst, werde ich dich *und* sie töten, verstanden?«

Everly nickte, obwohl sie jetzt ziemlich sicher war, dass der Kerl Elise nicht umbringen würde. Er hatte Pläne für sie. Entweder war er extrem dumm – da war sie sich nicht sicher, denn er hatte es geschafft, so lange unter dem Radar zu fliegen – oder er war zu eingebildet und dachte, dass nichts schiefgehen konnte, da er alle Trümpfe in der Hand hielt.

»Dazu brauche ich aber meine Hände.« Everly hielt Tylor ihre gefesselten Hände hin.

Er kam auf sie zu und zog ein Taschenmesser heraus. »Falls du versuchst zu entkommen, werde ich sie töten«, sagte er und nickte in Richtung ihrer Schwester.

»Das werde ich nicht«, log Everly. Sobald sich ihr eine Gelegenheit bot, würde sie alles, was sie je über Selbstverteidigung und die Arbeit als Polizistin gelernt hatte, einsetzen, um ihn auszuschalten. Aber im Moment brauchte sie ihre Hände, damit sie mit Elise reden konnte.

Sobald ihre Hände frei waren, drehte Everly sich wieder zu Elise um. Sie legte ihre Hände auf die Wangen ihrer Schwester, rieb mit den Daumen ihre Augen und wischte ihr die Tränen weg. Elise hatte eine Schürfwunde an der Schläfe, eine aufgeplatzte Lippe und ein blaues Auge. Alles in allem wusste Everly, dass sie bisher Glück gehabt hatte, auch wenn der Anblick ihrer Verletzungen sie wütend machte. Hätte Tylor mehr Zeit gehabt zwischen dem Zeitpunkt, an dem er Elise hierhergebracht hatte, und dem Zeitpunkt, an dem er Everly abholen musste, hätte er sie viel schlimmer verletzen können.

»Sag ihr meinen Namen«, befahl Tylor ihr.

»Wie buchstabiert man den?«, fragte sie.

»Was für eine Rolle spielt das?«

Everly widerstand dem Drang, die Augen zu verdrehen. »Weil ich es ihr mit den Fingern vorbuchstabieren muss.«

Tylor buchstabierte seinen Namen und Everly konnte sich des wahnwitzigen Gedankens nicht erwehren, dass er vielleicht deshalb so verrückt war, weil er jedem einzelnen Menschen, mit dem er je in Kontakt gekommen war, seinen Namen buchstabieren musste. Sie wusste, dass dieser Gedanke irrational war, aber sie hasste einfach alles an diesem Mann.

Sie wandte sich an Everly und gebärdete: *Er heißt* T-y-l-o-r T-u-t-t-l-e. *Vergiss das nicht und sag es Ball und den Jungs, wenn sie uns finden.*

»Das waren aber eine Menge Zeichen für einen einfachen Namen«, stellte Tylor misstrauisch fest.

»Es dauert eben viel länger, etwas mit Handzeichen auszudrücken, als es einfach auszusprechen.« Sie log, aber das würde dieser Idiot nicht wissen.

»Okay. Sag ihr, dass ich sie vermisst habe.«

*Wenn ich dir sage, dass du laufen sollst, meine ich das ernst. Lauf so schnell du kannst und dreh dich nicht um.*

»Und dass sie wunderschön ist und wir ein ganz wunderbares gemeinsames Leben haben werden. Aber sie muss mir gehorchen. Tut sie das nicht, muss ich sie bestrafen.«

Everly lief es eiskalt den Rücken hinunter, doch sie nickte Tylor zu und wandte sich an ihre Schwester. *Wir müssen ruhig bleiben, bis er die Kette um deine Beine löst. Sieh ihn an und nicke.*

Elise tat, worum ihre Schwester sie gebeten hatte, und Tylor strahlte. »Sag ihr, dass es mir leidtut, dass es so lange gedauert hat, bis wir zusammen sein konnten. Aber ich musste mich noch um ein paar Dinge in Los Angeles kümmern.«

Everly sah ihn an. »Um was für Dinge?«

Ohne Vorwarnung ließ er den Fuß hervorschnellen und trat Everly in dieselbe Seite, in der er sie mit dem Elektroschocker getroffen hatte. Keuchend vor Schmerz fiel sie um, kam aber sofort wieder auf die Knie. Sie glaubte nicht, dass er ihr eine Rippe gebrochen hatte, Gott sei Dank. Sie hatte so etwas schon einmal gehabt, und obwohl ihre Seite schmerzte, fühlte sie sich einigermaßen gut.

Aus den Augenwinkeln sah Everly, wie Elise vor Angst zusammenzuckte, aber sie hielt den Blick auf Tylor gerichtet.

»Denkst du, das würde ich dir sagen?«, fragte er.

Everly nickte. Sie wusste, dass sie ihr Glück herausforderte, doch er hätte das Thema gar nicht angesprochen, wenn er nicht wollte, dass sie es erfuhr.

»Sag ihr, was ich dir gesagt habe.«

Everly wandte sich zu ihrer Schwester. *Es geht mir gut. Gerate jetzt nicht in Panik. Ball wird uns finden. Bis dahin müssen wir einfach nur tapfer sein.*

Elise nickte. Es war klar zu sehen, wie sehr es ihre Schwester frustrierte, dass sie nicht antworten konnte. Ihr die Hände hinter dem Rücken zu fesseln war genauso, als würde man einen sprechenden Menschen knebeln.

»Und jetzt sag ihr, dass ich mich um eure verdammte, drogensüchtige Mutter gekümmert habe.«

Everly sah erneut Tylor an. »Was? Was hast du getan?«

»Ich habe sie getötet. Sie hat meine Elise traurig gemacht. Das durfte nicht sein. Also musste sie sterben.«

Seine Stimme war monoton und es war mehr als offensichtlich, dass er nicht einen Funken Reue über den Mord empfand. Tränen stachen in Everlys Augen, aber sie weigerte sich, sie zuzulassen. Sie hatte sich nicht viel aus Ella gemacht, aber sie war trotzdem ihre Mutter. Auch wenn sie eine schreckliche Mutter gewesen war, hatte sie es nicht verdient, von diesem Mistkerl getötet zu werden.

Auf keinen Fall wollte sie ihrer Schwester jetzt sagen, was Tylor getan hatte. Elise musste an die Flucht denken und an nichts anderes. *Sein Plan ist, dass ich eine bescheuerte Hochzeitszeremonie durchführe. Mach einfach mit, bis ich dir sage, dass du abhauen sollst. Nein, sieh nicht weg, sieh ihn mit großen Augen an.*

Everly hätte nicht stolzer auf ihre Schwester sein können. Sie musste Todesangst haben, aber sie tat, was sie ihr gesagt hatte.

Tylor war überglücklich. »So ist's gut, mein braves Mädchen.« Er trat näher an sie heran, legte eine Hand auf ihr Haar und streichelte sie. Dann wandte er sich an Everly, ließ seine Hand aber auf Elises Kopf liegen. »Es ist an der Zeit«, sagte er. »An der Zeit, dass wir den Bund fürs Leben eingehen.«

---

Ball kam an der Einfahrt zum Seven Bridges Trail an und parkte vor dem weißen Lieferwagen, damit dieser nicht einfach aus der Parklücke und wegfahren konnte. *Tuttle Plumbing.* Er schüttelte den Kopf und stellte entsetzt fest, dass er den Wagen wiedererkannte. Er hatte ihn an dem Tag gesehen, als sie hierherkamen, um mit dem Klub zu wandern – aber da hatte er noch nicht das magnetische Firmenschild getragen. Es waren so viele Fahrzeuge auf dem Parkplatz gewesen, dass es nicht besonders aufgefallen war, und er hatte keinen Grund gehabt, es mit dem mysteriösen weißen Lieferwagen in Verbindung zu bringen, der bei Elises Entführung in L.A. benutzt worden war.

Als er in das hintere Fenster schaute, sah er einen Koffer, den er als den von Everly wiedererkannte. Der Gedanke, dass Elise darin gewesen sein könnte, ließ ihn rotsehen. Er atmete ein paarmal tief durch, um seine Wut zu zügeln, und wartete ungeduldig auf die Ankunft seiner Teamkameraden. Er hätte allein losziehen können, aber er musste mit den anderen einen Suchplan erstellen.

Es dauerte weitere fünf Minuten, aber schließlich sah er ein Fahrzeug, das mit hoher Geschwindigkeit den Hügel hinauffuhr. Ball war der geschickteste Fahrer der Gruppe, aber die anderen konnten durchaus mithalten. Innerhalb kürzester Zeit standen die besten Freunde, die er je gehabt hatte, vor ihm.

»Hast du was gehört?«, fragte Gray.

»Meat hat behauptet, Elise sei wahrscheinlich auch hier«, meinte Ro.

»Kennst du den Namen des Kerls?«, hakte Arrow nach.

»Wahrscheinlich heißt er Tuttle«, erklärte Black, verdrehte die Augen und nickte zu dem Lieferwagen vor ihnen.

In diesem Moment raste ein geländegängiger Humvee die Straße herauf. Ball war überrascht, Meat zu sehen, aber er war dankbar dafür. Er konnte jede Hilfe gebrauchen, die er bekommen konnte. Und im Moment war es egal, was auf den Überwachungskameras oder Elises Telefon zu finden war. Er brauchte Meat *hier* und nicht zu Hause am Computer.

»Wisst ihr Bescheid, was los ist?«, fragte Ball.

»Einigermaßen«, sagte Gray. »Wie lautet der Plan? Wissen wir schon, wo sie stecken?«

»Nicht genau. Ich dachte, wir gehen den Pfad entlang und suchen nach Anzeichen, in welche Richtung sie gegangen sind. Everly ist freiwillig hierhergekommen, also haltet nach Spuren Ausschau, die sie für uns hinterlassen hat.«

»Glaubst du, sie weiß, dass wir kommen?«, wollte Black wissen.

»Sie weiß es nicht nur, sie zählt darauf«, erwiderte Ball.

Die anderen Männer nickten.

»Hat niemand die Polizei gerufen?«, fragte Arrow.

»Rex sagte, wir sollen damit noch warten, bis wir konkrete Hinweise darauf haben, dass sie tatsächlich hier sind«, erklärte Gray.

»Eine gute Idee. Wir können auf keinen Fall Dutzende von Leuten hier gebrauchen, die herumtrampeln und den Mistkerl warnen«, entgegnete Ball. »Er ist von Elise besessen und wenn jemand versucht, sie ihm wegzunehmen, dreht er durch.«

»Gehen wir«, sagte Ro. »Je eher wir sie finden, desto schneller können wir sie und Everly nach Hause bringen.«

Ohne ein weiteres Wort zu verlieren, machte sich Ball auf den Weg zum Startpunkt des Wanderweges. Es würde bald dunkel werden und der Pfad war nach Einbruch der Dunkelheit gesperrt. Es waren nicht viele andere Fahrzeuge auf dem Parkplatz. Ball fragte jede Person, an der sie vorbeikamen, ob sie Elise oder Everly gesehen oder etwas Ungewöhnliches gehört hatten. Keiner hatte etwas gehört.

Sie waren schon zehn Minuten unterwegs, als Ball auf dem Weg stehen blieb.

Er legte den Kopf schief und studierte die Vegetation zu seiner Rechten.

Gray stellte sich neben ihn. »Was ist denn los?«

»Findest du, dass das normal aussieht?«, wollte Ball von seinem Freund wissen, den Blick starr auf die rechte Seite des Weges gerichtet.

»Es sieht so aus, als wären dort vor Kurzem ein paar Leute entlanggegangen«, stellte Gray fest.

»Hoffen wir, dass es nicht irgendwelche Geocacher waren«, murmelte Ball. »Wenn wir irgendwelchen Idioten hinterherlaufen, die einen Geocache suchen, bin ich wirklich wütend.«

Die sechs Männer schwärmten aus und bahnten sich schweigend ihren Weg durch das Unterholz. Ab und zu wies einer von ihnen auf einen abgebrochenen Ast oder eine Spur in der Erde hin.

»Gut gemacht, meine Süße«, murmelte Ball leise. Er hatte keinen Zweifel, dass Everly hinter den Spuren steckte. Sie hatte alles getan, was ihr einfiel, um ihn direkt zu sich zu führen.

Der Aufstieg war für die ehemaligen Mitglieder der Spezialeinheit nicht schwer, aber es wurde schnell dunkel. Sie mussten sich beeilen, um Elise, Everly und den Mistkerl zu finden, der sie entführt hatte. Ball wollte gar nicht daran denken, was passieren würde, wenn die Sonne unterging.

Er hatte Everly einmal gesagt, dass nach zwei Uhr morgens nichts Gutes mehr passierte. Es war noch lange nicht so spät, aber er vermutete, dass derselbe Denkansatz auch hier galt. Nach Einbruch der Dunkelheit würde nichts Gutes mehr passieren.

## KAPITEL ACHTZEHN

Everly versuchte, nicht zu hyperventilieren. Tylor hatte die Kette um Elises Knöchel – aber nicht ihre Handgelenke – gelöst und half ihr vorsichtig vom Boden auf. Er hatte sie geküsst und Everlys Magen fühlte sich bei diesem Anblick an, als hätte er tausend wütende Bienen in sich. Elise tat ihr Bestes, um nichts zu tun, was ihren Entführer zur Weißglut treiben könnte, aber das war zu viel.

Sie sollte seine Pfoten nicht an sich spüren müssen. Oder seine Lippen. Oder irgendeinen anderen Teil von ihm. Der Hass kochte so schnell in Everly hoch, dass sie sich zwingen musste, Tylor nicht auf der Stelle anzugreifen. Sie musste warten. Sie hatte einen Plan. Sie hatte keine andere Waffe als sich selbst. Es war klug von ihm, sie Flipflops tragen zu lassen. Das Gelände war unwegsam und ohne das richtige Schuhwerk war sie im Nachteil. Sie und Tylor waren zwar ungefähr gleich groß, aber er war ihr kraftmäßig um einiges überlegen. Und er war völlig verrückt. Ihrer Erfahrung nach war Verrücktheit oft der Grund dafür, dass Menschen jemanden, der größer und schwerer war als sie, überwältigen konnten. Das und Drogen.

Everly glaubte nicht, dass Tylor auf Drogen war. Er verhielt sich nicht wie die Männer und Frauen, mit denen sie im Dienst zu tun hatte. Er war nur besessen.

Er hielt seine Hand auf Elises Oberarm und zog sie halb mit sich, halb führte er sie den Hügel hinauf zur malerischen Klippe. Tylor hatte sich nicht die Mühe gemacht, Everly erneut zu fesseln. Er war sich hundertprozentig sicher, dass sie gefügig sein würde, solange er ihre Schwester in der Hand hatte. Und damit hatte er größtenteils recht.

Oben auf der Klippe angekommen hob er den Finger und deutete direkt vor sich. »Du bleibst hier stehen«, befahl er Everly.

Sie wollte nicht. Er deutete auf eine Stelle, die viel zu nahe am Rand der Klippe war, und nicht nur das ... sie würde mit dem Rücken zur Klippe stehen. Sie wusste ohne Frage, was sein Plan war. Er wollte, dass sie sie »verheiratete«, und würde sie dann über die Klippe stoßen.

Sie konnte ihm jedoch keinen Vorwurf machen, denn das war auch ihr Plan, nur würde es Tylor sein, der über die Klippe ging.

Everly schluckte ihre Angst hinunter und versuchte, nicht völlig ausgeflippt auszusehen, und ging langsam auf die Stelle zu, auf die er zeigte. Der Boden war felsig und sie warf einen Blick über ihre Schulter, bevor sie ihre Aufmerksamkeit wieder Tylor und Elise zuwandte. Der Boden fiel etwa einen Meter von der Stelle ab, an der sie stand. Große Felsbrocken und Gestrüpp säumten den gesamten Abhang. Unten war ein kleiner Bach, der mit weiteren großen Steinen und Waldabfällen gefüllt war. Es war unwahrscheinlich, dass sie überleben würde, wenn Tylor es schaffte, sie zu überrumpeln und hinunterzustoßen. Aber es war ebenso unwahrscheinlich, dass er einen

Sturz überleben würde. Sie behielt diesen Gedanken im Kopf.

Tylor drehte Elise und löste die Handschellen um ihre Handgelenke. Dann drehte er sie so, dass sie ihn ansah, und Everly bekam fast einen Herzinfarkt, als er erneut nach ihren Händen griff. Doch sie atmete erleichtert auf, als er die Hände ihrer Schwester lediglich vor ihr zusammenlegte.

Eine Schrecksekunde lang hatte sie gedacht, er würde sein eigenes Handgelenk an das von Elise fesseln. Das wäre eine Katastrophe gewesen.

»Okay, du kannst anfangen«, sagte Tylor und wandte sich um, um Everly anzusehen.

Sie hatte keine Ahnung, was sie sagen sollte. In ihrem ganzen Leben hatte sie nur an einer einzigen Hochzeit teilgenommen und nicht wirklich darauf geachtet, was der Priester gesagt hatte.

»Ich nehme an, dass ich ihr alles in Gebärdensprache erkläre, während ich spreche?«, fragte sie aus dem einzigen Grund, Zeit zu gewinnen.

»Selbstverständlich«, entgegnete Tylor. »Meine Elise soll schließlich wissen, was vor sich geht. Irgendwann werde ich ihr unsere ganz eigene Zeichensprache beibringen, die nur wir verstehen.«

Everly räusperte sich und sprach langsam, während sie mit den Händen Gebärden machte. Es war wahnsinnig schwierig, etwas anderes mit ihren Händen zu sagen, als sie es mit ihrem Mund tat, doch sie gab ihr Bestes.

»Wir haben uns heute hier versammelt, um Zeuge zu werden, wie dieser Mann und diese Frau den Bund der Ehe eingehen.«

*Es ist so weit. Wenn ich es dir sage, drehst du dich um und läufst so schnell du kannst weg.*

»Die Ehe ist ein Versprechen zweier Menschen, ihr ganzes Leben gemeinsam zu verbringen.«

*Ich werde diese Farce einer Heirat zu Ende bringen, aber ich werde nicht zulassen, dass er dich noch einmal berührt.*

»Sie ermöglicht zwei Menschen, sich gegenseitig in den schwierigen Zeiten ihres Lebens zu helfen und die glücklichen Momente gemeinsam zu genießen.«

*Es wird schwer sein, mit diesen Handschellen zu laufen, aber du kannst es schaffen. Wenn du ihn hinter dir spürst, versteck dich. Komm nicht raus, egal was passiert. Ich werde dich finden.*

»Damit eine Beziehung funktioniert, bedarf es Vertrauen und Hingabe.«

*Ich liebe dich. Mehr als du dir vorstellen kannst.*

»Du brauchst viel zu lange!«, beschwerte Tylor sich. »Beeile dich und komm endlich zum guten Teil!«

Everly schluckte, nickte und sah dann ihre Schwester an. »Willst du diesen Mann zu deinem Ehemann nehmen, ihn lieben und ehren in guten und in schlechten Zeiten, bis dass der Tod euch scheidet?«

*Es ist fast so weit. Egal was passiert, denk immer daran, dass ich dich liebe. Und jetzt sieh ihn an und nicke.*

Everly wurde ganz schlecht, als sie dabei zusah, wie ihre Schwester Tylor mutig in die Augen schaute und nickte.

Er strahlte. »Jetzt bin ich dran«, verlangte er.

»Willst du diese Frau zu deiner Ehefrau nehmen, sie lieben und ehren, in Krankheit und Gesundheit, bis dass der Tod euch scheidet?«

Everly wusste, dass Elise sie genau beobachtete. *Wenn er sich vorbeugt, um dich zu küssen, trete ich ihm in die Eier. Und das ist dein Stichwort. Du läufst weg, so schnell du kannst, und drehst dich nicht um.*

Elise hatte angefangen zu weinen, doch Everly konzentrierte sich voll und ganz auf ihren Entschluss und ihren Hass auf Tylor.

»Sag schon den Rest!«, befahl Tylor, nachdem er der Vermählung enthusiastisch zugestimmt hatte.

»Du darfst die Braut jetzt küssen«, erklärte Everly pflichtbewusst.

Tylor lächelte und beugte sich vor, um Elise zu küssen und damit ihre »Eheschließung« zu besiegeln.

Everly atmete tief durch und als sie zutrat, gebärdete sie gleichzeitig: *Jetzt! Lauf!*

Elise wirbelte herum und rannte von der Lichtung. Sie verschwand hinter einer Reihe von Bäumen und Everly konnte hören, wie sie auf ihrer Flucht krachend Äste abbrach.

Tylor heulte vor Schmerz und Frustration auf. Er war auf die Knie gefallen, als Everly ihn getreten hatte, aber in Sekundenschnelle war er wieder auf den Beinen und griff sie an.

»Jetzt wirst du sterben, du Schlampe!«, sagte er in einer Stimme, die sie noch nie zuvor gehört hatte. Sie war hart und dunkel, und für den Bruchteil einer Sekunde kam er Everly vor wie ein Dämon aus einer der Fernsehsendungen, die sie gern sah.

Er stürzte sich auf sie und es kostete Everly all ihre Kraft, sein Handgelenk zu packen und zu verhindern, dass er ihr das Gesicht zertrümmerte.

»Sie gehört mir! Du hast uns gerade vermählt! Sie wird mir niemals entkommen! Sie ist jetzt Elise Tuttle. *Sie gehört mir!* Wenn du tot bist, werde ich sie finden und wir werden glücklich bis ans Ende unserer Tage leben!«

»Kommt überhaupt nicht infrage«, murmelte Everly und kämpfte verzweifelt darum, seine Hände von ihrem Hals abzuwehren, doch leider hatte sie kein Glück. Seine

Pupillen waren geweitet und seine Arme zitterten, wahrscheinlich wegen des Adrenalins, das durch seinen Körper strömte. Er versuchte, sie zu würgen und gleichzeitig nach hinten zu stoßen.

Direkt auf die Klippe zu.

Er nahm eine Hand von ihrem Hals und sie schnappte nach Luft.

Aber sie war nicht darauf vorbereitet, dass er seine Faust zurückschleuderte und sie dann seitlich am Kopf traf.

Es tat höllisch weh, doch Everly duckte sich unter seinem Arm und wich dem Abgrund aus. Aber er war sofort zur Stelle. Er schlug immer wieder mit den Fäusten auf sie ein, einige Schläge trafen sie, andere verfehlten sie völlig. Everly nutzte ihre Kenntnisse in Selbstverteidigung, um ihre eigenen Schläge anzubringen, aber das schien ihn nicht im Geringsten zu stören.

Er hatte die Wut, die Lust und den reinen Wahnsinn auf seiner Seite.

Everly wurde zu schnell müde. Hätte sie ihre Stahlkappenstiefel getragen, hätte sie diese genauso gut als Waffe einsetzen können wie ihre Fäuste. Die blöden Flipflops hatte sie nach dem ersten Tritt verloren. Ihre Fußsohlen wurden von den scharfen Steinen der Steilküste vollkommen zerschunden, aber sie spürte es kaum.

Die Schmerzen von Tylors Schlägen zeigten jedoch Wirkung. Er hatte ihr mit seinem vorherigen Tritt keine Rippen gebrochen, aber jetzt war der Schmerz in ihrer Seite fast unerträglich. Tylor hatte drei Kratzspuren im Gesicht von ihren Fingernägeln und er hinkte von einem Schlag in die Kniekehle, aber er ging immer noch auf sie los.

Er murmelte etwas vor sich hin, aber Everly verstand nicht, was es war. Es spielte keine Rolle; sie würde ihn nicht gewinnen lassen. Auf keinen Fall.

Tylor beugte sich vor und stürzte sich auf sie. Er packte sie um die Taille und ließ sich über ihr zu Boden fallen. Für einen Moment blieb ihr die Luft weg und Everly keuchte. Der kurzzeitige Konzentrationsverlust kam sie teuer zu stehen. Im Nu hatte Tylor seine Hände um ihre Kehle gelegt. Er drückte immer fester und fester zu.

Everly blickte in seine dunklen Augen und sah nichts als Hass. Sie versuchte, seine Finger von ihrer Kehle zu lösen, aber nichts, was sie tat, half – selbst als sie ihre Fingernägel in seine Haut bohrte, störte ihn das nicht. Sie versuchte, ihre Daumen in seine Augen zu drücken, aber seine Arme waren zu lang und sie konnte sie nicht erreichen.

Als sie verzweifelt versuchte, seinen Griff um sie zu lockern, zischte er: »Sie gehört mir. Sie wird lernen, mir genauso zu dienen, wie ich es will. Ich bin sicher, dass sie anfangs schwierig sein wird, aber irgendwann wird sie alles tun, was ich sage. Und das Beste daran? Ich kann mit ihr in die Öffentlichkeit gehen und muss mir keine Sorgen machen, dass sie *irgendjemandem* etwas erzählt. Ich hätte mir schon vor langer Zeit eine Zurückgebliebene zur Frau nehmen sollen ... ich hoffe nur, dass unsere Babys nicht so behindert sein werden wie sie.«

Seine Worte machten sie wütend. Erstens war Elise genauso klug wie alle anderen und taub zu sein war keine verdammte Behinderung. Zweitens ... Babys?

*Auf keinen Fall.*

Aber Everly konnte nicht protestieren, denn ihr wurde langsam schwarz vor Augen. Sie schaute verzweifelt nach links, dann nach rechts und erkannte schließlich, wo sie lag.

Sie blendete Tylors beleidigende und entsetzliche Worte über die Zukunft ihrer Schwester aus und packte ihn fester an den Handgelenken.

Everly nahm sich eine kostbaren Augenblick Zeit, um

sich genau vorzustellen, was sie tun musste, und erinnerte sich daran, wie sie auf einer Matte auf dem Boden gelegen hatte, als sie auf der Polizeischule gewesen war. Ihr Ausbilder war größer gewesen als sie selbst. Und gute vierzig Kilo schwerer. Sie hatte ihre Ausrüstung getragen – kugelsichere Weste, Ausrüstungsgürtel, das ganze Zeug. Sie hatte nicht geglaubt, dass sie es schaffen würde, ihn loszuwerden, aber der Ausbilder hatte ihr genau gezeigt, wo sie ihre Hände und Füße ansetzen und wo sie Druck ausüben musste, und ehe sie sichs versah, war sie frei.

Everly wünschte sich zum tausendsten Mal, sie hätte ihre Stiefel an, öffnete die Augen und blickte in das Gesicht des puren Bösen. Tylor lehnte sich mit dem ganzen Körper nach vorn und lächelte, als er sie würgte, glücklich darüber, dass er gewonnen hatte.

Als sie erkannte, dass die Wahrscheinlichkeit groß war, dass er sie mit sich nehmen würde – und dass es ihr egal war –, stellte sie sich mit angewinkelten Knien auf die Füße.

Plötzlich knallte sie ihre Knie mit aller Kraft, die sie aufbringen konnte, gegen seinen Hintern.

Er fiel nach vorn und verlor sofort das Gleichgewicht, da er sein ganzes Gewicht darauf verwendet hatte, sie zu würgen.

Sie umklammerte seine Taille und stieß ihn mit letzter Kraft noch weiter nach vorn und wölbte den Rücken.

Dann betete sie. Und zwar heftig.

---

Ball hob seine Faust in die Luft und bedeutete den anderen, stehen zu bleiben. Alle blieben stehen und Ball drehte den Kopf, um besser hören zu können. Irgendetwas oder irgendjemand kam direkt auf sie zu und kümmerte sich nicht darum, wie viel Lärm er verursachte.

Er gab den anderen ein Zeichen, sich zu verteilen. Gray und Ro zogen ihre Waffen und richteten sie zielsicher in Richtung des Lärms. Was auch immer, oder wer auch immer, es war, kam immer näher und Ball spannte sich an.

In dem einen Moment waren sie alle wie erstarrt und beobachteten die Gegend, aus der das Geräusch kam, und im nächsten sahen sie Elise mit voller Geschwindigkeit auf sie zu laufen. Sie brach durch ein großes Gebüsch, als wären die Höllenhunde hinter ihr her. Ihr Haar war völlig zerzaust und sie war mit Kratzern und Striemen übersät. Ihre Hände waren mit Handschellen vor ihr gefesselt und sie taumelte unbeholfen, während sie rannte.

Sie bewegte sich auf die kleine Lichtung zu, und als sie die Männer dort stehen sah, stolperte sie und kippte nach vorn auf die Knie. Das Entsetzen in ihrem Gesicht veranlasste Ball, sich in Bewegung zu setzen, bevor er überhaupt darüber nachdachte. Die Laute, die aus ihrer Kehle kamen, ließen ihm das Blut in den Adern gefrieren.

Er hatte die Jugendliche noch nie mehr als lachen gehört, aber im Moment stöhnte und weinte sie so verzweifelt, dass Black ihm zurief: »Verdammt noch mal, geht es ihr gut?«

Ball ging vor ihr auf die Knie und griff mit den Händen nach Elises Gesicht. Er zwang sie dazu, ihn anzusehen. Er murmelte: »Ganz ruhig, meine Kleine. Jetzt bist du bei mir, in Sicherheit«, obwohl er wusste, dass sie ihn nicht hören konnte.

Es dauerte etwa eine Minute, bis sie sich beruhigt hatte, aber schließlich schaffte sie es so weit, dass sie die Hände hob und versuchte, ein Handzeichen zu geben.

Ball nahm ihre Hände in seine und hielt sie auf, bevor er

sich an die anderen wandte. »Hat zufällig jemand einen Handschellenschlüssel dabei?« Das war eine dumme Frage, denn sie trugen alle diese verdammten Dinger. Arrow war zuerst bei ihm. Ball hielt Elises Hände hoch, und der andere Mann löste geschickt und schnell die Handschellen. Dann hob er sie mit dem Saum seines Hemdes auf und steckte sie in seine Tasche. Sie waren sich alle darüber im Klaren, dass sie die Fingerabdrücke bewahren mussten, um sicherzugehen, dass sie nicht für ein Fehlverhalten verantwortlich gemacht werden konnten.

Ball ließ Elises Hände los und fragte: *Geht es dir gut?*

*Ja. Er hat Everly.*

*Und wo?*

Elise zeigte hinter sich.

*Mehr. Was war um dich herum?*

*Eine Klippe auf der Spitze eines großen Hügels. Die Bäume sind dort dichter. Everly sagte mir, ich solle weglaufen.*

Ball war stolz auf seine Everly und gleichzeitig verdammt besorgt. Er wandte sich an Arrow. »Bring sie zum Parkplatz und ruf die Polizei an.«

»Sollte sie uns nicht lieber zeigen, wo der Mistkerl steckt?«, fragte Arrow.

»Auf keinen Fall«, erwiderte Ball sofort. »Ich will nicht, dass sie jemals wieder in seine Nähe kommt.«

»Verstanden.«

»Ich komme mit«, erklärte Black Arrow.

Ball wandte sich an Elise. *Ich werde Everly holen.*

*Er ist völlig verrückt. Er hat sie gezwungen, uns zu verheiraten.*

Ball runzelte die Stirn. *Du bist auf keinen Fall mit diesem Mistkerl verheiratet.*

Erstaunlicherweise grinste Elise. *Es ist komisch, dich fluchen zu hören.*

Ball dankte Gott, dass das Mädchen vor ihm nicht gebrochen war, und war stolzer auf sie, als er es in Worte fassen konnte, und umarmte sie heftig.

Sie klammerte sich kurz an ihn, dann stieß sie ihn weg. *Geh und hol Everly.*

Ball nickte und richtete sich auf. Er zog Elise in die Höhe und wandte sich an seine Freunde. »Sie kann auf dem Handy blitzschnell Nachrichten tippen. Du kannst ihr ein Telefon geben und ihr könnt euch so verständigen. Sie soll dir alles erzählen, woran sie sich erinnern kann, und du kannst uns die Informationen dann per SMS schicken.«

»Alles klar«, entgegnete Arrow.

Ball wandte sich ihr zu. *Geh mit Arrow und Black. Erzähle ihnen alles, woran du dich erinnern kannst. Ich werde deine Schwester zu dir zurückbringen.*

Sie nickte und obwohl ihr Tränen in die Augen stiegen, hielt sie sie zurück. Sie war genauso stark wie ihre Schwester.

Ball sah zu, bis Elise und die anderen außer Sichtweite waren. Dann drehte er sich um und ging in schnellem Tempo in die Richtung, aus der sie gekommen war. Jetzt, da Elise aus dem Spiel war, würde Tylor stinksauer sein. Und obwohl Ball wusste, dass Everly sich behaupten konnte, bedeutete das nicht, dass sie unbesiegbar war.

Ball folgte den abgebrochenen Ästen und nutzte seine Intuition, um die anderen drei Männer in die Richtung zu führen, aus der Elise gekommen war. Die Sonne war hinter dem Berg versunken und die Dunkelheit machte die Suche immer schwieriger.

Nach fünf Minuten befürchtete Ball schon, dass sie irgendwann in die falsche Richtung abgebogen waren – bis er vor sich etwas hörte, das wie eine Stimme klang.

Er lief los und sah den großen Hügel, von dem Elise

gesprochen haben musste. Links davon lag eine Kette auf dem Boden, die mit einem Ende an einem großen Baum befestigt war. Als er seine Aufmerksamkeit wieder auf den Hügel richtete, sah er, dass er praktisch direkt nach oben führte. Balls Magen krampfte sich zusammen.

*Was hochgeht, muss auch wieder runterkommen.*

Zum ersten Mal seit Jahren hatte er Angst. Und auf einer Mission hatte er nie Angst. Er konnte sogar an einer Hand abzählen, wann er in seinem Leben wirklich Angst gehabt hatte, und eines dieser Male war, als er an der Seite des Bootes der Küstenwache hing und seinen Arm nicht aus dem Seil lösen konnte. Er hatte an diesem Tag sein Leben vor seinen Augen vorbeiziehen sehen.

Aber der Gedanke, dass Everly sterben könnte, war schrecklicher als alles, was er je erlebt hatte. Er durfte sie nicht verlieren. Nicht jetzt, wo er endlich die Frau gefunden hatte, mit der er den Rest seines Lebens verbringen wollte. Sie war perfekt für ihn. Schön, mutig und verdammt loyal. Das brauchte er. Er brauchte sie.

Meat, Ro, Gray und Ball setzten sich gleichzeitig in Bewegung und ihre muskulösen Beine trugen sie mit Leichtigkeit den Hügel hinauf.

Sie stürmten auf das Plateau und keiner der Männer wurde auch nur einen Deut langsamer, als sie sahen, was sie dort oben erwartete.

Tylor Tuttle auf Everly.

Sie lag auf dem Rücken, er hatte seine Hände um ihre Kehle gelegt und ihr Kopf hing buchstäblich über dem Rand der Klippe.

Ball hatte nicht einmal die Zeit, Tuttle anzuschreien, er solle von ihr runtergehen. Bevor er oder seine Männer zu den beiden gelangen konnten, flog Tuttle durch die Luft.

Sein Schrei hallte durch die Luft und brach abrupt ab, als er Hunderte von Metern unter ihnen landete.

---

Die Tatsache, dass sie praktisch über dem Rand einer Klippe hing, nahm Everly kaum wahr. Sie fühlte sich in diesem Moment wie betäubt.

Doch im nächsten Augenblick wurde sie an den Knöcheln gepackt.

Everly schrie entsetzt auf und versuchte, sich zu wehren.

»Ich bin es! Ball! Du bist in Sicherheit. Er ist tot.«

Sie hatte einen panischen Ausdruck in den Augen gehabt, als jemand nach ihren Knöcheln gegriffen hatte, doch als sie Balls Stimme vernahm, schloss sie die Augen erneut. Sie versuchte, sich mit den Fingernägeln in den Sand und die Steine auf dem Boden festzukrallen, doch es gelang ihr nicht. »Bring mich bloß von diesem Abgrund weg«, flüsterte sie. Ihre Kehle schmerzte höllisch und sie musste immer wieder an den dumpfen Aufprall von Tylors Körper denken, als er weit unter ihr auf dem Boden aufschlug, und daran, wie sein Schrei plötzlich verstummt war.

Anstatt sie rückwärts zu ziehen, schob Ball seine Arme unter ihren Rücken und ihre Knie und hob sie hoch.

Everly klammerte sich an ihn, als hinge ihr Leben davon ab. »Lass mich bloß nicht fallen!«, krächzte sie.

»Natürlich nicht«, versprach Ball ihr.

Sie zählte seine Schritte und machte die Augen erst auf, als sie bei zwanzig angekommen war und spürte, wie er sie auf dem Boden absetzte.

»Elise?«, krächzte sie, während er sich über sie beugte.

»Sie ist in Sicherheit. Wir sind ihr auf dem Weg begegnet. Black und Arrow haben sie zum Parkplatz zurückgebracht und rufen die Polizei.«

Everly seufzte und lächelte. »Ich wusste, dass du kommen würdest.«

»Pssst, es ist besser, wenn du nicht sprichst.« Ball wandte den Kopf und rief: »Meat!«

Einen Augenblick später war der andere Mann auf der Lichtung und öffnete seinen Rucksack. Everly schluckte und verzog das Gesicht, weil selbst diese kleine Bewegung ihr große Schmerzen verursachte.

»Wo tut es sonst noch weh?«, fragte Ball.

»Ganz ehrlich?«

»Ja, immer.«

»Überall. Ist er tot?«

»Ja, Everly, er ist tot«, informierte Gray sie, der an die beiden herangetreten war.

Everly hob den Blick und sah dem anderen Mann in die Augen. »Seid ihr euch auch sicher?«

»Allerdings«, fügte Ro hinzu.

»Vielleicht tut er nur so«, murmelte Everly. »Ich will, dass er tot ist. Er hat meine Mutter getötet und will Elise. Er wird nicht aufgeben.«

Ro hockte sich neben ihr hin und sagte sanft: »Er ist ganz sicher tot, Everly. Möchtest du, dass ich dich rübertrage, damit du es mit eigenen Augen sehen kannst?«

»Nein!«, keuchte Everly. »Ich habe Höhenangst!«

Die Männer sahen sie alle einen Moment lang ungläubig an, bevor Meat leise lachend sagte: »Du bist verdammt hart im Nehmen. Du hast dich freiwillig entführen lassen, um deine Schwester zu retten, und hast einen Mann über eine Klippe geworfen, obwohl du Höhenangst hast?«

»Lass mich doch in Ruhe«, presste Everly hervor.

»Er ist wirklich tot«, wiederholte Gray. »Offenbar ist sein Kopf irgendwo während des Falls auf einen Stein aufgeschlagen. Sein Gehirn liegt etwa zehn Meter vom Rest seines Körpers entfernt. Er ist auf jeden Fall tot und kann dir und deiner Schwester nichts mehr anhaben. Ihr seid in Sicherheit.«

Die Nachricht, dass Tylor Tuttle definitiv kein Problem mehr darstellte, sorgte dafür, dass das Adrenalin, das noch immer durch Everlys Körper strömte, sich auflöste und sie schwach und voller Schmerzen zurückblieb. Ihre Kehle fühlte sich an, als stünde sie in Flammen, und jeder Muskel in ihrem Körper schmerzte, ganz zu schweigen von ihren Rippen. Everly stöhnte und schloss wieder die Augen.

Etwas Kühles wurde auf ihren Hals gelegt und sie wollte es abnehmen, aber ihre Hand befand sich in der von Ball. »Lass es da. Ich weiß, dass es dir wehtut, aber es wird die Schwellung reduzieren.«

Anfangs schmerzte der Eisbeutel tatsächlich, doch je länger er auf ihrem Hals blieb, desto besser fühlte es sich an.

Everly spürte, wie jemand ihre rechte Hand hob … und lächelte, als ihr klar wurde, was Ball da tat. Sie spürte erleichtert, wie der Ring, den Me-Maw ihr geschenkt hatte, wieder auf ihren Finger geschoben wurde.

Ball hatte den Ring gefunden und war gekommen, um sie zu holen.

Die Worte, die sie so lange zurückgehalten hatte, kamen nun wieder an die Oberfläche. Sie öffnete die Augen und platzte heraus: »Ich liebe dich.«

Ball lächelte, beugte sich vor und küsste sie auf die Stirn. »Das trifft sich gut, ich liebe dich nämlich auch.«

Everly hörte, wie die anderen Männer darüber sprachen, wie sie am besten abtransportiert werden konnte und dass die Behörden benachrichtigt werden mussten, um Tylors Leiche zu bergen, aber das war ihr egal. Unter anderen Umständen hätte sie das Kommando übernommen, aber sie vertraute Balls Freunden, dass sie tun würden, was getan werden musste.

Sie starrte zu Ball auf und konnte den Blick nicht von ihm abwenden. Elise war in Sicherheit. Ihr Stalker und Entführer war tot. Und Ball liebte sie. Sie war wunschlos glücklich.

# KAPITEL NEUNZEHN

»Hey, Ball«, sagte Everly, als sie das Haus betrat.

Ball sah auf und schaute zu seiner sexy Freundin in ihrer ebenso sexy Uniform. Sie war immer noch halbtags bei der Polizei und machte leichte Schreibtischarbeit, bis der Arzt ihr die Erlaubnis gab, zu ihrer normalen Tätigkeit zurückzukehren. Sie hatte sich erstaunlich schnell erholt, auch wenn ihre gebrochenen Rippen einige Wochen lang sehr schmerzhaft gewesen waren.

Der Vorfall mit Tylor Tuttle war nun anderthalb Monate her, und als Ball sie und Elise nach Everlys Entlassung aus dem Krankenhaus zu sich nach Hause geholt hatte, waren sie einfach nicht mehr weggegangen. Sie hatten kein großes Gespräch darüber geführt, dass sie bleiben würden, es war einfach passiert, und er war verdammt froh darüber.

Glücklicherweise war Elise nicht schwer verletzt worden. Sie hatte ein paar Platzwunden und blaue Flecke abbekommen, als Tuttle sie geschlagen und in ihrer Wohnung angegriffen hatte. Aber Everly musste zwei Tage zur Beobachtung im Krankenhaus bleiben. Sie hatte ein paar gebrochene Rippen, ihre Füße waren von den scharfen

Steinen zerschunden und ihr Kehlkopf war gequetscht worden, als Tuttle versucht hatte, sie zu erwürgen.

Ball hatte ihn wieder umbringen wollen, nachdem der Arzt ihnen beiden gesagt hatte, wie viel Glück Everly gehabt hatte. Den Anblick, wie dieser Mistkerl sie würgte, würde er nie vergessen. Er war nur wenige Schritte davon entfernt gewesen, dem Mistkerl sein Messer in den Nacken zu rammen und ihn für immer zu lähmen, als Everly ihn sich über den Kopf geworfen hatte, als wöge er kaum mehr als ein Kind.

Er hatte im Krankenhaus bei Everly geschlafen und Allye hatte Elise zu sich nach Hause geholt. Sie hatte Elises Therapeutin um zwei Uhr morgens zu sich gerufen, und die beiden hatten bis zum Morgengrauen geredet und erst aufgehört, als Elise die Augen nicht mehr offen halten konnte.

Auch wenn es schon eine Ewigkeit her zu sein schien, dass Everly fast gestorben war, und sie größtenteils wieder gesund war, musste Ball sich jedes Mal ärgern, wenn er an die blauen Flecke dachte, die sie schon viel zu lange an ihrem Hals hatte. Er hatte keine Ahnung, was er getan hätte, wenn Tuttle es geschafft hätte, sie zu erwürgen oder sie mit sich über die Klippe zu ziehen.

»Was hast du herausgefunden?«, fragte Everly, als sie ihre Sachen neben dem Sofa abstellte und sich zu ihm auf das Sofa gesellte.

Am Morgen hatte Ball ein Telefongespräch mit dem Rest der Mountain Mercenaries und Rex geführt. Ihr Kontaktmann hatte sie über den aktuellen Stand des Falles informiert. Es hatte eine Weile gedauert, bis alles, was Tuttle getan hatte, ans Licht kam, aber jetzt, wo es so weit war, wusste Ball, dass sie Glück gehabt hatten. Sehr viel Glück.

Er wollte Everly die schrecklichen Details über Tuttle

ersparen, aber sie war eine Polizistin, sie hatte ständig mit schrecklichen Dingen zu tun. Obwohl es dieses Mal etwas anderes war, da es ihre Schwester war, die diesem Psychopathen fast zum Opfer gefallen wäre. Aber er respektierte sie genug, um keine Ausflüchte zu machen.

»Nach seinem Tod durchsuchten die Polizisten seine Wohnung in Las Vegas und fanden nicht viel. Offenbar war das sein Scheinwohnsitz. Es gab nicht viele persönliche Gegenstände und es sah sehr nach einem Motelzimmer aus. Aber es gelang ihnen, sein Handy aus seiner Tasche zu bergen, nachdem er von der Klippe gestürzt war. *Das* war eine wahre Goldgrube an Informationen. Er hatte mit einer Person namens Jean kommuniziert und ihr genaue Anweisungen gegeben, wann sie essen und wann sie duschen sollte.«

»Das war seine Ehefrau, richtig?«, fragte Everly.

»Wenn man sie so nennen kann, ja. Sie war wohl eher eine Sklavin. Rex hat sich durch Jahrzehnte von Berichten über verschwundene Kinder gekämpft und hat schließlich eine Zwölfjährige gefunden, die Jean Sherry heißt und vor fünfzehn Jahren aus Henderson, Nevada, verschwunden ist.«

Everly keuchte und schlug sich eine Hand vor den Mund. »Verdammt! So lange wusste man nicht, wo sie steckt? Und sie war die ganze Zeit über bei ihm? Dann ist sie jetzt siebenundzwanzig?«

»Die Antwort auf alle drei Fragen ist ja. Rex gelang es, eine Adresse für ein Haus in einem beschissenen Teil von Vegas zu finden. Es war heruntergekommen und niemand in der Nachbarschaft hatte je den Verdacht, dass Tuttle irgendetwas anderes als ein wenig seltsam war. Die Polizisten durchsuchten das Haus.«

»Und sie haben Jean gefunden? Lebend?«

»Ja. Im Keller. Und sie ist vollkommen traumatisiert. Ihre Eltern konnten nicht glauben, dass sie lebend gefunden wurde, aber bis jetzt ist sie nicht bereit, sie zu sehen. Psychologen sagen, dass es Jahre dauern könnte, bis sie verarbeitet hat, was ihr widerfahren ist. Tuttle missbrauchte sie so sehr, dass sie Angst hatte, etwas zu tun, was ihn verärgern könnte. Sie wollte nicht einmal essen, ohne dass er es ihr erlaubte, und hat den Keller, in dem er sie fünfzehn Jahre lang gehalten hatte, nie ohne ihn verlassen.

Rex hat mir die Abschriften der Befragungen geschickt ... es ist ein Wunder, dass sie noch lebt, Ev. Jedes Mal wenn sie schwanger wurde, prügelte Tuttle sie windelweich und zwang sie, ihr Kind abzutreiben. Er spielte unzählige Psychospielchen mit ihr. Er ließ sie nur duschen, wenn sie vorher Sex mit ihm hatte. Er feierte ihren Geburtstag nicht, sondern kaufte stattdessen eine riesige Torte und beschenkte sie am Jahrestag ihrer Entführung. Er schlug sie regelmäßig halb tot, pflegte sie dann liebevoll wieder gesund und sagte ihr, dass niemand sie so liebe wie er.«

Everly wankte und schlug sich erneut die Hand vor den Mund.

Ball fühlte sich sofort schrecklich. Er hätte ihr nicht so viel erzählen dürfen. Er war ein Vollidiot. Das war natürlich das Gleiche, was Tuttle mit Elise vorgehabt hatte. Sie wäre jetzt an Jeans Stelle und würde ein schreckliches Leben führen, bis Tuttle beschloss, sie entweder zu töten oder sich eine jüngere »Ehefrau« zu besorgen.

Er streichelte ihren Rücken, bis sie sagte: »Entschuldige bitte. Es geht mir gut.«

»Nein, *ich* muss mich entschuldigen«, entgegnete er sofort. »Ich hätte dir das nicht erzählen dürfen.«

»Doch, du musstest es mir erzählen«, erklärte Everly nachdrücklich. »Ich ... ich finde es nur so schrecklich für

Jean. Gibt es etwas, das wir für sie tun können? Vielleicht Spenden sammeln oder so?«

»Ich werde es mal bei Rex ansprechen.«

»Es ist nur ... das hätte Elise sein können. Und da sie nicht hören konnte, kann ich mir nicht vorstellen, was für eine Hölle das gewesen wäre. Ich kann nicht glauben, dass niemand gemerkt hat, wie verrückt Tylor war. Niemand hat auch nur das Geringste geahnt?«

»Offensichtlich nicht. Er hatte im Laufe der Jahre ein paar Abmahnungen erhalten, weil er sich unangemessen verhalten hatte, vor allem gegenüber Frauen, aber nichts Ernstes, das eine Entlassung oder eine Gefängnisstrafe gerechtfertigt hätte. Natürlich hat sein Chef ihn kürzlich von der Gehaltsliste gestrichen, weil er im Grunde einen Monat lang verschwunden war, um hierherzukommen und Elise nachzugehen, aber im Großen und Ganzen war er ein normal aussehender Mann, der allem Anschein nach ein normales Leben führte.«

»Sein Chef?«, fragte Everly. »Ich dachte, er besäße sein eigenes Unternehmen, wegen dieses Firmenschildes auf seinem Lieferwagen und so.«

»Es war eine Fälschung. Er hatte nur ein Magnetschild gekauft, um einen legitimen Grund zu haben, sich in bestimmten Gegenden aufzuhalten, wenn er diese auskundschaftete. Das erklärte auch, warum keines der entführten Mädchen jemals einen Firmennamen auf dem Lieferwagen erwähnt hatte. Er konnte es anbringen und abnehmen, wann immer es ihm passte.«

»Mein Gott«, hauchte Everly leise. »Wir hatten wirklich Riesenglück.«

»Du bist die erstaunlichste Frau, die ich jemals kennengelernt habe«, erklärte Ball ihr.

Everly ließ die Augenbrauen sinken und sie schüttelte abwehrend den Kopf.

»Doch, bist du. Er hat dir klipp und klar gesagt, dass er dich umbringen wird, und du bist trotzdem in den Lieferwagen gestiegen. Er hätte eine Waffe ziehen und dich gleich an Ort und Stelle erschießen können. Oder während ihr auf dem Weg zu Elise wart. Oder zu hundert anderen Gelegenheiten.« Sie hatten schon ein paarmal darüber gesprochen, aber es machte Ball immer noch ganz verrückt.

Everly schüttelte den Kopf. »Nein. Er wollte, dass ich weiß, was er mit Elise vorhatte. Er wollte, dass ich die beiden verheirate, weil er dachte, Elise würde glauben, dass ich ihr Zusammensein gutheiße, wahrscheinlich, damit er ihr später vorwerfen konnte, ich hätte die beiden freiwillig verheiratet. Wer weiß, was ihm dabei durch den Kopf ging? Ich wusste, dass du uns finden würdest, und dass du nie aufgehört hättest, nach Elise zu suchen, wenn es ihm gelungen wäre, mich zu töten.«

»Können wir uns bitte darauf einigen, nicht mehr darüber zu reden, dass du fast getötet worden wärst?«, fragte Ball und spürte, wie der Schmerz und das Entsetzen, die er vor all diesen Wochen empfunden hatte, erneut in ihm aufstiegen. Er hatte gedacht, dass Everly diejenige sein würde, die mitten in der Nacht mit Albträumen aufwacht, aber stattdessen war *er* es gewesen. Selbst als er mit ihr in seinen Armen schlief, waren die Albträume nicht verschwunden. Davon, wie er auf die Klippe ging, über den Rand schaute und Everly tot und zerschmettert am Fuß der Klippe liegen sah. Wie sie blau anlief, während Tuttle sie erwürgte.

Als könnte sie seine Gedanken lesen, legte Everly ihre Hand auf seinen Arm. »Es ist vorbei«, sagte sie leise. »Es geht mir gut.«

Ball zog sie auf seinen Schoß und hielt sie sanft fest. Er hatte sich lange Zeit nach ihrer Entlassung aus dem Krankenhaus nicht getraut, mehr zu tun, als sie vorsichtig zu umarmen, aus Angst, ihr wehzutun, aber sie sagte ihm schon seit einer Weile, dass sie sich gut fühlte. Dass es ihr gut *ginge*.

Elise war gerade in der Schule. Sie hatte die erste Woche nach der Entführung mit ihm und ihrer Schwester verbracht, und Ball war bereit gewesen, sie noch mindestens eine weitere Woche bei ihnen zu Hause zu lassen, aber sie hatte beschlossen, dass sie sich langweilte und wieder in die Schule gehen wollte. Alles in allem ging es ihr sehr gut und Ball wusste, dass das zum Teil daran lag, dass Allye so schnell ihre Therapeutin hatte erreichen können, und zum Teil daran, dass sie so erstaunlich war.

Je länger sie aneinandergekuschelt auf dem Sofa saßen, desto erregter wurde Ball. Schon seit Wochen hielt er sich zurück, Everly zu küssen, seit sie aus dem Krankenhaus entlassen worden war, aber die letzte Nacht wäre ihm fast zum Verhängnis geworden. Sie war ohne Kleidung aus dem Bad gekommen, das Haar lose um die Schultern, und war zu ihrem Bett stolziert.

Es hätte ihn fast umgebracht, aber er hatte sie in seine Arme genommen und ihr gesagt, er sei erschöpft. Sie war verärgert gewesen, hatte ihn aber nicht bedrängt. Ball hatte die ganze Nacht mit einem Ständer verbracht und sich daran erinnert, dass sie fast gestorben wäre.

Die Erinnerung daran, wie schön sie in der Nacht zuvor gewesen war und wie sie sich in seinen Armen angefühlt hatte, trug nicht dazu bei, seine Erregung zu mildern. Sie roch köstlich und Ball musste alles tun, um sich davon abzuhalten, seine Hände über ihren Körper wandern zu lassen.

Gerade als er versuchte, seinen Schwanz zur Vernunft zu

bringen, indem er Baseball-Statistiken rezitierte, löste Everly sich aus seiner Umarmung. Er dachte, sie würde aufstehen und sich etwas zu essen oder zu trinken holen, und wollte gerade darauf bestehen, dass er ihr alles besorgen könnte, was sie brauchte, als sie vor ihm auf die Knie ging.

»Was machst du da ...« Er sog scharf die Luft ein, als sie den Knopf an seiner Jeans öffnete und den Reißverschluss aufmachte. »Everly, nein.«

»Ball, doch«, sagte sie mit Nachdruck. »Du hast mich in letzter Zeit behandelt, als wäre ich aus Glas, und ich habe die Nase voll davon. In den ersten paar Wochen habe ich genau das gebraucht, aber mittlerweile dauert es schon viel zu lange. Meine Rippen sind schon wieder so gut wie verheilt. Ich liebe dich, Ball. Ich *brauche* dich.«

»Oh verdammt«, fluchte Ball und hob den Hintern hoch, damit er seine Jeans weit genug hinunterschieben konnte, um seinen Schwanz zu befreien.

Sie lächelte und schnurrte schon fast, als sie sah, wie groß und steif er war.

»All das ist für mich?«, fragte sie, wartete aber nicht auf seine Antwort. Stattdessen legte sie kurzerhand ihre Hand um seinen Schwanz und steckte ihn sich in den Mund.

Ball stöhnte, legte seine Hände hinter seinen Kopf und verschränkte die Finger, damit er nicht nach ihr griff und sie fester auf sich drückte. Ihr Mund fühlte sich großartig an, heiß und feucht, und als sie anfing, ihm einen zu blasen, konnte er nicht anders, als mit den Hüften nach vorn zu stoßen.

Sie wankte ein wenig und Ball fluchte. Dieser verdammte Tuttle hatte sie vor nicht allzu langer Zeit so gewürgt, dass ihr ganzer Hals wund war, und jetzt versuchte er, ein paar Wochen später, seinen Schwanz in ihre Kehle zu schieben.

*Nein.* Das würde er nicht tun. Er liebte sie zu sehr, um ihr wehzutun.

---

Everly schrie überrascht auf, als Ball sie um die Taille packte und sie von seinem Schwanz herunterzog. Sie hatte genug davon, dass er sich Sorgen machte, sie zu verletzen. Sie schätzte es, dass er sie nicht drängen wollte. Aber das war ihr jetzt völlig egal. Sie brauchte ihn. Sie wollte, dass er es ihr richtig besorgte. Er musste ihr auf die sinnlichste und elementarste Weise beweisen, dass sie lebte und gesund war. Und für sie war der schnellste Weg, um das zu erreichen, ihm einen zu blasen.

Es war offensichtlich, dass er nicht den ersten Schritt machen würde. Sie hatte sich noch nie wohl dabei gefühlt, nackt herumzulaufen, aber sie hatte es in der Nacht zuvor getan, in der Hoffnung, dass er sich nicht beherrschen konnte und über sie herfallen würde.

Aber verflucht, er versuchte immer noch, nobel zu sein. Verdammter Mist.

Zum Teil, um die Gedanken an die Hölle zu vertreiben, die die arme Frau, die Tylor Tuttle über ein Jahrzehnt lang gefangen gehalten und gefoltert hatte, durchgemacht hatte, und zum Teil, um ihre eigenen Bedürfnisse zu stillen, hatte sie sich das geholt, was sie wollte.

Everly liebte es, Ball einen zu blasen. Sie liebte das Gefühl der Macht, das es ihr gab. Sie liebte es, sein Stöhnen zu hören und zu spüren, wie sich seine Schenkel anspannten, wenn er versuchte, seinen Orgasmus zurückzuhalten.

Sie hatte jedoch kaum angefangen, als er sie von sich

herunterzog und sie hochhob.

»Ball!«, protestierte sie. »Ich war gerade beschäftigt.«

»Und jetzt bist du es nicht mehr«, erklärte er ihr und ging schnell ins Bad.

»Wenn du glaubst, du könntest mich ins Bett bringen und dann einfach abhauen, und das gleich zweimal hintereinander, kannst du das vergessen«, warnte sie ihn. Aber das war nur Schaumschlägerei. Wenn er es wirklich schaffte, jetzt zu gehen, war sie sich nicht sicher, was sie tun würde.

Ball antwortete nicht. Er stieß die Tür auf und ging auf sein Bett zu. Er ließ sie nicht fallen, sondern legte sie sanft auf die Matratze und kletterte auf sie, kaum dass er sie abgelegt hatte. Er spreizte ihre Beine und streifte sich das Hemd über den Kopf. Dann schob er seine Hände unter ihr T-Shirt und Everly hob freudig die Arme, um ihm zu helfen, es auszuziehen. Er öffnete den Reißverschluss ihrer Arbeitshose und sie hob ihren Hintern, um ihm zu helfen. Er schaffte es, sie bis zu ihren Oberschenkeln hinunterzuziehen, und sie streifte sie dann komplett ab.

Everly lächelte über seine Reaktion, als er ihre Unterwäsche sah. Sie war an diesem Morgen höllisch heiß auf ihn gewesen, nachdem sie die ganze Nacht nackt in Balls Armen geschlafen hatte, und hatte geplant, ihn zu verführen, sobald sie von der Arbeit nach Hause kam. Sie hatte sich einen sexy Spitzentanga angezogen in der Hoffnung, dass er einen Blick darauf werfen und sich nicht mehr beherrschen konnte und über sie herfallen würde.

Bisher war dieser Plan perfekt aufgegangen.

Ball beugte sich vor, griff in die Schublade neben dem Bett und holte ein Kondom heraus. Everly schob den Tanga schnell herunter und zog ihn aus. Während er das Kondom über seinen Schwanz zog, spreizte Everly schon eifrig die Beine und war bereit für ihn. Der raue Stoff von Balls Jeans rieb an den Innenseiten ihrer Oberschenkel, da er sich nicht die Zeit genommen hatte, die Hose ganz auszuziehen. Es war ein äußerst unanständiges Gefühl, völlig nackt unter ihm zu liegen, während er noch teilweise bekleidet war. Zu wissen, dass er so erregt war, dass er sich nicht die Mühe machen konnte, seine Jeans auszuziehen, machte sie wahnsinnig an.

»Besorg es mir, Ball«, flüsterte sie und ließ ihre Hände über seine Brust gleiten.

Er atmete tief durch und positionierte seine Schwanzspitze am Eingang ihrer Muschi. »Ich sollte mich eigentlich versichern, dass du auch wirklich bereit für mich bist«, sagte er, wich jedoch nicht zurück.

»Ich bin bereit«, versicherte Everly ihm.

Er biss die Zähne zusammen und ließ den Kopf in den Nacken fallen, während er weiter um Selbstbeherrschung rang.

Aber Everly beschloss, dass es reiche, packte seinen Hintern und zog ihn zu sich heran.

Ball verlor das Gleichgewicht und keuchte auf, als er nach vorn fiel und seine Hände ausstreckte, um sich abzufangen. Sein Schwanz stieß ein wenig in sie hinein und beide stöhnten über das wunderbare Gefühl.

»Verdammt, Ev, ich hätte dir wehtun können!«, schalt er sie.

Everly wand sich unter ihm und versuchte, ihn dazu zu bringen, tiefer in sie einzudringen. »Hast du aber nicht. Ich *brauche* dich, Ball. Besorg es mir.«

»Bist du sicher?«, wollte er wissen.

»Allerdings.« Everly nahm sein Gesicht zwischen die Hände und sah ihm in die Augen. »Sorge dafür, dass ich mich lebendig fühle, Kannon.«

Und damit war es um ihn geschehen.

Ohne Vorwarnung stieß Ball seinen Schwanz ganz in sie hinein und Everly ließ sein Gesicht los, um sich an seinen Armen festzuhalten. Dann besorgte Ball es ihr so, wie er es noch nie zuvor getan hatte. Er kümmerte sich nicht darum, ob sie es genoss oder nicht. Er nahm sich einfach, was er sich während der letzten Wochen verweigert hatte.

Er war außer Kontrolle und Everly liebte es. Sie konnte einfach nur daliegen und einstecken, was er austeilte. Es war verdammt heiß zu sehen, wie er die eiserne Kontrolle verlor, an der er wochenlang festgehalten hatte. Everly würde nicht jedes Mal so genommen werden wollen, aber im Augenblick war es perfekt.

»Ja«, hauchte sie, um ihn anzutreiben. »Genau so. Ich will dir gehören.«

»Du *gehörst* mir doch schon«, erwiderte Ball hitzig. »Jeder verdammte knallharte Zentimeter.«

Everly schob ihre Hand zwischen sie beide und begann, ihre Klitoris zu reiben, während er es ihr besorgte. Er fühlte sich fantastisch an, seine Jeans rieb bei jedem Stoß an ihr und der Schweißglanz auf Balls Brust war verdammt sexy. Sie versuchte, ihren Hintern zu heben, aber so wie er sie nahm, konnte sie sich nicht richtig abstützen.

Ball sah es, verlangsamte seine Bewegungen aber nicht. Er legte lediglich seine Hand unter ihren Hintern und hob sie hoch, als wüsste er genau, was sie brauchte. Und sie nahm an, dass er das auch wirklich tat.

Seine Stöße wurden nicht langsamer und sie beobachtete, wie er den Blick über ihren Körper wandern ließ. Ihre Brüste wackelten jedes Mal, wenn er in sie stieß, und sie konnte sehen, dass ihn das noch mehr anmachte. Sie ließ ihren Finger schneller kreisen und strich jedes Mal, wenn er sich aus ihr herauszog, mit ihrem kleinen Finger an seinem Schwanz auf und ab.

Schon nach wenigen Augenblicken spürte sie, dass ihr Orgasmus kurz bevorstand. Ihre Finger bewegten sich immer schneller auf ihrer Klitoris und sie hielt sich mit der freien Hand an seinem Arm fest und grub ihre Fingernägel in seine Haut.

»So ist es richtig, Ev. Verpass mir dein Zeichen. Mach mich zu dem Deinen. Ich will, dass du an meinem Schwanz zum Orgasmus kommst.«

Und das tat sie und stöhnte dabei seinen Namen. »Kannon!«

Sie hörte, wie Ball grunzte, und spürte, wie seine Finger sich in ihren Hintern gruben, als er bis zum Anschlag in sie eindrang, wobei der Stoff seiner Jeans über ihre Haut rieb, aber dabei nur noch die Hitze des Moments verstärkte.

»Verdammt«, murmelte er, kurz nachdem er gekommen war. »Mir ist ganz schwindelig. Ich glaube, du hast mich völlig ausgelaugt, aber das möchte ich auf jeden Fall noch einmal tun. Wieder und wieder.«

Everly lachte leise und er stöhnte, als sich dabei ihre Bauchmuskeln zusammenzogen und seinen Schwanz zusammendrückten, der immer noch in ihr war.

Ball ließ vorsichtig ihren Hintern los und steckte die Hand in seine Hosentasche.

Wortlos hob er ihre linke Hand und steckte ihr einen Ring an den Finger.

Dann ließ er sich sanft auf sie sinken, legte seine Arme um sie und rollte mit ihr herum, bis sie auf ihm lag.

Everly hob den Kopf und starrte den wunderschönen Diamantring an ihrem Finger an. »Äh ... Ball?«

»Hmmmm?«, fragte er schläfrig.

»Ist das das, wofür ich es halte?«

»Ja.«

Everly runzelte die Stirn. »Und du willst mich nicht mal

fragen?«

»Nein.«

»Ball!«, protestierte sie.

»Was denn?«, fragte er, die Augen noch immer geschlossen.

Everly schnaubte, war innerlich aber wahnsinnig aufgeregt und legte den Kopf an seine Schulter, während sie den Verlobungsring anstarrte.

Nach ein paar Minuten sagte Ball: »Ich frage dich nicht, weil ich dir nicht die Gelegenheit gebe, Nein zu sagen. Du gehörst mir, Everly. Und du solltest wissen, dass ich bereits mit Elise gesprochen habe, und sie ist damit einverstanden. Oh, und ich habe Me-Maw und Pop angerufen und mir auch ihren Segen geholt. Sie haben gesagt, sie würden gern hierherziehen, um näher bei dir und Elise zu sein.«

Tränen stiegen Everly in die Augen. Ball wusste, dass sie sich große Gedanken um ihre Großeltern machte. Als sie davon erfahren hatten, dass Ella tot war, waren sie traurig, aber nicht sonderlich überrascht. Sie hatte sie bitten wollen, nach Colorado zu ziehen, war aber zu feige gewesen, ihnen diesen Vorschlag zu machen und sie damit zu entwurzeln.

»Ich liebe dich, Ball.«

»Gut. Denn wir heiraten in einer Woche.«

Sie richtete sich hektisch auf. »Wie bitte?«

»Wir heiraten. In einer Woche. Am Samstag haben wir einen Termin beim Standesamt. Me-Maw und Pop kommen am Donnerstag. Die Mädchen haben gesagt, dass sie in den nächsten Tagen mit dir ein Kleid aussuchen werden. Elise hat bereits ein Kleid bestellt, das ich persönlich für zu kurz halte, aber ich wurde überstimmt. Ich werde einen Smoking oder einfach einen Anzug tragen. Oder Jeans. Was immer du willst.«

Everly war schockiert. Meinte er das etwa ernst? »Du

machst keine Witze, oder?«

»Everly, ich liebe dich. Nichts sonst in meinem Leben spielt eine Rolle. Als mir klar wurde, was du getan hast, und dass du dich absichtlich in Gefahr begeben hast, hätte ich eigentlich wütend sein sollen. Schließlich weißt du es besser. Du hättest eine Möglichkeit finden sollen, dich mit mir in Verbindung zu setzen, obwohl dieser Mistkerl gesagt hat, er würde dich beobachten. Aber das hast du nicht. Du hast dich einfach schnurstracks selbst in Gefahr begeben.

Aber als ich dann wirklich darüber nachgedacht und mich an deine Stelle versetzt habe, war mir klar, dass ich dasselbe getan hätte. Wir sind ein gutes Team. Unschlagbar. Ich bin schon vierzig Jahre alt und ich habe es satt, dass wir bereits so viel Zeit miteinander verpasst haben, aber es ist mein Ziel, das Beste aus den nächsten fünfzig Jahren, die wir zusammen haben, zu machen.«

»Darfst du jetzt, wo du nicht mehr bei dem Verein bist, trotzdem noch deine Uniform von der Küstenwache anziehen?«, wollte sie wissen. »Ich fände es großartig, wenn du mich darin heiraten würdest.«

Ball lächelte und die Sorgenfalten auf seiner Stirn waren verschwunden.

Everly konnte nicht glauben, dass er sich tatsächlich Sorgen darüber gemacht hatte, sie könne etwas dagegen haben, ihn zu heiraten.

»Ja, Ev. Das kann ich machen.«

»Und all deine Freunde können dabei sein? Und ihre Frauen? Und kann ich ein paar meiner Freunde von der Polizei einladen?«

Er lachte leise. »Natürlich. Ich hoffe, dass das Standesamt richtig viel Platz für alle hat.«

Everly ließ den Kopf wieder auf seine Brust sinken und konnte nicht umhin, den Ring erneut zu bewundern. Der

Diamant in der Mitte war nicht allzu groß und wurde von einem Band kleinerer Diamanten umgeben. Den Ring konnte sie bei der Arbeit tragen, ohne sich Sorgen machen zu müssen, dass sie damit irgendwo hängenblieb.

»Ball?«

»Ja?«

»Ich bin mir ziemlich sicher, dass du das Kondom auswechseln solltest, bevor du wieder einen Steifen bekommst.«

Er lachte leise. »Aber ich will nicht von dir weggehen.«

»Wie wäre es, wenn du aufstehst, deine Hose ausziehst, das Kondom entsorgst und dann zurück ins Bett kommst?«

»Das ist eine gute Idee. Ich war viel zu schnell, weil du mich so heißgemacht hast. Gib mir einen Augenblick Zeit und dann komme ich zurück und mache es wieder gut.«

Everly machte sich nicht die Mühe zu antworten, als er seinen Schwanz behutsam aus ihrem Körper zog, sich unter ihr wegbewegte und seine Jeans und Boxershorts von den Beinen streifte. Er machte sich auf den Weg ins Bad und war in weniger als einer Minute wieder da.

Ohne ein Wort kniete er sich zwischen ihre Beine, drückte ihre Schenkel auseinander und senkte den Kopf.

Everly kam der Gedanke, dass sich manchmal die schlimmsten Dinge im Leben als die besten herausstellten. Sie hatte Ball gehasst, als sie ihn zum ersten Mal getroffen hatte, aber nach und nach hatte er ihr gezeigt, dass er trotz seines ganzen Gehabes ein verdammt guter Mann war. Und im Gegenzug hatte sie ihm beigebracht, dass mit der richtigen Frau einfach alles funktionierte.

Dann konnte sie an nichts anderes mehr denken als daran, wie gut sie sich mit Ball fühlte. Sie hatte den Verdacht, dass er in naher und ferner Zukunft alles tun würde, damit sie sich immer gut fühlte.

# EPILOG

Die Mountain Mercenaries schritten schweigend durch die Seitengassen eines heruntergekommenen Viertels in Lima, Peru. Das Team hatte zwei Mitglieder der Ersten Brigade der Spezialeinheit des peruanischen Militärs dabei, die bei der Übersetzung halfen und ihrer Mission Legitimität verliehen. Obwohl sie sich manchmal verdeckt in fremde Länder begaben, um ihre Missionen auszuführen, arbeiteten sie in diesem Fall mit der Regierung zusammen, da es sich um peruanische Bürger und nicht um Amerikaner handelte.

Meat sah sich um und dachte sich, dass dies kein Ort war, an dem jemand, den er mochte, sich aufhalten sollte. Es war definitiv nicht die Art von Ort, für die die Regierung in ihren Touristenbroschüren warb.

Es roch stark nach Urin und Erbrochenem, aber Meat ignorierte den Gestank, denn er war auf seine Aufgabe konzentriert. In einem Gebiet von zehn Quadratkilometern reihten sich die Baracken aneinander und zwischen den Häusern war gerade einmal genügend Platz für ein kleines Fahrzeug, das sich durch die unbefestigten Straßen zwängen konnte. Die Hütten waren aus allen möglichen Materialien gebaut, die die Menschen finden konnten – Pappe, Blech, sogar Reifen. Die meisten waren klein, nur ein Zimmer, und der Fluss, der sich durch das Elend schlängelte, war für die meisten Familien die einzige Wasserquelle.

Meat und seine Kollegen hatten die Armut schon öfter aus nächster Nähe gesehen, als sie zählen konnten, aber das hier war noch einmal besonders entsetzlich und deprimierend.

Als ihr Ziel in Sicht kam, eine etwas größere Hütte, die im Gegensatz zu den meisten anderen Häusern in der Umgebung ein richtiges Vorhängeschloss an der Tür hatte, gingen Grey und Ro nach links, Arrow und Ball nach rechts, und Black und Meat schlichen sich in die Gasse auf der anderen Seite des Hauses. Sie deckten die gesamte Baracke ab für den Fall, dass einer der Pädophilen versuchen sollte zu entkommen.

Der Plan war, die schäbige Hütte zu umzingeln und die Entführer zu überrumpeln.

Rex hatte mit der peruanischen Regierung zusammengearbeitet, um die Zahl der verschwundenen Kinder in den Griff zu bekommen, insbesondere in den ärmeren Gegenden der Stadt. Er hatte einer gemeinsamen Mission mit dem Militär zugestimmt, um vier bis acht Jungen im Alter von fünf bis zwölf Jahren zu retten, die ihren Familien entrissen worden waren und kurz davor standen, verkauft zu werden.

Die Tatsache, dass sie nicht genau wussten, wie viele Jungen sie retten würden, hätte ein großes Warnsignal sein müssen, aber nachdem sie darüber gesprochen hatten, wollte niemand mehr einen Rückzieher machen.

Der Tipp, den sie erhalten hatten, besagte, dass sie

bereits verkauft worden waren und ihre neuen Besitzer sie in den nächsten Tagen abholen würden. Die Mission bestand nicht nur darin, die Kinder zu retten und sie zu ihren Familien zurückzubringen, sondern auch darin, den Abschaum, der für die Entführung verantwortlich war, zur Strecke zu bringen.

Meat seufzte. Er wollte die Jungen retten, aber er wusste, dass es Hunderte oder Tausende von Kindern wie sie gab, die innerhalb des nächsten Jahres verschwinden würden.

Es gab Zeiten, in denen ihre Aufgabe Meat überforderte. Für jedes Kind oder jede Frau, die sie retteten, gab es unzählige andere, die nicht gerettet wurden. Wenigstens war er froh, bei einem Einsatz dabei zu sein. Er verbrachte immer mehr Zeit vor dem Computerbildschirm, um die abscheulichen Männer und Frauen aufzuspüren, die kein Problem damit hatten, mit Menschen zu handeln. Manchmal hatte er das Gefühl, dass seine Teamkameraden vergessen hatten, dass er einmal ein Delta-Force-Soldat gewesen war. Sie hatten sich so sehr daran gewöhnt, dass er der Computerfachmann war, dass er oft der Letzte war, der um Hilfe gebeten wurde, wenn es brenzlig wurde.

Aber heute Abend – oder besser gesagt, heute Morgen – brauchten sie jede erdenkliche Hilfe, die sie bekommen konnten. Bei der Razzia gab es eine Menge unbekannter Faktoren. Sie wussten nicht, wie viele Personen sich in dem Gebäude aufhielten. Sie wussten nichts über die Menschen, die in den umliegenden Baracken lebten ... waren sie auch in den Schmugglerring verwickelt? Waren dort Waffen im Spiel? Waren die Jungen überhaupt noch dort?

Es war ein heilloses Durcheinander und Rex war wütend, dass sich nach den ersten Informationen plötzlich alles geändert hatte und offenbar niemand etwas wusste.

Das Team war zu diesem Zeitpunkt bereits in Südamerika und hatte gegen Rex' Anraten beschlossen, die gemeinsame Mission fortzusetzen.

Die Aufgabe von Black und Meat war es, die Rückseite der Hütte zu bewachen. Sie sollten dafür sorgen, dass keiner der Mistkerle entkam und dass die Razzia sich auf dieses eine Haus beschränkte.

Da sie nicht wussten, wie die Nachbarn auf den Überfall reagieren würden, hatten sich die Söldner mitten in der Nacht in das Gebiet geschlichen. Es war drei Uhr dreißig morgens und sie hatten nur wenige Menschen gesehen, die auf den Beinen waren.

Wie geplant verschafften sich Gray und Ro Zutritt zum Haus, indem sie mit einem großen Stein das Vorhängeschloss mit einem Schlag zertrümmerten, und stürmten mit Arrow und Ball im Rücken in den Raum. Sofort herrschte Chaos. Jungen schrien. Männer schrien. Schüsse ertönten.

»Pass auf, auf sechs Uhr!«, rief Arrow in das Funkgerät, das sie alle trugen.

»Schnapp dir den Jungen!«, befahl Gray, als eines der Kinder die Tür aufstieß und davonlaufen wollte.

»Ich schnappe ihn mir!«, erwiderte Black und verließ seinen Posten, um dem Jungen nachzujagen. Schließlich wollte keiner von ihnen, dass eines der Kinder floh und sich versteckte, nur um später erneut entführt zu werden.

»Das linke Zimmer ist sauber!«, rief Ball.

»Verdammt, hier drin sind zwei Frauen«, fügte Arrow hinzu.

»Wie alt?«, fragte Ro.

»Es sind noch Jugendliche. Sie sehen aus, als wären sie zu Tode verängstigt«, erklärte Arrow.

»Stellt alle sicher«, befahl Gray seinem Team. »Solange

wir nicht wissen, wer Freund und wer Feind ist, bleiben alle erst mal hier.«

Meat hörte sich das Chaos über sein Funkgerät an und behielt die Hintertür im Auge. Black war dem Jungen, der weggerannt war, nachgelaufen, und er hatte erwartet, dass er innerhalb weniger Augenblicke zurück sein würde.

Als das nicht der Fall war, fluchte Meat leise. Er wollte seinen Posten nicht verlassen, aber verdammt, er konnte Black auch nicht allein lassen. Nicht in dieser Gegend. Im Bruchteil einer Sekunde entschied sich Meat, das Mikrofon seines Funkgeräts zu betätigen, und sagte: »Black ist hinter einem der Kinder her, die abgehauen sind. Er ist noch nicht zurück. Ich gehe ihm nach.« Dann lief er in die Richtung, in der sein Teamkamerad verschwunden war. Es hörte sich so an, als hätte das Team die Dinge im Haus unter Kontrolle – so gut es eben ging –, und er würde hoffentlich nur einen Moment lang weg sein.

Er lief die ganze Gasse entlang und schaute sich am Ende um.

Er sah ein kleines Kind, nicht älter als vielleicht sechs Jahre, das in eine andere Gasse deutete.

Meat hatte nicht einmal die Zeit, sich zu fragen, warum zum Teufel ein kleines Mädchen um diese Zeit überhaupt noch wach war. Er war dankbar für die Hilfe und nickte nur kurz.

Er lief in die Richtung, in die das Mädchen gezeigt hatte, und betrat die benachbarte Gasse.

Er sah Black sofort – er kämpfte mit drei Männern.

Meat stürzte sich in den Kampf und holte das Armee-Messer heraus, das er immer bei sich trug. Ohne Reue schlitzte er in aller Ruhe die Kehle des Mannes auf, der sich bemühte, Blacks Pistole in die Hände zu bekommen.

Der Mann fiel mit einem dumpfen Schlag zu Boden und Meat wandte sich sofort einem der anderen zu.

Doch bevor er mehr tun konnte, als dem Mann einen Schlag in die Niere zu verpassen, waren sie plötzlich von mindestens einem Dutzend weiterer Männer umzingelt.

»Verdammt«, fluchte Black.

Meat öffnete den Mund, um dem Rest des Teams mitzuteilen, wo er und Black sich befanden und in was für eine beschissene Situation sie geraten waren, als die Männer sich auf sie stürzten. Sie hatten keine konventionellen Waffen, aber die Baseballschläger, Stöcke und Steine, die sie dabeihatten, reichten aus, um eine Menge Schaden anzurichten.

Die Männer rissen den Mercenaries die Kopfhörer ab und zertrampelten sie mit den Füßen. Sie traten, schlugen und prügelten auf Meat und Black ein, bis sie regungslos im Dreck lagen. Sie entledigten sie ihrer Waffen und Schuhe und nahmen ihnen sogar ihre Einsatzhosen und Hemden ab.

Der gesamte Angriff dauerte nicht einmal drei Minuten.

Meat stöhnte vor Schmerz auf und sah zu seinem Freund hinüber. Blacks Gesicht war kaum noch zu erkennen. Beide Augen waren zugeschwollen, sein Körper war mit blauen Flecken übersät, die sich bereits bildeten, und er blutete aus mehreren Schnitten von seinem eigenen Messer.

Meat wusste, dass es ihm auch nicht besser ging. Er konnte kaum noch sehen und wusste, dass er mindestens eine gebrochene Rippe hatte, vielleicht auch mehr. Sein Knöchel pochte und er erinnerte sich, dass einer seiner Angreifer im Handgemenge darauf herumgetrampelt war.

Als sein Bewusstsein wankte, starrte Meat auf das kaputte Funkgerät, das drei Meter entfernt lag. In der Ferne konnte er Schreie und Schluchzer hören, die aus der nächsten Häuserreihe kamen, aber es hätte genauso gut kilometerweit entfernt sein können.

Er versuchte, auf Hände und Knie zu kommen – er würde über heiße Kohlen kriechen, um seinem Kameraden zu Hilfe zu eilen, wenn es nötig wäre –, aber er fiel praktisch sofort auf sein Gesicht, als ein Schmerz durch seine Schulter schoss. Sie war mit Sicherheit ausgekugelt.

Meat war frustriert und musste an Harlow denken. Sie wäre untröstlich, wenn Black etwas zustoßen würde. Sie waren unsterblich ineinander verliebt und Meat wusste, dass Black den perfekten Heiratsantrag plante, sobald sie wieder zu Hause waren. Harlow und Black waren wie füreinander geschaffen und liebten sich mit allem, was sie hatten, so wie die anderen Söldner ihre Frauen liebten.

Er war der Einzige, der noch ledig war. Wenn jemand bei einer Mission sterben sollte, dann er. Er hatte niemanden, der auf ihn wartete. Niemanden, der ihn liebte.

Entschlossen, Hilfe für Black zu holen, ging Meat mühsam wieder auf die Knie. Es tat höllisch weh, aber er begann, langsam vorwärtszukriechen, wobei sich die Steine und der Schmutz mit jedem Zentimeter, den er zurücklegte, in seine nackten Knie gruben.

Ein Zentimeter fühlte sich an wie ein ganzer Kilometer, aber er spürte den Schmerz kaum noch. Sein einziges Ziel war es, das Ende der Gasse zu erreichen, um die Ecke zu gehen und zurück zu der Hütte zu gelangen, in der der Überfall stattfand.

Meat schaffte es noch etwa zwanzig Meter, aber die Schmerzen in seinen Rippen und seiner Schulter, ganz zu schweigen von all den anderen Schnittwunden und Prellungen, überwältigten ihn. Er fiel auf den Rücken und konnte sich nicht mehr weiterbewegen.

Er hatte nicht gedacht, dass er ein Geräusch gemacht

hatte, aber er musste es getan haben, denn in einem Moment war er allein und im nächsten war er von drei schwarz gekleideten Gestalten umgeben.

Zwei hielten ihn an den Armen fest und eine weitere stand hinter ihnen und schaute in die Richtung, in die die Männer, die ihn und Black verprügelt hatten, verschwunden waren.

Meat versuchte, sich gegen die Leute zu wehren, die ihn zogen, aber es war sinnlos. Er war ihnen völlig ausgeliefert und sein Körper gehorchte ihm nicht mehr. Die Dunkelheit begann in ihm aufzusteigen, und er wusste, dass er ohnmächtig werden würde.

Er tat sein Bestes, um bei Bewusstsein zu bleiben, aber die heimtückische Finsternis war unerbittlich. Das Letzte, was Meat sah, als er die schmale Gasse hinuntergeschleift wurde, um die Ecke und in eines der schäbigen Häuser in der Nähe, war Black, der regungslos und scheinbar tot im Dreck in der Mitte der Gasse lag.

Er hatte seinen Freund im Stich gelassen. Und Harlow. Und die Mountain Mercenaries.

Rex würde stinksauer sein.

---

Im Gebäude herrschte immer noch Chaos, als das Team die Baracke durchsuchte und räumte. Für eine kleine, heruntergekommene Behausung wie die, in der sie sich befanden, gab es überraschend viele Verstecke für Männer und Kinder.

Es dauerte noch gut zehn Minuten, bis Gray bemerkte, dass er keinen Statusbericht von Black oder Meat gehört hatte, seit eines der Kinder durch die Hintertür geflohen war.

»Black? Meat? Bitte melden«, sagte er in sein Funkgerät. Doch er hörte nur Stille.

Gray bedeutete Ro mit einem Kopfnicken, die Gasse hinter dem Haus zu prüfen.

»Sie sind nicht da«, erklärte Ro kurz darauf. »Ich weiß nur, dass Meat nachsehen wollte, wo Black abgeblieben war, nachdem er dem Kind gefolgt war, das abhauen wollte.«

»Verdammt. Okay, Ball, du gehst mit Ro und überprüfst die Sache«, befahl Gray. »Wir haben hier soweit alles unter Kontrolle.«

Ball nickte und schlüpfte aus der Hintertür.

Es dauerte weitere fünf lange Minuten, bis Gray und die anderen die Neuigkeiten erfuhren.

»Wir haben Black gefunden«, erklärte Ro.

»Und?«

»Er sieht ziemlich übel aus. Anscheinend wurde er aus dem Hinterhalt überfallen. Sie haben ihn auch bis auf die Unterhose ausgezogen«, informierte Ro sie.

»Ist er bei Bewusstsein?«

»Gerade so. Aber er ist noch nicht ansprechbar.«

»Und was ist mit Meat?«, wollte Arrow wissen.

»Der ist verschwunden«, erwiderte Ball.

»Was meinst du mit verschwunden?«, fuhr Gray ihn an.

»Er ist nicht hier. Aber er *war* hier. Das weiß ich, weil die Mistkerle, die die beiden überfallen haben, beide Funkgeräte zertrampelt haben. Aber von Meat fehlt jede Spur.«

»Verdammt!«, fluchte Gray. »Bringt Black her! Das fehlt uns gerade noch, dass die Angreifer zurückkommen und euch beide auch noch überfallen.«

»Nein«, entgegnete Ball. »Ro bringt Black zurück zum Haus, aber ich werde nach Meat suchen.«

»Das wirst du verdammt noch mal *nicht* tun«, entgegnete Gray mit tödlich leiser Stimme. »Wenn es ihnen gelungen ist, Black zu überwältigen und Meat zu verschleppen, hast du allein keine Chance. Denke an Everly und Elise. Sie brauchen dich. Und jetzt kommt sofort zurück. Wir warten auf den Tagesanbruch und holen dann Verstärkung. Es ist ja nicht so, als hätte jemand in diesem Barackenviertel einen Wagen, mit dem sie ihn von hier fortbringen könnten. Wir werden in einem bestimmten Umkreis jedes einzelne Haus durchsuchen, bis wir ihn gefunden haben.«

»Verstanden«, sagte Ball schließlich.

Gray holte frustriert Luft. Diese Mission würde offensichtlich länger dauern als geplant, und das war schade, denn Allye stand kurz vor ihrem Geburtstermin. Sie hatte sich Sorgen gemacht, dass er nicht rechtzeitig zurück sein würde, und er hatte versprochen, zur Geburt da zu sein.

Es war ein Versprechen, das er vielleicht brechen musste, denn er wollte auf keinen Fall einen Teamkameraden zurücklassen. Er würde so viel Zeit wie nötig aufwenden, um Meat zu finden, selbst wenn das bedeutete, die Geburt seines ersten Kindes zu verpassen.

Sie hätten auf Rex hören sollen, als er ihnen geraten hatte, die Mission abzubrechen. Aber sie waren alle zu besorgt um die Kinder gewesen. Zu sehr auf die Möglichkeit konzentriert, sie zu retten.

Die Dinge liefen so schnell aus dem Ruder, dass es Gray fast den Kopf verdrehte.

Sie hatten ein halbes Dutzend verängstigter Kinder, die gleiche Anzahl von Verdächtigen, einen schwer verletzten Black und mussten zusätzlich noch damit klarkommen, dass Meat verschwunden war.

Da kam ihm ein Gedanke. Meat war ihr Computerexperte. Er hatte begonnen, Black einiges beizubringen ... aber jetzt war Black auch noch außer Gefecht gesetzt. Rex würde sicher tun, was er konnte, aber er war Tausende von Kilometern weit weg in Colorado oder wo auch immer er lebte.

Gray fuhr sich aufgebracht mit der Hand durch die Haare. »Wo steckst du, Meat? Wo zum Teufel steckst du?«

———

Holen Sie sich jetzt Buch 6 von The Mountain Mercenaries, *Die Befreiung von Zara!*

# BÜCHER VON SUSAN STOKER

### Mountain Mercenaries:
*Die Befreiung von Allye*
*Die Befreiung von Chloe*
*Die Befreiung von Morgan*
*Die Befreiung von Harlow*
*Die Befreiung von Everly*
*Die Befreiung von Zara*
*Die Befreiung von Raven*

### Ace Security Reihe:
*Anspruch auf Grace*
*Anspruch auf Alexis*
*Anspruch auf Bailey*
*Anspruch auf Felicity*
*Anspruch auf Sarah*

### Die Delta Force Heroes:
*Die Rettung von Rayne*
*Die Rettung von Emily*
*Die Rettung von Harley*

*Die Hochzeit von Emily*
*Die Rettung von Kassie*
*Die Rettung von Bryn*
*Die Rettung von Casey*
*Die Rettung von Wendy*
*Die Rettung von Sadie*
*Die Rettung von Mary*
*Die Rettung von Macie*
*Die Rettung von Annie (Feb 2022)*

## Delta Team Zwei
*Ein Held für Gillian (1 Dec 2021)*
*Ein Held für Kinley (1 Jan 2022)*
*Ein Held für Aspen*
*Ein Held für Jayme*
*Ein Held für Riley*
*Ein Held für Devyn*
*Ein Held für Ember*
*Ein Held für Sierra*

## SEALs of Protection:
*Schutz für Caroline*
*Schutz für Alabama*
*Schutz für Fiona*
*Die Hochzeit von Caroline*
*Schutz für Summer*
*Schutz für Cheyenne*
*Schutz für Jessyka*
*Schutz für Julie*
*Schutz für Melody*
*Schutz für die Zukunft*
*Schutz für Kiera*
*Schutz für Alabamas Kinder*

*Schutz für Dakota*

## Die SEALs von Hawaii:

*Die Suche nach Elodie*
*Die Suche nach Lexie*
*Die Suche nach Kenna* (19. Oktober 2021)
*Die Suche nach Monica*
*Die Suche nach Carly*
*Die Suche nach Ashlyn*
*Die Suche nach Jodelle*

# BIOGRAFIE

Susan Stoker ist die New York Times, USA Today und Wall Street Journal Bestsellerautorin der Buchreihen »Badge of Honor: Texas Heroes«, »SEAL of Protection«, »Die Delta Force Heroes« und einigen mehr. Stoker ist mit einem pensionierten Unteroffizier der US-Armee verheiratet und hat in ihrem Leben schon überall in den Vereinigten Staaten gelebt – von Missouri über Kalifornien bis hin zu Colorado. Zurzeit nennt sie die Region unter dem großen Himmel von Tennessee ihr Zuhause. Sie glaubt ganz und gar an Happy Ends und hat großen Spaß daran, Geschichten zu schreiben, in denen Romantik zu Liebe wird.

Besuchen Sie Susan im Netz!
www.stokeraces.com
facebook.com/authorsusanstoker
twitter.com/Susan_Stoker
bookbub.com/authors/susan-stoker

instagram.com/authorsusanstoker
Email: Susan@StokerAces.com